ウクライナ
ロシア
黒海
カスピ海
ジョージア
アルメニア
アゼルバイジャン
トルコ
キプロス
キレニア
ニコシア
ファマグスタ
ラルナカ
シリア
ベイルート
レバノン
ダマスカス
イスラエル
エルサレム
ヨルダン
イラク
バグダッド
タブリーズ
マラーゲ
タスル・カンド
ザンジャーン
ソルターニーイェ
ケルマンシャー
バーラマバード
アッバサバード
ゴンバデ・カーブース
シャールード
アステラバード
バンダール・シャー
シャーヒー
ゴルハク
テヘラン
ダームガーン
セムナーン
クム
アヤネ・ヴァルザン
デリジャン
イラン
イスファハン
ヤズド
アバデ
エブラヒマバード
ペルセポリス
ケルマーン
マハン
シーラーズ
カヴァル
フィルザバード
カゼルーン
カタール
サウジアラビア
オマーン
イギリス
セイバーネイク

オクシアーナへの道

ロバート・バイロン　小川高義＝訳

The Road to Oxiana

Robert Byron

素粒社

オクシアーナへの道

The Road to Oxiana
Robert Byron
First published by Macmillan & Co. 1937

目次

第一部

ヴェニス、一九三三年八月二十日――ここへ来てから、ただ楽しんでいる。ジュデッカ島の旅荘へ行った二年前とは違って、おおいに快適だ。けさはリド島へ行った。モーターボートからドゥカーレ宮殿を見たら、ゴンドラに乗って見るよりも、ずっと美しいと思った。穏やかな日の海水浴は、ヨーロッパでも最悪だと思う。海水は生ぬるい涎《よだれ》のようだし、葉巻の吸いさしが浮いてきて口の中に入りそうだ。クラゲがうようよしている。

セルジュ・リファールが夕食に来た。バーティ・ランズバーグは、鯨はみな梅毒という説を述べた。

ヴェニス、八月二十一日――まず二つの宮殿を見た。ティエポロの描いた『クレオパトラの饗宴』を所蔵するラビア宮殿。王侯の写真だらけで息詰まる迷宮のようなパパドポリ宮殿。そのあとで文化の探索を離れて、〈ハリーズ・バー〉に逃避した。おぞましき話し声、早撃ちのような挨拶が聞こえてきた。イギリス人たちの到着だ。

夕刻、ふたたび〈ハリーズ・バー〉に行く。店の主人が特製の一杯を飲ませてくれた。シャンパンとチェリーブランデーを混ぜるらしいが、「ねらった味を出すには、最低のチェリーブランデーでなければならない」と、こっそり教えられた。実際そうなっていた。

このハリーとは、それまで猟場で知り合っていただけだった。グリーンのビーチベスト、白のメスジャケットという服装だと、なんだか別人に見えた。

ヴェニス、八月二十二日——ゴンドラで、サンロッコ大信徒会へ。ティントレットの描いた『キリストの磔刑』に息を呑む。これがここにあったのを忘れていた。昔の訪問者名簿にレーニンの名前があったはずだが、もう名簿は撤去されていた。リド島には風が立っていて、海は波が荒く、涼しく、ゴミは浮いていなかった。

自動車で、砂州の線路に沿った新しい道路を通って、お茶の時間に〈マルコンテンタ〉へ行った。建築家パッラーディオの関連本では傑作として挙げられる邸宅だが、九年前にランズバーグが見ると、廃墟も同然になっていた。ドアがなく、窓も外れて、よくわからない農作物の倉庫だった。それを人が住む館にまで修復した。豪壮なホールや部屋は、設計上の比率として、数学の勝利を歌い上げるかのようだ。また余人であれば、いわゆるイタリア風の家具類を、ふんだんに持ち込んだところだろう。古道具屋が売ろうとする華やかなガラクタである。だがランズバーグは、地元の村で、普通の木材で、家具を作らせた。へんに「時代がかった」ものはない。ただし、電気が来ていないので、ロウソクを使うことだけは昔のままである。

ー ウクライナ出身のフランスのバレエダンサー、振付師（一九〇五－一九八六）。

外観については、側面がどうだとか、裏面がけしからんとか、評論めいた口をききたがる向きもあるが、正面にはまったく異論が聞かれない。こういうものだとしか言えない。どこをどう見ても、誰の目にも明らかに、文句のつけようがない。そのポルチコを見上げる芝生で、ダイアンとならんで立っていると、夕暮れ前の光が、ふと一瞬だけ、この建物に施された意匠を隅々まで浮かび上がらせてくれた。ヨーロッパの知性の輝かしき証拠として、ヨーロッパから旅立つ私への、またとない惜別の辞になっていた。「わざわざ文明を離れようとなさるなんて、おかしな話です」とダイアンは言った。彼女自身、その生きた証拠になっているのだろう。私は夕闇に没していた。

邸内では、ロウソクの光の中で、リファールが踊った。どしゃ降りの雨をついて車で戻り、目覚まし時計を用意して寝た。

〈イタリア号〉、八月二十六日——口髭を生やした小太りの船頭が待っていて、早立ちの客をゴンドラに乗せてくれた。五時である。どこの町も夜明けは似たようなもので、オックスフォード・ストリートでさえ、がらんとして美しくなれる。ヴェニスもまた、この時刻には、露骨な絵画性を控えているようだ。ヴェニスは、ラスキン[2]が初めて見たような、いまだ鉄道のない時代のヴェニスであってほしい。さもなくば、いっそモーターボートが走って、世界の金持ちが来るヴェニスでいい。人間の博物館になったらおしまいだ。たとえばオランダの沖合の島々で、オランダ人が昔ながらの民族衣装を着るような——。

トリエステから出航する船には、旧約聖書の場面を再現するような趣があった。ドイツを出たユダヤ人が、パレスチナへ逃れようとしている。いかにも奇跡の尊師めいたラビがいて、正統派らしい長い巻き髪と、丸いビーバーの毛のフェルト帽は、八歳の幼児にいたるまで、その信奉者たちにとっても服装の模範になっていた。そうかと思うと、海岸で遊ぶような身なりをした若い男女の一群もいて、いまの感情を抑えようと歌声をそろえていた。見送りに集まった人々もいる。ようやく船が岸を離れると、荷物をなくした、いい場所をとられた、というような個々の懸念は吹き飛んで、奇跡のラビとその一派も夢中になって振る手を止められず、若い男女の声も一段と高まって、歌い上げる聖歌には「エルサレム」という言葉が何度も繰り返されていた。岸壁の人々も呼応して、水際でせり出さんばかりに立ち尽くし、船が水平線に遠ざかるのを見ていた。さて、時を同じくして、パレスチナ高等弁務官の補佐官でラルフ・ストックリーなる男が、波止場に来ていた。船に乗ろうとして間に合わなかったのである。それで慌てふためき、モーターボートで追いかけてくることになって、その場の張り詰めた空気をやわらげていた。

北風が吹いて、サファイア色の海に白い波が立ち、ユダヤ人たちも下の船室へ行っておとなしい。きのうイオニア諸島を通過した。知っているはずの海岸が、ひどく乾いて、人の気配もなさそうだったが、バラの香気を抜けて見えるような風景には、無敵の美しさがあった。ギリシャの南西端を過ぎてから、航路は東に向かい、湾奥の町カラマタを横目に進んで、マタパン岬に達した。この岬を目にしたのは、タイゲトス山脈から見おろして以来のことである。当時は海を遠景

2 ジョン・ラスキン（一八一九－一九〇〇）。十九世紀イギリス・ヴィクトリア時代を代表する批評家。

として、まるで地図で見るように輪郭を定められていた岬だが、いま見ると、ごつごつした岩肌が赤らんだ金色になって、その影もうっすら青味を帯びていた。日が沈んで、ギリシャがぎざぎざのシルエットになり、この航路ではヨーロッパ最南端となる岬の灯台が点滅を始めた。その先の湾内に光るのは、ギティオの町の電気の灯《ひ》だ。

ストックリーが、上司たる弁務官の逸話を語って聞かせた。ボーア戦争に従軍して、下肢を撃たれ、三十六時間も放置されてから、ようやく救出されたのだという。ボーア人は低く射撃したので、イギリス軍には脚を撃たれる被害が相次いだ。戦死者にはハゲタカが群がった。負傷者にわずかでも動きがあれば、鳥は寄ってこない。動きが止まれば、まだ生きていても嘴《くちばし》に目を抉《えぐ》られる。数フィートの真上で鳥に羽ばたかれて、運命が迫ってくる心境を、ストックリーは弁務官から聞いていた。

けさは、赤味の差した夜明けに、サントリーニの島影が二つの山になって浮いた。いまロードス島が見えている。あすの昼頃は、キプロスに着くだろう。そうしたら一週間くらい、のんびりしてもよかろう。〈チャコール・バーナーズ〉がベイルートに着くのは九月の六日。まだ時間はある。

キプロス：キレニア、八月二十九日——この島は歴史が豊かでありすぎる。思考の消化不良を起こしそうだ。首都ニコシアでは一九三一年の暴動で政庁が破壊され、いまは新庁舎に置き換わっている。その建物前に、一五二七年、イギリス王ヘンリー八世から聖ヨハネ騎士団に贈られたという大砲がある。これにはチューダー家の紋章がついているが、一九二八年にイギリス統治五十周年を記念して発行されたコインには、一一九一年にキプロス島を占領して、同地で結婚式を挙げた獅子心王リチャード一世の紋章が使われている。私はラルナカという港町に着いた。紀元四五年、使徒パウロとバルナバが上陸した地から、さほどに遠くない。ラザロの墓所があるのもラルナカである。またトマス・ケン主教の二人の甥、ジョンおよびウィリアムも、それぞれ一六九三年、一七〇七年に死んで、この地に葬られた。最古の歴史をたどれば、紀元前一四五〇年のエジプトの記録までさかのぼる。盛名を馳せたのは、十二世紀末、リュジニャン家の統治と文化がおよんでからだろう。リュジニャン朝のピエール一世には、ボッカチオや聖トマス・アキナスほどの文人が著作を献じている。一四八九年、女王カタリーナ・コルナーロが王国をヴェニスに譲り、さらに八十年後、ヴェニスの最後の司令官がトルコによって皮剝ぎの刑に処されている。それから三百年におよぶ忘却の時を経て、ベルリン条約なるものが成立し、キプロスの統治権はイギリスに委ねられた。一九一四年にはイギリスの併合するところとなっている。

ここの風景は、ギリシャ周辺の島というより、アジアに近い。すっかり白けた土地にあって、緑色のブドウ畑、黒と黄褐色の山羊の群れだけが、乾いた荒涼感を救っている。ラルナカからニコシアまで、みごとに整備された舗装路が続いて、沿道にモクマオウやイトスギが植えられていた。しかし、この並木を痛めつけるほどの風が吹く。毎日、午後になると海から熱風が押し寄せて、無数の水車が回りだす。どの町の周辺にも、そんな鉄の骨組みが林立して、ぎいぎいと斉唱しているのが、キプロスの島唄だと言ってもよい。そして風景の全体を覆う独特の光がある。鋼《はがね》とライラックの色を混ぜて艶出しをしたようになるので、輪郭や遠近の印象が鮮やかになり、うろついている山羊も、ぽつんと立っているキャロブの木も、まるで立体鏡を通して見たように、白い地面から浮き上がっている。

たしかに眺めているだけなら美しいが、実際に住むとしたら、さぞかし厳しい土地だろう。この季節には咲く花とてなさそうだ。わずかに小さなスイセンが見えているが、くすんだ色をして下を向いた花は、幽霊がうなずいているようでもある。ギリシャ人は「ロウソクの花」と言うらしい。ニコシアから海岸にかけて、山地の北側に出れば、いくらか過ごしやすくなる。赤土の地面には養分がありそうな気もするし、段々畑にキャロブの木が多く植えられている。ちょうど収穫期のようで、男たちが長い棒でたたいて豆を落とし、それを女たちが袋に詰めて、ロバの背に載せていた。キャロブは輸出されて牛の餌になる。豆果はしなびたバナナのような形をして、食べてみたが、グルコースのドアマットかと言いたくなる味だった。

ニコシアで大主教の館を訪ねた。キティの教会に宛てて紹介状を書いてもらおうと思ったのだ。館の面々はいかにも無愛想だった。なにしろ正教会はイギリスへの抵抗勢力なのだ。私がイギリスの新聞で抵抗を弁護する発言をしたことは知られていないだろう。しかし大主教は、老いて耳も遠くなっていたが、訪問者の到来を喜んで、秘書に手紙をタイプさせるよう計らってくれた。手紙が書き上がると、朱色のインクに浸したペンが持ってこられて、大主教キリロス三世の署名が入った。インクの色は五世紀にビザンチン皇帝ゼノから与えられた特権によるのだが、その後、世俗の総督までも使うようになった。トルコ人は嫌がらせとして、イギリス人は見映えのために、そんなことをしたのである。

午前中、ベラパイスへ行った。修道院の遺跡がある。運転手に雇った男が、ついでに婚約者に会いたいというので、近くの村まで足を延ばした。婚約者と、その叔母である人が、コーヒーと砂糖漬けのクルミを振る舞ってくれた。バルコニーに坐《すわ》ったら、どこにでもあるバジルとカーネーションの鉢に囲まれつつ、家々の屋根からずっと海まで見渡せた。叔母の息子だという二歳の幼児が、そのへんの椅子を押しながら、大きな声で「ぼく、お船。ぼく、自動車」と言って遊んでいた。いよいよ本物の自動車が私を乗せて出発すると、わっと泣きだした落胆の声が、山道を下って追いかけてきた。

午後からキレニア城へ行くと、白い日よけ帽をかぶって、白い髭を生やした紳士がいて、あれがジェフリーさんですと教えられた。この島で遺跡調査を管理する人だと知っていたので、こちらから名乗って挨拶すると、かえって恐縮されてしまった。その場しのぎに、キレニアの包囲戦をめぐる彼の著書に話を向けたら、「いろいろ書いたものはあるのですが」と彼は言った。「何を書いたか覚えきれません。たまに読み返すことはありまして、なかなかおもしろいではないかと思ったりもします」

城内では、数名の囚人が真似事のような発掘に従事していた。われわれが行った時間に、連中は掘っていた道具を投げ出し、着ているものを脱ぎ捨てると、通用口から走り出て、海へ行った。午後の水泳である。「気楽なものです」ジェフリー氏が言った。「保養のつもりで来るんですな」彼は囚人労働による調査に基づいて十三世紀の築城図を解説してくれたが、それで口が渇いて、オフィスへ水を飲みに行った。「水というのは、そう思うと、たまらなく飲みたくなって困ります」

キレニア、八月三十日――長さ十八インチの耳を持ったチョコレート色のロバにまたがり、聖ヒラリオン城への山道を上がって、壁際にロバをつないだ。これとは別に、灰色のラバも連れてきている。ラバには冷たい水を入れた大きな壺を運ばせて、キャロブの葉を壺の口に詰めていた。ここから急傾斜の通路、階段を上がっていくと、礼拝所、広間、貯水槽、石牢があって、いよいよ最上層へ出る。物見櫓《やぐら》があった。下界を眺めれば、岩塊の斜面が銀色に輝き、ひねこびた松の木が緑の羽根をつけたようになっている先で、三千フィートの山が落ちていって海岸の平地に至る。低木とその影が点在するだけの果てしもない赤錆色のパノラマだ。さらに六十マイルの青い海を越えて、小アジアの海岸線とトロス山脈が見えた。これだけの景色があるなら、ここに籠城させられても、悪いことばかりではなかったろう。

ニコシア（五百フィート）、八月三十一日――「事情があって一週間の遅れ。ベイルート着は十四日。クリストファー[3]には連絡済。停止はプラント故障ではない」

ということで一週間の余裕が出た。エルサレムで時間を使えばよかろう。「プラント」と言っているのは、木炭《チャコール》装置のことに違いない。わざわざ電報代を払って知らせてくるとは、その不具合なのだとしか思えない。もし何でもないなら、何でもないと言うまでもない。

ずっと以前に、ロンドンのギリシャ公使館で、おどおどした印象の少年に引き合わされたことがある。長衣をまとった少年はレモネードのグラスを持っていた。すなわち現在のアッシリア総主教マル・エシャイ・シムン二十三世である。いまはキプロスに追いやられている人を、けさ〈クレセント・ホテル〉に訪ねた。すっかり逞《たくま》しくなって髭を生やした人物が、フランネルのズボンをはいていた。話す言葉にはイギリスの大学に特有のアクセントがついていた（この人の場合、ケンブリッジである）。私が哀悼の意を表すると、彼は直近の事柄に話を向けた。「サー・フランシス・ハンフリーズにも言ったのだが、バグダッドの新聞が、もう何カ月か、われわれに対するジハードを言い立てていたのですよ。アッシリア人の安全を保証してもらえないかと彼に言ったら、そうしよう、などなどの返事があったというのに、いまから四カ月前、私が拘束された時点で、いかなる事態になりそうなのか誰の目にも明らかでありながら、何もなされることはなかった。これから私はジュネーヴへ行って、われわれの立場などなど訴えようと思うのですよ。私はむりやり飛行機に乗せられ、ここまで来ているのだが、あとに残った人々は、強姦され、機銃で撃たれ、などなどの目に遭うのかもわからない」とのことだった。などなど。

これもまたイギリス外交による裏切りの時代のランドマークだ。いつまで続くというのだろう。たしかにアッシリア人は扱いにくい問題かもしれない。だが、総主教の言わんとしたことは、間違っていないだろう。つまり、イラク軍がしでかそうとしたことを、イギリス当局は知っていたか、知るだけの方法がそろっていたか、そのどちらかであって、なお阻止するだけの行動はとらなかった、ということだ。

3 クリストファー・サイクス（一九〇七－一九八六）。イギリスの作家。今回の旅の同行者。

ファマグスタ、九月二日――このあたりに二つの町がある。ギリシャ系のヴァローシャ、トルコ系のファマグスタ。二つの町をつなぐ郊外はイギリス人の居住地となって、官庁や、イギリス式のクラブ、公園、多数の邸宅、また私が投宿中の〈サヴォイ・ホテル〉がある。ファマグスタは古い町で、その城壁が良港を守っている。

もしキプロスを領有するのがフランスかイタリアであったなら、ファマグスタの町にも、ロードス島と同じくらいに観光客を乗せた船が来ていよう。だがイギリスの施政下にあっては、念の入った俗物主義のせいで、観光への意欲はおおいに殺《そ》がれている。中世以来の要塞都市として、いまなお町を取り巻く城壁が完全に残っているとはいえ、野放しの新建築に風趣を害され、できて間もない住宅が昔からの家を上回って汚らしく、教会には困窮した家族が住みついて、城内の防塁は垂れ流しの便所になり、砦《とりで》は土木事業向けの仕事場になって、宮殿へ行こうとすると警察署を抜けなければならない――といったような英国風の景観保護が露呈されている。まったく没趣味なことなのだが、ひっそり死んだように保存される博物館の雰囲気になるのではないと思えば、それだけは保護の機能を果たしているのかもしれない。案内人、絵葉書売り、といった種族が不在であることも一つの美点である。しかし、二つの町のどこにも、教会の名称を知っているだけの男でさえ、たった一人しか見つからなくて、これが学校の先生をしているというギリシャ人なのだが、どうにも気が弱くて、まともに話をすることも覚束ない始末であり、歴史や地勢の参考になる書物は、ジェフリー氏の著した一冊だけであって、もし入手しようと思ったら四十マイル離れたニコシアまで行かねばならず、また主たる聖堂以外の教会はすべて施錠されているのが当たり前で、その鍵の所在を突き止めたとしても、教会の使用をまかされている役人、司祭、あるいは家族が、それぞれに持っているらしく、たいていはファマグスタには見つからず、ヴァローシャでさがさねばならない――といったような条件が明らかになると、ギリシャ語のわからない旅行者はもちろん、いくらか通じる私でも難儀なことであって、丸三日がかりでも建造物を見て回ることができなかった。みごとなまでに無愛想な迎え方であって、イギリスに組み込まれた土地柄を研究するには、それなりにおもしろい町なのかもしれないが、観光客を満載した船を呼び込んで、金を落としていってもらおうというおもしろさではない。そんな客が楽しめそうなものは一つしかなさそうだ。「オセロ塔」と称される城である。オセロ云々というのはイギリスの占領時代になってからの珍妙な作り話だが、そんな説を唱えたがるのは、タクシーの運転手ばかりではない。城内の壁に、正式の案内板が出ている。なんだか「茶店」とか「紳士用」とか言っている看板のようだが、監督当局にも、ほかの誰にも、これが精一杯の能書きなのだろう。

いま私はマルティネンゴという防塁に立っている。城壁から突出する一角なのだが、これ自体が巨大な土木事業の産物であって、四十フィートの石垣を積み上げ、その下の掘割に守られている。かつては海水が堀に流れ込んでいた。私の足元で、山のように聳《そび》える要塞の体内から地下を抜けて、二筋の馬車道が明るい外界に出てくる。私の左右には要塞を囲む壁の上端が延びていって、ところどころに太い円塔が立つ。前景には荒野が広がり、一列にならんだラクダが、だぶだぶズボンのトルコ人に引かれていく。小さな窪地があって、トルコの女が二人、イチジクの木の下で何やらの料理をしている。その先は集落だが、住戸はさまざまで、土の家があれば、遺跡から持ち出した石の家もあり、白壁に赤い屋根という新素材の家もある。町作りにも、暮らし向きにも、顧慮することはなさそうだ。集落の随所にヤシの木が立って、その周辺にいくらかの農地がある。まるで計画性のない集落に、ごてごてと飾りの多いゴシック聖堂が立ち上がっていて、この赤褐色の石造物が、遠くで空と海がもたらす統一感、トルコ石とサファイアの色彩に割り込んでいく。左に見える海岸線はライラック色の山並みへと連続して、港を出る船がそっちへ向かっていくようだ。足元の地面に、牛が荷車を引いて出る。ラクダ隊が低い姿勢をとる。一つ置いた隣の塔上に、ピンク色のフロック、お洒落な帽子、という装いの女性がいて、もの思うげな目をニコシアの方角に投げている。

ラルナカ、九月三日――このホテルは水準以下である。ほかへ行けば、どこでもホテルはきれいさっぱりして、また何と言っても安上がりだ。食べるものは美味とまでは言わないが、さすがのイギリス支配もギリシャ料理を改悪することはできなかったようだ。なかなか結構なワインがある。水も上質である。

車で八マイル走ってキティの教会へ行った。だぶだぶのズボンと長いブーツをはいた司祭と聖具室係が、総主教からの手紙を恭しく受け取った。案内された教会には美しいモザイクがあって、十世紀の技法だろうと思うのだが、六世紀と判定する人もいるようだ。聖母の衣は薄紫がくすんで、ほとんど炭の色に近い。聖母の左右にいる天使は、白、グレー、淡黄色の衣をまとって、そのクジャクのような羽の緑色が、手に持つ玉の緑色と同じである。顔、手、足には、とくに小さいキューブを埋め込んでいるようだ。構図の全体にすばらしいリズム感がある。さほどに大きなものではなく、やっと等身大くらいの寸法だ。教会自体が低い建物なので、モザイクのある丸天井も、せいぜい十フィートほどの距離から見ることができる。

〈マーサ・ワシントン号〉、九月四日――クリストファーが桟橋に出ていた。その無精髭は、むさくるしくはないが、五日分ほどになるだろう。〈チャコール・バーナーズ〉からは何の連絡もなかったそうだが、エルサレム行きは歓迎だという。

この船の乗客は九百人。クリストファーが先に立って、三等船室の区域を見て回った。ここに動物が乗せられているのであれば、善良なイギリス人から動物虐待防止協会に通報がなされるところだ。もちろん船賃は安いとして、ユダヤ人なのだから、その気になれば上等の料金だって払えるだろう。ただし一等船室なら快適だとも言いかねる。相部屋になったフランス人の弁護士は、ひたすら飲みたがり、どこまでも気障《きざ》な男である。私を相手にイギリスの聖堂について講釈を垂れた。ダラム大聖堂は見る価値があるという。「そのほかは、いけませんねえ、ただの配管工事ですな」

ディナーの席で隣り合わせたイギリス人に、船旅はいかがですと聞きながら話しかけてみた。
「それはもう、ありがたいことに」という答えが返った。「ずっと神の恵みのある旅なのです」
すぐ近くを通りかかった女が、言うことをきかない子供を連れ、くたびれて歩いていた。これを見た私は、「あれは大変そうだ。子連れで旅をする女性を見ると、そう思います」と言った。
「いや、そんなことはありません。私が見るところ、小さな子供というのは、きらりと日が射したような存在です」

この御仁は、あとでまた見かけると、デッキチェアに坐って聖書を読んでいた。プロテスタントの宣教師とはこういうものらしい。

パレスチナ：エルサレム（二八〇〇フィート）、九月六日——きのう港に着いたのだが、イギリスの委任統治下にあって、役人の態度はひどいものだ。たとえ遠くから悪疫を運んできた患者でも、あれほどの扱いはなかろう。朝の五時に役人が乗船してきた。二時間も順番待ちの列にならばせておいて、ビザがなくて上陸するつもりか、このパスポートではパレスチナ行きが許可されない、と難癖をつけるので、ビザなんてものは金で買えると言ってやった。許可がどうこうというのは、外務省の嘘だらけの制度の中でも、なお悪質な嫌がらせにすぎず、実際にはパスポートの有効性とは無関係だとも言った。私のロシアへの渡航歴に目をつけたやつもいる。いつだ。なぜだ。まあ、遊びに行ったようなものか。そんなのがおもしろいのか。今度はどこへ行く。アフガニスタン？　なぜ。やっぱり遊びか。世界を回って遊ぶのか——。ところが連中はクリストファーの外交ビザを見て、ほかのことは考えなくなり、入国カードを渡すのも忘れたようだ。

下船口の付近が、寄り集まった人々で騒然とした。ユダヤ人は、その身体的特性を言うなら、世界で最高にも最低にも見えることがある。この日は、悪臭芬々《ふんぷん》として、目をぎらつかせ、押し合いへし合い、わめき散らしていた。ここに五時間もいるという男が、ひいひい泣きだした。ラビが慰撫《いぶ》しようとしても無駄なので、クリストファーがバーの窓からウィスキーソーダを突き出してやったが、男は受けようとしなかった。われわれの荷物がボートに運ばれていって、あとから私も乗り移った。クリストファーは入国カードを受け取りに、いったん引き返すしかなかった。ヤッファの港、ということになっている浅瀬に波が砕けて、海面がうねっていた。ある女の吐いたものが私の手にもかかった。その夫は子供をあやしながら、もう一方の腕で背の高いベロニカの鉢植えを抱えていた。

「はい、二階へ!」という声がかかって、汗だくの不定形な集団が二列に分けられた。三十分ほどかかって医師と対面することになり、お待たせしましたと言われて、診察していないのに診断書をもらった。階段を下りたら、さっきのボートの船頭がやかましく料金を請求していた。荷物込みで一ポンド二シリングの渡し賃になった。税関の役人には「物書きさん?」と言われた。商売柄の鼻を利かせて、いかがわしいものを書く作家だと見たのだろう。これに私は、名前だけはバイロン卿[4]と同じである、手続きをしてもらって大丈夫だ、と言った。ようやく車が見つかり、いよいよ聖地に詣でるつもりで、しっかりと屋根の幌《ほろ》を下ろしてエルサレムへ向かった。

キング・デビッド・ホテル。ここから上海《シャンハイ》までのアジアでは、唯一の上等なホテルだ。ここで過ごす時間は、どの一瞬も大事にしたくなる。内装の全体に調和と落ち着きがあって、ほとんど厳しい印象さえもあるのだが、ホールに掛かっている説明文を見ると、やや意外な感を抱くかもしれない――

キング・デビッド・ホテル(エルサレム)の内装について
古代ユダヤの建築術から、輝かしきダビデ王の時代を彷彿させるという制作の意図があった。

4 ジョージ・ゴードン・バイロン(一七八八―一八二四)。イギリスロマン主義の代表的詩人。

もちろん忠実な再現は不可能なので、現代の好みを配慮しつつ、いくつかの古いスタイルを組み合わせて用いている。

玄関ホール：ダビデ王時代（アッシリアの影響）
メインラウンジ：ダビデ王時代（ヒッタイトの影響）
読書室：ソロモン王時代
バー：ソロモン王時代
レストラン：ギリシャ・シリア様式
宴会場：フェニキア様式（アッシリアの影響）など

G・A・フフシュミット（室内装飾家、OEVおよびSWB会員、ジュネーヴ）

エルサレムは、その地形からして、トレドの美しさにたとえてよいのかもしれない。丘陵の都市である。ドームや塔が立ちならんで、銃眼のある城壁をめぐらした町が、深い谷を見おろす堅固な台地に乗っているという景観だ。遠くに見えるモアブの高原地帯まで、まるで地形図を現実にしたような国土が広がる。曲線の階層が斜面を上がっていって、いきなり現れる谷に大きな影が落ちている。土と岩の大地に、赤いオパールのような光が映える。偶然だったのか、計算の上なのか、ここを建都の地と定めたことが、結果として一個の芸術作品を産むことになった。

だが細かく見ていけば、トレドでも比較にならなくなる。ここでは坂道が曲がりくねって、大きな歩幅の石段になっているが、その道幅は狭いので、ラクダが一頭でも通ろうとすると、イギリスの小路にバスが入ってくるほどの面倒になる。キング・デビッド・ストリートには、朝から晩まで、わさわさと人通りが絶えることなく、絵に描いたような「東方」の雑踏が残っていて、いまだ背広に角縁眼鏡という潮流は押し寄せていない。砂漠のアラブ人が、ものすごい髭だらけの顔をして、金細工のようなラクダ毛の長衣をなびかせ、悠然と通り過ぎていく。アラブの女が、顔に刺青《いれずみ》、衣服に刺繡《ししゅう》を施して、頭にバスケットを載せている。きっちりと髭を整えて、トルコ帽《フェズ》に白いターバンを巻いたイスラムの聖職者がいる。長い巻き毛を垂らし、ビーバー皮の帽子をかぶって、黒いフロックコートを着た正統派のユダヤ人がいる。ギリシャの司祭と修道士は、たっぷり髭があって、長い髪をまとめた頭に黒のシルクハットを載せている。エジプト、アビシニア、アルメニアからも、司祭や修道士が来ている。カトリックの神父が、茶色の衣服をまとって、白い日よけ帽をかぶっている。ベツレヘムの女が白いベールの下で後ろに傾けているかぶりものは、ノルマン王国の遺物だと言われている。こんな人々の日常を背景として、ところどころに背広のスーツ、クレトン更紗のフロック、カメラを下げた旅行者。

しかし、絵に描いたようなとは言いながら、それだけがエルサレムではない。オリエントらしい雑然たる町にとどまらない。たしかに薄汚いところもあるだろうが、レンガや漆喰《しっくい》は見当たらず、壊れかけて、色がくすんで、ということもない。どの建物もまったくの石造りで、白っぽいチーズのような石材にあっけらかんとした輝きがあり、これが日射しの具合によって、赤味を帯びた黄金色のトーンで千変万化する。幻想に誘われる余地はない。すべてが開放し調和する。歴史と信仰の町、というように幼い頃から思い込んできたのだが、実際に立ち現れる姿を見れば、そんな考えは崩れ去る。宗教心がたっぷりと発揮されて、ユダヤ教徒キリスト教徒が嘆きを繰り返し、イスラム教徒もまた「聖なる岩」に心を捧げてきたのだが、だからといって土地そのものが神秘のヴェールに覆われたりはしなかった。土地の精神は押しとどめようがない。人の信心を誘発して、それに支えられることはあるとしても、本来そんなものとは別個に存在する。僧侶神官よりもローマの百人隊長になじむだろう。いまの時代にも百人隊長が来ている。半ズボンをはいて、ヘルメットのような帽子をかぶり、何か言われればヨークシャーの訛りで答えを返す。

これだけ壮観な土地柄だと、聖墳墓教会がいかにも貧相にしか見えない。実際よりも暗くて、ひどい建物で、たいした教団でもなさそうに思える。訪れた人は、どう考えるべきか困るだろう。もし突き放して眺めたら、こちらが傲慢なようだ。さりとて尊崇の目を向けるのも、なんだか虚偽がある。その両極端の中間で、どこかに態度を決めることになろうが、私は悩まずにすむことになった。教会の入口で好ましい出会いがあって、その人に聖所への対処の仕方を教えられたのである。

黒衣の修道士だった。髭は短く、髪が長い。高さのある円筒形の帽子をかぶっていた。

「こんにちは」私はギリシャ語で言ってみた。「アトスの聖山からいらしたのでは？」

「そうです」という返事があった。「ドヒアリウ修道院の、ガブリエルと言います」

「では、アリスタルコスの？」

「はい、兄です」

「アリスタルコスは死んだのですよね？」

「はい。しかし、どこから聞かれたのです？」

その男については、別の旅行記に書いたことがある。アトス山に数多い修道院で、最も裕福なのがヴァトペディ修道院だ。私の一行が山へ上がってから、すでに五週間がたっていたが、疲れて、腹を空かせて、やっとたどり着いたヴァトペディで、私たちの面倒を見てくれた修道士がアリスタルコスである。以前にはイギリス人の所有するクルーザーに乗り組んでいたこともあるという。毎朝、「きょうのランチは何時にいたしましょう？」と言った。まだ若くて、気が利いて、即物的な考えの持ち主だったから、修道士として生きるには不向きであり、できることならアメリカへ行けるだけの金を稼ぎたいと心に決めていた。年長の修道士は意地が悪くて、まったく憎らしいだけだった。

その後、私たちが訪ねてから一年か二年はたっていたが、彼は拳銃を入手して、非道な先輩を二名まで撃った。そういう話として伝わっている。あとで自殺したことは確からしい。そのアリスタルコスは、見たところ正常きわまりない男だった。アトス山の宗教社会としては、ひたすら外聞をはばかって、全山が口をつぐんでいた。

「あいつは頭がいかれてました」ガブリエルは自分の頭をたたきながら言った。ガブリエルは――これはアリスタルコスに聞いたから知っているのだが――聖職に喜びを得ている男だった。弟の事件も異常な暴発と見ただけのようだ。「エルサレムは初めてですか？」彼は話を変えた。

「けさ着きましてね」

「では、ご案内しましょう。きのうはイエスの墓所に籠もっておりました。あすも十一時にそうします。こちらです」

大きな円形の部屋へ行った。大聖堂ほどの高さがある。天井は浅いドーム形をして、これを環状にならんだ太い列柱が支えている。この大きな空間の中央に、小さな聖堂がある。これ自体がミニチュアの教会なのだが、見た目には旧式の汽車のようだ。

「アトス山へ行かれたというのは、いつのことです？」ガブリエルが言った。

「一九二七年に」

「ああ、そうでした。ドヒアリウへも来られてますね？」

「はい。シネシオスという友人がいるのですが、どうしてますでしょう？」

「息災です。ただ、まだ若いので、長老にはなっていません。では、ここから中へ」

小さな大理石の室内に入った。トルコ風のバロック彫刻が施されている。さらに内部の聖所もあるが、フランシスコ会の修道士が三人で膝をついているので、道がふさがっていた。

「ドヒアリウに、ほかにお知り合いは？」

「フランクフォートも知ってます。元気でしょうか」

「フランクフォート？」

「シネシオスの猫ですよ」

「ああ！　あの猫。……この人たちは、カトリックですね、気にしなくてよろしい――。黒猫ですよね」

「はい。よく飛び跳ねる」

「たしかに――。さ、ここです。頭をぶつけないように」

ガブリエルは、イラクサの生えた道にでも踏み込むように、フランシスコ会士の間を抜けて、三フィートほどの高さの穴に進入した。その奥からは明るい光が洩れてくる。私も中に入った。七平方フィートほどの部屋になっていた。大きな平たい石があり、ひざまずいて陶然とするフランスの女がいた。その傍らに、もう一人、ギリシャの修道士らしき人が立っていた。

「こちらの方は、アトス山に行ったことがおありだ」ガブリエルがお仲間に言い、その男がフランス女の頭越しに私と握手をした。「もう六年前になるのだが、シネシオスの猫を覚えておられるそうだ……。これが墓です」と、平たい石に指をさす。「あすは、ずっとここにいるつもりです。どうぞまたおいでください。たいして広くはありませんがね。さて、出ましょうか。ほかの場所にもご案内しますよ。この赤い石は、ご遺体に塗油したところです。ランプが下がってますね。そのうち四つはギリシャ、ほかはカトリックとアルメニアのもの。階段を上がるとゴルゴタの丘です。では、どうぞ、お友だちにも上がってもらいましょう。こっちの祭壇はギリシャ正教で、カトリックはあっちなのですが、こっちにもカトリック教徒が来ています。なにしろ岩そのものはギリシャ側ですのでね。そこの十字架に銘文がありますでしょう。本物のダイヤを埋め込んでありますす。ロシア皇帝から贈られました。こちらの像もご覧ください。カトリックの人々が来ては、こういうものを献じていきます」

ガブリエルが指したのはガラスのケースだった。その中に蠟人形《ろうにんぎょう》のマリア像があって、チェーン、時計、ペンダントなどが、質屋の在庫品のように、どっさりと掛けられている。

私が「友人もカトリックなのです」と言ったのは、いささか嫌味だったろう。

「おや、そうですか。では、あなたは？　プロテスタントですか？　あるいは何でもない？」

「ここにいる間は、ギリシャ正教ということにいたしましょう」

「では、そのように神に伝えます。ここに穴が二つありますね。それぞれにキリストが脚を入れさせられました」

「そんなことが聖書に出ていましたっけ」

「もちろん。この空洞はアダムの頭蓋骨があったところ。地震で岩が割れたのです。私の母親はサモスの人でしたが、十三人の子供を産みましてね。いままで生き残ったのは、アメリカにいる弟、コンスタンチノープルの妹、それに私だけです。あ、ほら、ニコデムスの墓があります。あっちはアリマタヤのヨセフの墓」

「小さい二つの墓は？」

「ヨセフの子供たち」

「アリマタヤのヨセフというのは、イギリスで埋葬されたのだと思っていました」

ガブリエルの笑った顔が、ひどい嘘っぱちだ、と言っているように見えた。

「ここにある絵は」と、彼の話が続いた。「アレキサンダー大王がエルサレムに来た場面を描いています。ある預言者に――誰だったか忘れましたが――迎えられていますね」

「アレキサンダー大王は、エルサレムに来たのですか？」

「そうですとも。私は本当の話しかいたしません」

「これは失敬。ただの伝説かと思ったので」

ようやく私たちは明るい戸外に出た。

「あさって、もう一度いらっしゃることがあれば、私はまた墓所から出ておりますよ。一晩ずっと中にいて、十一時に出てきます」

「しかし、すぐ眠りたくなるのでは？」

「いえ、眠ることは好みません」


ほかに聖なる史跡として、嘆きの壁、岩のドームがある。ユダヤ人が聖書を読みながら、さかんに揺れて、悲しんで、その頭を巨大な石積みの隙間に突っ込みそうになって嘆いている情景は、聖墳墓教会で演じられていた祈りの姿とくらべても、さほどに見映えのよいものではない。この場所が明るいことだけは確かだ。太陽が照っている。壁自体はインカの石造物にも比肩するだろう。岩のドームというのは、内部に大きな岩を保存した聖堂である。その岩から預言者ムハンマドが昇天の旅に出たということだ。ここに来ると、さまざまな歴史の記憶を抜きにしても、ついにエルサレムの名にふさわしい記念物を見たという気がする。白い大理石のプラットフォームが数エーカーほどにも広がっていて、これが市街の城壁とオリーヴ山を望む位置にある。八つの階段があるので、上がっていける方角は一つではない。階段の目印となるかのように、アーチをならべた門がある。プラットフォームが大きいので、その中央にあって小さく見えてしまうのが、低い八角形の建物だ。青いタイルがびっしりと張られている。この八角堂に、大きさで言えば三分の一くらいの、やはり青いタイル張りの円筒形が載っている。円筒の上がドームであって、球根に似ていなくもない丸屋根が昔から金色に化粧されている。やや離れて、もう一つ、いわば親子のように、ずっと小さい八角堂がある。列柱に支えられ、噴水を守って立っているが、内部の意匠はギリシャ風だ。大理石の列柱は、その柱頭がビザンチン様式である。金色モザイクの丸天井には、くるくる巻いたアラベスク模様をあしらって、これもギリシャ工芸の産物だろう。鉄製の仕切りがあるのは、この場所を十字軍が教会に作り変えた時代の名残である。モスクとして創建されたのは七世紀のことだ。それから幾星霜を経て、現在の姿になった。ビザンチン風の柱頭が派手な金色にされたのは、かなり最近のことなのだが、それもまた時代とともに落ち着いた色合いになるだろう。

このモスクに着いたのは、もう中へ入れない時間だったが、キング・デビッド・ストリートを行った先の入口から、ちょっとだけ内部をのぞくことはできた。一人のアラブ人が邪魔をするように陣取って、あれこれの講釈をしたがった。いまはモスクを見たいので、話を聞くのは明日にしよう、ちょっと横に動いてもらえないか、と言ったら、この男は「おれはアラブ人で、どこでも好きなところにいる。モスクはおれのもので、おまえのではない」と答える。アラブの魅力も何もあったものではない。

夕方、ベツレヘムに行った。すでに日は暮れて、降誕教会を支える壮大な円柱の列を見分けることも難しくなっていた。ここのガイド連中は、聖墳墓教会にいたご同業よりも、なお厄介なくらいだ。いったんクリストファーと別れて、飼葉桶だか何だか、ともかく一人で見に行ってもらうことにした。

エルサレム、九月七日——また岩のドームへ行って、その敷地内でオリーヴの木の下に坐っていたら、アラブの少年が木陰に入ってきた。声に出して英単語を覚えようとする。「湾、岬、わん、みさーき、わん、みさーき」

「ちょっと違うよ」私は横から口を出した。「わん、みさき」

「わん、みーさーき。わん、みーさーき、わん、みーさーき。モスルを解放せよ、モスルを解放、モスルを解放、わん、みー……」この子の話を聞くと、図画の成績は一番だそうで、いずれカイロへ行って画家になる勉強をしたいとのこと。

昨夜、ストックリーが催した晩餐会で、二人のアラブ人が、なかなか楽しい客になっていた。その一人はトルコの外務省にいたことがあるそうで、ずっと昔にはケマルとその母親を知っていたという。大戦の当時はテッサロニキで領事をしていたのだが、連合国のサライユ将軍によって、フランスのトゥーロンに追放されたので、トルコ近辺からは引き離され、家財を失うことにもなった。この晩の話題は、シオニストだったアルロソロフにおよんだ。ヤッファの海岸を妻と歩いていて暗殺されたのだ。修正シオニストの犯行だと考えられている。つまりイギリスの統治を脱して、ユダヤ人国家を建設しようと考える過激派だが、もしイギリスが完全に撤退したら、いつまでアラブが我慢するだろう。ユダヤ人が一人もいられないようにするのではないか。まったく知れたものではない。

けさは、〈ユダヤ機関〉[5]の顔というべき存在になっているジョシュア・ゴードン氏の招きで、テルアビブへ行った。この町へ来ると、クリストファーは、その父親マーク・サイクスの息子として遇される。町のいたるところの壁に、シオニズムの使徒である人々の肖像が掲げられていた。バルフォア、サミュエル、アレンビー、アインシュタイン、レディング侯爵――。年ごとの発展を解説する地図もあった。ユートピアとして三千人が奮闘した当初から、すでに人口七万を数えて拡大を続けている。〈パレスチナ・ホテル〉でヤッファ産のワインを飲みながら、ゴードン氏にアラブ側の視点から議論をぶつけてみた。氏は鼻であしらうように、土地を失ったアラブ人の世話をする事業を立ち上げていると言った。せいぜい数百人規模の対象者しか出てこないとも見ている。その一方で、トランスヨルダン[6]のアラブ人からは、ユダヤ人が来て国造りを手伝ってくれないかと求められていると言う。

もし将来にわたっての和平を考えるなら、いくらか不便を忍んでも、アラブに宥和《ゆうわ》政策をとることがユダヤの利益にならないかという問いかけに、ゴードン氏は否と答えた。もしアラブとユ

5 一九二九年、C・ワイズマンによって創設されたエルサレムに本部をもつユダヤ人の国際的機関。
6 ヨルダン川東岸地域。ほぼ現在のヨルダン。

ダヤの理解があり得るとしたら、共同でイギリスに対抗することを基盤にするしかなかろうが、それにはユダヤの指導層が承服しないだろう。「国の発展を考えると、アラブ人は困るでしょうな。発展を好まない人々ですから。そこで話がおしまいになる」近頃、砂漠の民を擁護する論調がさかんだが、私が聞いていて愉快なのは経営を拡大する構想だ。いまの世界情勢として、ほかに景気のよい話はない。ここはユダヤ人を応援しておきたい。

イタリアとの関係も、ゴードン氏の足元で意外な不安材料になるかもしれない。以前、パレスチナからイギリスへの航路を開設しようとしたことがあった。イタリア船に代わって郵便を運ぼうとしたのだが、このときはイギリス側が乗り気ではなくて頓挫している。またイタリアはローマでの教育をパレスチナ人に無償で提供するとして、船賃を割引する便宜も図っている。ただ、年間で二百名ほどにすぎないとはいえ、もし学生が最終学歴をロンドンに求めようとすると、たとえ自己負担でも難しくなる仕組みだということで、ゴードン氏は苦々しく思うようだ。

オレンジの栽培地帯、およびオペラハウスを見てから、海水浴に行った。すると海岸の人混みの中からぬっと出てきたのが、〈イタリア号〉のアーランソン氏である。「やあ、これは、あなたもこちらへ来ておられましたか。この季節のエルサレムは死んだようですなあ。ともかく、あすは行ってみようと思いますがね。では失礼」

もしテルアビブがロシアのどこかにあるのだったら、世界はもっと大騒ぎで話題にするだろう。都市の計画、建築、また市民生活の明るさ、熱心な研究活動、若さを尊ぶ気風。だがロシアとどこが違うかというと、そういうことが将来の達成目標にとどまるのではなく、すでに実現されているということだ。

エルサレム、九月十日――きのうキシュ大佐とのランチがあった。まず先に入ったのはクリストファーだったが、大佐は私のほうへ寄ってきて、「いやあ、サー・マーク・サイクスのご子息ですな」と言った。そういう出自のイギリス人であれば、こんな髭面であるはずはない、という考えなのだろうと察せられた。ランチの席で、ファイサル王[7]がスイスで死去したということを、大佐から聞いた。この部屋の壁には、エルサレムを描いたルービン作の立派な絵が掛かっていた。ぜひ訪ねていかれるとよいのだが、いまはテルアビブに不在なので、とゴードン氏が言っていた画家である。

水泳をしようと思って、ホテルの向かいにあるYMCAに行った。これに二シリングの料金がかかった。健康診断は不要にしてもらって、ガーリックの匂いを発散する毛むくじゃらな小男の集団と着替えをして、いよいよ温水シャワーを浴びることになったのだが、その際にも殺虫剤になりそうな石鹸《せっけん》を身体にこすりつけることを拒否したので、かなり激しい言い争いを避けられなかった。ようやくプール棟へ行ったら、体育指導として水中フットボールが行なわれていて、ぶつからないように身をかわしながら泳いだ。水から上がると、消毒剤の匂いが染みついていたので、急いでホテルに帰り、ディナーの前に身体を洗い流した。

7 ファイサル一世（一八八三―一九三三）。初代シリア国王、初代イラク国王。

高等弁務官とのディナーは快適なものだった。ありがちな堅苦しさがなかったのだ。大きなパーティならともかく、少人数で形式張るのはかなわない。もし給仕係がアラブ人でなかったら、どこかイギリスの邸宅へ招かれたように思ったかもしれない。もしポンテオ・ピラトの客になったら、イタリアの名家に招かれたような気がしただろうか。

ホテルに戻るとダンスパーティがあった。クリストファーは、バーで学生時代の友人に出会った。その男は、同窓の誼《よしみ》で、と断りながら、クリストファーに髭を剃れと言いたがった。「だからな、サイクス、まあその、こんなこと言いたいわけじゃないんで、絶対そんなことはないんだが、いや悪く思わないでくれ、できれば言わなくてもいいとしても、やっぱり何というか、つまり、そういう髭は、おれだったら絶対に剃るだろうと、いや、だからその、人から見てどうなんだという話で、ほんとに言いたくはないんだぞ、こんなこと言ってしまったら、やっぱり語弊はあるんだろうが、いや、どうしても言えというなら、仕方なしに言わせてもらうとして、つまり、まわりから見れば、その髭のせいで、何となく、いかがわしい男になってるのは間違いない」

みなが寝静まってから、一人で旧市街へ出た。すっぽりと霧に包まれて、十一月のロンドンを歩くようだ。聖墳墓教会では、あの墓所で正教会の儀式が進行中だった。ロシアの農婦のような一団が聖歌隊になっている。その聖歌で雰囲気が変わった。厳かで真に迫っている。そして白い髭の主教が、ダイヤを散らした球根型の冠を頭に載せ、刺繡だらけの儀礼用マントをまとって、聖所の扉から、やわらかな蠟燭《ろうそく》の光の中へと進み出た。ガブリエルも姿を見せて、儀式が終わると、私を聖具室へ連れていった。主教および財務の責任者も同席でコーヒーを飲ませてもらったが、ホテルに帰ったのは三時半だった。

シリア：ダマスカス（二二〇〇フィート）、九月十二日——ここには混沌とした東方が手つかずのままに残っている。窓から外を見ると、狭い敷石の道があって、いつもスパイスのきいた料理の匂いが漂っているのだが、いまは冷気の流れの中に、その匂いは消えている。もう夜明けだ。向かいにある小さな塔から、この世のものとも思えない高音の声が礼拝の時刻を告げ、遠い各所の塔からも呼応する声があって、人々が動き出す。やかましい物売りの声、通り過ぎる蹄の音も、まもなく聞こえてくるだろう。

パレスチナを出てきたのは、惜しいことをしたような気もする。ある国が自然の美に恵まれ、名声にふさわしい景観を呈する首都があって、豊かな耕作が行なわれ、歳入は目覚ましく増大し、すでに絵画、音楽、建築が独自の文化として芽を吹いて、まるで小領主が善政を謳《うた》われるような体制になっている。そんな国を見るのは気持ちのよいことだ。たとえシオニストではなくても、これだけの成果をもたらしたのはユダヤ人の功績だと言わざるを得まい。人口の流入は続いている。昨年、六千人分の許可が出ていたが、実際には一万七千人が到着した。余分な一万一千人は、警備の行き届かない境界線を越えてくる。ともかくパレスチナに入ってしまえば、もうパスポートは打ち捨てて、どこへも送還されなくなる。それでも全体として立ち行くのだ。ユダヤ人には起業の精神があって、粘り強くて、技術訓練ができていて、資金力がある。

ただし暗雲となる要因は、アラブとの敵対関係だ。ざっと見ただけの観察だが、イギリス政府はアラブの弱体化に配慮する姿勢を見せたものの、その被害者意識を煽《あお》るだけになって、まったく好感を持たれていない。アラブはイギリスを恨んで、事あるごとに意趣返しをしようとする。それはまたイギリス政府から見れば、言い分に耳を貸してやりたくなる態度ではあるまい。アラブの場合、インドとは違って、人種差別を盾に取ることもできない。

昨夜のディナーで、クリストファーはペルシャの話をするうちに、同じテーブルにいた数名の視線を浴びていると思った。ペルシャ語が話されていることにも気づいて、そうっと私だけに聞かせる声で、いま何かしらペルシャの王様や王国のことで悪口を言っただろうかと知りたがった。われわれは現代人の感受性を持った中世の強国に近づいているらしい。テヘランではマーマレードも買えないということを、イギリスで公然と発言して、外交問題になったニコルソン夫人という例もある。

ダマスカス、九月十三日――ウマイヤド・モスク。一八九三年に火災があって、かなりの部分は再建されているが、元来は八世紀の寺院である。上部に回廊のある壮大なアーケードは、壁がむき出しになって、もちろんイスラム風とは言いながら、その均整の美と荘重なリズムの連続性においては、ヴェニスのサンソヴィーノ図書館にたとえてもよかろう。また壁も、当初には、きらめくモザイクに装われていた。いくらか現存していて、ごく初期のヨーロッパに由来する風景画のモザイクが見られる。ポンペイ調の絵作りをして、列柱の宮殿、石造りの要塞も描かれているが、ともあれ風景画であって、ただの装飾模様ではない写実性を備えている。一定の形式を踏まえつつも、樹木には樹木らしさがあり、水には流れる勢いがある。おそらくギリシャ人の手によるのだろう。エル・グレコが描いたトレドの風景を、はるかに先取りしていたと言って、まったく差し支えない。現在でも、外壁に残るモザイクが太陽の光を受けると、緑色、金色に輝いた創建当時の光彩が目に浮かぶようだ。中庭の全体がアラビア文学に出そうな魔法の情景に照り輝き、永遠に乾いた砂漠に癒やしをもたらしていただろう。

ベイルート、九月十四日――乗り合いの自動車に二人分の座席を確保して、ここまで着いた。車内の後方で隣にいたのは、とんでもなく大きなアラブの紳士だった。黒と黄色の縞柄ガウンを着て、その服装だけなら大きな蜂のようである。その蜂が、野菜を入れた籠を、膝の間に置いていた。前方の席に未亡人らしきアラブ女性がいて、こちらは野菜の籠のほかに小さな息子も連れていた。この人が二十分に一回は吐き気を催し、窓の外へ顔を出したがる。それで車が停止することもあったが、さもなくば吐いたものの飛沫がうしろの窓から車内に戻った。そんな三時間が愉快だったとは言えない。

新聞の切り抜きが郵便で届いた。〈チャコール・バーナーズ〉が出発した際の記事である。『タイムズ』でさえも一段の半分くらい使って報じたようだ。『デイリー・エクスプレス』の記事によると――

五名の男性が、昨夜、ウェスト・エンドのホテルを出て、ある隠密行動を開始した。かつてないロマンチックな旅となる可能性がある。ロンドンを発《た》って、まずマルセイユに向かい、次いでサハラ砂漠をめざす。その先の目的地は伏せられている。

　うっかり公表してしまうと、政治的な懸念が生じかねないという。

＊

　五名で二台のトラックに分乗する。その動力は移動式のガス発生器で、ごく普通の木炭《チャコール》を燃料にして走る。補給は五十ないし六十マイルごとに一回でよい。この発明品が実地に使われるのは今回が初めてだが、将来は陸上輸送に広く用いられるのかもしれない。

――いやはや、こういう愚挙の同類として扱われるのは、こちらの迷惑である。

いまはシャンポリオン号という船の到着を待っている。木炭のご一行様が積まれているはずだ。


ベイルート、九月十六日――いやな予感が当たった。


夜が明けて、シャンポリオン号に乗り込んだ。ゴールドマンは？　ヘンダーソンは？　二台のトラックは？　そう聞いてまわって、知らないという答えばかりが返った。するとラターが一人だけ乗っていて、そんな馬鹿なと言いたくなる話を伝えた。

フランスに着いて間もないアブビルで、二台とも故障したという。ガソリンに切り替えれば進めないこともなかったが、今回は秘密のうちにイギリスへ帰還させられた。発明品の完成度を高めた上で、もう報道関係には知らせることなく、約一カ月後の再出発を期するらしい。ただ、もし私までが引き返して、のこのこロンドンに帰った姿を見せたら、計画の失敗が明るみに出る恐れもある。そこでラターだけが先に進んで、うまいこと私をペルシャへ行かせてしまう役目を負ったのだ。かくして私は、あろうことか脅迫犯にもなれる資格を付与されていた。

この一日、なるべく海にいて、落ち込んだ気分を立て直そうとしていた。ネアン氏が運営するバスに座席を予約したので、火曜日にはバグダッドに向けて出発する。

夕方、ネアン氏がみずから顔を出して、一杯飲みながら、木炭自動車のことを知りたがった。そういう類の開発については、ずっと以前から聞きおよんでいるが、おそらく無理だろうと言う。この懐疑論に対しては、いくら頑張っても、明るい反論ができるとは思えない。現在、シリアはネアン氏が導入する長距離バスの話題で持ちきりである。十一月には新車両が来るそうだ。

ダマスカス、九月十八日——この海岸地帯に着いてから、クリストファーと二人で学んだことがある。ロイヤルスイートの宿泊代から炭酸水の一本まで、半額でなければ買わないと言うだけで半額になる。バールベックのホテルでも、値切り作戦はぴたりと決まった。

「あの部屋に四百ピアストル？　そうなのか？　よせやい。冗談じゃない。車を呼んでくれ。え、三五〇？　一五〇の間違いじゃないのか。三百？　ちゃんと聞こえてるんだろうな。いま一五〇と言ったんだぞ。じゃあ、出ていくよ。ホテルはここだけじゃない。荷物を積み込んでくれ。この町に泊まるかどうかも考えものだ」

「いえいえ、ここは一流のホテルですよ。いいお食事が出ます。料理は五コース。当ホテルで最高の部屋です。浴室が付いて。遺跡が見えて、すばらしいです」

「何を言うか。遺跡なんてホテルの持ち物じゃあるまい。空気に金を払えと言うようなもんだ。料理は五コースも要らない。どうせ浴室も壊れてるんだろう。それでも三百？　もう一声どうだ。二五〇？　さっきよりましだが、おれは一五〇と言ったぞ。じゃあ、二百にしよう。あとの五十は自分の持ち出しで泣いてくれよ。それでいいじゃないか。喜んで泊まるよ。どうだい、二百。だめ？　そうか、わかった。（さっさと階段を下りて出ようとしながら）じゃあな。え、何？　いま二百って言ったのか。そうだよな。

……ウィスキーソーダをもらおうか。いくらだって？　五十ピアストル。そう来るのか。おれたちを馬鹿にしてる？　だいたいウィスキーを入れすぎなんだ。十五ならいいが、五十はだめ。笑ってる場合じゃないだろう。おい、待てよ。ウィスキーはそんなに要らないってば。きっちりこれだけ。それ以上でも以下でもなし。たっぷりじゃなくて、その半分。え、三十？　三十って五十の半分？　計算が違うじゃないか。ソーダ水みたいなもんだよ。二十でいいな。いや、二十五じゃなくて二十。その差は大きいんだがなあ。すぐボトルを持ってきてくれ。もう議論の余地なし」

五コースのディナーの途中で、この鳥はなかなかの美味だと言って賞《ほ》めた。

「ウズラですよ。わたし、小屋で飼って太らせてます」

遺跡の入場料は、一人一回で五シリングだ。ベイルートに電話を入れて、割引されることになってから、ぶらりと出かけた。

「ガイドいかが、ムシュー？」

無視。

「ガイドいかが、ムシュー？」

無視。

「ご用ありませんか、ムシュー？」

無視。

「どちらの方ですか、ムシュー？」

無視。

「どちら行かれますか、ムシュー？」

無視。

「お仕事ですか、ムシュー？」

「いや」

「バグダッドでお仕事ですか、ムシュー？」

「いや」

「テヘランでお仕事ですか、ムシュー？」

「いや」

「では、何をされてますか、ムシュー？」

「シリアを探訪してる」

「海軍の将校さん、ムシュー？」

「いや」

「では、何ですか、ムシュー？」

「人間だ」

「何ですって？」

「人間」

「ああ、なるほど。旅をしてる」

もはや「探訪」さえ廃れたようだが、無理もない。語感としては立派である。その昔、旅立つとは新たな知識を求めるということだった。また迎える側でも、その土地ごとの特産を遠来の客に供した。ヨーロッパでは、そのような相互に尊ぶ関係は、とうに消滅している。だがヨーロッパを「旅する」人は、めずらしい存在ではなくなった。旅人は風景の中におさまって、金を出すとすれば旅費として支払っているのが当たり前だ。ところが、この地では、いまなお旅人はめずらしい。たとえばロンドンから商用でシリアに来たとすれば、それくらいは余裕のある金持ちだろう。もし用もないのに遠くまで来るのなら、よほどに余裕のある金持ちだ。その人がこの土地を気に入るのか、嫌うのか、どうしてそうなるのか、そんなことはどうでもよい。スカンクがスカンクであるように、旅人は旅人でしかない。人類の中では、気楽に生かしてもらっている変種である。そういう輩は、乳牛のように、ゴムの木のように、うんと搾ってやるがよい。

回転式の入口、いわば最後の腹立たしき難関で、よぼよぼの老いたる改札係が、一枚の切符を出札するのに十分はかかっていたが、ようやく通過してからは、ややこしい手続きから解放され、古代の栄光に逃れていくことができた。

バールベックは、石の栄華の町である。細密な石の加工術が大神殿を作り上げて、これが語りかけてくる——といっても視覚に訴えてくるということだが、その全体像の壮観は、ニューヨークが蟻の巣に思えるくらいの規模だと言っておこう。石材はピーチ色をしている。セント・マーティン・イン・ザ・フィールズ教会の列柱は煤けた色が目立っているが、ここの神殿は赤みのある金色が特徴である。大理石に似た性質で、透明感はなく、プラムの皮に白い粉がつくように、石の表面にほんのり粉を吹いた感触がある。そして見頃というべきは夜明けであって、六本の大列柱を見上げると、ピーチゴールドと青くなる空の二色が等分に輝き、すでに柱を失って基部だけになった石でさえも、朝日を受けて生気を帯びたように、青紫の天空と向かい合う。ともかく見上げる、見上げる。巨岩から切り出された石の肌が、はるかに高く、途方もない柱身となって立ち上がり、その傷んだ柱頭に至って、家ほどにも大きな水平の最上部を支えながら、青い色の中に浮かんで見える。その目を壁を越えた彼方に向ければ、白いポプラの木が緑の林をなしていて、さらに遠く、はるかレバノン山脈までが薄紫と青と金色の光に揺らめいている。山脈を目で追っていくと、その先には何もなくなる。砂漠だ。岩だらけの空虚な海。この大気をたっぷりと吸い込み、素手でやわらかく石の肌を撫《な》でる。わが西洋とも別れの時だ。旅人よ、東方に向かえ。

もちろん向きを変えた。遺跡が閉まる時間には、そういうことになる。日が暮れて、ピクニックに出ている紳士淑女がいた。小さな川沿いの草地で、いくつかの集団に分かれ、大理石の噴水に寄せた椅子に坐って、水タバコを吸う人がいれば、ぽつぽつと立っている木の下で、草の地面に坐り、持ってきたランタンの光で食事をする人もいる。上空に星が出て、山脈が黒ずんでいった。イスラムの平安が感じられた。というような凡事を記すのも、現在、エジプトやトルコでは、そんな平安が得られなくなっているからだ。またインドまで行ってしまうと、何もかも、それ以外ないようなインド風になると言ってかまわないだろう。いかなる人間も制度も、あの強烈な環境にあって不変ではいられない。そのことを自己流の感覚で言わせてもらえば、事前にペルシャを知ることなくインドのイスラム文化圏を旅していて、これはインド人が地中海ではなくバルト海から上陸してヨーロッパの古典文化を見ようとするようなものではないかと思った。

きのうの午後、バールベックを出る前に、クリストファーが体調を崩したと言って寝込んだので、やっと出発できた時間には、もう山の上は暗くなって冷え込んでいた。ダマスカスに着いて、すぐに彼はキニーネ剤を二錠飲んで寝てしまったのだが、なにしろ頭痛がひどくて、サイになって角が生えた夢を見たという。けさになって、もう峠は越えたそうだが、起床時の体温が三十九度に近かった。あすに乗るはずだったネアン氏のバスはキャンセルして、金曜日の座席を予約した。

ダマスカス、九月二十一日――ある若いユダヤ人が打ち解けてきた。きっかけは、ホテルにいたウエーターが、ヒトラーにそっくりだったことだ。そのように私が言うと、そのユダヤ人、支配人、ウエーター本人が、立っていられなくなりそうに大笑いした。

ラターと連れ立って、フランス軍の砲撃で荒廃した一帯を歩いていたら、砂を盛った盆に何やらの印をつける占い師がいた。やつれきった子供を抱えた女が、わが子の運命を聞かされようとしている。すぐ近くに同類の占い師がいて、こちらには客がいなかった。その前に私がしゃがむと、彼は私の手のひらに少々の砂を載せて、盆の上に振りまくようにと言った。まかれた砂に、彼がちょいちょいと三行の象形文字を書いて、ソリティアのカードでも出したように、じっくり見ていたが、やや考え込んでから、ぐいっと斜線を引いておいて、占いの言葉を述べた。その意味はというと、かつてアラブ人になりすましてメッカで九カ月を過ごしたこともあるラターが、まずまず正確に訳したとして——

「たがいに熱い友情を感じる人がおられるはず。まもなく便りがあって、いくらかの旅費が送られてくる。いずれは旅に合流する人である。旅の運勢はよろしい」

どうやら脅迫犯になれる立場が、おのずと結果を出してきたようだ。

ホテルの持ち主はアルーフ氏といって、その最上階に子供たちを住まわせている。ある晩、氏の案内で、空気のよどんだ地下室を見せてもらった。ガラスのケースがびっしり並んで、金庫もある。氏が取り出した収蔵品は——

二個一組になった銀の大盃。キリスト教の図形が刻印されていて、受胎告知の絵柄も見られた。

泥のような色の布に記された文書。縦の長さが三ないし四フィートもあって、横幅は十八インチ、初代カリフだったアブー・バクルの遺言書とされている。一九二五年に、フセイン国王の一族がメディナからこの地に持ち込んだ。

ビザンチンのガラス瓶。ダークブルーのガラスは卵の殻ほどにも薄いが、まったく損傷はない。高さ十インチほど。

古代ギリシャの金の頭像。やや口を開いて、ガラスの目がついている。眉毛は明るいブルー。

トランクに収まった金色のミイラ。

高さ九インチ半の銀の小像。ほかに参考となる例がないので、とりあえずアルーフ氏はヒッタイト文明の産品だと言っている。もし本物だったら、近年の中東で発見された遺物として、特筆すべき文化財になるだろう。男性像である。肩幅があって腰が細い。とんがり帽子をかぶっているが、それだけでも身長と変わらないくらいの高さがある。左腕に損傷が見られる。右腕は角のある牛を抱え込みながら、その手に王の杖を持っている。腰には針金をぐるぐる巻いたような帯をしている。この帯、杖、牛の尾と角、また帽子は、すべて金製である。金の部分はやわらかいので、遊び心を発揮したアルーフ氏は、杖をくいっと曲げて、また伸ばしてみせた。写真を撮らせてもらいたいと言ったのだが、氏はどうあっても承知しなかった。いつになったら、どのようにして、この像は地下室から救出されるだろうか。

水曜日にはクリストファーも起きられるようになって、ラターに連れられ、エル・ハジ・モハマド・イブン・エル・バッサムという老人を訪ねて、茶を振る舞われた。もう七十は越えているだろう老人は、ベドウィンの衣服をまとっていた。一家を挙げてダウティ[8]との交友があったとのことで、親アラブ派の間では知られた人物だったらしい。戦争中はラクダを商売にして大儲けをしたが、あとでドイツマルクに投資して四万ポンド相当の損を出した。茶を飲んだ大理石のテーブルは、椅子の高さからして、顎がくっつきそうになった。アラビア語の会話というのは、空気を吐いたり呑んだりするような盛大な音がして、ウィンストン・チャーチルの演説を思い出してしまった。

アラブ人のフランス嫌いはイギリス嫌いをも上回る。そして嫌うのであれば、なお慇懃《いんぎん》な態度をとる。つまり、ヨーロッパ人に会っても、ことさら反感をぶつけるような真似をしなくなった。ということで、ここに客として来るだけなら、ダマスカスは快適な町である。

イラク：バグダッド（一一五フィート）九月二十七日――この土地ならではの魅力というものが、もしあるのだとするならば、ここに着くまでの旅だったろう。バナナ形の小さい船を二輪で支えたような車両が、二人乗りビュイックに牽引されて、エアロバスという結構な名前がついていた。もっと大きな、あらゆるバスの親玉のようなバスが、あとから走ってくる。砂埃《すなぼこり》の対策として密閉状態になっているが、積んでいる飲料水のタンクはそうでもないので、洩れた水が撥ねかかる。そうやって砂漠の道なき道を時速四十マイルで揺られつつ、強烈な日射しを浴び、薄いフロアにぶち当たる小石の音に耳が聞こえなくなり、乗り合わせた五名の体臭で息が詰まりそうになっていた。正午に停車して、ランチの時間になった。バス会社から厚紙の箱に入った食事が提供される。「スマイルでサービス」というラベルが貼ってあった。こんなところで運送業をしたら、「むっつりしたサービス」になりそうなものだ。バターの包み紙と卵の殻が飛散して、アラビアの風景を害した。日暮れにはルトバに達した。インドへ行こうとした一九二九年に、この町で昼食の休憩をしたことがある。いまでは労働者の宿舎が立ち並ぶようになって野営地もあるのは、モスルとのパイプラインを敷設したからだ。今回はここで夕食になった。ウィスキーソーダに六シリングの値段がつく。夜になって気分は晴れた。窓から月光が射して、ミセス・ムラーという人を中心に五人のイラク人が歌った。装甲車の一隊とすれ違った。ファイサル国王の葬儀から戻っ

8 チャールズ・モンタギュー・ダウティ（一八四三―一九二六）と思われる。イギリスの旅行作家。

てきた二人の兄、前王アリと首長アブドラの警備隊だった。夜が明けると、黄金色の砂漠ではなく、終わりのない泥また泥が見えた。ようやくバグダッドに近づいて、荒れ果てた印象が強まった。さりげなく可愛さを見せていたミセス・ムラーも、せっかくの愛嬌を黒い厚手のベールに隠した。男たちは黒の戦闘帽をかぶった。九時頃には、エッジウェア・ロードの場末に来たかと思わなくもないような地点にいて、かのアラビアン・ナイトの都市が、さびしい大通りを長く延ばしていた。

古代のメソポタミアは豊饒の地であって、芸術や発明を実らせ、シュメール文明、またセレウコス朝[9]、ササン朝[10]の人々に恵みをもたらしていた。そう思うと、いまでは侘しさを誘われる。メソポタミア史が大きく揺らいだのは十三世紀のことである。フラグ[11]がモンゴル軍を率いて襲来し、灌漑《かんがい》システムをも破壊してから今日にいたるまで、メソポタミアは泥が泥として有する唯一の利点、すなわち肥沃な土壌であるという性質を失って、ただ泥の国でしかなくなっている。ひたすら泥が広がるだけの平野では、めずらしく水のある細流の岸辺に、一羽の鷺《さぎ》が片脚で立って休んでいても、遠目には無線通信のアンテナのように見える。そんな平たい土地に、泥の町、泥の都市が立ち上がる。泥は液状になって川を流れ、乾いて細かくなると大気の成分になる。人間も泥の色になって、泥の色の衣服を着ている。伝統の帽子も泥のパイを成形したようなものにすぎない。バグダッドは、この神に愛された国にふさわしい首都である。泥の霧の中にぬうっと立ち現れてくる。ここの住民は、気温が四十三度あたりを下回ると、冷えてきたと言って毛皮を出したがる。いまや当地の名物と称すべきものは一つしかない。皮膚の炎症だ。腫れが治まるのに九カ月かかって、なお傷痕が残る。

クリストファーは、私以上にこの土地を嫌っていながら、テヘランにくらべれば天国だと言う。そういうペルシャ談義を鵜呑《うの》みにするとしたら、あすの出発は流刑地へ行くにも等しいと思えようが、そうはいかない。クリストファーはペルシャ贔屓《びいき》なのだ。それを中国人のような話し方で言う。育ちのよい中国人に、奥さんの様子はいかがですかと尋ねたら、あの案山子《かかし》みたいな女は、まだ死んでおりません、と答えるだろう。その真意は、彼の敬愛する美しき奥方はまったく健やかであるということだ。

ホテルを経営しているのはアッシリア人だ。弱小な民族で、いつも戦うしかない。愛想はよいとして、命が危ないという意識も見えている。そんな中に一人だけ、バグダッド人に引き渡してやりたいような男がいる。ダウード(デヴィッド)という小癪なやつで、テヘランに行ける車の値段をつり上げていた。古代都市クテシフォンの巨大アーチのことを「いい見世物ですよ、すごいでしょう」と言ってのけてもいる。

アーチは、地面からの高さが一二一・五フィート、両端の距離が八十二フィートである。これまた泥の産物なのだが、十四世紀におよぶ時間に耐えて残った。現存する写真で見ると、以前にはアーチの片側だけではなく両側に建造物があったことがわかる。前側の部分もあったようだ。日干しレンガのアーチは、全体として見ると、美しい色をしている。白っぽい黄褐色が、青い空に映える。バグダッドの外に出てくれれば、また空は青い。アーチの基部は近年に修復されているが、

9 前三一二年から前六三年までのシリア王国の王朝。 10 二二六年から六五一年までのペルシャの王朝。
11 フラグ・ハン(一二一八–一二六五)。チンギス・ハンの孫。

おそらく創建以来初めてのことだったろう。

博物館は警備が厳重だ。ウルで出土した宝物が盗まれない用心というよりは、陳列ケースに寄りついて見ようとする客に、ケースの真鍮《しんちゅう》部分を汚されたくないらしい。展示品はどれも指貫《ゆびぬき》くらいの大きさしかないのだから、これでは見たことにもならない。外壁には、ファイサル国王の命により、ガートルード・ベル女史[12]を記念する銘板が設置されている。記された文字が読まれてこそ王の意向にかなうだろうと思って近づいたら、叱声が飛んできて、四人の警官に引き離された。どういうことなのかと館長に聞くと、「もし近視なのであれば、特別の許可を取ってもらう」と突っぱねる。アラブの魅力も何もあったものではない。

夕食に同席したピーター・スカーレットの友人に、ウォードという男がいて、ファイサル国王の葬儀での逸話を語った。うだるように暑い日だったが、来賓席として設けられていた一角に、黒人の大男が紛れ込んできて、ほどなく連れ出された。「こりゃいかん」イギリス軍部隊の司令官が言った。「日陰を持っていかれた」

ここに旅の資金が届いていた。占い師の予言は当たったことになる。

12 イギリスの考古学者、紀行作家、行政官（一八六八－一九二六）。T・E・ロレンスとともに現在のヨルダンやイラクのハーシム朝を支援した。

第二部

ペルシャ：ケルマンシャー（四九〇〇フィート）、九月二十九日——きのうは二十時間の旅をした。移動そのものより議論するのが大変だった。

燃えるような砂嵐に吹き流されて、カナキンへの道をたどった。朦朧《もうろう》とした視野の中に、丘陵の連続線が浮かんだ。クリストファーが私の腕をつかんで、「イランの城壁だな」と厳かな口をきいた。それから一分ほど後に、ちょっとした坂を上がって、また平坦な道を行った。そんな繰り返しが五マイルに一回ほどあって、ようやく貧相な緑がオアシスのように見えてきた。これが国境の町だ。

ここで車を乗り換えた。イラクもペルシャも運転手の越境を認めない。それ以外は、まずまず良好に迎えられた。ペルシャの役人は、これも税関の役目なので、と同情めいたことを言いながら、その役目に三時間をかけていた。フィルムと薬品にいくらかの関税がかかったが、役人が目をそむけるように受け取ったのは、公爵夫人が寄付を受けるのにも似ていた。

クリストファーに、ペルシャ人の服装がみっともないという話をした。「なんだって王様《シャー》は国民にあんな帽子をかぶらせるんだろう」

「おい、シャーなんて、おおっぴらに言っちゃだめだ。スミスさんとでも言っとけ」

「その名前は、イタリアでムッソリーニに使うことにしてる」

「じゃあ、ブラウンさんでいい」

「それはロシアでスターリンに」

「だったらジョーンズさん」

「それもだめだな。プリモ・デ・リベラは死んでるから、ヒトラーってことにしよう。しかし、あたりまえの名前だと、区別がつかなくなる。覚えていられるように、マーチバンクスとでもしようか」

「まあ、いい。書くのもよせよ。おまえの日記が押収された場合の用心に」

今後は気をつけよう。


カスル・エ・シリンで、また一時間の足止めになった。警察からテヘラン行きの許可をもらう必要があった。そのあとは、ついにイランの絶景が展開した。背後からは沈む太陽に、前からは昇る月に照らされた大パノラマに、丸みのある丘陵地帯がササン朝時代の遺跡から発してどこまでも広がり、ところどころの村落が琥珀《こはく》色の灯をともらせている。はるかな遠方には、峨々《がが》たる山脈が連なって見える。なるほど天然の城壁だ。きりっと引き締まった空気の中を、上がったり下がったりしながら走り抜けて、山脈の麓まで来た。そこからは、ひたすら上り坂になって、たどり着いた峠の道では、どっちを見ても松の生う峰が立ち上がり、星と一緒に夜空の模様になりそうだ。峠を越せばカリンドの町で、川の水、虫の声を音楽にして夕食をとった。見渡す庭園にポプラの木が月光を浴びていて、バスケットからむしゃむしゃと食うブドウがうまかった。泊

— スペインの軍人、政治家（一八七〇‐一九三〇）。軍事独裁を敷いた。

まった部屋には染色の掛け布があって、その図柄は女性として擬人化されたペルシャが、マーチバンクスの腕に抱かれて憩うというものだった。その有様を是とするように、ジャムシード[2]、アルタクセルクセス[3]、ダリウス[4]が、クテシフォンのアーチの上から見おろしている。

テヘラン（三九〇〇フィート）、十月二日——ケルマンシャーまで来て、運転手が気紛《きまぐ》れなことを言いだした。今夜はハマダーンで泊まりになるのがいやなので、もっと先のカズヴィンまで行って眠りたいという。どういう理屈なのか言えないようで、おそらく自分でもはっきりしていなかったろう。いわば子供と同じで、この人形がいい、あっちはいやだ、と言っているようなものだった。そんな言い合いに宿屋の連中までも口を出しそうになってきたので、もう話を終わらせようと思って、きょうは午前中に寄り道してターク・イ・ブスタンへ行くことにした。そうしておけば、一日の行程として、ハマダーンより先に進むことはできない。

ターク・イ・ブスタンの石窟。ここの岩に浮き彫りを残した職人は、一人だけではあるまい。アーチ形の上にいる天使たちはコプト教会を思わせる顔立ちをしていて、長い衣服の細やかな表現はルネサンスのブロンズメダルにも比べられる。アーチ内の両側面は彫りが深くなっているが、それぞれにも差異がある。左側は丹念な製作ぶりを見せているのに、右側は荒削りなままで、平面に彫りつけただけとでも言おうか、岩の内部から出てくるような迫力がない。そしてアーチ内の奥側に立つのは、王の騎馬像である。これは狩猟や宮廷のような映画的な動きの場面とは打って変わって、その冷徹な虚無の印象にドイツの戦争記念碑を思い出したりもする。ササン朝芸術の典型例だろう。そのほかの彫刻はペルシャ人の手によるのかも疑わしい。

ここの石窟は、大きな絶壁の最下部に掘り込まれて、すぐ前の貯水池に影を落としている。おんぼろの休憩所があって、このときは数名の女性たちがピクニックに興じていたが、とがった顔の紳士が登場するにおよんで、いよいよ雰囲気が盛り上がった。この男は、着ている薄汚れたシャツの裾を垂らして、綿繻子《めんじゅす》の膝下ズボンがライラック色、同じくライラック色のサスペンダーで綿の靴下を吊っていた。

ベヒストゥンで、また少々の時間を使った。血のような色をした岩肌に、大きな磨崖碑《まがいひ》として、楔形《くさびがた》文字が本のページのように刻まれている。カンガーヴァルも遺跡の多い古都で、ヘレニズム風の寺院の廃墟があり、レンガを投げつけてくる子供の一団もいた。ハマダーンに着いてから、エステル廟、アヴィセンナ廟には、あえて行かないことにして、グンバード・イ・アラヴィヤンを訪ねた。十二世紀、セルジューク朝[5]時代の墓所である。彩色をしないスタッコ塗りの壁の凹凸だけで盛大な植物模様が浮き出され、なおヴェルサイユほどにも豊かな様式美を感じさせる。その資源が限られていたことを思えば、さらに豊かなのかもしれない。世界の富を傾けるのではなく、壁を削る、盛る、という技術だけで壮麗に仕上げるとしたら、その工芸が壮麗なのだと言うしかない。およそイスラム芸術に関して、ついにアルハンブラやタージ・マハルの味が、口から拭い去られる。そんな雑味を除去したくて、ペルシャに来たのである。

きょうの行程は、大変な冒険になった。山道を上っては下り、果てしない平原を突っ切り、ががたがた跳ねて揺さぶられた。太陽がたたきつけるように照る。砂埃が螺旋《らせん》状に巻き上がって、砂

2 ゾロアスター教の神話に登場するイラン文化圏の英雄。 3 アケメネス朝ペルシャ帝国の王（在位前四六五–四二四）。アルタクセルクセス一世。 4 アケメネス朝ペルシャ帝国の王（在位前五二二–四八六）。ダレイオス一世。

漠に悪鬼が舞うようだ。さすがのシボレーも進めなくなって、乗っている人間も息が詰まりそうだった。突然、はるかに渓谷を越えて、きらりと光って見えたのは、トルコ石の色をした水瓶《みずがめ》だ。ロバの背に運ばれて揺れている。ならんで歩く持ち主は、くすんだ青の服を着ていた。この二つが石だらけの大荒野に埋もれそうになっているのを見ながら、なぜ青がペルシャの色なのか、ペルシャ語の青が「水」でもあるのか、わかるような気がした。

夜までには首都に着いた。地平線に町の灯が浮かぶということは一切なく、あっという間に、まず木々に、そして家屋に、取り巻かれた。昼間に見るとバルカン半島のどこかへ来たような土地だが、大空の半分を占めるのはエルブルズ山脈で、これと向き合う市街地に、びっくりするような興趣を添えている。

テヘラン、十月三日――イギリスのクラブへ行ったら、クレフターがいた。ペルセポリスの発掘でハーツフェルドの助手になっている男だ。それがアメリカの一等書記官ワズワースと何やら話し込んでいる最中だった。内緒話だと言いながら、どっちもおもしろがって、黙っていられないようだ。ハーツフェルドが国外へ出た留守の間に、クレフターが金銀の銘板を掘り当てていたそうだ。ダリウス一世によるペルセポリス建都の様子が記されている。理論数学から計算して、それらしい位置に穴を掘ったら、石の箱に入った状態で見つかった。彼は出し惜しみするような素振りで写真を見せてくれたが、その目には考古学者としての猜疑心《さいぎしん》を光らせていた。どうやらハーツフェルドはペルセポリスを自分の縄張りにしたつもりで、写真を撮ることさえ余人には許さないらしい。

午後に、ミルザ・ヤンツを訪ねた。ひどく小柄で物腰の柔らかい老紳士である。その書斎に坐って話をした。円形のプールと花の咲く庭が見えている。ゼラニウムとペチュニアは手ずから植えたものだという。この人はイスファハン近郊のジュルファというアルメニア人地区を代表する立場にいる。またバイロン卿の『海賊』をアルメニア語に訳した人でもある。バイロン卿はヴェニスのアルメニア修道院と縁故があったというので、アルメニア人には好感を持たれている。この日、大戦中のことに話がおよんだ。ペルシャでは同盟国側の勝利に賭ける見方が強かった（実際、金銭的にも賭けていた）。海軍力への理解が乏しかったので、イギリスが八百マイルの距離を隔てて、どれだけの打撃をドイツにあたえられるか、思いもよらなかったのである。だがミルザ・ヤンツはもっと遠くまで見通していた。

「いつもの一つ話なのですが、こんなことがありましてね。バスラからバグダッドまでの移動中に、ある地元の族長の家に何日か泊めてもらいました。おおいに歓待してくれましたよ。裕福な人物でした。一緒に馬に乗ることになって、私は美しい葦毛《あしげ》の牝《めす》をあてがわれました。なかなか元気に跳ねたがります。ところが族長はおとなしい牝の黒馬に乗って、静かな歩調で進んでいる。なぜなのか聞いてみました。私だけ立派な馬に乗せておいて、ご自分はしょぼくれて首を垂れたような馬に乗っている。

のろい馬だと思われますか、と族長は言いました。では競走いたしましょう。ということになって、走り出してから四分の一マイルほどは、私が先に出ていました。そこで

5 十一世紀から十二世紀にかけて現在のイラン、イラク、トルクメニスタンを中心に存在したイスラム王朝。

振り返ると、族長がこう手を動かして、どうぞお先に、と合図いたします。しばらくすると、黒い馬が追いついてくるのがわかりました。私は葦毛の馬腹を蹴って急がせましたが、時すでに遅し。まるっきり元気のなさそうな黒馬が、いまなお首を垂れたように見えながら、さあっと追い抜いていきました。

こんな話をしながら、よく言ったものですよ。立派な葦毛がドイツで、しょぼくれた黒馬がイギリスです」

ゴルハク（四五〇〇フィート）、十月五日——のんびりした朝だ。木々の影がポーチの簾《すだれ》にまだらに落ちて、その木立の向こうに山脈と青空が見える。丘陵から流れてくる水が、青いタイル張りのプールに落ちる。『魔笛』が蓄音機で鳴っている。

テヘランにあって、インドで言えばシムラーのような場所だ。

この二週間ほどバグダッドからの郵便は空軍将校が管理している。アッシリア人を疎開させる任務に加わったという人だ。英軍機がアッシリア人を攻撃する案もなくはなかったそうで、もし実際に命令されていたら、僚友ともども辞任していただろうという。着陸したモスル付近の飛行場には、すでに多数の遺体が散乱して、ほとんどは局部を撃たれていた。イギリス軍が埋葬するしかない。風上にある村からはとんでもない臭いが漂ってきて、古参の軍人は大戦を思い出していた。現場で遺体を撮った写真は、バグダッドに帰投すると、すべて差し押さえられた。見てきたことについては箝口令《かんこうれい》が敷かれた。あれだけの惨殺を見て見ぬ振りでイギリスの体面を保とうとすることに、この将校は憤激していた。当然だろう。

ランチの席で、ワイラー氏というアメリカの狩猟家に会った。イスファハン近郊で野生のロバを追っているという。話題はカスピ海周辺の虎やアザラシ、野生の馬、ペルシャライオンにもおよんだ。虎とアザラシはめずらしくないそうだ。馬は二年前にドイツ人が撃った例があると言われるが、残念ながら、付き従っていた一行が馬肉ばかりか皮までも食べてしまったとやらで、ほかに見た人はいない。ライオンは大戦中にシューシュタル付近で目撃されたのが最後である。

庭園、果樹園の一帯を抜けて、何もない山裾の地域へ向かっていると、山岳がすばらしい美景を見せていた。しっかり遠くまで呼びかけてくるようだ。東側でぽつんと雪をかぶって見えるのが最高峰ダマバンドである。太陽が傾いて、私たちの影が伸び、大きな一つの影にまとまって大平原に落ちた。山脈の低い一帯から暗さが増して、ついには峰から峰までが暗がりに紛れた。それでもダマバンドだけは太陽を忘れず、暮れた空の中でうっすら消え残った炭のようになっている。そろそろ馬首を返そうとすると、山の変容が逆転した。大きな雲に沈んでいた太陽が、今度は雲の下に出たのである。ダマバンドが影になり、山の麓が明るくなった。その影はさっきよりも速く降りてきて、山脈の全体が暗くなった。消え残りの炭が、また仄《ほの》かに赤らんだ。わずかな時間のことである。すると隠れていた星が出てきた。

今夜、テイムルタシュが死んだことを聞いた。おとといの夜十時。獄中死である。すべて剝奪され、身を横たえる寝台さえもなかったという。彼がモスクワの訪客となった一九三二年に、ちょうど私も同地に滞在していた。その死を悼みたいと思う。ペルシャ帝国の高官として権勢を振るった彼をなつかしむ者には、おおいに悲しいことだろう。だが、この国の正義とは皇帝の意思である。公衆の面前で蹴り殺されてもおかしくなかった。マーチバンクスは恐怖によって国を支配している。皇帝のブーツはさぞ恐ろしかろうが、長距離の飛び道具が死をもたらす時代にあって、蹴り殺すくらいならまだましだとは言えるかもしれない。

テヘラン、十月七日――旅の便宜につながるという目論見から、いろいろな人と会った。たとえばジャム内務相、あるいはアングロ・ペルシャ石油で流通を管理するムスタファ・ファテ、碑文研究のファラジョラー・バズル。あらためてミズラ・ヤンツの茶会に行ったら、英語、ギリシャ語、アルメニア語、ロシア語、ペルシャ語の会話が交わされていたが、その場の主客になっていたエミール・イ・ジャンは、陸軍大臣サルダール・アサドとは兄弟であり、バクティアリ部族の有力者でもあった。ミルザ・ヤンツの娘に持ってきたプレゼントが、金塗りにビロード張りという人形の家具だったので、この趣向に一座が盛り上がり、ペルシャ語の歓声が湧いていた。

シル・アーマドというアフガン大使は、虎がユダヤ人の扮装をしたように見える。この人に私は言った。「もし閣下のお許しがあれば、アフガニスタンを訪れたいと考えております」

「アフガニスタンを訪れたい？（ここで呵々大笑《かかたいしょう》）もちろん、結構、ぜひ行かれるとよろしい」

大使によれば、ヘラートからマザーリシャリーフまでは、しっかりと道ができているとのことだ。

テヘラン、十月十日――六マイルほど先のレイという町に、大きな円塔の墓がある。外壁に縦方向の溝がある墓は、その下部がセルジューク朝時代の遺構である。もっと先のヴァラミンまで行くと、もう一つ似たような塔があり、優美な外観で勝っているが、記念碑としての威容では見劣りがする。この塔には屋根が残っていて、アヘン中毒の男が住みついていた。昼食の支度から目を上げた男は、おれの家は築三千年だと称した。この町のモスクは十四世紀にさかのぼる。遠目に見れば、たとえばティンターン修道院[6]のような、廃墟となった僧院にも似ているが、ここにあるのは尖塔ではなくドーム屋根だ。遺構の西寄りが長方形の聖堂になっていて、その上に八角形の中間階があり、さらにドームを載せている。全体に簡素なカフェオレ色のレンガ造りであって、丈夫で、虚飾がなく、均整がとれている。穏やかな満足感のある表現は、ムーア人、インド人の建築には見られないものだ。内部の壁を礼拝用に窪ませた箇所《ミフラーブ》は、スタッコで仕上げられていて、ハマダーンで見たグンバード・イ・アラヴィヤンの技法と同じようだが、もっと後世の意匠のようで、たいした出来映えではない。

ある男が――駅のポーターが落ちぶれたような身なりだが、奢侈《しゃし》禁止令の出ているペルシャでは仕方ないかもしれない――モスクに来た。手首にハヤブサを止まらせている。羽毛にグレーと白の入り混じった鳥は、革製の頭巾を目隠しにかぶせられていた。雛から育てたのだそうだ。

ハンニバルという人物の家で食事をした。先祖をたどれば、プーシキン[7]と同じで、ピョートル大帝に仕えた黒人に行き着くのだという。ということはイギリスの王族のどこやらとも遠い縁戚

6 十二世紀初めに建立されたウェールズにある修道院の廃墟。十八世紀には詩や絵画の題材となった。
7 ロシアの詩人、作家（一七九九－一八三七）。

になろう。ボリシェヴィキから逃れて、ペルシャの臣民となり、ペルシャ人以上にペルシャ人らしい生活をしている。紙製のランタンを三フィートの高さに掲げる使用人に導かれ、迷路のような古いバザールを抜けて、その家に着いた。ほかに招かれていた客は、ファーマン・ファーマを父に持つカージャール朝[8]の王子と、香港育ちだという令夫人である。夫妻ともにイギリス人以上にイギリス人らしいので、フロアに置かれたものを食べるということに驚愕していた。小さな家だったが、かわいらしい風塔と、掘り下げた中庭があるおかげで、風通しはよかった。ハンニバルは、詩人フィルドゥシー[9]の生誕一千年を来年に控えて、そのための図書館を開設する事業に忙しいという。

ザンジャーン（五五〇〇フィート）、十月十二日——トラックを使って、どうにかタブリーズまで行こうとしているのだが、なかなか思い通りに運ばない。四時にトラックが出発するはずだった。四時半になってタクシーを手配され、テヘラン市内からカズヴィン方面に出る門の外に別の業者がいるので、とりあえず乗ってくれと言われた。さて五時になったら、今度はおんぼろのバスに乗せられそうになり、もともとトラックなどはなかったということも判明した。それで車を一台借り上げることにしたのだが、出発する前に、まず最初の業者に払った予約金を吐き出させなくては、こちらの気が済まない。それで一悶着《ひともんちゃく》になった。そうこうするうちに使えるトラックが出てきたものの、借りようとした車の運転手が、いまさら用はないと言われたら警察へ行くと凄んでみせる。用があることにした。

カズヴィンでの翌朝、前日とは別の車を雇った。だが運転手は屋根の幌をたたもうとしない。時速四十マイルで走行中に、がくんと揺さぶられて、木製の桟に頭をぶつけた。それで運転手の背中を小突いてやったら、車がぴたりと止まった。止まるなと言うと、また走り出したが、やっと時速十マイルだ。もっと速くと言ったら、しばらくそうしてから、また徐行になった。

クリストファー：速く！　速く！
運転手：どつかれたら運転できゃしない。
R・B：いいから行くんだ。
運転手：大将に嫌われたら運転できゃしない。
クリストファー：ちゃんと走ればいいんだ。運転手がどうこうとは言ってない。危ない運転を嫌ってるだけだ。
運転手：そんなの無理だ。嫌われてる。いやな世の中になったもんだ。
クリストファー：大将も嫌ってないって。
運転手：大将の頭ぶつけた。嫌われる。

そんなこんなで何マイルか行って、派出所の前に来た。するとまた運転手はぴたりと車を止めた。苦情を申し立てるのだという。こうなったら、することは一つだ。こっちが先に苦情を言ってやる。車を飛び降りて、すたすたと歩きだした。運転手はびっくりしたようだ。さっさと警察へ行こうとするくらいなら、警察に味方させる目算があるのだと見たらしい。もう先を急ぎま

8 十八世紀末から二十世紀初めにかけて現在のイランを中心に支配したトルクメン系の王朝。
9 ペルシャの詩人（九四〇－一〇二〇）。イラン最大の民族詩人と評される。

しょうと言うので、そのように了承した。

この一件は、ペルシャ人が乱暴を嫌うという好例になるだろうし、そうと心得ておくべき注意報でもある。乱暴な素振りだけでも、ひどく怯えているようだ。


平行に走る山脈の間に、直線の道が延々と続いた。ソルターニーイェのドームが砂漠の彼方に姿を見せる。そっちへ行くには灌漑された農地を突っ切るしかないが、そうすると別のペルシャが見えてくる。本道から何マイルか折れただけなのに、皇帝が広めようとする現代的な帽子をかぶる人がいなくなって、ペルセポリスの浮き彫りにもある船の舵のような形をした昔ながらの帽子が目につく。村の言葉は、まずトルコ語のようだ。一椀の凝乳《カード》と、テントのように大きな平たいパンを茶店で調達してから、霊廟の内部に入った。

みごとな建造物である。一三一三年、モンゴル系の君主オルジェイトゥが完成させた。卵形のドームは頂点まで百フィートほど。これが高さのある八角形の基部に載っている。八角の隅のそれぞれに、胸壁から立ち上がる塔があって、八本の杭を立てならべたように見える。レンガはうっすらと赤みを帯びているが、八本の塔は、元来、トルコ石のような青緑で、それと同色の三つ葉模様が、基部の上端をめぐる瑠璃《るり》の縁取りになっていた。この壮大なモンゴル帝国の記念物が、砂漠の平原にあって、泥の小屋に取り囲まれるように建っている。中央アジアの隆盛を物語る証拠物件と言えるだろう。セルジューク、モンゴル、ティムール[10]の王朝時代に、ペルシャ建築の精華が息づいていたのである。これはもう正面《ファサード》を見せる建築として、タージ・マハルそのほか、あまたの寺院建築の原型だろう。だが、美観を追いかけた後世の建築とは違って、ここには充実した勢いがある。発明の覇気がある。着想が優先されるだけに、整った美しさは犠牲になるかもしれないが、その結果として、たとえ荒削りであっても、技術的な限界をも超えようとする着想の勝利が見てとれるのだ。すぐれた建築とはそのようなものであることが多い。ブルネレスキを思い出したりもする。

宿屋には〈グランドホテル―タウンホール〉という名称がついている。この宿屋に頼りきりということにはならなかった。この地でアングロ・ペルシャ石油の代理人をしているフセイン・モハマド・アンゴラーニという男が、夕食に呼んでくれたのだ。縦長の白い部屋に案内された。天井の彩色はみごとなもので、ドアや窓にも白のモスリンが掛かっていた。サテンの長枕を載せた真鍮製の寝台が二つ置かれていた。ほかに家具といえば、白い布張りの硬い長椅子を環状にならべて、それぞれの椅子の前に白いカバーをした小テーブルがあり、メロン、ブドウ、菓子の皿が載っていた。二重に絨毯《じゅうたん》を敷いたフロアの中央には、高さがあってシェードのないオイルランプが三台立てられている。接待を取りしきる執事は、髭が白くなりかかって、薄い茶系のフロックコートを着て、この家の主人からは「大将」と呼ばれていた。

私たちが持っている紹介状には、ソルターニーイェを訪ねようとした者であることが書かれていた。またいらっしゃるなら、車でお送りしますよ、と主人は言った。ご面倒では？　いや、仕事でも遊びでも、毎日行っておりますからな、あっちにも家があるので、おもてなしもできます。という社交辞令を私は素直に受け取ってしまったが、クリストファーはもっと知恵があった。大盤振る舞いの夕食を手で食べてから、執事に導かれて、〈グランドホテル―タウンホール〉のつまらない小部屋に戻った。

10　ティムール朝は中央アジア、イラン、アフガニスタンを支配したトルコ・モンゴル系イスラム王朝（一三七〇-一五〇七）。

いま宿屋の外の街路に坐り込んでいる。朝の太陽くらいしか暖をとるものがない。すると、ひどく尊大な老人が現れた。チェック柄のツイードを着て、ロイド・ジョージのようにも見える。この老人が「レイス・イ・ショーサ」であると名乗った。これは街道筋の隊長ということで、つまり、この地域の道路管理官だと言いたいらしい。イギリス軍とバクーへ行ったこともあるが、まったくの骨折り損で、ボリシェヴィキの収容所へ入れられただけだったそうだ。

タブリーズ〈四五〇〇フィート〉十月十五日――ザンジャーンで、ようやくトラックに乗れた。私が荷台に坐ったところをクリストファーが写真に撮っていたら、やって来た警官に撮影は禁止だと言われた。運転手はアッシリア人で、ウルミア湖近辺の出だという。その隣にアッシリア人の女先生が乗っていた。テヘランで布教活動の会合があって、その帰りなのだそうだ。なかなか楽しい人で、マルメロの実の薄切りを気前よく分けてくれた。二人とも私がマル・シムンの知り合いだということをおもしろがっていたが、タブリーズに行ったらそんな話はしないほうがいいとも言った。いまはキリスト教徒への迫害があって、ウルミアでも〈ミセス・コクランの女性クラブ〉なるものが警察に閉鎖されたという。そんなことを思い出しながら、この二人が「妙なる道しるべの光よ」と声を合わせた。女先生によると、この運転手が運転手らしい唄を口にしないように、讃美歌を教えたのだそうだ。どうせなら、いつもの唄を聞いてみたかった、と私は言った。また先生は、ラジエーターキャップについていた青いビーズをはずさせてもいた。そんなのは「イスラムのおまじない」だという。私が口を出して、ギリシャ正教で行なわれているものだと指摘したら、先生はたまげていた。それで風向きが変わって、たまには迷信も役に立つということから、メフメットなる男の話が出た。まったく悪魔のようなやつだったが、奥さんは普通の人間だった。女先生の義父にあたる人の客間で、この悪魔が奥さんの口を通じて大戦の予言を伝えたそうだ。バイブルワーカーをもって任ずる先生は、イギリスの人は普通にタバコを吸うのかと知りたがった。お医者さんまでが酒タバコをやめない。禁煙禁酒を説くのがあたりまえだろうに、そのあたりが全然わからないと言った。

こうなるとペルシャの当局者に同情したいような気もしてきた。なるほど宣教師の活動は立派なものだ。しかし、ひとたび土地の人を改宗させたり、昔からキリスト教徒のいる土地だとわかったりすれば、もはや役目は終わっている。

このときクリストファーは、トラックの荷台で本を読んでいた。同乗していたのは、テヘランの男、イスファハンの男、二人のラバ追い、運転の助手である。

テヘランの男：それ、何の本？
クリストファー：歴史の本。
テヘランの男：何の歴史？
クリストファー：ローマ帝国と、その周辺国。たとえばペルシャ、エジプト、トルコ、フランス。
助手（本のページを見ながら）：ありゃあ、へんな字だ。
テヘランの男：こんなの読めるのか？

クリストファー：そりゃそうだ。おれの言葉だ。
テヘランの男：読んでくれよ。
クリストファー：読んだって、わからないだろう。
イスファハンの男：いいから、ちょっと読んでみなよ。
ラバ追いの二人：さあ、読んだ、読んだ。
クリストファー：教皇がフランスの中央に審問所を置いて、国王を破門する決定を発するというのは、いささか驚かれることかもしれない。しかし、十一世紀のフランスにあって、王とはいかなるものだったのか正しく認識するとしたら、その驚きも失せるだろう。
テヘランの男：何のことだ？
クリストファー：ローマ法王のこと。
テヘランの男：ほーお？　誰だ、それ。
クリストファー：あっちのカリフみたいなもんだ。
ラバ追い：じゃあ、ローマのカリフの本か。
テヘランの男：うるせえな。で、新しい本なのか？
助手：清浄な考えが書いてあるのか？
クリストファー：宗教色はない。これを書いたやつは預言者を信じていなかった。
テヘランの男：神は信じてた？
クリストファー：だろうな。だが預言者は嫌いだった。イエスは普通の人間で（全員賛成）、ムハンマドも普通の人間で（全員がっくり）、ゾロアスターも普通の人間と考えた。
ラバ追い（ふだんはトルコ語を話す男で、たいして理解力がない）：ゾロアスターってやつが書いたのか？
クリストファー：いや、ギボンだ。
一同：ギブーン！　ギブーン！
テヘランの男：神はいないなんていう宗教もあるのか？
クリストファー：ないだろう。アフリカ人は偶像を崇拝するが。
テヘランの男：イギリスにも偶像崇拝はあるのか？

道が山地に入った。山間を進んでいくと、「黄金の泳者」の逸話が残る川に出た。ある羊飼いが恋人に会おうと何度も川を泳いで渡った。ギリシャ神話のレアンドロスに似ていなくもないが、こっちの伝説では、ついに女が立派な橋を架けてしまったという。その現存する橋を渡った。ガゼルの群れがぴょんぴょん跳ねて並走した。そうこうして、いよいよアゼルバイジャンの高地に出ていた。くすんだ薄茶色の土地が茫洋と広がる。冬のスペインに似ているかもしれない。ミアナを通過した。おかしな虫で有名な町だ。よそ者だけを刺すのだという。この夜は街道筋の宿場に泊まった。さびれた隊商宿《キャラバンサライ》で、その中庭に狼が一匹つながれていた。タブリーズに着いたら、警察が写真を五枚ずつ出せと言った（そんなものはない）。さらに次の情報も求められた。

申告
署名　ロバート・バイロン
　　　クリストファー・サイクス
国籍　イギリス

イギリス
職業　画家
　　　哲学者
到着日　十月十三日
　　　十月十三日
所持品　精霊
　　ヘンリー・ジェイムズ一冊　（以下略）

タブリーズの名物――。レモン色の丘陵地帯から先の、ふんわりしたビロードのような山岳地帯。なかなかの白ワイン、ひどすぎるビール。アーケードのような形で何マイルも続くレンガ造りのバザール。マーチバンクスがマントを着た銅像になって立っている新規造成の公園。二つの記念物。その一つは、かの有名な青のモスクの廃墟で、十五世紀のモザイクが表面に残っている。もう一つは大きな門というか城というか、茶褐色のレンガを、究極の工法で、山のように積み上げた遺構である。かつてはモスクだったのかとも思えるが、そうであればモスク建築として史上最大級だったかもしれない。役人を別とすれば、このあたりではトルコ語しか通じない。以前には商業の栄えた地域だったが、いまはマーチバンクスが計画経済に突き進もうとするので、まったく衰退してしまった。

マラーゲ（四九〇〇フィート）十月十六日――朝からの四時間がかりで、この地に着いた。途中の風景はアイルランドのドニゴールを思わせるものだった。遠くにウルミア湖が青と銀の一線を引いたように見えて、その彼方に山脈があった。角形の「鳩の塔」が立つ。鳩を住まわせるように、てっぺんが穴だらけになっているのだが、こんな塔が何本もあるので、どこの村も要塞になったのかと思うほどだ。あたりにはブドウ園があり、サンジュク*の木がある。この木には、細長いグレーの葉と、多数の小さい黄色の実がついている。

＊原注　地元のトルコ語でサンジュクと呼ばれる。ペルシャ語ではシンジド。英語でサービスツリーと言われるものの類縁である。

マラーゲそのものは見るべき町でもない。昔ながらのバザールが、まっすぐな広い道路に突っ切られて、すっかり没個性な町になっている。羽根飾りのように長い睫毛《まつげ》をしてペルシャ語を話す子供に案内されて、管轄の役人に面会し、この役人の先導で見た多角形の塔はみごとだった。十二世紀に建てられて、フラグの母の墓ということになっている。プラムのような赤みを帯びたレンガを、模様やら碑文やらが浮き出るように積んでいるのだが、いわばイギリスの菜園から古き良き素材だけを持ってきて、コーランの字句を刻むのに転用し、ところどころに青い石を埋め込んだような、驚くほど美しい効果が出ている。塔の内部では、天井近くに古いアラビア文字の書体で帯状の装飾があり、その下の壁にいくつもの穴があって、鳩の巣作りに便宜が図られている。

ここからミアナまで馬で直行しようと思いついた。つまり、タブリーズを頂点とする三角形の二辺を省略して、その底辺を行く。知られざる領域を踏破することにもなる。少なくとも、知られざる建築があるはずだ。地図を見ると、ほとんど何も書かれていない。ただし馬の調達が厄介だ。ある馬の持ち主と交渉して、その言い値を承知してやったら、ひどく驚かれてしまった。妻を亡くしたばかりだそうで、いま旅をしたら子供の面倒を見る人がいなくなるという。これを一時間がかりで説得したのだが、実際に馬を見せてもらったら、今度はこちらから議論を蒸し返して、取引はなかったことにした。いま宿屋の主人が別の馬をさがしてくれている。あすの夕方には出発したいと思う。この国では夕方に出発するのが習わしだ。

タスル・カンド（約五千フィート）十月十七日——この地名をどのように表記すべきか頭をひねった。もちろん、たいした場所ではない。どうせ家は一軒しかなく、マラーゲからは一ファルサフしか離れていない。ここでファルサフという距離の単位（クセノフォンが記した用語ではパラサング）が気になるところだろう。いまは四マイルという基準に定まっているが、土地の言葉では三マイルから七マイルまで幅がある。

二階の部屋に、シープスキンのコートと寝袋を敷き延べた。ガラスのない窓から、ポプラの梢と、空に残った最後の光が見える。もう冬になりそうな空……。マッチの火がついて、ランプが灯り、ざらついた泥の壁が浮かび上がる。窓は黒い色でしかなくなる。警官のアッバスが、火鉢にかがみ込むようにして、トングにはさんだ角形のアヘンを熱している。やってみないかと誘われて吸い込んだが、ポテトのような味を感じた。部屋の隅っこにいるのは、ラバ飼いのハジ・ババという男だ。クリストファーはまだギボンを読んでいる。チキンとオニオンが鍋に煮えている。こういう旅になるのだったら、何かしら食材を持ってくればよかったと思う。殺虫剤も欲しいところだ。

マラーゲの役人たちは、ラサドハーネ、すなわち「星の家」なる天文台のことを、聞いたことはあるが、行ったことはないと言った。フラグの命により創建されたのは十三世紀のことだ。十五世紀になってウルグ・ベク[11]が暦の改訂をするまでは、ここでの観測がイスラム天文学の到達点になっていた。早朝に出発して山道を馬で駆け上がると、平坦な台地に出た。さまざまに石を積んだ箇所があって、直交する敷石の道が四方から通じるようになっている。この道自体が天文学の計算に関わるのだろう。石積みは建物の跡に違いない。それにしても、ここが目的地なのだとしたら、ほかの面々はどこにいるのか。町長、警察署長、軍司令官が、先行しているはずなのだ。こちらの案内役が駆け回ってさがしている間、私たちは台地の縁に立ち、ウルミア湖を遠望して広がる大地を見下ろしていた。ひそんでいた猟犬が眼下のポプラ林から飛び出すのではないか、という気がしなくもない。すると、突然、いないと思っていた役人連中の居場所がわかった。足元の崖の途中、まったく文字通り足元にいたのだった。馬を引いて急斜面を下りていくと、岩が半円形に抉られていて、その真ん中に洞窟が口を開けている。もとは自然の洞窟だったのかもしれないが、人の手で入口を広げたことは間違いなさそうだ。

洞窟の中に入ると、二つの祭壇があった。一つは入口と対面して、つまり南を向いていて、もう一つは右側、というか東側にある。どちらも天然の岩に彫り込まれたものだ。この祭壇を置く

11 ティムール朝の第四代君主（一三九四－一四四九）。天文学にもすぐれていた。

ように、いわば内陣となる空間として、てっぺんを尖らせたアーチ形が洞窟の底面よりも浮かせた位置にできていた。右側の祭壇奥の壁面に、荒削りだが「ミフラーブ」となる凹みがあるので、メッカの方角がわかる。正面の祭壇には、その左右に入口があって、トンネルが続く。その先は小部屋になって、壁に灯火を置ける小穴がある。さらに奥まで続くようだが、土砂が道をふさいでいた。はたして地上の天文台と通じていたのだろうか。もしそうであれば、昼間にも観察ができたのだろうか。太陽が照っていても、井戸の底からは星が見える、という話を聞いたことがある。

洞窟の内部で写真を撮っていて、こんなものをおもしろがる人は、ほかにいないだろうという気がしたが、たしかにクリストファーは警察署長が司令官にこっそり話しかけるのを聞いていた。「どうしてイギリス政府は、こんな穴の中の写真を欲しがるんだろう」と言ったそうだ。もっともな疑問である。

馬は脚をたたんで休んでいる。すでに斜面を引きずられて村へ下りてきていた。私たちもずるずる下りてきて、署長の家で、フルーツ、茶、アラック酒を振る舞われた。

きょうの夕暮れに町を離れたのだが、去り際にまた別の塔を見つけた。町の門外に十二世紀の遺構があって、やはり古いイチゴ色のレンガ造りだが、この塔は四角形で、切り出した石材を土台にして立っていた。三方の壁は、それぞれがアーチ形の二面に分かれたように見える。レンガの積み方によってツイード生地のような模様が出ていた。角の部分には半円の柱で丸みをつける。第四の壁面は全体に奥へ引っ込ませて、大きな枠に入れたように見せる。その枠内に収まっている入口を、アラビア文字と青い象嵌《ぞうがん》が飾っていた。内部で見上げると浅い丸天井がある。奥行きがあって高さのない補強を四隅につけて、天井の重みを支えていた。もはや装飾は見られない。不要なのだ。プロポーションだけでよい。古典的な均衡を極めた空間は、詩情と強度を兼ね備えて、こんな建築世界があったのだとヨーロッパ人に思わせる。アジアの建築美にどのようなものがあろうとも、この均衡ばかりはヨーロッパの発明品ではなかったのか。それが何とアジアにあって、しかも完全に別の言語で建築を語っている。

サオマ（約五五〇〇フィート）、十月十八日――アッバスもラバ飼いもアヘンで朦朧としていたので、けさは時間どおりの出発ができなくなった。文句を言ったら、無遠慮に大笑いされた。けしからん連中だ。礼儀を尊ぶはずの国でそうなのだとしたら、こちらも鷹揚《おうよう》に構えてはいられない。夕方になって、私たちの部屋に居坐りそうになったので、水ギセルもサモワールも持って出て行けと叱りつけた。すると、あわてて取りなそうとしたクリストファーが、土地には土地の習慣があると言い、その一例として、かつてバクティアリの族長の家に泊まっていた頃の話をした。内々に話したいことがあって、人払いをしてくれないかと言ったら、とんでもなく驚かれたそうだ。しかし私は、おれにだって習慣はある、と答えた。案内に雇ったラバ飼いが煙を吸うのも同じ部屋にいるのも、私の習慣では不都合なことである。

きょうは馬で五ファルサフの距離を移動した。たった一杯の凝乳《カード》で腹ごしらえをして、木製のサドルに痛めつけられての旅だ。タスル・カンドを過ぎてからまもなく、街道になかなか立派な古い橋が架かっていた。三つのアーチ、二つの小さいアーチが、石の橋脚に支えられて連続する。この橋脚もまた、柔らかな赤い色のレンガでできていた。それから道は上り坂になって、延々と続く高地に入った。ただ広く、何もなく、秋の終わりに近づいて荒涼としている。耕されて良質な茶色の土を見せている箇所もある。しかし、本来は耕作が可能な国土なのだろう。もっと大きな人口を養っていけるはずである。いままでになく大きな村に来た。その真ん中に、素朴な石造の羊が支える分厚い石の板がある。ここで村人が油作りをするようだ。

村長の家で最上の部屋に泊まらせてもらっているが、一階が馬小屋なので、その臭いが来る。壁は白く塗ったばかりのようだ。室内の一方にしっかりした暖炉がある。どこの壁にも凹みがあって、水差し、盆、錫合金《ピューター》のマグのような日用品が置けるようになっている。バラの葉やハーブをポプリにして入れているマグもあった。ほかに家具調度といえば絨毯しかない。長枕とキルトが壁際に寄せてあって、だいぶ古そうな更紗が掛かっているが、こういう絵柄のある布地は、大戦前にはロシアの産物として中央アジアの市場に出回ることが多かった。蒸気船、昔の自動車、最初の飛行機が、朱色の地を背景に、花輪の額縁に入ったように描かれている。けばけばしいだけで不潔ではない、と思って見ていたら、私の手からノミが一匹ぴょんと跳ねた。今夜は大変なことになりそうだ。私はノミに咬《か》まれることはないのだが、クリストファーにとっては笑い話ではすまされない。

まだ温かい搾りたての牛乳が椀に入って届けられた。その牛に敬意を表しつつ、ウィスキーを開けた。

アゼルバイジャンの人がペルシャ語を話すと、kの音がchに聞こえる。chの音はtsになる。

カラジュルク（約五五〇〇フィート）、十月十九日――片々とした雲が青空に光る。ゆるやかな坂を上がって、パノラマのような視野が広がった。くすんだ茶色の土地がうねうねと続き、赤土、黒土の耕地が点在して、小塔の立つ灰色の村々が大地の懐に抱かれている。大地は、はるかに遠くまで行って山脈にぶつかると、ピンク色レモン色を帯びた丘陵地帯に変わり、ぎざぎざのライラック色が重なる境界になって終わる。タブリーズの二連峰が、旅の道連れになってくれる。黄色い蝶々の群れも行く。この地上では馬に乗った男が近づく。「平安を」「平安を」パカポコ、パカポコ……。また誰もいなくなる。

きのう泊まった家で、クリストファーが二トマン紙幣を両替してもらった。すると、アッバスが、けさになって硬貨を握って離さない。「おまえは泥棒か」とクリストファーが言うと、「それで結構」と答えながら、人を馬鹿にするな、これでも有り金はたけば一千トマンになる、と息巻いた。だが、そんなことを言った口で、たまに余得がなくてどうやって生きていけばよいのかとも言う。そういう男なので、私たちとしても冷えた見方をするようになっていたのだが、ある家に昼食の場を求めて、これに支払った代金をアッバスが掠《かす》めようとするにおよんで、いよいよ緊張は高まった。家主の老人に向かって鞭を振り上げる。もし私が割って入って、アラブ流の罵声を浴びせたのでなければ、実際に鞭をたたきつけていただろう。

そんなことがあっただけに、いかにも情けない仕儀となった。息の抜けない渓谷で、塩水の川沿いに道をたどっていたら、クリストファーが旅費を入れた財布をなくしたことに気づいたのだ。ただで泊めてくれる宿をさがすとしたら、アッバスに頼るしかあるまい。また、この時点でのアッバスは、ちょっと用事があると言って離れた村へ立ち寄ったので、一人だけ遅れていた。そうなると疑念が生じる。財布を見つけて、これ幸いと持ち逃げしたのではないのか。ところが、まもなく彼が追いついてきた。いまの窮状を説明したら、したり顔のようにも見えたアッバスは、財布の捜索として、ラバ飼いの一人に言いつけ、いま来た道を戻らせることにした。

少しは幸運もあるもので、さる地元の有力者の家で差配をしている人物が、おおいに歓待してくれた。いまは芳香の立つ暖炉のそばで二人用のブリッジをしながら、のんびりと過ごしている。サモワールに湯が沸く音に安らぎがある。これでラバ飼いが上首尾で帰って来れば――と思ったら、ちょうど帰ったようだが、上首尾どころではなかった。まだ出かけてもいなかった。相棒のハジ・ババも連れていきたいので、一人に一トマンの手間賃をくれと言う。それで手元に残っていた十二トマンから二トマンを出してやった。そんなわけでアゼルバイジャンの真ん中にいて、一ポンドちょっとの資金しかなくなり、これでテヘランまで帰り着かなければならない。

さて、それから――。クリストファーの財布が見つかった。ボタンのかかるシャツのポケットに入っていた。もうラバ飼いの二人は出てしまっていた。アッバスにも二トマンを渡した。そうと口には出さずとも、いったんは疑ったことの埋め合わせである。

アク・ブラーグ（約五五〇〇フィート）十月二十日――目を覚ましたクリストファーは、ノミに喰われて、病人のようになっていた。これを見た差配人が黒蜂蜜を持ってきた。四日間これを食べて、凝乳《カード》やロガンド（どんな料理にも使われる腐ったようなバター）を避けていれば、お連れの方と同様、ノミに喰われなくなると言う。暖炉のそばでミルクと卵で朝食をとっていたら、十四歳くらいの少年が一人の老人に伴われ、ぞろぞろと従者を引き連れて、部屋に入ってきた。どうやら、この少年こそが、私たちを厚遇してくれている家の当主であって、傍らの老人の甥にあたるらしい。その名をモハマド・アリ・カーンといって、差配人によれば「すべての村を治めるお方」とのこと。

ラバ飼いの二人は、夜中に二十マイルを歩いて、きのう昼食をとった村まで行ってから、また帰ってきた。それでも元気である。いつも以上にそうかもしれない。アヘンを吸わなかったからだろう。

一ファルサフの距離を進んで、サラスカンドに来た。田舎町とはいえ、古いレンガ造りの茶屋のおかげで、なかなかに風格がある。ブドウを買った店では、バイエルン産の鉛筆や、スチール製のペン先、更紗の布なども売っていた。午後にはダシュ・ブラーグに着いて、川のほとりで休息し、灰色の泥の家が集まった小村を眺めた。円錐形の塔に、獣糞をなすりつけて乾燥中だ。金緑色の木立の幹だけが白く立ち上がって、その背景となる丘陵はバラ色の地肌を見せている。

アク・ブラーグは高地の村で、まるで隠れる場所がない。ひねこびた吹きさらしの木が一本。ほかに日陰になるものがない。もう太陽は二つの峰の彼方に沈んだ。きたならしく窓のない部屋で、ランタンの光を頼りにして、クリストファーにひたひたと水を当てて冷やそうとしている。ノミに咬まれたせいで熱が出たのだ。ひどい箇所にはウィスキーを塗ってみた。それくらいしか消毒の代わりになるものがない。ただ幸いなことに、彼にも村長のていねいな挨拶に応じるくらいの元気は残っていた。

「平安を」

「平安を」

「お加減も、だいぶよろしくなられたのではないかと」

「神に感謝を。こちらさまのご親切にて、すっかり良くなっております」

「お望みなら、何なりとお申し付けくだされ。ご自分の家と思って、わたくしどもへの遠慮などお忘れを」

「ありがとうございます。ご健勝に、いつまでも影の縮むことなきよう」

村長は重厚な老人である。その坐り方に格式があって、脚を折りたたみ、手は人に見せず、瞼《まぶた》を落としている。私たちは赤ん坊が絨毯の上に放り出されたような、だらしない格好だ。十七年前に、と村長は言う。四人のロシア人が来たことはあった。後にも先にも西ヨーロッパからの客人は見ていない。村長の傍らにイスマイルという息子が同坐している。あまり丈夫ではなく、数年前には病の重くなったことがあり、父親がメシェドまで行って祈禱《きとう》したそうだ。

クリストファーは、アヘンを少々と一椀の黒蜂蜜を服用しただけだ。それが精一杯の治療である。

ザンジャーン、十月二十二日――ふたたび〈グランドホテル―タウンホール〉にて。

ミアナへ行こうとする長い下り坂で、いつまでたってもミアナが見えてこない。だんだん嫌気が差してきた。ダリウス一世のような服を着た羊飼いの少年がいて、「パピルス」のように聞こえるものをくれとねだられた。ロシア語でシガレットと言いたいらしい。これまでの道中、茶店で休んでいると、よくロシア語で話しかけられた。こういう辺鄙《へんぴ》な丘陵地帯でロシア語を聞くのだからおかしなものだ。ラバ飼い連中とアッバスは、ぽつんと建っている見張り小屋で、午後の一服を吸った。二十マイルほどの道のりで、これしか建物はなかった。ようやくミアナが見えてくると、馬の足までが速くなったが、さらに二時間はかかった。かなりの幅がある川床を越えて、ついに西側から町に入った。

天から人間が降ってきたとでも思われたかもしれない。住人が戸口から飛び出してきて、大変な人だかりになった。私は町の警察に対応し、クリストファーは街道を管轄する警察に顔を出した。アッバスは後者に所属する警官である。すると、ひどく疑り深い警部がくっついてきた。

「どこかで写真撮影をしたのか？」

「しましたよ」クリストファーは慌てることなく、「味わいのある古い石だった。それが羊なのですよ。サオマにありましてね。ご自身も見に行かれるとよろしい」

この話に嘘はないとアッバスが言っているのに、警部の疑念は晴れなかった。

ラバ飼いの連中は、もっと割の良い仕事だと思わされていたらしい。クリストファーはペルシャ語の名刺を渡してやって、仕事を回したやつを殴り倒すか、タブリーズのイギリス領事館に苦情を持ち込むか、どっちかにしたらよかろうと言った。そしてトラックに飛び乗り、ここには午前一時に着いた。納戸も同然だが、ともかく寝られる部屋があった。けさは十六匹の虫、五匹のノミ、寝袋の中にいたシラミ一匹を潰した。

クリストファーの状態がひどい。どちらの足も膝まで腫れ上がって、水ぶくれになっている。午後に出発する車の座席を予約した。真夜中にはテヘランに着くだろう。

第三部

テヘラン、十月二十五日――ラターからの電報が届いていた。〈チャコール・バーナーズ〉が二十一日にベイルートを発つ予定だという。打電されたのは、それより一週間前のことだ。そもそもマルセイユまで着いたのかどうかさえ怪しい。こうなると、連中が追いついてくるのを待つか、もう来ないことになったという続報を待つか。いずれにせよ、もう冬が迫っているというのに、もどかしいことである。

いまは〈コックドール〉というペンションに泊まっている。経営者はピトラウという夫妻で、そこらじゅうにペットの動物がいる。ピトラウは日本大使の料理人をしたこともあるそうだ。もともとはダービー卿がフランス大使をしていたパリの厨房で、下積みから始めた。同宿になったド・バースという夫妻が、カラゴズルーという名前のターキッシュ・シープドッグを連れていた。

クリストファーは療養所へ行って、足をぐるぐる巻きに固定された。十日間はそのままだそうだ。それからも腫れが引くのに一カ月ほどはかかる。アゼルバイジャンのノミは強敵だ。

ゴレスタン宮殿へ行った。シャーが広く接見を行なうこともあるという。十九世紀のタイル模様と鍾乳石のようなカットグラス工芸が、幻想の異世界をもたらしている。孔雀《くじゃく》の玉座なるものも、この場にはふさわしい。その下部に宝石とエナメルでライオン像が浮き彫りになっているが、見た目の古さからして、それだけはデリーから奪ってきた元来の玉座の名残かもしれない。また玉座と言えば、もう一つあって、そっちはカージャール朝がシーラーズから持ち込んだものだ。庭園に向けて開いた謁見の間のような室内に置かれている。大きな平面を何体もの立像が支える構造で、透明感のある黄色、灰色、緑色を帯びた大理石、ないしソープストーンから彫り出され、ところどころに金色をあしらっている。玉座の直前には、小さな池が設けられている。

テヘラン、十一月六日――まだテヘランにいる。

〈チャコール・バーナーズ〉について何の消息も聞かれない。だがバグダッドから来た配達人は、ついに全車が故障という噂を聞いていた。また『タイムズ』の切り抜き記事によると、ノエル大佐が同じような木炭動力のロールスロイスで、ロンドンからインドに向けて出発したともいう。おそらく最初の出発時に『タイムズ』の記事を読んで、この発明に見込みがあると思ったのだろう。幸運を祈る！

もう破れかぶれで、こうなったらアフガニスタンへ出発する、と決めそうになったのが二日前のことだ。いやはや危ないところだった。

アメリカの代理公使をしているワズワースから、ファーカーソンという男を紹介された。いかにも見映えのしない顔である。顎が張り出して、なお弱々しい。髪の生え際が真ん中でとがって、鼻にくっつきそうに下がってくる。ものを言えば、ぼそぼそと独り言のような音声になった。それでも、ここは仕方ないのかと思った。クリストファーに安静が必要となると、ほかに旅の道連れは見つからない。

R・B：アフガニスタン行きをお考えだと聞きましたが、そうであれば、この際、共同して出発というのはいかがかと――

ファーカーソン：では、まず申し上げておきますと、いま大急ぎの旅をしてるんですよ。すでに二日もテヘランに足を止めてしまいました。せっかくだから孔雀の玉座くらい見ておけという人もいますが、どんなものであれ、とくに見たいかというと、どうなんでしょうね。まあ、正直、そういうのを見て回ろうとは、あんまり思ってない。歴史は好きですよ。もちろん自由も好みます。ただアメリカにあっても、自由の何たるかは昔と変わってますね。ともかく、いま時間に追われてるんだと思ってください。もともと、こんな旅をするのは、うちの親にいい顔されませんでしたからね。父はメンフィスに広告会社を立ち上げていて、クリスマスまでに帰ってこいって言ってましたが、だったら一月でいいだろうって思ってます。こっちの成り行き次第ですね。南へ行って、イスファハンに一泊、シーラーズにも一泊。タブリーズもあるな。それからアフガニスタンへ行く。まあ、正直、もし行けるんだったら、アフガニスタン、行きたいですよ。はっきりした予定はないんです。旅に出る前は、ペルシャにだって来るかどうかわかんなかった。危ないだろうなんてアメリカでは言われました。こっちへ来たら、アフガニスタンは危ないって言われますね。そうかもしれないけど、どうだろうな。これでも旅慣れてるんですよ。ヨーロッパだって、アイスランドにも行って、ロシアには行ってないくらいで、あとは制覇してますよ。アルバニアでは側溝で寝ちゃったこともある。そんなに大変じゃなかったけど、メンフィスに帰ってから、だいぶ言いふらしました。だからまあ、行けるんだったら、アフガニスタン、行きたいですよ。ただ急がないとだめなんで、カブールまで到達できるか、できないか。もし行けたとして、帰りは飛行機をチャーターするなんてどうでしょうね。とりあえずインドまで見たいとは思ってません。ああいう広い国は、またいつか秋になったらと思ってます。もう二日もテヘランにいて、だいたい人付き合いで終わっちゃってますが、楽しいには違いないとして、そんなことのために来たんじゃないんですよ。急ぎの旅なんですから。もしアフガニスタンへ行けるんなら、あすには出発したいです。ワズワースさんもメンフィスの人だから、同郷なんで、アフガンの大使に宛てて紹介状を書いてくれました。一回なくしちゃって、また書いてもらったんで、けさ大使に面会しようと思って行ったら、お会いになれませんて言われちゃった。女に取り巻かれてるみたいでしたよ。会えたのは秘書っていう人だけども、そいつに英語が通じなくて、僕のフランス語は大学で習っただけで、ろくに話が進まなかった。ビザが取れるか、取れないか。どっちにしても、あすには出たいですよ。大急ぎの旅なんで。

R・B：いや、もし道連れをお望みなら、同行して費用を出し合えるかと思ったのですよ。私だけでは車を一台雇うこともできませんので。

ファーカーソン：ええ、たしかに僕の場合、金に困ってるとは言いません。でも働いてることも間違いない。アメリカではそうです。ヨーロッパの人は違うでしょう。アメリカに有閑階級はありません。みんな働く。その必要がなくたって働いてますよ。さもないと、へんなやつだと思われる。僕は今度の旅にそなえて四千ドル用意しました。だからといって、わざわざ散財しようとは思わない。のんびりした旅でなければ、アフガニスタンへも行けるだろうと言ってるんですよ。急いでるってのは、そういうことです。

R・B：どれだけ時間があるのか、はっきり言ってくれれば、計画の立てようもあるんじゃないかな。

ファーカーソン：それはまだ何とも。（そう言って、さっきと同じことを、さらに長々と語る）

そんなことがあってから、彼のビザ申請に手を貸せるのではないかとアフガン大使館へ出向いて、彼とは翌日にも会うことにしておいた。彼が〈コックドール〉に来たのはランチの時間で、その場にはクリストファーのほか、ヨーロッパから戻ったばかりのヘルツフェルトもいた。

ファーカーソン（ダイニングルームをひょいひょい歩いてきて、息を切らせながら）：うまく運びそうなんですよ。まだビザが下りたとは言いませんが、たぶん大丈夫みたいです。ただ、あと一つ二つ、ご相談したいことがありまして。

R・B：まず紹介しようか。こちらはヘルツフェルト教授。

ファーカーソン：……ども、初めてお目にかかります、ええと、すごく急ぎの旅をしてまして、それで――

クリストファー：まず坐ったらどうだ。

ファーカーソン：あの、いま言おうとしてるのは、できることなら、あすの朝には出発したいってことなんで、だめかもしれないんだけど、できるだけそうしたいという考えなんです。

ヘルツフェルト（ばかばかしさを振り払おうとして）：ここの中庭では、キツネを飼ってるようだね。

クリストファー：ええ、以前にはイノシシもいたらしいですよ。ところが客室のベッドにもぐり込もうとするんで、仕方なく処分したのですが、女将に言わせれば、お客さんがいやがったのがわからないそうなんです。イノシシは腹を掻《か》いてもらいたかっただけなんだと言ってました。しかし寝ている客はたまらないんで、もはやこれまでとなったんです。

R・B：キツネだってベッドに来るよ。小便もする。

ファーカーソン：それって、すごくおもしろい話だけど、いまは冗談を言ってられないんで、一つ二つ、どうしても相談したいことがあるんですよ。

ヘルツフェルト：わたしはね、ペルセポリスの家で、ヤマアラシを飼ってるんだ。よく人に馴れている。お茶の時間が一分でも遅れると、ひどく怒るんだが、あれは針というのか、棘《とげ》というのか、全身の毛を逆立てる。

ファーカーソン：あのう、一つ二つ、どうしても——

ヘルツフェルト：あれはまた人間なみにトイレに行くんだ。毎朝、その時間には待ってやらないといけない。みんなで待ってる。

ファーカーソン（げんなりして）：すごく楽しいお話ではありますが、ちょっと付いていけません。とにかく、いま一つ二つ——

R・B：わたしの部屋へ行きましょうか（全員が移動する）。

ファーカーソン：いま一つ二つ、どうしても相談したいことがあるんですよ。はっきり言いますけど、もし僕がアフガニスタンへ行こうとすれば、それは大急ぎの旅になるしかない。だから、この際、遠慮なく言わせてもらいますと、おたがいに知らない者同士ではありますが、うまく旅はできるだろうと、そう思ってるんです。ただ、その前に、はっきり決めておきたいことがあるんですよ。いくつか紙に書いてきたんで、いま読ませてもらいます。では、その一、これは「人間関係」のポイントです。僕は旅の経験が豊富なんでわかってるんですが、旅をすると人間のいやな側面が出てきます。たとえばメンフィスの実家には兄がいまして、音楽が大好きです。僕はそうでもない。その兄とパリへ行ったことがありますが、ディナーのあとでコンサートへ行きたがるんですよ。僕はそうでもない。兄弟の仲はいいつもりなんですが、そういう面倒なことはありがちなんです。さて、いま僕らは、たがいのことを知りません。苦労はあるでしょうし、病気になるかもしれない。そうなれば気持ちだって暗くなる。そうでなくても、ふだんから「人間関係」の心がけは大事です。二番目は「力関係」のポイント。ずばり言わせてもらって、いま僕には時間がない。これからアフガニスタンまで一緒に行く、ということになるとしてですね、旅の主導権は僕にあるのだと、はっきりさせておきます。というわけで「力関係」。もし僕がどこにも寄り道しないと決めたら、そのようになります。できるだけ公平に、ご要望に添うようにはしますよ。そのつもりです。ワズワースさんもメンフィスの人なんで、僕の実家のことも知ってますが、僕が公平を期する人間だと言ってくれるでしょうね。ただし、あくまで主導権は僕にあるということです。三つ目のポイントは「資金関係」。いま主導権と言ったくらいなので、車代の半分以上は負担します。でも、いいですか、僕は時間がないんで、大急ぎの旅ですから、ひょっとするとインドまで直行して、あとは船で帰るってこともなくはない。そちらは、たしか費用が乏しいのでしたね。といって道連れになった人をインドに置き去りということもしたくないので、ペルシャまで自前で帰ってこられますかと、あらかじめ念を押したいです。手持ちの現金を見せてもらえれば――

R・B：何だって？
ファーカーソン：手持ちの現金を見せてもらえば――
R・B：では、さよなら。
ファーカーソン：……それだけ安心して出発できるってことで、どんな場合でもご自分で帰ってこられるのなら――
R・B：もう出ていけと言っている。

ファーカーソンは飛び出していった。その際、ヘルツフェルトおよびクリストファーにぶつかりそうな勢いで、この二人の手を熱っぽく握りしめ、「お会いできてよかったです」と言っていた。「では、さよなら。僕はもう行かないと。すっごく急いでる旅なんで……」

そうらしい。そういう男との同行を考えてしまった。もちろん、ゴムの手袋と消毒剤でも用意しなければ、すり寄っていきたい相手ではない。危ないやつだと思わせてくれたのはよかった。前日に、やつが着替えるところを見たが、すっごく貧弱な肉体をしていた。

テヘラン、十一月九日――まだ滞在中。

アフガニスタン国王ナーディル・シャーが、カブールで暗殺された。

午前中に、バザールでの噂が銀行に届いて、イラクのガージー王が死んだというのだったが、一時になって公使館が真相を知った。夕方にはロイターの報道があった。インド政庁は慌てふためいているらしい。当のアフガニスタンからは何も聞こえてこない。だが、混乱しているにせよ、いないにせよ、そういう事件があったのでは、これからの旅にとって面倒であるには違いない。どうにか出発できるとしての話だが――

さるバクティアリの族長で、クリストファーの旧友である人物が、食事に来た。ぜひ個室で願いたいということなので、そのようにした。族長の身分を世襲する立場で、外国人と懇談するのは危険なのだそうだ。マーチバンクスのおかげで、あらゆる族長が事実上の軟禁状態にある。テヘランに住んで好き勝手に金を使うことはできるが、部族の故地に帰ることは許されていない。マーチバンクスは部族勢力を恐れているので、その弱体化を図って、警察の支配下にある村域に住まわせ、それぞれの族長とは切り離そうとしている。土着の勢力が国全体のキングメーカーになることは、過去にいくらでも例があった。

この客人は将来を予感するように語った。やむを得ない、とも言った。ペルシャという国は昔からそういうものだ。暴君がいるなら、その死まで、こちらが耐え抜くのみである。

テヘラン、十一月十一日――土曜日、まだ滞在中。

火曜日には出発しようと思った。売りに出ている車を見つけたのが月曜日だ。車種はモリスで、三十ポンドだという。いい買い物になりそうだった。それで翌日には出発できると見込んだのである。

いざ購入するとなると、一連の手続きが必要になった。免許証を取らなくてはいけない。そもそもペルシャの滞在許可、およびマシュハドに行く許可、マシュハドの知事宛の紹介状、また経路の各地の知事宛にも紹介状、というようなことが四日がかりになって、いたずらに時間が過ぎた。身分証明書がないだけでも「法に違背している」ということで、その証明を得るために、本人が知る秘密として母親の出生地を記した書類を三通提出させられた。さて一方、車の所有者は、テヘランを離れてしまっていた。権利を委任されていたのは、ピンク色でツイードのフロックコートを着た老齢の弁護士だ。取引は成立し、双方の署名が入ったことも確認されたのだが、所有権の移転に関わる登録を、警察が認めようとしなかった。弁護士が財産の管理を任されているとはいえ、所有物のリストの中にモリス一台の記載がないという。だが、警察の幹部に会って談判したら、その判断が覆ることになって、担当者に電話をしてくれた。ところが三百ヤードほど離れた元の部署へ行ったら、そんな電話は来ていないという。何かしら聞いたかと周辺の部署に問い合わせているうちに、ああ、そう言えば、と思い出した男がいて、その電話を受けた者が、いま外出中なのだという話になった。すると、ここは天の助け、そいつと街路で出くわしたので、一緒にデスクへ戻っていった。その男には面倒なことだったようだ。委任状の提出がなければ、どうにもならないと言う。その用意ができるまでは、役所の手を煩わさないでもらいたい、ということのようだ。そこで弁護士がよたよた歩いて、まっさらな用紙を買ってきた。ほかに場所がないので、舗装した広場へ出ていって、所有者の息子、自動車屋とともに、ぶすっとした法律屋を囲んでしゃがみ込み、この老弁護士は眼鏡が鼻からずり落ちそうになりながら、ペンが紙に刺さるほどに書き込んで、用箋がステンシルの型紙のようになった。一つの文も書き終えないうちに、警官が来て移動せよと言う。その次の文を書こうとすると、また警官が来る。ヒキガエルが追い散らされるように、ずるずると広場を移動して、あっちで一語、こっちで一語と書いていたら、とっぷりと日が暮れて夜になった。ようやく仕上がった文書を持っていくと、もう一枚、ここで複写せよと言われる。広場のほうがまだましだった。オフィスが停電していたので、マッチを次から次へと大量に擦ることになって、指先まで燃えそうに熱くなった。私は笑いだし、ほかの者も笑った。警察署が大笑いになったのだが、はたと真剣な話に戻って、所有権の証書が出るのに三日かかるという。それから一時間がかりの議論があって、では翌朝に、という約束ができた。それでまた翌朝に行ってみると、やはり三日だという。だが、今回は私が一人で来たので、それが強みにもなり、言いたいことを言うだけのペルシャ語能力はあるのだが、相手が拒絶しようとする言葉はわからなかった。もう一度、道路を越えて、上級の役人と掛け合いに行ったら、ばたばたと人の動きがあって、電話が鳴って、ついに文書ができあがった。だが念のため付言しておけば、この四日間の運命にあって、そんなことは小さな一例というにすぎなかったのである。

車は一九二六年製で、エンジンにいくらかの整備を要した。きのうテストをして、きょうの朝六時には出発というつもりだったのだが、テストが終わる前にバッテリーがいかれた。出発は正午になりそうだ。今夜のうちにアミリヤまで行ければいいと思う。そうすれば、難所の峠を一つ残すだけになる。

昨夜、ノエル隊が二台のロールスロイスで到着した。木炭の装置は、ドーヴァー海峡を渡る前に放棄したようだ。本家の〈チャコール・バーナーズ〉は、ダマスカスとバグダッドの間の砂漠で五夜を費やし、コンロッドの大端部が二カ所で折れて、いまは修理中とのことである。ここまで来られるのか知れたものではない。運まかせで待っているわけにもいかない。十五日を過ぎたら、いつ峠の道が閉ざされるかわからない。

アヤネ・ヴァルザン（約五千フィート）、同日午後七時半――後車軸が破損した。テヘランを出て、いまだ六十マイル。

「ホラーサーン方面！」市街から門を出ようとするところで警官が声を張った。エルブルズ山脈の難路に苦労しながら、気分は上々で進んでいた。アップダウンの続く道で、エンジンは一番下のギアに入れたきりだ。そうでもしなければ、ヘアピンで曲がるたびに、前進でも後退でもずるずる落ちそうになる。

七人の農民が、えんやこらと車を押し上げ、この村の納屋に入れてくれた。もはや処置なしの大損である。といって、いまさらテヘランへ戻る気はない。

シャールード（四四〇〇フィート）、十一月十三日――翌朝、アヤネ・ヴァルザンにバスが来た。マシュハドへ向かう女の巡礼団が乗っていて、その話し声が下の中庭から聞こえてきたので目が覚めた。五分後に、私は運転手の隣に坐っていて、私の荷物の上に女たちが坐っていた。

アミリヤから上がった峠道で振り返ると、峰、尾根、岩壁が延々と連なって、その行き着く先には、白い三角形のデマベンド山が、空に高々とそびえ立つ。ふたたび前方を向けば、無限の大陸に山脈が波立つように、また潮が引くように、遠くまで続いている。その地上の各所で、雲の移動に従って、光と影が移ろう。さびしい村落が、黄色くなった秋の木々に包まれている。そのほかは、ただ砂漠――。石だらけで黒光りするようなペルシャ東部の砂漠である。セムナンまで来て、巡礼の女たちは隊商宿でお茶の時間となった。このあたりに古い尖塔《ミナレット》があるという話を聞いたが、それを見つけたところで、私が警察に見つかった。そうなると、せっかく着いた町にも長居はできないと、現地語で「悲哀を食う」と言うように泣く泣くあきらめ、黄昏《たそがれ》に走り出すバスに乗った。黒人の運転手は「マシュハドまで乗ってけばいい」と、なかなか友好的な運賃を言ってくれたのだが、あえて断ってダムガンで下車した。

その町には円形の墓塔が二本立っていて、十一世紀の建造であることを示す文字が刻まれている。カフェオレ色のレンガ積みで、なかなか上質なレンガだが、目地の接合は粗い。またモスクの遺跡もあって、タリク・カーナ、すなわち「歴史の館」という名前になっている。さらに時代が古いようで、ずんぐりした円柱がイギリスの村にありそうなノルマン時代の教会を思わせもする。こんな予想外のロマネスク様式は、ササン朝時代の伝統から受け継がれたものだろう。イスラム教がペルシャを制覇してからは、あらゆるイスラム建築の中にも、この伝統が取り込まれていったのだが、いまだ芸術性に乏しい素朴な段階から、その継承が始まっていたというのは興味深い。

警察には、人の好い面々がそろっていた。私のせいでランチタイムにも戻れずに、空腹を抱えてふらふらしていたが、だいぶ遅くなった午後の時間に、うまいこと西から東へ行くトラックがやって来たので、ようやく食事にありつけるとばかりに、そそくさと私をトラックに乗せた。おかげで八時にはシャールードに到着した。真夜中には出発の予定。

ペルシャで「キャラバンサライ」すなわち隊商宿と呼ばれる制度はみごとなもので、現代の旅にあっても、しっかりと存在を保っている。たしかに、どこでも自動車の便宜を図るようになったが、昔ながらの構造は変わらない。つまり四角い中庭があって、これがオックスフォードのカレッジくらいに広い。中庭を取り巻く建物には、堅固なドアがならんでいる。大きなアーチ形の正面口と横並びになっているドアの近くに、炊事、食事、睡眠、商取引を行なう部屋がある。ほかの三面には小さめの部屋が列をなして、修道院の小部屋のようでもある。馬や自動車の置場もある。快適かどうかは一概に言えない。いま私がいる〈ガラージ・マシス〉というところは、スプリング付きのベッド、カーペット、ストーヴを備えている。チキンを食って、そのあとにブドウも出たが、どちらも結構なものだった。ダムガンでは家具の類は一切なく、うまくもない飯のかたまりを食っただけだ。

ニシャプール（四千フィート）、十一月十四日――何にせよ、すっかり惚れ込んでしまうことはある。ペルシャ全土をさがしても、ダムガンで乗せてもらったトラックほどの一台はなかったろう。この旅が初走行というREOスピードワゴンの新車で、平地なら時速三十五マイルは出る。ダブルタイヤで走って、ラジエーターは熱くならず、キャビン内にライトがつく。マハムード、イスマイルという二人組が、テヘランからインド国境までの新記録が出そうなほど飛ばしていた。五分に一度は大丈夫かと聞いてくれて、ずっとドゥズダブまで乗っていけよと言う。

夜が明けて、絞首台からにっと笑いが浮いたように、強風と小雨の夜に光が射した。いくらかチーズをかじって、シャールードから持ってきた鶏の胸肉の残り半分を食った。薄ぼんやりした砂漠の中に、ひねこびた二本の柳の木と、茶屋の建物が、その姿を立ち上げる。マハムードとイスマイルは建物に入っていって、似たような旅好きの連中と言葉をかわした。私は居眠りしていた。

アッバーサーバードで、火にあたらせてもらっていたら、土地の人がビーズやシガレットケースやサイコロを売ろうとした。そういうものが軟質で灰緑色の石でできている。この人々は緋《ひ》色のロシア風ブラウスを着ていた。アッバース一世の時代にジョージアから集められた植民者の子孫である。また風雨をついて出発し、起伏の多い灰色の荒野を進んだ。飛行船のような灰色の雲が、低く、速く、飛んでいく。たまに灰色の村があるが、人の住む気配はない。遺跡となった砦を囲むように、蜂の巣型のドーム、山型の聖塔のような古代の構造物が、いま雨の中で崩れそうに見えている。歴史が始まって以来、何度も溶け崩れてきたのだろう。そして歴史が終わるまで、また夏になって新しい土のレンガが積まれていく。水が紫色の奔流になって、壁のある小道を流れ下り、その先の平地、砂漠へと達すると、流れた道筋はもはや水路というべきものである。ポプラは一晩で葉を散らすこともあるが、プラタナスはもう一日くらい持ちこたえる。ラクダの隊列がゆさゆさと並走し、雄ラクダの首でベルが鳴って、また鳴って、どこかへ行く。白い袖無し上着の羊飼いが、小石の地面に首を伸ばしたがる羊を追い立てて、風の中を航行するように進む。

黒いテントがあって、黒いフリース帽の人がいると、それがトルクメン人であり、もう中央アジアに接しているのだと思わされる。ここが黄金の街道なのだ。コスロゲルドの尖塔が、八百年前にも、いまと同じように街道の往来を見ていた。サブゼヴァールまでも、あと二マイルだ。隊商宿がケバブ、凝乳《カード》、ザクロを出してくれる。地産の赤ワインもある。

暗くなってからまもなく、トラックのヘッドライトが消えた。無鉄砲な記録破りの二人組、マハムードとイスマイルは、マッチも灯芯も用意していなかった。私はどちらも持っていたのだが、簡単に修理できるような故障ではないとわかって、マシュハドまでは行かず、ここでの泊まりになった。

何とまあ、オマル・ハイヤーム[2]の故郷の町だ。

マシュハド（三一〇〇フィート）、十一月十六日——ニシャプールからマシュハドまで、九十マイルの距離である。正午までには着けるだろうと見込んだ。

ところが、あの美しきスピードワゴンが動けない。すると九時になって、イギリス製のバスに乗り換えることができた。ベッドフォード社のバスが、巡礼の一団を運んでいたのだ。十六マイル行った先のカダムガーで、気の利く運転手が停車してくれたおかげで、この地の聖廟を見に行くことができた。かわいらしい八角形の上に、球根のようなドームが載っている。創建は十七世紀半ばで、イマーム・レザー[3]の安息の地を記念する意味がある。岩壁の下で、一段高くなった地

1 イラン、サファヴィー朝第五代の王（在位一五八八–一六二九）。 2 ペルシャを代表する学者、詩人（一〇四八–一一三一）。四行詩集『ルバイヤート』の著者。 3 イスラムの十二イマーム派第八代イマーム（七六五–八一八）。

面に鎮座して、その周囲には、高い傘のような松の木が立ち、水の流れが音を立てる。陽光がタイルの壁に当たると、深い色の木々と濃さを増す空を背景に、タイルが青、ピンク、黄色の光を帯びる。黒いターバンを巻いた髭面の男が、ムハンマドの末裔《まつえい》を称しつつ喜捨を求めてきた。身体が悪い、目が見えない、という者たちが、とんでもない速さで集まってくる。あわててバスに逃げ帰った。

このバスは、定員の二倍の客を乗せて、当然、その荷物も乗せている。そろそろ終点だと考えた運転手は、調子に乗って下り坂を時速四十マイルで飛ばし、川床をぐいぐい進んだのはよいが、対岸の坂に突っかかって、がくんと跳ねた。すると、びっくりしたの何の、はずれた右前輪が転がってきて、ステップ板にがりがり擦《こす》れてから、当て逃げで荒野に去っていった。「イギリス人ですかい?」運転手が腹いせに言った。「ご覧なさいよ」イギリス製の一インチ鋼板が、きれいにひん曲がっていた。

予備の車輪を取り付けるのに一時間半を要した。巡礼団は寄り集まって、背中を風上に向けていた。男は黄色のシープスキンをまとって、女は黒い布にすっぽりと身を包んでいる。三羽の鶏が、脚と脚を結ばれていながら、束の間の自由を得ていた。だが、その鳴き声に、明るい前途は感じられない。ようやく発車したものの、運転手は慎重の病に取り憑かれたようになって、時速五マイルでのろのろ進み、どこかに隊商宿があると、そのたびに停車しては、茶を飲んで神経を静めたがった。そうこうするうちに、ついに小さな峠にさしかかって、風景が変わった。

山脈が地平線をめぐる火影のように幾重にも続く。夜が、また波の巻くような雲が、東から寄せてくる。下界の平地には、煙と木と家がぼんやり見えてきて、マシュハドに来たことがわかる。シーア派の聖地だ。ひんやりした秋霞の中に、金色のドームがきらりと光って、青いドームも姿を見せる。この風景は、イマーム・レザーがハルン・アル・ラシード[4]の傍らに埋葬されて以来、何世紀にもわたって、砂漠に倦《う》み疲れた巡礼、商人、兵隊、王侯、旅人の目に、安らぎをもたらしてきた。それがいまバスに詰め込まれた何十人かの乗客にも、待ちに待った希望の町として見えていた。

石を積み重ねて、祈りの場所ができていた。巡礼団の男たちがバスから降りていって、まずメッカを優先するので、マシュハドには背を向ける方角に礼拝した。運転手も降車して、いまのうちに運賃を回収しておこうとしたが、まだ相手が取り込み中なので、その女房たちに請求先を変えた。すると猛然たる抗議の金切り声が発生し、怒りの上昇調に長大なクレッシェンドがかかって、感謝の祈りを吹き飛ばした。それでも敬虔《けいけん》な男たちは祈ることをやめない。石の台に頭を打ちつけ、靴を脱いだ足をたたきつけ、深々と息をして、見開いた目を天に向け、迫りくる精算を少しでも先送りする決意である。運転手と助手は、女の群れがやかましくてたまらない。布をかぶった化鳥を一カ所に集めたようである。もう車外へ逃げて、地面に跳ねていた。男たちは、こっそり一人ずつ、座席に戻ろうとする。それを運転手が見つけて掛け合うと、一人が十五分くらいは文句を言った。だが最後まで支払いを拒んだのは三人だけで、この連中はさんざん毒づきながら、殴られ、蹴られ、仲間はずれで追い出された。その一人は前部座席で私の隣にいた男だった。きわめて信仰心が篤いように見せていたが、ぶつくさ言うだけの勝手なやつで、この男

4 アッバース朝第五代カリフ（在位七八六－八〇九）。『千夜一夜物語』で有名。

を先頭に、三人がひょこひょこと坂道を下っていった。

やっとバスが走り出した、と思う間もなく、後部にいる女たちが従来比三倍くらいの大騒ぎをした。拳を固め、家事の道具を振り回して、運転席のある前部との薄っぺらい仕切り板を打ち壊しかねない勢いである。またしてもバスが止まった。やかましい女たちは、顔からヴェールがずり落ちるのも構わず、その口から泡を飛ばして、あいつらを連れ戻してやれと私に要求を向けてくる。すでに私は暗くならないうちにホテルに着きたいとしか思わなくなっていたので、「また乗せてやるか、突っ走るか、どっちかにしてくれよ」と運転手に言った。「ここで止まったきりなら、おれだって運賃を払わないぞ」という談判が功を奏して、運転手は三人を追いかけ、せっせと歩き続ける連中に、また乗ったらどうだと誘った。だが連中も意地を張る。道路の側溝を背水の陣にして、さっきは神聖きわまりない時間を邪魔されたのだから、もう仲間になんかなってやらないと息巻いた。するとまた女たちが騒ぎ立て、バスの全体がぎしぎしと揺らいだ。「早くしろ！」私もどなって、床板がブレーキにぶち当たりそうなほど足を踏み鳴らした。飛び出していった運転手は、もう相手に音を上げさせるほどの腕ずくで、バスに引きずり込んだ。あの敬虔ぶったやつは、また前部座席に戻ろうとする。そうなると私が黙っていられなかった。こんなやつを隣に坐らせるのは真っ平だ。すると、あろうことか、この男は私の手をつかまえ、ざらついた髭に涎がまみれたような顔に押しつけて、さんざんにキスをした。どんと一発、こいつを突いて転がすと、私はバスを飛び出し、もう途方に暮れたような運転手に、これ以上くっつかれて坐るくらいなら、自分の足でマシュハドまで歩いて行く、もちろん運賃は払わない、と断言した。そうしたら、いまのはその男が悪いよ、と女たちが騒ぎだし、男はすくみ上がって後部へ移されていった。いよいよ聖都に向けて、大砲の台車でもぶっ飛ばすような勢いで、バスが走り出した。

運転手と私は顔を見合わせた。どちらも笑った。

マシュハド、十一月十七日――まったく聖廟の町である。どこの参道にも、トルクメン、コサック、アフガン、タジク、ハザラ[5]の人々がごった返して、にせヨーロッパ人のようなペルシャ人の群れに入り交じる。警察は過熱した信者が何をするかわからないと思っていて、ほかの町では反宗教政策でモスクの開放が進んでいるというのに、ここでは信仰のない部外者は入場禁止のままである。「もし行きたいのなら」とホテルの男が言った。「この帽子、貸しましょう。それだけで入れます」しかし、くたびれた帽子は、マーチバンクスによる王政の象徴としか言えない代物だ。フランスの制帽を真似たインチキ商品のようでもある。私はいい顔ができなくて、青い目と金色の髭では、どうせ門前払いだろう、と言っておいた。

ちょっと前に、マーチバンクスが初めてシスタンを訪れた際のこと。この王が現代風の都市計画を好むというので、あわてた土地の役人が、いわゆるポチョムキン村の方式で、新規の市街をでっち上げた。電灯が明るく飾っていた外壁は、その裏側に野っ原が広がっていただけだ。訪問の前日に、子供用の衣服を満載したトラックが来た。翌朝には、フランスの幼稚園かと思うような服装の学童が集合していた。車で到着した王様は、わずかな滞在時間のうちに、学校の先生を首にした。子供服が後ろ前だったからだ。王が走り去ってしまえば、子供は衣服を脱がされた。

5 おもにアフガニスタン中央部に居住する民族。

王の次の訪問先へ送るべく、急いでトラックに衣服を積んだのだ。ペルシャとは、いまなお都合のよい冒険の国である。

きのうノエル隊が着いた。私はヘラートまで行くというトラックに乗れることになっている。このアフガンのトラックは、車体にバラの花の絵をあしらって、あさってには出発するという触れ込みだ。

マシュハド、十一月十八日——トゥースは、大詩人フィルドゥシーの故郷である。イマーム・レザーの埋葬地として栄えたマシュハドよりも、町としては古い。マシュハドからは北西に十八マイル。ロシア側のアシガバートにいたる街道から、やや外れた位置にある。山並みをたどると古都の輪郭がわかる。川にかかる古風な橋は、八つのアーチを連ねた形をしている。ドームのある壮大な霊廟が、枯れたバラの葉の色をしたレンガ造りの外観を見せて、青い山脈を背に、ずっしりと立ち上がる。誰が記念されているのかは不明だが、メルブにあるスルタン・サンジャルの霊廟と似ているところから、十二世紀の建造ではないかと思われる。これだけが、古都トゥースの栄華を、いまに伝えている。

しかし来年はフィルドゥシーの生誕一千年という節目になる。もちろん国外にも聞こえている名前だとして、読んだことはないが立派な詩人らしいとしか思われていないだろう。というわけで、その作品を誉め讃えるというよりは、出身国に敬意を表することになるのではないか。少なくともペルシャの目論見としてはそうだろう。すでに大々的な祝賀の予定が告知されている。ペルシャと国境を接し、あるいは何らかの利害関係のある国からは、政府の代表団が派遣されるようだが、マーチバンクスにしてみれば、あっちの国がやっと藍色の染料を作っていた時代に、こっちでは叙事詩の大作が書かれていたのだと、にんまり思い返すことになる。また、そういう比較が現在でも無理ではないと周辺国に知らしめる機会かもしれない。国王お声掛かりの新鉄道、公明正大な司法判断、洋装好みのラウンジスーツ。そんなものが混乱した世界への希望になる。もはやフィルドゥシーよりも、シャー・レザー・パーレビが千年祭の主役になっている。

山脈と砂漠に囲まれて、ひっそりと長い時間を過ごしてきたトゥースの町が、にぎやかな国威発揚の場になりそうだ。詩人の墓があるなら、まずまず適地だということで、この町で記念碑が除幕される。ほぼ完成しているが、意外に出来はよさそうだ。四角錐の形状をして、外壁に白い石材をかぶせるらしい。これが幅の広い階段状の土台に載っている。その手前には縦長の池があって、木々に囲まれ、二つの古典的なパビリオンが池を案内するように立つ。東洋の趣味が西洋の着想と向き合わされる条件下で、これだけの設計はみごとなものだ。記念碑そのものは西洋風で、徹底してシンプルだ。庭園はペルシャ風に美しく、これも期待を裏切らない。その二つが適度な割合で融合している。いずれ、にぎやかな祝祭が予定を終えて、ヤギの首でベルが鳴るだけの静かな土地に戻ったら、へんな気取りのない墓所として、フィルドゥシー愛好家の憩いの場になるだろう。

午後、領事館で茶会があって、さらに余興もあった。警察のトップだという人物は、見た目には死刑執行の役人のようで、本当にそうだったのかもしれないが、そんな男が、さがしもの競争の最中に、アメリカの女性宣教師と腕をつながれることになって、珍妙な風景を呈していた。アメリカの宣教団を束ねているドナルドソン氏にも会ったが、この人は地元民を改宗させることよりも——あるいは、それに加えて、かもしれないが——シーア派の研究をまとめて本にしたばかりである。

テヘランからの電報。〈チャコール・バーナーズ〉が到着していて、税関が銃を返してくれたら、すぐに出発するという。といって連中を待っている理由はない。もし会うとしたら、マザーリシャリーフまで行ってからだ。いますぐにでも道路が雪に閉ざされるかもしれない。

ノエルもまたアフガニスタン行きのビザを取ろうと考えている。

アフガニスタン：ヘラート（三千フィート）、十一月二十一日——ビザを取れたノエルが、ここまで私も乗せてくれた。というよりも、私が彼を連れてきた。ロンドンからずっと運転していたので、たまに誰かが代わってくれるならありがたいと言った。午後には南に向かう街道でカンダハルへと走り去った。

この町ではロシアの領事館員が囚人同様の暮らしをしているだけで、そのほかにヨーロッパ人と言えば私くらいなものだ。きわめて行儀良くしている。人目があるので、そうせざるを得ない。ホテルには、三人のパールシー系インド人[6]が同宿している。自転車で世界旅行をしているのだそうで、この夏に開通したばかりの道をたどってマザーリシャリーフから来た。その道中、よくロシア人を見かけたという。アムダリヤ川を越えた避難民として、ワハーン回廊を中国側のトルキスタンに向けて移送されているらしい。その中にいたジャーナリストが、この三人に悲惨な状況を書いた手紙を託していた。とうに穴だらけのブーツを履いていながら、歩いてでも北京へ行くつもりだったという。

ヘラートには独自の外務機能があって、その責任者は「ムディル・イ・ハリージャ」と称されている。その人物が、もし私が交通の手段を有するなら、トルキスタンへ行ってもよいと言う。またアブドゥル・ラヒム・ハーンという知事にも面会できた。なかなか風采のよい老人で、黒いアストラカン帽をかぶって、ヒンデンブルクのような髭に白いものが混じる。この知事からも行きたいところへ行ってよいとの許可を得た。経路の要人に宛てて紹介状を書いてくれるそうだ。

そのあと電報局へ行った。局長には英語が通じる。

「アマーヌッラー・ハーン[7]は、いまどこに?」局長が出し抜けに言った。窓の外に目をやって、人がいないか気にしている。

「ローマだったと思いますが」

「戻ってくるでしょうか」

「あなたのほうがご存じでは?」

「何も知らないのです」

「兄君のイナーヤトゥッラーは、テヘランにいますよ」

6 八世紀にペルシャからインドへ渡った人々を起源とするゾロアスター教徒のインド人。
7 アフガニスタンの首長、国王(在位一九一九―二九)。一九二九年、政変により兄のイナーヤトゥッラーに王位を譲り、イタリアに亡命。

局長は居住まいを正した。「いつお着きに?」

「テヘラン在住のようです」

「何をされているのでしょう」

「ゴルフですね。ちっとも上手ではないので、他国の外交官からは敬遠されるようですが、ナーディル・ハーン国王が暗殺されたとたんに、プレーを申し込む電話が殺到したとか」

という陰鬱なニュースを聞いて、局長は首を振った。「ゴルフとは、何ですか?」


夕方、市の担当者という紳士が来た。何か不都合はありませんかと言う。部屋の窓にガラスが入っていればありがたいと答えておいた。ホテルの支配人はセイード・マフムードといって、見たところアフリディ部族の男らしい。もとはカラチのホテルに勤めていたそうだ。宿帳を見せてもらって知ったが、この八月には、カルカッタ駐在のドイツ領事、バッセヴィッツ伯爵も、休暇からの帰途に宿泊していたようだ。その消息を聞いたのは、一九二九年以来のことである。

ヘラート、十一月二十二日――ヘラートは東西に長い耕作地帯にある。南にハリー川が流れ、北にはパロパミスス山脈の末端があって、どちらからも三マイルほどの中間に位置する。新旧二つの町があり、狭い道が絡み合ったような旧市街は、四角い城壁に囲まれ、二マイルにもおよぶトンネル状のバザールが町を斜めに二分している。北側の小高い丘に、厳めしい古城が立って、周囲の一帯に睨《にら》みをきかす。これに対して、新しい町では、バザールの入口から大通りが北に延びて、もう一本の同じような通りと直交し、それぞれに開放的な商店が建ちならんでいる。ホテルは二階部分があるので頭一つ抜けたようだが、あたりに銅細工の工房が何軒もあるので、夜明けから夕暮れまで金物の音が響いて、泊まり客もおちおち寝てはいられない。交差点まで行くと、トラックに乗る切符の売り場がある。大量に荷造りした商品、ロシアのガソリン樽を詰めた木箱が置かれた中を縫うように歩いて、毎日、人が集まってくる。

ペルシャとは違うものだとつくづく思いながら、私からも人々に視線を返す。ペルシャでは、マーチバンクスの倹約令に縛られて、一般人の服装は人類の尊厳を軽んじるようなものである。みすぼらしい有象無象としか見えず、その礼節、庭園、乗馬術、文学愛好によって幾多の旅人を惹《ひ》きつけてきた歴史のある民族だとは、到底思えなかった。ではアフガンの人々はどうなのか、それはまだ何とも言えない。とりあえず服装や歩き方を見るかぎり、おもしろくなりそうな気がする。いくらか洋装も見られる。ヨーロッパのスーツに、しゃれたラムスキンの帽子、という役人たちだ。町の人々でも、たまにヴィクトリア時代のようなベスト、あるいはインドのムスリムのような襟の高いフロックコートを着ている場合がなくもない。だが、そういう輸入品の服装に、寝具を丸めたように大きなターバンをかぶる、多色の毛布を外套《がいとう》にしている、白いだぶだぶの先細ズボンが金糸で飾ったゴンドラ形の靴まで届いている、といった取り合わせになると、オペラ座でインドのショールを見るように異国情緒が際立っている。いわゆるアフガン人が好む南部の風俗は、そういうものだ。タジク人、というかペルシャ系の住民であれば、トルキスタンのキルトガウンを着たがる。トルクメン人は黒のブーツを履いて、赤のコートに身を包む。大きな帽子は、絹のような黒ヤギの巻毛から作られている。だが、とりわけ服装に目を引かれるのは、町に隣接した高地に暮らす人々だ。フロックコートのような長い服を着て、颯爽《さっそう》と町を歩いているが、その生地はごわごわした白いサージで、ほとんど翼のような振袖がついて膝あたりまで垂れ下がり、ステンシルで染めたような模様が走っている。こんな情景の中を、ひょっこり横切っていくものがあって、キャラコ製の蜂の巣に天窓が開いているのかと思うと、これは女の通行人である。薄暗いバザールで、タカの目とワシの鼻をした浅黒い男たちが、てんでに肩で風を切って歩いている。買い物に来るだけで銃を携行するのは、ロンドンの人間が傘を持ちたがるようなものだ。ああいう武闘派めいた行動は、半分は芝居がかった見せかけである。実際に撃てる銃なのかどうかもわからない。きっちりした軍服の上から見るかぎり、さほどに頑健な体格とも思われない。ぎろりと睨むような目つきでさえ、メーキャップの産物だったりする。だが昔からそうなのだ。法の執行があやふやな国にあっては、外見だけでも強そうにしていれば、何かと有利に事が運ぶ。統治する側から言えば扱いにくいかもしれないが、この習俗のおかげで、ともかく人心が不安になることも、自国を疑うこともなかった。だからヨーロッパの基準に合わせようとはしない。逆にヨーロッパを自国に合わせようとする。けさアラック酒を買おうとして、そのように実感した。この町のどこへ行っても、アルコールは一滴も手に入らない。ついに劣等感を持たないアジアに来た。聞いた話では、アマーヌッラーは隣国ペルシャに対して、わがアフガニスタンが西洋化において先んじると豪語したそうだ。それが政権を終わらせることになった。後継の王にとっても、うっかり西洋化を唱えたら、代々の命取りになりかねない。

ペルシャから来てヘラートに行く街道は、しばらく山麓にへばりつくように走って、クシュクからの道と合流し、そこから下って町に向かう。到着したのは、暗いのに星が出ている夜だった。そんな夜は不思議な気分になる。知らない国へ来て、国境で荒っぽい警備隊を見てきただけに、夜の景色はめったにない感興を誘うものだった。すると突然、大きな煙突が林立する一帯に入った。走行する車から見ていると、黒い輪郭になった煙突が相互の立ち位置を変えるようだ。これには愕然とした。いくら何でも工場があるとは、まさか——と思っていたら、大きく立ち上がる影のおかげで、こぢんまりと見えてきたのは、メロンのように筋が浮いたドーム遺跡のシルエットだった。世界にも類を見ないだろう。サマルカンドのティムール廟が知られているくらいではなかろうか。つまり煙突と思ったのは尖塔だったに違いない。私は寝る前にクリスマスイブの子供のようになって、あすの朝が待ちきれなかった。

朝が来る。ホテルから出られる屋上に立って、何もない土地に屹立《きつりつ》する塔を見る。うっすらした赤紫の山脈を背景に、淡青色の尖塔が七本ならんでいて、その一本ずつに、やわらかな金色の光が落ちかかる。そして塔の隊列の中に、てっぺんを食いちぎられたメロンのような青いドームが輝く。その美しさは、光線や構図に依存する風景画としての美にとどまらない。接近して見れば、張られたタイルの一枚ずつ、モザイクとして描かれる花、その花弁の一つずつが優れたもので、その集合が全体の美になっている。こうして遺跡になっていても、ある黄金時代が存在したことは充分に見てとれる。これだけの建築が歴史の中で忘れられたのだろうか。

もちろん、そうではあるまい。ヘラートにおける十五世紀の細密画は、それだけでも、また後世のペルシャおよびムガール絵画の源流としても、よく知られている。ただ、どういう生活があって、どんな画家がいた町なのかということは、その建物ともども、世界史の記憶の中で重要な位置を占めているとは言いがたい。

ヘラートがアフガニスタンにあるというのが理由だろう。たとえばサマルカンドはティムールが首都として、その後継王朝の首都ではなくなったが、いまは鉄道が通じている。ところがアフガニスタンは、つい最近まで、アクセス不能になっていたのが実情だ。サマルカンドは、この五十年ほど、学者、画家、写真家を惹きつけていた。そこでティムール朝ルネサンスという現象は、サマルカンドやトランスオクシアーナで生じたものと考えられ、本来なら中心地だったはずのヘラートは、地名だけが知られて、亡霊のようになっている。ただ、現在、逆転しそうな形勢もある。ロシアがトルキスタンを封鎖してしまった。アフガニスタンは国を開いた。だから従来の不均衡が修正されるかもしれないのだ。こうして尖塔に通じる道を歩いていると、未発見だったリウィウスの著書やボッティチェリの作品に行き当たったような気がする。この心境を、うまく伝えることはできそうにない。ティムール系の王朝は、普通なら、ロマンを感じることもないほどに遠い存在であるだろう。それに近づいているのだから、今回の旅はありがたい。

しかしながら、この東方のメディチ家というべき王朝は、特異な系譜をも残している。ティムールの息子だったシャー・ルフ、のちにインドを制するバーブル[8]を別にすれば、この家系では国の安泰よりも個人の野望が優先された。ティムールの政治姿勢を引き写しにしたようなものである。すなわち覇王たらんとする征服欲。そのように帝国を築いたティムールは、オクシアーナの地を遊牧民から解き放ち、中央アジアのトルコ人をペルシャ文化圏に引き入れた。ところが彼の子孫は、同じような欲望に駆られながら、始祖の遺業を壊して衰退への道をたどった。いかに継承すべきかという観念がなかった。一族の間で殺害があり、それが親殺しだった場合もある。飲酒から命を縮める者が相次いだ。ただ後継の君主たちも、たとえ快楽を生きる目的としたにせよ、その最高の形態が芸術だと見なしていたのである。その臣下もまた君主にならったので、みずから芸術家にならずとも、芸術に傾倒することが紳士の要件となった。文官でも文人でもあったアリー・シール・ナヴァーイーは、シャー・ルフについて、詩を書くことがないのに、よく詩を引用した、と記録しているが、書かなかったことが不思議だという口調になっている。また創意工夫を好む風潮もあった。中国美術に新しい画法を求めようともした。文章にあっても、古典ペルシャ語だけに満足せず、より力強い表現メディアとしてチュルク系の言語でも書こうとした。いわばダンテがラテン語にとどまらずイタリア語での表現を追求したようなものだ。また、この時代の才能には、人間の生涯を綿密に描き出す筆力もあった。年代記としてはつまらないもので、陰謀や内乱の記録というだけのことだが、登場するのは生身の人間である。その人物描写から、外見、服装、起居の様子が伝わってくる。彼らが建てたモニュメントから受ける印象もまた然り。人間らしい特徴が出ていて、イスラム史にはめずらしい現象があったことを物語る。ヒューマニズムの時代があったのだ。

ヨーロッパの基準で考えれば、限定つきのヒューマニズムである。ティムール朝ルネサンスが起こったのは十五世紀で、その展開には王侯君主による庇護があって、国民国家の形成に先立っていた、というところまではヨーロッパに似ている。ただ、ある一面で、両者は違っていた。ヨーロッパでは宗教への反動として理性を重んじるという傾向が強かったが、こちらのルネサンスは宗教基盤の強化と軌を一にしていた。中央アジアのトルコ系民族は、すでに中国の唯物論とは離れていて、そこにイスラムを受容させたのがティムールなのである。宗教に導いたというだけではない。それだけなら既成の事実になっていたかもしれないが、さらに社会体制の基礎としても定めた。もともとトルコ系は観念性が強くない。ティムールの子孫たちは、みずからが楽し

8 インド、ムガル帝国の創設者（在位一五二六-三〇）。ティムール朝サマルカンド政権の君主（在位一四九七-九八）でもある。

むためにペルシャ文化の流れを引き込みつつ、来世ではなく現世での快楽に意を用いた。人生の目的などという考えは、聖者や神学者にまかせておいて、彼らが生きていれば援助し、死んだら顕彰した。だが人生を実際にどう生きるかということになると、イスラムの枠内ではあるが、自身にとっての常識に従い、おかしな偏見も感傷もなく、ただ合理的な知性を好んでいた。

そうして培われた精神性をよく伝えるのが、バーブルの回想録である。十六世紀初めにチュルク語で書かれ、二度の英訳がなされた。ここに浮かび上がる人間像を見れば、オクシアーナで失う領国やインドで得る帝国のみならず、日々の暮らし向き、人との会話、服装、人相、宴会、音楽、家屋、庭園にも、同じように関心を抱いている。政界にも自然界にも同等に心を寄せて、インドの蛙がどれだけの距離を泳ぐかといった記述もある。自身のこと、他人のことを、等しく率直に書いていることもあって——たとえ翻訳で読んだとしても、ほとんど生の声を聞いているように——全生涯がありありと見えてくる自画像ができあがった。ティムールの五世の孫として生まれ、ついに晩年にいたってインドに覇を唱え、ムガル帝国の初代皇帝となった。だが、それも次善の策だったろう。もともと三十年にもわたって、オクシアーナの故地回復を図っていたのである。ところが、ひどいと思う国で生きるために、趣味人としての最善を尽くしていて、書き残された記述を見れば、どれだけの水準を望んでいたのかがわかる。インドに対しては辛辣であって、人間はみすぼらしく、その会話は退屈で、産する果実に旨味はなく、動物の飼い方も悪いと考えていた。「工芸においては、形式や均整がなく、方法や品質もない……建築にあっては、優雅に仕上げ、気候に合わせるということをせず、美観を整え、規則性を保とうとも考えない」彼はインドの習俗に手厳しかった。マコーリー[9]がインドの学術に厳しかったようなものだ。あるいはビザンチンを非難したギボンにも似ているだろう。古典の伝統という観点から、そうでないものを排したのである。オクシアーナ、ヘラートがウズベク人に征服されて以降、その伝統が絶えそうになっていたところで、これを移植し再生させようと考えた。バーブルとその後継者たちは、インドの様相を変えた。一つの共通言語、また絵画や建築の新様式をもたらした。インドを統合体として見る理論、のちにイギリスによるインド支配の基盤となる理論が、ここで復興していたのでもある。最後の皇帝が流《る》謫《たく》の地となったラングーン[10]で死んだのは一八六二年。その後、インドにおける皇位は、ヴィクトリア女王に譲られることになった。ティムールの末裔である人々は、迷路のようなデリーの街に、貧しくも誇り高く現存している。

　話を戻そう。いま私は銅細工屋だらけのバザールに立つホテルにいる。この部屋のテーブルに、バーブルがベヴァリッジ女史による英訳として載っている。私はフロアに置かれた寝床にいる。このヘラートという町は、ティムールの帝国を二つに分けたとして、その中間、つまりペルシャとオクシアーナの間にある。両者をつなぐ二本の街道のうち、より通りやすい一本を扼《やく》す要衝でもある。私もその道を行こうとしている。もう一本のメルブを経由する道は、砂漠の真っ只中で、水がない。地理的にはサマルカンドよりも首都にふさわしく、実際、ティムールが一四〇五年に没してから、シャー・ルフの代になるとヘラートが都になった。中央アジアにおいて、政治、文化、商業の一大中心地でもあった。カイロ、コンスタンチノープル、北京からの使節団が来ていた。ブレットシュナイダーも『東アジアの資料による中世研究』の中で、中国人が残したヘラートの描写を紹介している。シャー・ルフが一四四七年に没してから二十年の動乱があって、この

9 トマス・マコーリー（一八〇〇-五九）。イギリスの歴史家、詩人、政治家。
10 ミャンマー、ヤンゴンの旧名称。

町を占領したのは、ティムールの息子ウマル・シャイフの血を引くフサイン・バイカラ[11]だった。その後また四十年ほどの平和な時代があって、ルネサンスは最盛期を迎えた。ミールホーンドやホンデミールが史書を著し、またジャーミーが詩作を、ビフザードが絵画の制作を行なって、アリー・シール・ナヴァーイーがチャガタイ語の大詩人になっていた。若きバーブルが見たのは、この時期のヘラートである。すでにウズベク人の勢力が迫りつつあり、サマルカンドは陥落していた。「およそ人の住む世界に」と後年のバーブルは回想する。「スルタン・フサイン・ミールザーが治めたヘラートほどの町はない……ホラーサーン一帯、とりわけヘラートに、学芸の名人上手がひしめいて、いかなる道を歩もうと、その道を究めて大家にならんとしていた」

一五〇六年の秋、バーブルは、この地に三週間ほど滞在した。ちょうど似たような天候だったかもしれない。空気がさっぱりして晴れた季節に、だんだん日が短くなり、冷えてくる。彼は、毎日、馬を駆って風景を見ていた。けさ私もバーブルの足跡を追って、このあたりの建造物を見た。多くは失われている。尖塔が七基、損傷のある霊廟。それだけが往時を偲ばせる。あとは書かれた記録をたどる。後世の史家、軍人、考古学者に頼るしかない。ここでは、とくに二人が、私の興味を導いてくれた。

いずれも、ずっと後代の人である。ティムール朝ルネサンスの光明は、ヘラートがウズベク人の手に落ちた一五〇七年に消えた。これを見越して退去したバーブルは、ウズベク軍を率いたシャイバーニーについて、おのれの民族文化に自惚《うぬぼ》れたあまり、ビフザードの絵を修正しようとまで考えた、と憤懣《ふんまん》をぶつけるように書いている。さらに三年後、今度はシャー・イスマーイール[12]に占拠されて、その新王朝が支配するペルシャに組み込まれ、この町に差した影が濃さを増す。一五四四年、バーブルの息子フマーユーンが、シャー・タフマースプ[13]を頼るべくインドからイスファハンに向かう途次にあって、過去の輝きの最後の光芒《こうぼう》を目にしている。それから三百年、すでにナーディル・シャー[14]の大帝国も瓦解して、今度は十九世紀の軍人旅行家が登場する。

十九世紀になって、ヘラートにイギリスの軍人が来た。その一人がエルドレッド・ポッティンジャーで、一八三八年、ペルシャ軍に攻められた町の防衛を組織化して、モード・ダイヴァー[15]による小説の主人公にもなった。フローラ・アニー・スティール[16]ばりの小説をお好みの向きには、悪い作品ではなかろう。あるいはまた、ついにカブールで殺害されるアレクサンダー・バーンズ[17]がいた。その協力者だったインド人モハン・ラルは、ベンガル・アジア協会の年報（一八三四年）で、ヘラートの遺跡のことを記している。またフランス人で戦争を業務としたジョゼフ・ピエール・フェリエもいた。一八四五年に変装してカブールに向かおうと二度まで試みて、結局、押し戻されている。フェリエの著書も、いまテーブルの上に重みをかけているのだが、これは苦労して読むまでもなさそうだ。そして世紀半ばになって二人の学者が来た。ハンガリー人ヴァーンベーリ・アールミンと、ロシア人ニコライ・カニコフ。ただしヴァーンベーリのブハラ紀行は、信《しん》憑《ぴょう》性に疑義を呈されることが多い。ヘラートの描写についても、アーサー・コノリー、ジェイムズ・アボットのようなイギリス将校に聞けたかもしれないことばかりである。カニコフもまた似たように物足りない。ヘラートで一冬過ごしたはずなのに、一八六〇年の『ジュルナル・アジアティーク』に寄稿した記事では、その見聞をわずかに点描するだけだ。

一八八五年、ついに軍からの来援があった。当時、アフガニスタン北東部の国境地帯にロシア

11 ティムール朝ヘラート政権の君主（在位一四六九–一五〇六）。

12 イスマーイール一世。十六世紀初頭にペルシャで成立したイスラム教シーア派の国家サファヴィー朝の建国者（在位一五〇一–二四）。

13 タフマースプ一世。サファヴィー朝の第二代君主（在位一五二四–七六）。

軍が集結しつつあって、いかに対抗するべきかインド政庁は苦慮していた。政庁もアフガン人も、どこが国境がわかっていなかったのだ。そこで二大国が共同して国境を策定することになり、このとき歴史の専門家としてイギリス側にいたのがC・EおよびA・C・イェイトという兄弟だった。ほとんど知られざる国だったアフガニスタンを旅して、あらゆるものに軍人らしい正確さを発揮して報告している。弟のA・Cは、美的観念に欠けているわけではないとしても、まるで新式の野砲について語るように、ほぼ一章を割いてヘラートの古い事物のことを述べている。私のガイドになってくれる二人のうちの一人だ。いまテーブルにあった本を取って、膝の上に置いたところである。

もう一人も軍人だ。単独で戦争をしてのけようとする男だが、それも軍人と言えば言えるだろう。一九一四年秋、少数のドイツ人が、アジアにおけるイギリス勢力を攪乱《かくらん》しようと、まずコンスタンチノープルに集まってから、ペルシャ、アフガニスタンへと進んだ。一部はペルシャにとどまったが、その中にクリストファーが贔屓にしているウィルヘルム・ワスムス[18]がいる。さらに進んだアフガニスタン組の成果については、国王アマーヌッラーが、一九一九年、インドに一年遅れの攻撃を仕掛けたことで証明されよう。その中にいたのがオスカー・フォン・ニーダーマイヤー[19]である。一九二四年に、彼の撮影した写真がアフガニスタンの写真集として出版された。これに序文を付したエルンスト・ディーツ教授が、史料および旅行者の証言と照合しつつ、写っている建造物について、その創建年代も含め、かなりの程度まで特定している。ディーツの本とは以前から親しんでいて、テヘランを出発したときには『ホラーサーンの史跡』という大部の四つ折り判を持っていたのだが、その重量でモリスの車軸がおかしくなったのかと思いたくなる。ニーダーマイヤーは持っていなかったが、マシュハドの領事館で幸運な出会いがあった。ノエルのロールスロイスまで故障の運命に遭わせないように、ディーツを預けるつもりで領事館へ行ったら、その本があったのである。

とりあえず、ここまでにしよう。この町の医師が来たようだ。

好人物である。パンジャブ人だがアフガンの医療に従事している。この男が私からニュースを仕入れようと訪ねてきた。それが英語の練習にもなる。私は知事と会談したことを話しながら、ペルシャは猜疑心だらけで息苦しく、ここまで来ると気が楽だと言った。

「こっちで怪しまれないと思ったら、大きな間違いです。いつでも怪しまれる。ペルシャどころではない。こっちのほうがずっとすごいですね。この町に住んでる外国人は、いま二十人です。インド人とロシア人。それを監視するのに一二〇人ほどが動員されてます。あなたは監視されてないと思いますか。下には見張り役がいますよ。私は見ている。あっちからも見ている。ずっと見張られてます。この部屋へ上がってきたことも、すぐ報告されるでしょう。たぶんロシア人も見てると思います。あなたが町でどういう動きをするか、さぐりたいはずです。ロシア人、どこにでも入ります。郵便局を押さえていることは間違いないですよ。今年の初め、イギリスにいる親戚に手紙を書きましてね。ついでの話として、クシュクにロシアの鉄道が行ってること、ここからの距離のことも書いたのです。ええ、たったの八十マイル。その次にロシア領事館へ行ったら——もちろん仕事で行くことはあります——いきなり言われました。『そのような情報をなぜ明かすのか。医師には関係なかろう』私の手紙を見たこと、隠そうともしなかった。あれから手紙を書くのやめました。

14 イラン、アフシャール朝の初代君主（在位一七三六年-四七）。 15 イギリス領インドの作家（一八六七-一九四五）。 16 イギリスの作家（一八四七-一九二九）。イギリス領インド関連の作品で知られる。 17 スコットランド人の旅行家、探検家（一八〇五-四一）。

いまアフガニスタンにいるのは、よくありません。ナーディル・シャー国王が殺されて、これから混乱します。あと一カ月でそうなる。さもなくば山の部族が動きやすくなる春かもしれない。でも私は一カ月と思います。ここで何をなさりたいのか、とにかく早くすませて、さっさと出ていくのがいい。私は仕事を切り上げます。トラックの手配ができたら、一家そろって出ていく。まずカンダハルまで行って、それからラホールに帰ります。この国はよくないです。もう戻ってきたくありません」

ヘラート、十一月二十三日——新市街から四つの街道が出る。ガイドになってくれる二冊を念頭に、北向きの道を歩いた。その方角に大きな丘があって、端から端まで六百ヤードほど。おそらく人工の丘で、記録を見るかぎりでは、バルフ近辺の丘と似ているようだ。ここにも城壁があって、町の防衛線としては外郭になる。この城壁に上がると、「礼拝所《ムサッラー》」の全体を見渡すことができる。七塔と霊廟をまとめて、そのように通称されているのだが、元来はそれぞれが別の建造物に付属していたので、創建の年代も異なっている。いくつかはシャー・ルフが統治した時代で、一つはフサイン・バイカラ時代のものだ。

尖塔は高さが百から一三〇フィート。いずれも少しずつ傾いている。頂点には欠損が見られ、基部にも変形、損壊の箇所がある。塔と塔の距離は、最大で西南西から東北東に約四分の一マイル。西側の二塔は太目のようだが、東の四塔と同じく、それぞれに一つのバルコニーがついている。中央で孤立したように見える塔だけが、二つのバルコニーを持っている。聖廟は西の二塔の中間、やや北寄りの位置にある。高さは塔の半分にすぎず、遠くから見れば、もっと低いように感じる。

青い塔がでたらめな配置で立ち上がり、周囲の土地は、茶色の地面、黄色の果樹園がパッチワークのようになっている。いかにも不自然な景観だ。初期のイスラム君主には、一基、あるいは二基一組で、尖塔だけを建てるということもあった。その好例として、デリーのクトゥブ・ミナールと、すぐ近くに基底部だけ存在する塔の遺跡がある。だが、そんな建て方が十五世紀まで続いたということはなく、また七基も建てたりはしない。しかしながら、塔の内側に入ってみれば、上方のタイル張りが地面から四十フィートばかりで止まっている。つまり、元来、ここに壁面やアーチとしての接続部分があったのだとわかる。モスクないし学校群を構成していたに違いない。では、そういう建物はどうなったのか。これだけの規模の建築なら、倒壊することもあるだろう。そうだとしても遺跡となって残るはずだ。こうして跡形もなく、それだけが消えるということはない。

だから悲惨な話なのだ。イェイトでさえ、それを目の当たりにして、軍人らしからぬ嘆息を洩らしている。フェリエは、すでに遺跡になったとはいえ、ここにアジア随一の建築美があると見ていた。その美が傑出していたことには、ほかの旅行家たちも同意見である。モザイクが照り輝き、金色の碑文がきらめいていた。コノリーの発言に、尖塔の数は二十から三十、という表現があったように思う。英語とペルシャ語の違いはあるとしても、コノリーが言っていることは、最盛期にホンデミールが書き残した描写と、さほどに食い違っていないようだ。

18 ドイツの外交官、諜報員(一八八〇-一九三一)。第一次世界大戦中のイラン南西部で部族の反英反乱を工作した。
19 ドイツの軍人、諜報員(一八八五-一九四八)。

一八七〇年代から八〇年代に、ヘラートはしきりにイギリス人の口に上るようになった。ヴィクトリア女王の書簡にも、この地名が出てくる。当時、ロシアが進出の機を窺《うかが》っていて、もしヘラートを占拠したとすれば、カンダハルへ下っていく街道をも押さえて、インド国境にいたる鉄道の敷設もあり得た。一八八五年、いわゆるパンジェ紛争が起こった。すでにロシアは英露共同の国境策定に合意していたにもかかわらず、メルブ東南のアフガン勢力を攻めて後退させたのである。もはやヘラートへの進攻も近いと思われて、国王アブドゥル・ラフマンは、この町の防衛態勢を命じた。ロシア軍は北から攻めてくるだろうという想定で、町の北側にある建造物は、敵軍の遮蔽として利用されないように、すべて破却することになった。このような対策は、以前からインドの軍事顧問が言っていたことだ。たしかにイギリス側から吹き込まれそうな作戦だ。もちろん、デリーと陸軍省に埋もれている文書が日の目を見ないかぎり、確かなことは言えない。ともかく、十五世紀イスラム建築の最も輝かしき所産というべきものが、四世紀におよぶ荒々しい時代を生き延びてから、アフガニスタンを保護国にしていたイギリスの眼前で、その承認のもとで、あえなく崩壊したのだった。九基の塔と霊廟だけが難を免れた。

こうして遺跡の遺跡になったものさえ、いつまで残るかわからない。ニーダーマイヤーが訪れてからでも、すでに二基が消失した。一九三一年の地震で倒れたのだ。第二のドーム霊廟があったことも彼が撮影した写真には残っているが、それもまた倒壊した。きのう私も現場に行ってみた。街道がクシュク方面とペルシャ国境に向かう分岐点に近い。ただの瓦礫の山だった。修復と基礎の補強をしないかぎり、まだ残っている遺構も、いずれ瓦礫《がれき》になるだろう。

しかし、いま残っているだけでも、それなりの情報量がある。どのような姿で一八八五年にいたったのか、わからないわけではない。

一昨年に倒壊した二塔は、西側の太めの二基と対になっていた。つまり、その四基で、モスクの四隅に立っていた。それこそが本来の「礼拝所《ムサッラー》」なのだ。ニーダーマイヤーの撮影後に地震で失われた一塔の碑文によれば、ティムールの息子シャー・ルフの王妃であったガウハル・シャードが、私費を投じて、一四一七年から一四三七年にかけて建造された。その任に当たったのは、シーラーズの人で、シャー・ルフの治世下で長きにわたって建築家として仕えたカヴァマード・ディンだった可能性が高い。ダウラート・シャーの史書には、宮廷に射す四つの光のうちの一つとして、その名前が挙げられている。

ディーツ教授は、この方面で誰よりも造詣が深く、私のように旅の情緒に囚われることもない人だが、そういう学者が、ここの尖塔群にはイスラム世界に並ぶものがないほどの「とんでもなく豪華で、また細やかな趣味による」装飾がなされていると（もちろん原文はドイツ語で）言っている。ただし、これは写真を見ての発言である。残念ながら、写真や説明だけでは、その光彩を伝えきることはできないだろう。青のブドウが紺碧《こんぺき》の粉を吹いたような色をして、精妙な凹凸をつけた構造が光と影の濃淡を際立たせている。基底部を見ると、八方の壁面に、入り組んだ古体の文字が白い大理石に刻まれていて、ここに黄、白、オリーヴグリーン、赤錆色が、二種類の青と絡み合って、ティーカップの模様にありそうな花柄、唐草、文字による細密な迷路ができあがっている。立ち上がる塔の表面には、小さい菱形模様をびっしりと連続させて、花の図柄を埋め込んでいるが、やはり全体としてはブドウのような青に見える。菱形のそれぞれに白い陶製の縁取りが浮き出していることもあって、どの塔も、上からすっぽりと、きらめく網をかぶせられたようだ。

しかし、一般的に言って、尖塔というのは、ある建造物全体の中では、装飾に手間をかけない部分である。この礼拝所を覆っていたはずのモザイクが、もし現存する一部を凌駕《りょうが》するのだったら、あるいは匹敵するものだっただけでも、空前絶後のモスクが存在していたことになろう。

いや、まだわからない。もう一つ、ガウハル・シャードの建てたモスクが、マシュハドにある。イマーム・レザー廟の敷地内に現存するので、もしマシュハド経由で帰ることになったら、ぜひ立ち寄ってみたい。


細部まで目をこらすと、霊廟の装飾は、二基の塔におよばないかもしれない。ドームを載せる円筒の部分に、高さのある壁面がぐるりと並ぶ。どの面にも、薄紫色の六角モザイクに、壁材を浮かせた三角模様を組み合わせた図柄がひしめている。ドームそのものはトルコ石の色をして、サマルカンドのティムール廟のような縦方向の畝がついた表面に、黒と白の菱形を散りばめている。畝の一本一本が、かなりの丸みを持って浮き出して、六十四フィートのオルガンパイプくらいの太さがある。すぐ下の壁面は、わずかに彩釉《さいゆう》レンガが見られるだけで、飾り気に乏しい。また三面の出窓が一つあって、クラパムあたりの郊外住宅を思い出すようなものだ。そういう各所の技術水準を見れば、いささか粗雑であると言えなくもない。しかし全体としての均整美、重量感は、細部の不足を補って余りある。畝のあるドームというのは、のっぺりした構造を記念物らしく見せる建築術として、なかなか真似できるものではないだろう。

この霊廟もガウハル・シャードが建てたようだ。そういう建築が三つあったということをバーブルが語っている。すなわち、モスク、神学校《マドラサ》、そして霊廟である。ホンデミールの史書には、霊廟は学校内にあったという記述が何カ所か出てくる。王妃が埋葬された場所と考えてよいだろう。その墓に碑文があったことをイェイトが記録している。ほかに五カ所、いずれもティムール系の王侯の墓に、同様の碑文を見たようだ。それよりも二十五年前には、カニコフが全部で九カ所を見たことになっている。現存するのは三つしかない。長い箱形にした艶のない黒石に、花柄をつけて彫られている。一つだけ、ほかの二つよりも小さい。

霊廟の東側には、二つのバルコニーのある塔が、ぽつんと離れて立っている。どういう由来のものなのか、ちょっと見当がつかない。青い菱形模様には、花柄の宝石が埋め込まれているが、模様は連続せず、通常のレンガで離されていて、ほかの塔とは比較にならない。おそらく王妃の建てた学校の一部だったのだろう。そうであればモスクよりも地味であっておかしくない。バーブルの語り口では、学校、モスク、霊廟が、かなり近接して建っていたのではないかと思える。ガウハル・シャードという人には興味を惹かれる。宗教施設の建立に尽力したからというよりは、芸術に本能が働く女性としてだ。自身の能力だったのか、そういう人材を登用する才があったのか。ともかく個性を見せている。しかも富貴な立場にいた。趣味のよい個性に財力もあったら、これは強い。妖艶な美女を別にすれば、みずから力を発揮する女性というのは、イスラムの歴史ではめずらしい。

くねくね曲がる水路に橋が架かって、その付近にも四基の尖塔が残っている。やはり白い網をかぶせたような模様があるのだが、その青地の部分は礼拝所《ムサッラー》の塔よりも明るい青なので、間近に寄って見上げると、塔を透かして空が見えているようだ。きらきら輝く髪にいきなり花を散らして、その髪の向こうに空があると言えばよいだろう。ここの四塔はフサイン・バイカラが建てた学校の四隅だったはずだ。一四六九年から一五〇六年にヘラートの君主だった人である。その祖父の墓碑もすぐ近くにあって、霊廟にあるものと同じ形式だが、彫り込まれた文様の多さから「七筆の石」と通称され、いまなお尊崇を受けている。

この四塔の美しさには叙情性があって、あまり厳めしくはない。これは建造当時の治世を反映したものである。ガウハル・シャードとは違って、フサイン・バイカラは、ただ名前として残っているだけではない。少なくとも身体の特徴が知られている。ビフザードが絵を描いて、バーブルが文章で記録した。どんな娯楽を好んだのかもわかる。目尻が上がって、髭は白く、腰がほっそりしていた。赤と緑の服を着た。ふだんは小さいラムスキンの帽子をかぶる。祝祭の日だと「いいかげんに三度だけ巻いたターバンに、鷺の羽根を一枚挿して、礼拝に行くことがあった」というのだが、やっと仕方なくそうしていたのでもある。晩年にはリューマチが悪化して、正式の礼拝が覚束ないほど身体の自由がきかなくなっていた。なかなか庶民派で、鳩を飛ばしたり、鶏や羊を戦わせておもしろがるところもあった。また詩人でもあったのだが、詩作は匿名で発表していた。人には気さくに接したが、無遠慮な性分で、ずけずけとものを言った。公式にも非公式にも、とめどなく好色ぶりを発揮して、愛妾《あいしょう》は数知れず、子だくさんでもあったので、それが国の安寧と自身の晩年を脅かすことにもなった。「息子らも、軍勢も、市井の人も、みな悪徳と快楽を追って止まず」という風潮になったのだ。

バーブルもまた清廉潔白とは言いがたい。ヘラートの町が彼を酔わせた。そうなった若き日を語りつつ、若者の心を揺り動かす宴が、この町に蔓延していた事情を述べている。ただ、彼が権勢を得てからでも、ヘラートを回想する筆致には、いまだ敬意が失われていない。かつて偉大なる時代を目撃し、自身はしたたかに生き抜いて、その時代の消滅までも見届けた——というところはタレーラン[20]に似ているかもしれない。ヒューマニズムの時代を、彼は人生の範とした。これを移植して、ヒンドスタンの暑い荒れ地と粗野な大衆の中に、趣味の似た子孫を残したことは、歴史上の功績と言えるだろう。

ムディル・イ・ハリージャが、あと四日でアンドホイ行きのトラックが出ると言う。つまり、その先のマザーリシャリーフまでは、また別の交通を見つけないといけない。だが、トルキスタンからカブールに続く道はみごとに整っていて、まだ郵便トラックが走っているとも言う。

マシュハドのペルシャ帝国銀行で振り出してもらった為替手形がある。ボンベイ支店からルピー建てで支払われることになっていて、アフガニスタンでも使える。けさ、手形を一枚持って、〈シルカート・アシャルミ〉という新設の国立貿易会社へ行った。どの社員も手形の内容がわからず、数字すら読めなかったのだが、私の言うことを信用して、これが百ルピー相当であることを認めると、もはやテレパシーかと思える方法でカンダハルでの交換レートを突き止めてから、一シリング硬貨くらいの大きさの銀貨六七二個に換算してくれた。もらった銀貨を二つの袋に分けて、バザールの雑踏を歩んでいた格好は、百万長者の諷刺画だったかもしれない。

ヘラート、十一月二十四日——きょうは当地の不穏な情勢が明らかになった。

20 シャルル・モーリス・ド・タレーラン＝ペリゴール（一七五四－一八三八）。フランスの貴族、政治家、外交官。

城壁の北側に要塞があることは、すでに記した。十四世紀、おそらくクルト朝[21]の君主がモンゴル系の王朝に反旗を翻した時期に、建造されたものだろう。ペルシャのナショナリズム復興とも言えたが、これは短命に終わっている。世紀末に、もう一つの大波が中央アジアから押し寄せた。ティムールの軍勢が、クルト朝も、その城も、破壊したのである。のちにシャー・ルフが、やはり城が必要だと考え、七千人を投入して古城の再建に取りかかったのが、一四一五年のことだった。以後、ヘラートの政治史は、この要塞をめぐって展開することになる。現在は、ここに司令官がいて、守備隊の駐屯地になっている。

城の北面には、四分の一マイルにもおよびそうな分厚い防壁を構え、要所要所を半円形にふくらませて塔にする。その中で西端の塔には、泥壁に青いレンガを埋め込んだ模様が見られるが、素材の組み合わせとしてはめずらしいもので、もしシャー・ルフの再建時代にさかのぼる塔があるとすれば、この一塔なのかもしれない。ここを見た際に、写真を撮ろうと思って、壁のある閲兵場をどんどん下がっていった。要塞と新市街を分けている閲兵場の最後まで行ったら、近くに砲廠《ほうしょう》があって、二十門ほどの大砲が置かれていた。遠くから見れば、乳母車の解体処分場かと思ったかもしれない。それから、いったんホテルに戻った。塔の基底部に書かれた古体のアラビア文字を複写するのに、チョークを取ってこようと思ったのだ。ということで、ムディル・イ・ハリージャが案内係につけてくれた老人には、ランチに行く時間ができた。

また老人が来たので、これから碑文を写しに行くと言ったら、もう閲兵場が閉まっていて通れないという返事があった。

「閉まってる？　さっき行ったのは一時間前じゃないか」

「そうですが、いまは閉まってる」

「じゃあ、あした行くとしようか」

「あしたも閉まってるでしょう」

「だったら、いま行ってみる」

急いで歩きだしたら、老人は文句たらたらで追ってきた。思ったとおりで閲兵場の門は大きく開いていた。ところが、老人から何やら言われた番兵が、私を追い払おうとした。城を訪問してよいと知事に言われているのだと抗議したのだが、もうだめ、と老人は言った。知事の命令でこうなっているらしい。

ホテルに引き揚げると、医師がいた。これから司令官の往診で城へ行くという。三十分して戻った医師に、一人の将校がついてきた。碑文の複写なら差し支えなし、という司令官の意向により、ご同道いたしたい、とのことだ。

この将校に気を遣って、なるべく砲廠には目を向けないように歩いた。しかし、こわいもの見たさを抑えきれない。かなりの兵力と見た。もしソ連がインド方面へ進攻するとして、その抑止力になるのか、逆に支援してしまうのか、いずれにしても相当の軍備があるという秘密をつかんだ。これを報告したら、ヴィクトリア十字勲章をもらって、あるいは閣僚に列せられるかもしれない。

いかにしてスパイがスパイになっていくのか、実体験として発見したのはおもしろいことだった。

21 十三世紀から十四世紀にかけてイラン東部のホラーサーン地方を支配した、タジク人のイスラム王朝。

閲兵場の外に、馬車がならぶ乗り場があった。われわれが行くと、二頭の若い馬が前脚を上げて出てきた。これが引いている馬車は、ふわふわした軽量級どころか、とんでもなく重厚なお乗り物である。ペルシャ王家の紋章がついた青い馬車に、淡青色のサテンの内張りが施されていた。これに乗せてもらって、私と老人がガズール・ガーの寺院に向かった。市街から北東の山側へ行って、いくらか上がれば、その村がある。

誰もがガズール・ガーに行く。バーブルも行った。フマーユーンも行った。シャー・アッバスは水利を良くした。いまなおヘラートの人々には手頃な行楽地で、自慢の種でもある。三つの敷地があって、まず一つには、笠松の林が広がり、十角形の二階建てパビリオンで弁当を広げることもできる。二つ目は不揃いな建物に取り巻かれ、真ん中に池があって、桑の木、バラの木が影を落とす。三つ目は縦に長くて、全体が墓地であり、ドースト・ムハンマド[22]国王の墓もある。この区画の突き当たりにアーチがある。正式にはイーワーンと呼ばれる構造だが、ここでは高さ八十フィートの壁の一部を凹ませて、大きなアーチ状の空間ができている。その内壁のモザイクには中国の影響があるようだ。アーチの手前に、ホルムオークの古木が立って、その下に聖者の墓がある。白い大理石の墓碑には、生涯の事績が刻まれているが、後世にも数々の伝説に彩られてきた人である。

クワジャ・アブドラ・アンサリが八十四歳で死んだのは一〇八八年。苦行中に石を投げつけられたという。若いやつらの仕業だが、その犯行には同情の余地もある。いくら聖者とはいえ、とんでもなく一徹な人だった。赤子のうちから口をきいて、十四歳で説教をして、生涯に千人の族長と語り合い、十万篇の（一二〇万とも言われる）詩句を諳《そら》んじて、また自身の詩作も同じくらいあった。大の猫好きだったとも言われる。一四二八年になって、この人物に傾倒したシャー・ルフが、寺院を現在のような形に再建した。中国から使節が来ていた時期なので、イーワーン内部の模様にも説明がつくかもしれない。十五世紀末には霊廟内に余地がなくなって、ここに埋葬されるティムールの末裔もいた。カニコフがそのような墓を五つまで記録していて、その中にはフサイン・バイカラと兄弟関係にあったモハマド・アル・ムザッファルの墓もある。ありきたりな弔文を排して刻まれた字句は、その死が、彼の従兄弟にしてバイスングルの息子であるモハマドによる殺害だったことを、後世に伝えている。寺院側面のアーケードにならぶ小部屋に、王族の墓らしき黒い石があった。その三面に彫られた文様は、「七筆の石」よりも上を行く出来映えだ。そのほかに見分けのつくような墓はなかった。

中庭の南東端に、ドームつきのパビリオンが立っていて、その内側には瑠璃《るり》色の地に金色の花が描かれている。その絵にジラルディという署名が添えられていることを、フェリエは見ていた。シャー・アッバスに雇われていたイタリアの画家だ。しかし、私が見るかぎりでは、その署名も見つからなかった。

帰る途中、タフト・イ・サファールで馬車を止めた。文字通りには「旅人の王座」ということで、いまは遺跡でしかない階段状の庭園である。もう秋の夕暮れが近づいて、夜風が立ってくる時間だったので、もともと侘しい遺跡が、なお侘しさを募らせていた。最上段に貯水槽があり、現在は空っぽなのだが、そこから一段ずつ下がって水を溜めたり流したりできる仕組みが続いている。この遊園は、フサイン・バイカラが強制労働によって建てた。さほどに厳格な王ではな

22 アフガニスタンのバーラクザイ朝の創始者（一七九三－一八六三）。

かったが、それでも道徳の限界を踏み越えた臣民がいると、監獄ではなく造園の手伝いに行かせた。前世紀まではパビリオンが立っていて、まだ水の流れもあった。モハン・ラルの記録によれば大きな噴水があったはずだ。「ここから建物の上端をねらって、水の矢を射かけるようだ」という表現が振るっている。この筆者モハン・ラルは、英語がうまくなくて申し訳ない、と『ベンガル・ジャーナル』の編集長に言っているのだが、なかなかどうして達者に書ける人だった。当時のヘラートを支配していたヤル・モハマドの人物評などは、もう直しようもなかろう。「見る影もない老君主が、人の哀れを誘っている」

あるハンガリー人が来た。カンダハルで一カ月入院した病み上がりで、いまだに胃の調子が悪く、ものが食べられない。それにしても腹が減ってたまらないというので、スープと麦芽飲料《オバルチン》を飲ませてやったら、いくらか元気が出て、ひどいフランス語をしゃべりだした。

「五年です、ムシュー、旅して五年なります。あと五年は旅します。それから、たぶん書きます」

「旅がお好きなんですね」

「そんな、ムシュー、アジアの旅、好きになれますか？　わたし、教育のある人です。それがこんな国にいる、もし両親が見たら何と言うか。ここはヨーロッパと違います。ベイルートはヨーロッパみたいでした。ベイルートなら、いいと思います。でも、この国、ここの人間……ひどいもの見てきました。言葉になりません。だめ。ああああぁ！」と、思い出しただけで、この男は顔を両手に埋めていた。

「まあ、まあ、ムシュー」私は軽くたたいてやって、「そういう大変なご経験を聞かせてもらえませんか。話せばすっきりすると思いますよ」

「わたしだって、ムシュー、ほかの人間より優等だとは思わない。そんなのじゃありません。ほかと変わらない。もっと下かもしれない。でも、ここの人、アフガン人、もう人間じゃない。犬、ケダモノ。動物以下」

「何かしら理由でも?」

「わかりませんか、ムシュー? ちゃんと目はついてますか? そこいらの連中ごらんなさい。手で食べてるでしょ。手ですよ。とんでもないこと。いいですか、ムシュー、ある村に頭のおかしい男いました。それが何と、裸……裸なんで」

ここで彼は少し間を置いた。それから、重々しい声になって、「イスタンブールは、知ってますか、ムシュー」

「ええ」

「わたし、イスタンブールに、一年いました。いいですか、ムシュー、あれは地獄。どこにも出口はない」

「なるほど。しかし、ここまで来られたのなら、出口があった?」

「おお、そうだ。そうだった」


ヘラート、十一月二十五日——きょう出発できていればよかった。

夜中に雨が降って、朝になっても降っていた。それでも荷造りをして、正午まで部屋で待機したのだが、どうやらトラックの出発は見合わせという形勢になったので、いったん荷物をほどいて「マスジッド・イ・ジャーミー」に行った。

いわゆる金曜モスクである。どこの町にもあって、その町の規模により、いわば小教会でも大聖堂でもあるのだが、地元では最古の建物であるのが普通で、また最大であることも多い。たとえばヨーロッパの町がすっかり変わっても、僧院や聖堂が中世の佇《たたず》まいを残しているように、このヘラートでは、ティムール系の豪壮な建築を有する郊外とは違って、金曜モスクが旧市街に古老のような存在を保っている。郊外の寺院群は急速にできあがって、それぞれが名だたる個人を記念するものだった。栄華があり、衰亡があった。金曜モスクは、ティムール系の王朝が知られる以前から存在して、すでに遺跡になろうとしていた。そして王朝が消え去った現在でも、まだ遺跡になりきっているのではない。七百年もの間、ここがヘラートの人々の祈りの場になっていた。いまでも変わることはない。その歴史がヘラートの歴史なのである。

薄暗い迷路のような旧市街から、敷石の中庭へと進む。奥行きが百ヤード、幅が六十五ヤードはある四角形で、これを囲むアーケードのそれぞれにイーワーンがある。壁面から奥に凹ませたアーチ形の空間だ。西側の大きなイーワーンには、その左右に青いキューポラのある高塔が立つ。それ以外は、ある一角に笠松が傾いでいるだけで、とくに色彩感はない。一部に白壁があり、レンガが壊れかけ、モザイクの断片が残る。四角い池があって、通り過ぎる指導者《ムッラー》と弟子たちの白い装束が、水面に影を落とす。静寂と陽光が、すり減った敷石の中庭に、平和な時間をあたえている。これこそが望ましいものだった。もうトラックの出発も、旅の不安も、どうでもいい。そんなものは忘れていられた。

このモスクは、一二〇〇年、ギヤースッディーン・ムハンマドによって建造された。バハアルディン・サム一世の息子にして、ゴール朝[23]の君主となった人物である。ガズニー朝[24]が崩壊したのちに、ヘラートを首都とした。デリーのクトゥブ・ミナールの基部にも、その名を記念した碑文がある。アーケードの部分も彼の創建によるのだろう。上端の尖ったアーチ形が十いくつも連なって回廊になっている。北東隅のアーチ上に、古体のアラビア文字でレンガに記された銘文があるようで、これも創建時代の装飾を知る手がかりになるのかもしれない。その近くに彼の霊廟が立っている。モスクに付属する正方形の建物だが、そのドームは完全に崩落してしまった。いくつもの墓が瓦礫に埋もれて、墓石も碑文もわからなくなっている。

この霊廟は、ティムール系の王朝に代わられるまでは、ずっと王家の墓になっていた。クルト朝の支配者たちも、ここに葬られている。十四世紀には壁の塗り替えがなされて、古めかしく見せかける文字が彫り込まれた。主たるイーワーンの内側にも、これと似たような碑文が施されたが、のたくったような奇妙な文字は、やはり思いつきの古代趣味として、ガズニーからの借り物であろう。

主たるイーワーンの奥側に、聖所となる一室があったと思われるが、これは安全性を保てなくなり、一四九八年にアリー・シール・ナヴァーイーが取り壊した。詩人だったナヴァーイーにも、ティムール朝ルネサンス期の王侯と同じような行動パターンが見られる。早くからフサイン・バイカラに仕えて、富裕な身分にもなったのだが、妻子はなく、そのための野心もなく、ひたすら権勢を学芸に傾けた。バーブルに言わせれば、「有為なる人材を、後援し、あるいは保護する存在として、あれほどの人を知らず、かつて世に現れたとも聞かない」。またシーア派に傾こうとする

23 アフガニスタン東部を中心とした王朝（十一世紀初め頃-一二一五）。
24 アフガニスタンに興ったチュルク系イスラム王朝（九七七-一一八六）。

フサイン・バイカラを押しとどめた。合理精神の持ち主だったことは、占星術、迷信を嫌ったことからもわかる。公共事業に私財を投じた人でもある。ホラーサーンの域内だけでも、三七〇カ所におよぶモスク、大学、隊商宿、病院、図書館、橋梁を設けた。厖大《ぼうだい》な蔵書を集積し、歴史家ミールホーンドに自由に使わせている。「また音楽にあっても」と、バーブルは言う。「なかなかの作曲をしていて、みごとなアリア、前奏曲がある」ヘラートの人々にも大いに尊敬され、新式の鞍《くら》やハンカチのような品物に、名前を使われることもあった。ガリバルディ[25]がビスケットの商品名になったようなものだ。文学上はチャガタイ語での著作で記憶される。これを文学語として確立し、チュルク系の言語がペルシャ語から見て馬鹿にされるようなものではないことを示した。亡くなったのは一五〇一年。それから五年後に、ヘラートを訪れたバーブルが、ナヴァーイーの旧居に滞在した。

晩年のナヴァーイーは、金曜モスクの荒廃ぶりを見て、その歴史的な価値を惜しみ、スルタンに修復の許可を願い出た。作業は大急ぎで進められ、ナヴァーイー自身も長い衣をたくしあげ、手に鏝《こて》を持って、監督にあたったという。アーケードの上部には装飾用の壁が追加され、その下側と同様にアーチがついた。上下ともに、中庭から見ての統一感を考えて、モザイクが施された。少なくとも、そのように計画されたのだが、実際には完成にいたらず、南西の隅にいくらか現存するのみである。また、もう一つの聖所も追加されて、ホンデミールの記述によれば、中国風の模様で飾られていた。いまではすっかり消滅している。

もう一つ、ティムール系の遺産が、モスク内に保存されている。直径四フィートほどのブロンズの大釜。アラベスク模様と銘文がびっしりと浮き彫りになっている。これと似たような大釜で、ティムールの命によって鋳造され、テュルキスタン市のヤサヴィー廟に寄進されたものがある。*

ヘラートの大釜は、主たるイーワーンの階段に設置されていて、中国の使節団が残した記録にも出てくる。

＊原注　一九三五年、レニングラードの「ペルシャ展」に出品するとして移転された。そのまま留め置かれるかもしれない。

一四二七年二月二十一日、金曜日、このモスク内にて、シャー・ルフが命をねらわれた。この危機を逃れたおかげで、帝国が二十年は救われた。つい最近、同じ曜日に、同じ場所で、現体制の動揺を企んだ事件が、未遂に終わることになった。

二日前には、ロシアの領事館員が、バザールに噂を流した。今度もまた王様が殺されたというのだったが、これはアマーヌッラーに利を図っての攪乱工作である。ところが知事の存在を計算に入れていなかった。この知事はアマーヌッラーを嫌っていて、一年前にアマーヌッラー支持の反乱を鎮圧したことで、軍にも評価されている。ロシアは、木曜の午後に餌を撒けば、金曜には民衆が食いついてくると思ったのだろう。だが実際に食いつかれたのは知事の演説だった。金曜モスクに集まった民衆に向けて、アブドゥル・ラヒム・ハーンは噂が虚偽であると断言し、何としても秩序が保たれることを保証したのだった。ただし、この保証に、民衆は落胆もしていた。彼らにしてみれば王様はどうでもよいのであって、もし騒乱が起きるとしたら、それに乗じて一暴れした上で、シーア派の商人に略奪を仕掛けようと楽しみにしていたのだった。この楽しい夢は、来年の春までは持ち越しのようである。

25 イタリア統一運動を推進し、イタリア王国成立に貢献した軍事家（一八〇七‐八二）。

午後、ターバンをした子供の一団が、部屋に駆け込んできた。一人がハンマーを持ち、別の子が釘を持ち、また鑿《のみ》を持つ子もいた。窓にガラスを入れに来たのだった。どうせなら、もっと早く来てほしかった。このまま晴天なら、あすにでもトラックが出発するだろう。

ハンガリー人から知らせがあって、ひどく具合が悪いという。昨夜は幽霊のように真っ白だったそうだが、行ってみたら赤くなって発熱し、吐き気もあった。小さいマットを一枚敷いただけで横になり、すり切れたラグを上掛けにしている。とりあえず手持ちの薬を飲ませ、毛布を掛けて、医者に診せなければだめだと言った。厨房で三十分の押し問答をしたあげくに、やっと医師を呼ぶことになった。ところが先生は寝ておられますという返事が来た。それならばと出向いていって、家の中へ押し通ったのだが、ここの女たちがヴェールをはずしていたら、という胸騒ぎがなくもなかった。やっと往診をする気にさせて、発熱はマラリアによるとの見立てがあった。入院を要するとも言う。しかし患者が所見に逆らって、インドの藪医者が何と言おうと病院はいやだと息巻く。そうこうして三時間後に、手伝いの男が来て、患者を病院へ連れて行こうとした。と同時に、ムディル・イ・ハリージャからの通達があって、医師による正式の申請書がなければ入院はまかりならんと言う。それを書いてもらおうと思って、案内役の老人を医師の家に行かせた。すると、あるトルコ人が使いに来て、ムディル・イ・ハリージャは退庁したので、あすにならないと許可が出ないと言った。もう仕方ない。

パールシーの連中に聞けば、このハンガリー人はすっからかんの文無しなので、食事も移動もアフガン当局の負担になるしかない。それでいて恩を仇《あだ》で返すようなやつである。カブールのイギリス公使館ではインド行きのビザを拒否されたようだが、それも当然だとパールシーたちは考えていた。イギリスを支持しての発言ではなく、こういう「貧乏白人」には厳しい見方をするようだ。私は固形スープとクリームチーズを缶に入れて、この男に持たせてやった。マシュハドまでの途上で腹の足しになるだろう。

ペルシャ語で湯たんぽを何というのか知らなかったので、今夜、厨房で笑われてしまった。姫君《ハーナム》が欲しいと言ったように聞こえたらしい。

ヘラート、十一月二十六日――雲一つなく、寒くもない朝が明けた。この季節としては理想の日和だ。九時にトラックの運転手に会ったら、十一時に出発の予定だと言われた。十一時になると予備のガソリンを積もうとしていて、運転の助手が一時までに支度してくれと言った。一時に荷物をおろして待っていたら、きょうはもう出ないとわかった。ほかの乗客が、きのうの雨で村へ帰ってしまい、みんな戻ってこないのだという。

なんだか生涯ここに居着きそうな気がして（この調子だと、そう長い生涯ではあるまいが）、とりあえず部屋の掃除をしてもらった。その部屋のこと、またホテル全体のことを、書いておくとしよう。一階には大きな三部屋があり、ガラスを嵌め込んで、表通りに面している。その一室が厨房だということは、路面に血だまりがあって、鶏の頭が一つ落ちているのを見ればわかる。ほかの二室には大理石の板を載せたテーブルがならんで、ヨーロッパの風景がガラス絵になって掛かっている。インド人の画家が初期の『ロンドン画報』を見て描いたようだ。また支配人セイード・マフムードの机と、ボンベイから持ち込まれたキャビネット型の蓄音機があり、インド音楽のレコードが何枚も積まれている。厨房から外階段を上がると、長い廊下があって、天窓から光が入ってくる。この廊下の両側に個室がならぶ。私の部屋は奥まった位置にあるので、銅細工屋の音をいくらかは免れている。四角い箱のような部屋だ。天井は丸材と板材を組み合わせただけで、壁は白く、空色の腰羽目がついている。フロアはタイル張りだが、その目地から埃や藁屑《わらくず》が薄雲のように出てくる。フロアの半分に絨毯が敷かれ、あとの半分は寝具と防水シートが占めている。家具と言えば、ウィンザーチェアが二脚と、白い防水布を掛けたテーブルだけ。このテーブルに花瓶が載っている。青と白が渦を巻いてガラス素材のピンクのバラが一輪、という輪投げの賞品みたいな花瓶には、支配人が花をぎゅう詰めに生けていた。黄色の菊が外輪になって赤茶色の菊を取り囲み、それがまた輪になって黄色いボタン型デイジーの中心を取り囲む。錫合金《ピューター》の盥《たらい》と、なかなか上品な水差しがあるので、絨毯のない場所で手を洗うくらいのことはできる。寝具になっているのは、緑色の寝袋、黄色のシープスキンコート、緋色の更紗のアフガンキルト。その傍らに文書ケースを寝かせて、ランプ、ボズウェルの本、時計、シガレット、ブドウの皿を、うまいこと置きならべている。まだ姫君に湯は入っていない。ネクタイを掛けるのに釘を打ってもらった。また帽子と鏡にも一本ずつ。もしドアと窓が向かい合わせではなくて、ドアがしっかり閉まって、窓にはガラスが行き渡っているとしたら、それだけで一応は快適になるだろう。だが現実には、隙間風が海の嵐のように吹き込んで、何かしら捨てようものなら、すぐに窓から飛び出して、公園に舞っていく。

　月明かりの廊下に出て、あっと息を呑んだ。四つの銃口に、どてっ腹を狙われている。白い服を着た幽霊のような四人が、廊下向かいの部屋にいて、低い姿勢からライフルを向けているのだった。暗闇の中、ほの白く見えるターバンの下に、目の光があった。さらに四人がいて、こっちには背中を向け、窓の外に銃を構えている。ただの夜会なのかもしれないが、そう言えば、けさもまた電報局長が、どうやら一騒動ありそうだと、ぼそぼそ口にしていた。ひょっとしてアマーヌッラーが帰還したのではないかと、ふと思ったりもした。

ヘラートの記念物として、もう一つ、金曜モスクよりも古いものがある。十世紀にムカダシが残した地誌にも、マラン橋のことが記されて、ゾロアスター教の祭司が架けたことになっている。以来、一千年の長きにわたって、ハリー川を越えるインドとの交通を支えてきた。現在でも二十六のアーチがならんで――ホンデミールの時代には二十八だった――トラックが二台ならんで通るくらいの幅がある。アーチの形状はさまざまで、また毎年、春の洪水で、その一つや二つは崩れるということを考えても、この橋は何度も架け替えられてきたに違いない。だが、橋脚を立たせている土台は、昔のままであるようだ。

この町は南から見るのがよい。青い馬車に乗って川から戻る途中で、くすんだ色の厳めしい城壁が平原と村々に睨みをきかせ、いまだ大砲の時代が来ていないのかとも思わせる。城壁は三つの部分からなり、最も高い壁が八十フィート。ところどころに防禦《ぼうぎょ》の塔が立っている。ほかの二つの壁には、いくつもの小窓が配置されている。城壁の下に幅の広い堀があって、いまは葦が茂っている。コンスタンティノープルの陸側にも似たような防衛システムがあるが、そちらは石の建築であるのに対して、ここでは泥を固めた構造物になっている。

掘割に沿った道を行くと、三人の紳士が茶色の馬車で繰り出していた。馬車とはいえ、せいぜい子供を遊ばせるような二輪車を、ぱかぱか歩く小馬が引いて、これに大の男が折り重なるように乗っている。それでいて男爵家の大広間を飾るに足るほどの武器を、外に向けて突き出していた。

カルク（四四〇〇フィート）、十一月二十八日——けさは荷物をまとめずに、腰を落ち着けて本を読んだ。この作戦が効いて、一時にトラックが出た。あやうく乗り損なうところでもあった。広いマカダム舗装の道が、ハリー川の渓谷を東に向かう。このまま行けば山を越えてバーミアンだろうが、それはまだ先だ。十三マイルほど行ったパーラピーリという村から、細い道をたどって北上した。トラックの乗客が、トルキスタンへの道、と口々に言うのだが、いくら何でも気が早いことだった。

そこからの二十マイルは、狭い谷間を進んで、流れる川を何度も突っ切ることになった。どういう勾配になっているのかと思うような道で、なるほど自動車というものは、その気になって運転すれば、ラバくらいに頑張れるのだとわかった。三時半には、この日の走行を終えた。道の近くに聖廟があって、笠松の林に見え隠れする。松の香りに誘われて、『ラヴェンナの松園』の絵を思い出した。イタリアの記憶が、まざまざと目に浮かぶ。あのように初めて広い世界を知ったのでなかったら、いまごろ私は歯医者になったか公職についていたのかもしれない。中庭にも同種の樹木が植えられて、ここではホルジュという言い方をするようだ。通路の奥に、ひっそりと立つアーチがある。その板金のキューポラが、遠くから見てもきらりと光って迎えてくれた。さるイスラム学者の墓であるらしい。一八〇七年にペルシャ軍と争って死んだ――斬首された――という。その息子アブル・カシムが、霊廟を建て、松を植えて、父を追悼した。

建物が何棟かならんで、二つの中庭を分けていた。私たちが割り当てられたのは二階の部屋だ。ほかの乗客は兵士たちだったが、やっと制服から着替えられるということで、ターバンを巻き、長いコート、だぶだぶのズボンという姿になった。巻きゲートル、軍用チュニックが飛びかうのに居たたまれず、私はバルコニーに出た。そこで寝具を延べようとしていたら、下の中庭に、たっぷりした体型の紳士がぞろぞろと出てきた。ガウンもターバンも取り去って、二股に分かれた木の前に立ち止まり、一人ずつ隙間をくぐり抜けようとする。うまく通れたら来世の救済を期待してよいのだそうだ。そうはいかない人が多かった。

この男たちが去ってから、「アラック酒、お持ちじゃないですか?」と、中庭の門番がこっそり言った。

その案内で広い通路を進み、墓所にまで行けた。アーチ部分の屋上へ出て、上空に大きく円を描く鶴の群れをながめ、雪をかぶった山脈が夕日に染まるのを見ていると、さっきよりなお太めの一隊が近づいてきた。その先頭に立つのは、たいした貫禄の持ち主で、黒いトップブーツを履き、緑のキルトガウンを着ていた。巨大なターバンの下にある顔から水平に突き出した髭が伸びて、とんでもなく大きな鳩胸に乗っかっている。「村長様のお出ましで」と、門番が教えた。「西方からのお客人に、ご挨拶なされます」

私は差し障りのない話として、「あの池には、ずいぶん大きな魚がいるのですね」と言った。

「いや、あんなもの」村長が言う。「教場にいる魚をお目にかけよう」

村の学校への道をぞろぞろ歩いていると、人々が立ち上がってお辞儀をした。コーランの引用文を貼り出したベランダがあって、その下に坐る先生をぐるりと囲んだ男の子たちが、習ったことを復唱していた。四角い池をめぐって、ところどころに柳そのほかの木々が立ちならぶ。村長はパン屑を持ってこさせて水面に投じた。アヒルが一斉に飛びついていったのだが、そこに急浮上したのは化け物じみた鯉の群れだ。アヒルは追い散らされ、餌にありつけなかった。

月夜の通路に、松の木が長い影を落とす。風が立って、防風ランプの火を揺らす。ヌール・モハマドという兵士がなついてきて、いまバルコニーの隅っこで寝ているが、枕にしているライフルの銃口が、私の鼻先を向いている。ついさっきまで大いにもてなされていた。夕食のあと、また村長が来て、その先触れとなったのが錫合金《ピューター》の盆に盛ったナッツとザクロだった。あとから茶もやって来た。ガラス器ではなく茶碗で飲む。いくらか中国に近づいたような気がした。

「どこのお国を奉じておられる？」と、村長が言った。

「イングリスタンと申します」

「はて、そのような国が？」

「ヒンドスタンと言ってもよろしいが」

「二つが、くっついている？」

「はい」

隊商の音が近づいてくる。大きな雄ラクダの鈴が、重い響きで夜気を震わす。もっと軽い音色の鈴も、ヌール・モハマドの鼾《いびき》に負けじと高まる。ペンを持つ手がままならない。そろそろ寝る時間だ。

カラエナウ（二九〇〇フィート）、十一月三十日——この町に着いたのは、けさ九時半。しばらく休憩というつもりで停車した。

カルクから来た道は、ゆるやかな起伏の続く緑の土地を抜けていた。その土地を割るように、深い谷があって川が流れている。カザフ人の一団とすれ違った。ぷくっと頬のふくれた人々が、馬、ロバ、牛に乗っていた。ある寂しい隊商宿で、アンドホイからやって来た二台のトラックが、道沿いの様子を聞かせてくれたが、うれしい内容ではなかった。ここまで川筋をたどってきたが、もはや川は細い渓流でしかなくなって、どこまでも折れ曲がって続きそうな谷間に入り込んだ。左右の山裾が交互にせり出してきて、二つの歯車にはさまれたような地形である。二十マイルも行って、やっと北向きに上がりきった。だが雪線まで来ると、トラックが進まなくなった。車輪が卵の泡立て器のように回るだけだ。

もちろん準備はできていた。大量のチェーン、三丁の鋤《すき》、鶴嘴《つるはし》、丈夫なロープ。そういうものが急いで動員されて、トラックの転落を防ぐ。そこからの一マイルだけで四時間はかかった。手分けして地面を掘り、ロープを引く。またペパーミントのような香りのする木の枝をトラックの前に置いたのだから、主なるイエスを乗せたロバを迎えるようだ。もう日が暮れかかってから、ジグザグに進んだ最後の一頑張りに歓声が上がり、サウザック峠の狭い鞍部《あんぶ》に達した。

薄らぐ光の中で、五十マイルの彼方に、約束の地の城壁がそびえていた。トルキスタンの山脈だ。平たい壁のように続いて、ヒンドゥークシュ山脈にまで連なっていく。波乱含みの空に、金色の雲が大きな羽根になって立ちのぼる。この峠道には、通行を阻むように、むき出しの赤い岩石がごつごつと集積する。その北面に湿気が多いことは、ジュニパーの木々を見ればわかる。ぽつりぽつりと敗残兵が見張りに立ったようだが、ずっと下の丘陵まで行くと、しっかりした林になっている。

この湿気には往生させられた。雪線よりも下がって、もう雪がなくなってからでも、道はワセリンのように滑った。その勾配はローラーコースターのようで、道幅はトラックの軸間距離《ホイールベース》よりも一ヤードあるかなきか。たとえ無駄な努力になろうとも、木の枝を折り敷き、ロープにつかまって引っ張り、ヘアピンカーブに石を置きならべた。トラックは、ブレーキやハンドルの言うことを聞かず、勝手に進もうとする。カニの横歩きのように石の上をずるずる這《は》ったり、タイヤが宙ぶらりんになったり、崖面に跳ね返されたりして、あとから追いすがる人間が、夜の暗闇と凍りそうな泥土の中で転びそうになる。だいぶ下のほうから呼びかける羊飼いがいた。月明かりで見ると、その男のトラックは車輪が浮き上がって動けないようだ。こちらのトラックもヘッドライトがあやしくなってきた。ようやく開けた坂道に出たときには、もう運転手はへとへとになり、私たちも足が前に進まなくなっていた。

谷間の細道で、兵士らが火を熾《おこ》した。風が絞り込まれるように押してくる。火にかける食料はない。水がないのは、なお困る。この日は朝から何も飲んでいなかったので、ついに手近にあるものに口をつけた。白っぽい泥、溶けた雪、そしてオイル。これはラジエーター用として石油缶に入っていたものだ。月が明るく照って、道路は冷え固まっていた。風に毛布を飛ばされる。兵士らはどかどか足を踏みながら、見張りを続けて、景気づけに歌っていた。こんなところで寝られるかと思っていたのだが、目が覚めたらすっかり明るくなっていた。十時間は寝たらしい。

夜のうちに着きたかった村は、たった十五分で行ける距離にあった。ここでもアンドホイから来たというトラックが二台あった。乗っていたのはユダヤ人だ。顔の輪郭が楕円形で、細やかに整った目鼻立ちで、毛皮で縁取りをした円錐帽をかぶっているので、おそらくブハラの住民と縁があるのではないかと思った。やはり野外で寝たというが、そもそも逃避行で、ひどい難儀をしていたようだ。数人の女が手招きをして、何やらロシア語で話しかけてきた。その言葉はわからないと言ったら、びっくりした顔になり、私の髪を指さした。こんな色ならロシア人に違いないということだ。峠道の様子を聞かせたら、気の毒なほどの動揺を見せた。母親は子供を抱きしめ、老人は身体を揺らして嘆きの声を上げ、きたない爪の先で髭を撫でさすった。ここから走り出すと、また二台のトラックが来た。やはりユダヤ人を乗せて、必死の猛スピードを出していた。

カラエナウという地名には「新しい城」の意味がある。人口が二千人ほどの、小さな市場町だ。一本だけの大通りを突き当たりまで行って、知事に会えた。この人が荒れた庭に坐って、その馬が放ったらかしの花壇を前脚で蹴っていた。雄の葦毛で、体高は十五ハンド[26]に近かった。ヘラートでもらった紹介状を見せると、知事は街路を見おろす部屋をあてがってくれた。ここでもヌール・モハマドが私から離れず、世話焼きになっている。「鶏の値段なんか、気にしなくていいです。

26 一ハンドは四インチ(一〇・一六センチメートル)。

あなた、ここのお客さん」と、これは親切心で言うのだが、おかげで買おうと思った二羽をまだ買えていない。うち一羽は、あすの旅への備えである。

午後、ヌール・モハマドと一マイル半の道を歩いて帰った。いくらか丘を上がると洞窟があるというので見に行ったのだ。ところが、すぐ手前まで行って、急な眩暈《めまい》に襲われた。ふらついて起き上がれず、その場から動けなくなった。ちゃんと洞窟を見てきたヌール・モハマドは、どうせ何にもなかったですと言う。絵画や彫刻はないそうだ。

たったいま知事の秘書官が来た。毛裏で紫色の外套に身を包んで、懐中電灯を持っていた。この日誌に長い一文を書きつけておいて、お見事な万年筆を使わせていただけたのは、まったくもって役得ですと言った。

カラエナウ、十二月一日——もう一日、ここで休止。だが休息にはならなかった。夜中に天候が大荒れとなって、強風が二つのドアを突破して吹き抜け、私まで浮き上がりそうになった。こうして目が覚めて、どうも具合が悪いと思った。いわゆる「ふだんのオフィス」がない家屋なので、もし用を足すなら裏手の庭へ出るしかない。人間の男と動物の共用である。それで外階段へ出ていったら、足を滑らせてしまった。ランタンが消えて、一枚だけ着ていた防水レインコートが顔にまくれ上がった。雪と糞尿をベッドにして裸で引っくり返ることになったのだが、このベッドは霜になって身体にへばりつく。一瞬、目がくらんで動けなくなっていた。何かしら壊れたらしい。それが私の頭蓋骨なのか、一番下の階段なのか、手さぐりするしかなかった。壊れたのは階段だとわかって、ふふっと笑い声が出た。

まだ雪が激しい。出発はできない。

けさ、きのうの秘書官が使いの者をよこした。長々と口上があったが、つまり私のペンを譲ってくれということだ。それはできないと答えた。すると、しばらくして当人がやって来た。どうやら何かしらの置き土産は必要らしいと思って、この男を坐らせ、色つきの肖像画を描いてやった。毛裏の外套に気を引きたがるので、とくに念入りに描いた。それで満足したようだ。

ユダヤ人がみな引き返してきた。トラック四台分で総勢六十人は超えている。さらにはトルクメン人の一団も着いた。その女たちの頭には、高さのある赤い帽子が載って、銀メッキの上に紅玉髄《カーネリアン》を嵌め込んだ飾りが下がっている。これだけの人数が来ると、食糧も足りなくなる。また燃料がないので、部屋の明かりが欲しければ、ドアを開けるしかない。寒さしのぎに、ありったけの衣類を着込んで、寝床から出ないことにする。この町の商店ではロシア製のシガレット、スワンのインクを売っているが、それでは気休めにもならない。だが自家製らしきニットの靴下を買えた。これなら北極でも使えそうだ。

カラエナウ、十二月二日――たとえトルキスタンへ抜けても、カブールまで南下する道は、もう雪で閉ざされているだろう、と町の人は言う。たしかに地図で海抜を見てもわかりそうなものだった。馬で行ったら一カ月の旅になる。手持ちの資金と装備では無理だろう。またクリスマスに本国へ電報を打てなくなるのも気がかりだ。いまなお雪はやまない。ヘラートから馬を呼び寄せて、ユダヤ人の輸送をすることにしたようだ。それに私も同行して引き返すのがよいのかもしれない。

ヌール・モハマドでさえ落ち込んでいる。しきりに祈りたがって、うっかり私が邪魔な位置にいると、私に乗り上がってでもひれ伏して祈る。

カラエナウ、十二月三日——ただの下痢が、赤痢になったらしい。引き返すしかない。臆病とも思われようが、私に言わせれば、これが常識というものだ。いずれにせよ残念なことには違いないが、この行程で不可能ではないのだと確かめた。それだけでも新発見だろう。

天候が回復しただけに未練が出てくる。うっかり決意を鈍らせないように、ウィスキーをぐっと呷《あお》ってから、早いうちに知事のもとへ出向いた。知事は何やらの会議中らしく、長方形の部屋の一端にしゃがみ込んで、火の気に当たっていた。私の手をとって脈を診てから、何でもなさそうだが、と言う。ただ私の具合がどうあれ、許可を出すとしたら、まずヘラートへ電話を入れる必要があるのだが、折悪しく回線がつながらなくなっていた。また、すぐには馬の都合がつかない。すると夕方になって知らせが来た。回線が復旧して、許可も出る見込みである。あすの朝八時には馬をそろえるので、どれがいいか見てもらいたいとのことだ。

トラックは朝四時に出発するらしい。こんな体調でなかったら、そっちに乗っていけるところだ。

ラマン（四六〇〇フィート）、十二月四日——峠から下りた村である。

馬は時間通りに来た。一頭は左の前脚が地面につかない。あとの二頭も黙示録に出てくる死の馬のようだ。私が苦情を言いに行ったら、まだ知事は着替えてもいなくて、これ以上の面倒はかなわんと思ったのか、役所の馬を三頭、また案内役を一人つけて、五ポンドでどうだと言った。その金を払っただけのことはあった。私の不調で二十分に一回は停止することになったのだが、それでも宿場が二つ分くらいの距離を半日で移動した。あすにはカルクまで行くことにしたい。ただし、十三時間はかかるそうだ。

アフガン式の鞍にまたがって、腹の中が空っぽというつらさはあるが、白銀の丘陵地帯を行く馬の旅は、美しいとしか言いようがなかった。渓谷に横からの山峡が出てくる地点には、カザフ人が泥壁のある居留地を設けて、昔から越冬の便宜にしている。そんな場所にさしかかると、白い風景の中に黒いドーム形の低い影が見えていた。犬の群れが威嚇するように坂を下りてくることが多い。その中にサルーキ犬もいて、ウサギ狩りで〈ウォータールー・カップ〉に出場する犬のように、堂々たる体格を保っている。あるキャンプでは、二人の男が出てきて、「どこのキビトカだ」と言った。

「どこの何だって」

「キビトカがあるだろう」

「何の話だ」

そんなことも知らんのかという顔になって、フェルトと編み枝を組み合わせた自分たちの小屋を指さす。「キビトカだ。それくらいあるだろう。どこだ」

「イングリスタン」

「どこにある」

「ヒンドスタン」

「ロシアか？」

「まあね」


ラマンの村人は、なぜか無愛想だ。卵、灯油、干し草、そんなものはないと言う。金は払うと言っても、こちらに役人が同行していると見て、信用してくれない。結局は役人が権力にものを言わせたので、必要な品は手に入って、今夜の宿も確保できた。つまり四方に壁があって、穴のあいた屋根がある。ただ残念ながら、フロアの中央で火を焚いて、その穴から煙が逃げていってくれない。ともあれ、こうして暖を取れるのだから結構なことだ。現在、一行は七名である。

案内役は村人に悪意があるようだと疑っている。私も心中穏やかではない。やや上方に壁の割れ目があって、布きれを詰めてふさいである。この布がいきなり消えて、人間の手が出たのだから驚いた。私の所持品をさぐろうとしている。そうと知らせると、案内役がライフルを引っつかんで外へ飛び出したが、銃声は聞こえなかった。

壁の穴には石を突っ込んだ。とりあえず眠っておきたい。この旅を夏には完遂しようと、あれこれの思案が出ている。今度はクリストファーも来られるだろう。

カルク、十二月六日、午前二時三十分——きょうは六十マイル近くも踏破し、スープ一椀だけを腹に入れて、いま床についた。もう一番鶏が鳴いている。

ヘラート、十二月八日——何たる一日だったか。胃袋をすっからかんにしての荒っぽい強行軍は、もう願い下げにしたい。

ラマンを出て、峠道を上がったのは、やっと夜が明けようかという時刻だった。薄暗い霧の中で、ジュニパーの木々が亡霊のように出ては消えた。雪を踏む馬は、足音が響かない。ついに太陽の光が、峠より上の峰々を浮かび上がらせた。青い空、白い世界に、赤い色が際立つ。私は振り返ってトルキスタンの山脈に別れを告げた。あのトラックはまだ向こうにいるのかと思いつつ、その未練がましさが嘆かわしくもあった。下り坂で馬の足が速くなった。側対歩で行かせようとしてみたが、だめだった。それを馬が知らないのか、乗っている私が下手なのか。木製の鞍には房のついた緋色の布が敷いてあるのだが、鐙《あぶみ》に足を踏ん張ると、その鞍が股にこすれた。東洋式にしっかり坐って、軽やかに行かせようとすると、腹の中まで揺さぶられて耐えがたい。いろいろ試して、鞍の前側、後ろ側と体重をかけてみた。横坐りにもなって、いっそ後ろ向きに馬の尻尾を見ていようかとも思った。それでも、痛かろうが何だろうが、今夜のうちにカルクに着きたいと思った。案内人もそのつもりだった。ラマンを出る前に、そんなのは無理だろうと言われたので、だったら行ってやるという気になった。午後には、いったん馬に草を食ませてから、ずっと休まず、どこまでも続く渓谷の道を下った。横から山裾が突き出してくると、それを迂回して道が曲がる。今度こそ草地の高原が見えるだろうと思って曲がると、また別の曲がりにかかるだけだった。この谷の口を出ても、なおカルクへの道は遠い。夕暮れになってから、案内人と馬を交換した。こっちの馬はくくりつけている荷物がやわらかい。そして、ついに平地に出た。峡谷の川の彼方に、じっとりした黄色い土の高原が広がって、青インクの色をした山脈にまで続いていた。雪の縞模様がついた山に、鉛色の雲がかかっている。白い外套をまとった羊飼いが羊の群れを連れていて、遠くの村には煙が立ち上って見えるのだから、この殺風景な大地にも人の暮らしがあるという目安になる。峡谷を下って上がる。また下って、また上がる。案内人が心細くなったようで、馬の足を速めようと言った。

川水を蹴って進むのも三度となって、この日の残光も消えていた。それに代わる月も星もない。ランタンに火を入れようとしていたら足音が聞こえた。ぎくりとして身構えた案内人が、相手は一人だと知ると、銃をかざして出撃し、夜に歩き回るとはあやしいやつだ、ぶっ放すぞ、と追い払った。やっとのことで村にたどり着いたが、カルクではなかった。カルク・サルという村だ。ここまで来ればカルクまでの近道を知っている、と案内人が言う。そのうちに道が狭くなった。あっちへ行き、こっちへ行き、また後戻りもした。ついに道はウサギの通う獣道のようでしかなくなった。

「これで本当にカルクへ行けるのか」と私が言ったのは、もう十度目にもなるだろう。

「そうですよ。さんざん言ってるのに、あなた、ペルシャ語わかってない」

「この道だと、どうしてわかる」

「わかりますって」

「それじゃ答えにならない。そっちこそペルシャ語がわからないんじゃないのか」

「ああ、そうですか、いいですよ。何にもわかりゃしませんて。この道だって、どこへ行くのか」

「カルクへ行くのか、行かないのか。はっきり言ってくれ」

「わかりませんね。わたし、ペルシャ語わからない、何にもわからない。カルク、カルク、とおっしゃるが、カルクはどこの村なのか」

するとり、いきなり草むらにへたり込んだ案内人が、顔を両手に埋めて、うーん、と呻いた。


迷子になった。夜になると身の安全を保てない国では、うんざりする境遇だ。おかげで足腰の痛みは魔法のように消えた。ひょっとすると案内人に何かの魂胆があって、ここまで連れて来られたのかと勘繰りたくなった。だが、いまの呻き声からすると、そうでもなさそうだ。さては盗賊かと疑ったのだが、芝居のできるやつではないらしい。私が荷物をほどこうとしても、手を出そうとさえしなかった。それを絶望から揺さぶり起こして、とりあえず馬が遠くへ行かないように脚をつなぐ作業をさせたのだが、また草の上に沈んだ案内人は、私が分けようとする食料を口にしなかった。毛布も要らないと言い張るので、その肩にむりやり巻きつけてやった。とにかく寒い。またしても湿った分厚い雲が垂れ込めている。自分でも寝床を敷いて、いくらかの卵、ソーセージ、チーズ、ウィスキーを腹に入れ、少しだけボズウェルを読んだあとで、草の匂いに包まれて眠り込んだ。現金の袋を足ではさみつけ、大型の狩猟ナイフに手をかけて寝たのだった。

一時。月の光で目が覚めて、まったく峡谷の縁《へり》で野営していたことを知った。はるかに崖の下で、川が銀色に蛇行している。二マイルほど先の前方には、黒っぽく見える一帯があって、あれはカルクの松林だと思い当たった。

わずかでも見えたのは幸運だ。馬を見つけるとすぐに、また雲が閉じた。だが案内人も方向感覚を取り戻したようで、それから一時間後には、とある大きな隊商宿の入口でノックしていた。寺院へ行くより快適ですよと案内人は言う。その通りだった。広々したカーペット敷きの部屋で、寝台を専有して寝られた。だいぶ寝過ごした翌朝に、物音がすると思って目覚めると、髭を生やした賢者らしき三人がいた。祈禱の時間であるらしいが、私が何事かと目を向けても、まるでお構いなしだった。

ヘラートに着いたのが四時。セイード・マフムード以下、ホテルの面々が、放蕩《ほうとう》息子の帰還を見るように迎えてくれた。カーペットが敷かれ、手洗いの水が持ってこられる。ネクタイ、鏡、帽子を掛ける釘が、頼まなくても元通りにつけられた。私の好んだジャムが新しく用意された。あすはスポンジケーキを焼きますよとセイード・マフムードが言った。

ええ、インドの方々はお立ちになりました。ハンガリーのお客さんもそう。いまは西ヨーロッパのご一行がいらしてます。お友だちでしょう、と彼は言う。ほら、お見えのようだ。

部屋の入口に〈チャコール・バーナーズ〉が来ていた。

「よう」私は自分の居場所から声をかけた。

「おう、来たのか」

「すまんな、ウィスキーを空けちまった」

「いいってことさ」

「健康上の理由でね」

「具合を悪くしたのは聞いた」

「アフガニスタンは寒いだろう？」

「雨で困ったよ」

「建物はいいよな」

「ああ、立派なもんだ」


思ったような再会にはならなかった。トルキスタンへ行くには、もう十日ほども時機を逸しているので、いまから南下してカンダハルを目指すのだという。私も同行すると思うらしい。

夕食にヤマウズラが出て、その場が明るくなった。

ヘラート、十二月十一日――あの連中は出発した。私はトルキスタンに行きたかったのであって、木炭エンジンの実地検証をしたいのではない。この目的に変更はない。まずペルシャまで引き揚げて、来春を期する。

ペルシャ：マシュハド、十二月十七日――ひどい旅にくたびれ果てて、しばらく間が空いた。

それでも天候には恵まれていた。道路が乾いて進みやすくなった。トラックの後部にはナジャフまで行こうとする巡礼団が乗っていた。前部の座席で私の隣にいたのは、もったいぶってムハンマドの末裔を称する若い男だった。黒いターバンを巻いて、茶色のラクダ毛の外套をまとっている。イラクから来て、イスラムの都市を巡っているのだそうで、これからドズダーブ、クエッタを経て、インドへ向かおうとしていた。イスラムカラという国境の町で睡眠をとって、そのあとは十二マイルにおよぶ中間地帯を突っ切った。これが二つの国を分けていて、湿地の鳥が陰気な鳴き声を上げているだけの土地だった。カーリーズに着いて、ペルシャ側の税関で待たされている間に、あるドイツ人に話しかけられた。ロシアに帰化していたのだが、もう逃げ出すことにして、インドへ行こうとここまで歩いてきたら、アフガン当局に追い返されたのだという。病んだ妻もいて、無一文で、途方に暮れている。いくらか融通しようかと思って、私が持ち金をさぐっていたら、プライドが許さなくなったのか、ふっと消えるように、男はいなくなった。

太腿に腫れ物ができて、ひどく大きくなり、片足が全体に、足首から付け根まで、ぱんぱんに張っている。歩くのも大変だ。痛みをごまかそうと、アラック酒を注文したら、あの敬虔ぶった若いやつが、大げさに愕然として見せた。ペルシャでこっそり酒を飲むとは、考えられないことなのだろう。コルクの栓を抜いて、そいつの髭面に瓶の口を突きつけてやったら、尼さんが男に襲われたように逃げていった。だがトラックに乗っている間は逃げ場がない。酒の瓶を見るたびに、その香気に当てられたように運転席に倒れかかり、この不信心を神と運転手が罰してくれるように祈っていた。運転手は笑っただけだ。まったく神罰のないままに、トルバト・イ・シェイク・ジャムに着いた。それが真夜中のことである。
ここの隊商宿で荷物を下ろしていたら、何人かの兵隊が私の鞍袋を持ち逃げしていった。そいつらが閉めたドアを、痛くないほうの足で思いきり蹴りつけると、意外にも鍵がかかっていなかったので、猛然と突入することになり、四人の兵があたふた這いつくばった。そのうち一人には、盗品にかがみ込む格好になっていた尻に、まさかの膝蹴りを食らわせることになった。ほかの連中がいきり立って、今度は私が追いかけられ、バッタのように跳ねて厨房に逃げていったのだが、笑いものになったのは兵隊のほうだった。それから寝場所をどうしたらよいかと聞いたら、大仰に指をさされたのはストーブ近くのマットの端っこだ。すでに五人がマットを占拠していた。仕方なく、ティーポットに湯を用意して中庭に出た。ある荒廃した一画で、のんびりと脚に湿布をしていたら、冷たい風が三度吹きつけ、湿布が肌に凍りついた。「ここは快適ですか」と言って出たのが、あのご大層な若いやつだ。何やら白い包みを抱えて、うしろから忍び寄ってきたので、アラック酒の瓶をかざして退散させてやった。

マシュハドのドームが見えてきて、いかなる巡礼も私ほどに喜びはしなかったろう。もし戻ってくることがあったらどうぞ、と領事館のハンバー氏に言われていた。この際、遠慮の素振りをする元気もない。アメリカの病院で脚にカッピング療法を施された。翌朝は、目が覚めて、さっぱりしたシーツが顎にまで届き、トレーに朝食が載っていたのだから、いままで忘れていた世界に感嘆した。

マシュハド、十二月二十一日――気力体力が戻りつつある。主たる理由は『アンナ・カレーニナ』だろう。いままで読んだことがなかった。だいぶ腫れが引いて、これなら自分で処置ができそうだ。そうであれば、もう病院へ行って、さまざまな実情を見ずに済む。きのうは、麻酔なしに七本の歯を抜かれる現場に出くわした。睾丸《こうがん》の癌《がん》を検査される男もいた。

宣教師を悪く言う人は、その医療活動を見落としている。ホラーサーン地方の医療は、宣教師に依存しているのが実態だ。しかし、だからこそ当局に睨まれて、嫌がらせを受けることもある。布教そのものは、イスラムの宣教団がローマへ行って、どれだけ訴求力があるかというようなものだから、たいして憎らしくもないだろう。このペルシャという国では、自分の首を絞めて、みっともない結果を招くのがお家芸になっている。外国の優越性を誇示したというので、ユンカースの航空事業をやめさせてしまった。あるいは、せっかく道路を作っても、関税のせいで自動車の輸入が進まない。観光客も呼びたいようだが、写真を撮っただけで取り締まる。かつてイラン人の物乞いという映像を公開されたことがあるからだ。警察による規制に従うことは、すでに一つの信仰告白のようなものだと、この一両日に私自身が発見した。マーチバンクス治下の国は〈進歩〉に燃えていて、たしかにアフガニスタンとは大違いなのだが、それで憂鬱にもなる。ウサギとカメの話を思い出す。

マシュハド、十二月二十四日――ハンバー氏の夫人はインドへ行った。ハンバー氏は男だけでクリスマスを楽しみましょう、と言ってくれる。

毎朝、二頭立ての馬車に乗って、ハージェ・ラビー廟へ行っては、短い冬の日が続くかぎり、この世界にのんびり坐って絵を描いている。シャー・アッバスによる建立は一六二一年。これが町外れの庭園に建っていて、あざやかな青緑、瑠璃色、青紫、黄色のタイル壁が、葉の落ちた木々と、枯れ葉だらけの花壇に囲まれて、不思議に憂愁の趣を見せる。いまの私の気分にも合っている。

ほかにも記念碑となる建造物が、この地にはある。一つはマスジッド・イ・シャーといって、一四五一年に創建されたモスクが、いまは遺跡となってバザールに残っている。二基の尖塔に青と紫の連続模様が施されて、その様式はヘラートにあった二層式バルコニーの尖塔と同じようだ。また、それよりは後年のものだが、ムサッラーと呼ばれる祈りの場所が、アーチの遺跡になっている。表面の装飾モザイクは、細密だが美しくはない。もちろん壮大なイマーム・レザー廟も、このマシュハドにある。

モスク、墓所、小店、バザール、入り組んだ路地。そんなものの集合体が、町の中心になっている。近頃では環状路ができて聖域が囲い込まれ、そこから幾筋もの街路が放射状に出ていって、どの道からでもドームと尖塔の景色が見えている。初めて町に近づいた夕暮れには、海のような青色の大ドームが薄闇の空に浮かんでいた。その隣に鈍く光る金色のドームもあった。亡霊のように立つ尖塔から尖塔に、豆電球の飾り付けが張られていた。

二度の葬儀があって、ホラーサーンの首都がトゥースからマシュハドに移った。八〇九年、カリフだったハルン・アル・ラシードが、トランスオクシアーナでの反乱に心を悩ませ、先遣隊としてメルブに向かった息子マームーンに続いて、みずからも進発したのだが、トゥースまで来て病没した。二十マイルほど離れて葬られた聖地が、いまのマシュハドである。マームーンはメルブにとどまって、八一六年に、シーア派の第八代イマームだったアリー・アル・レザーをメディナから招き寄せ、これをカリフの後継者と宣したのだが、二年後に、イマームもまたトゥースで没することになった。父の墓参をするマームーンに同行していた際の出来事だという。正史ではブドウを食べ過ぎたことになっているが、シーア派ではマームーンによる毒殺と信じられている。いずれにせよ遺体はハルン・アル・ラシードと隣接して葬られ、この墓がナジャフのアリー廟に続いて、シーア派の大聖地となっている。

かくして宗教施設の拡大とともに、その周囲の町が発展した。巡礼者はイマーム廟に感嘆しつつ、いまなおハルン・アル・ラシードの墓は唾棄している。一般にはアジアの栄光を思わせる名前なのだが、シーア派にとっては聖人を殺害した者の父親でしかないのだろう。

午前中、うんざりした顔の警官に付き添われ、あちこちの屋上に出て、環状路の外側から双眼鏡で霊廟を観察した。主要な中庭が三つ。それぞれの四面にイーワーンがある。つまり（この用語で言うしかないものだが）高さのある正面に、大きく開口した空間が設けられ、これが上端の尖ったアーチ状をなしている。ペルシャのモスク建築では、とくに際立った意匠である。中庭の二つは、接しながら北と南を向いていて、しかも同一の軸上にはない。タイル模様は遠目にはインド更紗のように見える。十七世紀か十八世紀の細工だろう。この中庭の間にヘルメットのような金色ドームがある。それこそがイマームの墓所で、一六〇七年にシャー・アッバスが建てたものだ。シャルダンのペルシャ紀行には、震災後の修復のため、イスファハンで金のプレートが制作されるのを見たことが、一六七二年の記述として出ている。ドームの隣には金の尖塔が立って、南の中庭の東側にも同様の塔がある。

第三の中庭は、北と南の中庭と直角をなして、西を向いている。ここにあるモスクは、ガウハル・シャードによって一四〇五年から一四一八年に建てられた。二基の大塔にはさまれた聖所の上に、海のように青いドームが載っている。球根の形をしたドームは、ふくらんだ部分に古いアラビア文字が太く黒く刻み込まれ、頂点から下に向けて細い黄色の蔓が巻いたような模様がある。

この中庭のモザイクは、全体に保存状態がよさそうだ。四分の一マイルの距離から見ても、ほかの中庭とは色彩の質が違うことがわかる。いまは消滅したヘラートの栄光をさぐる手がかりにもなる。ペルシャにいる間に、このモスクは徹底して見ておかねばなるまい。しばらくはペルシャを出るに出られない。春までは英気を養うしかないだろう。その頃にはガウハル・シャードについても、さらに知見を得ていられると思う。

マシュハド、クリスマスの日――領事館のハンバー氏とランチ。同じく領事館のハート夫妻、その息子キース君もいた。いささかプディングを食べ過ぎたようで、クリスマスらしく胃の苦しい午後になっていたのだが、ディナーの時間には復調していた。このときはアメリカの宣教団、ハート夫妻、またボリビアから来たというドイツ人の若い女も招かれていた。どこやらで家庭教師をしているという。カクテルを持って薄笑いを浮かべ、ドイツ風の社交術を発揮していた。食事のあと余興になって、賞品に万年筆をもらった。男が女の帽子に飾りをつける競争に勝ったのだ。

テヘラン、一月九日——親切にもてなしてくれたハンバー氏と別れて、ふたたび荒っぽい世界に出ていくのは、まったく悲しいことだった。

ここまで戻ってくる途中に、シャフルドで休止した。早朝に、またラマダンで昼頃までは起き出す人がいないので、勝手に馬を引き出し、バスタムに向かった。これは眠たげな小村で、アステラバードに続く山道の途中にある。十四世紀のバヤジッド寺院は、その外観が牧歌的で、ケント州のホップ乾燥所かと思うような塔がならんでいた。だが中に入ってから驚いた。スタッコの壁に彫り込んだミフラーブは見事なものだ。もっとも、こういう技法に驚くのはいつものことで、ありきたりな素材から思いもよらない効果を上げている。ハマダーンで見たものほどの勢いはなく、彫りの深さよりも線描に頼っている感はあるが、見せかけではなく華麗、どこにも破綻がなく精密、という美点においては、こちらも引けを取らない。これに隣接して十四世紀初頭に建てられた墓塔が立っている。円形の本体にごつごつした補強壁をいくつも張り出させて、そのレンガ壁に趣があった。レンガの先端と側面を交替させながら、小さい模様に組んでいるのだ。

シャフルドへ帰ろうとして、警察につかまった。だが証明書類を見せたら、署長の態度がやわらいだ。こちらもラマダンに敬意を表して、たしかに昼と夜が逆転したような期間であるのはわかるのだが、史跡を見て回りたい私にとっては、得るところの少ない習慣であると弁明をした。これを署長も——弱ったような顔で——了解した。ラマダンは旧弊と見なす、とでもいった奇態な通達が出ているのかもしれない。

低速ギアで走るトラックの騒音が、まだ耳の中に響いている。そんな耳で聞くと、テヘランは足音を立てない幽鬼の町であるようだ。きっちりとイブニングスーツを着せられ、イギリス人とペルシャ人の食事会に出て、大晦日の舞踏会にも連れて行かれた。ごく普通に応対されると思っていて、つまり旅行帰りの回想などは上手に敬遠されるだろうと予想したら、おおいに土産話を求められたので、悪い気はしなかった。ひょっこり出会ったのが、バスクという男だ。公使の書記官になったばかりだという。私より背が高くなったのはびっくりだと言ってやった。子供の頃に学校で知り合って、それ以来会っていなかったが、当時は一番小さい部類だった。

「そんなにチビじゃなかったろ？」と、嘆かわしそうに言っていた。

第四部

テヘラン、一月十五日――とんでもない町だ。

私が十一月に発ってから間もなく、マーチバンクスはクーデターの恐れがあると考えたようだ。新設の鉄道を視察し、またトルクメンの競馬に臨席すべく、アステラバードに行っていたのだが、これに同行したのがサルダール・アサド陸軍相で、バクティアリの族長としても首座にある高官だった。その人が意外にもトラックに乗ってテヘランに帰ったのだから、何やらの政変が予感されることになった。部族社会にあって財力でも序列でも第一等の人物が移動する手段としては異例である。現在では、兄弟関係にあるサルダール・バハードゥル、エミール・イ・ジャンなどと同じく、獄中に置かれている。その後者とは私もミルザ・ヤンツ宅の茶会で顔を合わせたことがあった。現在、イスファハンから南のバクティアリ地域に、空陸の兵力が投入されている。その一方、カヴァム・アル・ムルクにも嫌疑がかかった。こちらはシーラーズを地元にするカシュガーイー部族の大物で、これまではマーチバンクスの最側近という危険な名誉を得ていた。いまでは自宅軟禁になっている。その娘の付添役をしているパーマー＝スミスという女性は、食べるものが毒入りでないか心配で身も世もないのだという。

政府を転覆させるような計画が、現実にあったのかどうか定かではない。だが、いずれはあるだろうというのが、もっぱらの見方である。マーチバンクスは胃癌であるとの噂も流れる。また、スイスに留学中の皇太子は帰ったら殺されるとか、春になったら部族の反乱が勃発するとか言われる。そんな噂に信憑性はないと思うが、独裁政権にはとかくの噂が生じる。私にとって気がかりなのは、反外国人感情が沸き立っていることだ。いまバクティアリ部族が弾圧されているのは、イギリスと友好的だと見なされることも理由だと考えてよい。外国人がペルシャの文明開化を見ようとすれば、バクティアリの領域を旅するものと決まっていた。その結果、ほかのペルシャ人は交流に習熟しておらず、まるで狂犬でも見たように外国人を忌避したがるようになった。

この感情を煽ることになったのが、帰英したド・バースが『タイムズ』に書いた記事である。マーチバンクスが外交団の眼前でトルクメンの騎手に暴虐な行為を働いたと述べている。これに反発したペルシャの新聞が、イギリスの王は三千名の護衛をつけなければ王宮を出る度胸もない、皇太子は百頭の犬を身辺に置いて、その犬どもが特製の梯子でベッドに上がって寝る、などと書き立てた。こうした反響にあわてたロンドンの外務省は、『タイムズ』に埋め合わせの記事を大きく書くよう促した。しかし、それがまた現在のペルシャをチューダー朝時代のイギリスになぞらえて、マーチバンクスとヘンリー八世の治績を同等と見立てたため、そんな大時代な比較をするかということで、ペルシャの傷口につける薬にはならなかった。うっかり介入したばかりに、外務省はわざわざ数百ポンドの電報代をかけて、ペルシャ側にある双子のような思い込み——もともとイギリスの前外相が丹念に植え付けていた——を、もはや確信に変えてしまった。すなわち、うるさく食い下がればロンドンは恐れをなす、イギリスでは外務省が新聞を操作できる、という二つである。イギリスが善意を見せたがって混乱するほど、ペルシャとしては、ちょっと傷ついて怒った振りをするだけで、いくらでも相手の反応を引き出せると思うだろう。いま私が持っている紹介状はアメリカに書いてもらったものなので、それだけはありがたいことだ。

テヘラン、一月十七日——ペルシャには、もう一つ、奇妙な精神性がある。西洋化の度合いにおいて、いつの間にかアフガン人に先を越されるのではないかと、異常なまでの警戒心を抱くのだ。一定の教育水準にあるペルシャ人であれば、私がアフガニスタンに行ってきたと知ると、まず落ち着こうとするように深呼吸してから、さりげなくアフガンの民生に話を持っていこうとする。猫のようにしなやかな社交態度になって、あちらでは鉄道、病院、学校を見ましたかと聞きたがる。病院や学校、ええ、もちろん、と私は答える。イスラムのどの国にもありますね。鉄道でしたら、蒸気機関車そのものが、自動車時代にあっては古いでしょう——。私がミルザ・ヤンツに再会して、アフガン人はおおっぴらに政治の話をする、こちらのように声をひそめたりしない、と言ったら、彼の返事は「そりゃそうでしょう。われわれペルシャ人よりも文化の程度が低いから」というものだった。

アフガン人だって同じようにペルシャを嫌っているのだが、その性質は違う。競争への警戒心ではない。ずばり軽蔑、というだけのことだ。

きのう、アフガン大使のシール・アフマドを訪ねて、旅の報告をした。きらきらしたビロードの化粧ガウンに身を包んで、ゆで卵カバーみたいな髭をひねっている大使は、常にも増して虎のように見えた。

R・B：もし閣下のお許しが出れば、春にまたアフガニスタンへ行こうと考えております。

シール・アフマド（*p*）：また行く？（吠《ほ》えて *ff*）そうだろう、ぜひ行くがいい。

R・B：それからサイクスも同行を希望しています。

シール・アフマド（*m*）：希望？　そんな必要はない、（吠えて*ff*）そうだろう、ぜひ行かせるがいい。（*pp*）そのビザも出そう。

R・B：アフガン人はしっかり声に出して真実を語る。それがいいところだと思いました。裏表がないのですね。

シール・アフマド（にやりと笑った*p*）：ははっ、それは違うな。裏も表もあるさ。（*m*）たくさんある。（*cr*）いくらでもある。だまされやすいお人のようだ。（*p*）見逃したのですな。

R・B（しょげかえって）：いえまあ、それはともかく、お国の人々には、すっかり世話になりました。アフガニスタンのことを書いたら、まず閣下にご覧いただきましょう。

シール・アフマド（*ff*）：どうして？

R・B：お気に召さないかもしれない。

シール・アフマド（*m*）：そんな必要はない。（*cr*）全然ない。（*f*）見ないぞ。見たいと思わない。もし好意で書かれたものなら、友人に誉められたと思って喜ぶ。好意でなかったら、友人からの忠告だと思って喜ぶ。好きなように書けばよい。（*p*）正直なお人なのはわかっている。

R・B：ありがたいお言葉です。

シール・アフマド（*mf*）：そうだろう、ははっ。アフガン人はよくできておる。よくできた暮しをする。（*pp*）酒は飲まん。（*f*）人の女房に手を出さん。（*mf*）ただ神を信じる。アフガン人は、げんがっき。

R・B：弦楽器？

シール・アフマド（*mp*）：げんがっき。フランス語か？　そう、験担《げんかつ》ぎ。信心。

R・B：ペルシャ人とはずいぶん違います。

シール・アフマド（*mf*）：違わんさ。（*cr*）違わん。ペルシャ人も、げんがっき。（*pp*）ひとつ話して聞かせようか。

（*m*）ペルシャ人はシーア派だ。そうだろう。アフガン人はスンニー派。ペルシャ人はアリーを愛し、アフガン人はアリーなど（*ff*）ふん、としか思わん。（*m*）ムハッラムの月になると、ペルシャ人はアリーの死を思い出して祭礼をする。去年は、わしもバラディヤの、ま、何というのか、地区の祭礼に招かれた。行ったよ。（*cr*）行った。（*m*）市長とならんで立って、そこいらに主立った連中もそろっていた。大人数だ。（*cr*）大変な数だ。（*m*）たくさん、たくさん、若いのも年寄りも。（*ff*）ペルシャの軍人もいた。それが（*pp*）ひいひい泣いて、（*f*）胸をたたいて、アリーの死を祭りにする。（*mp*）そろいもそろって、げんがっきだ。かぶれとる。わしはスンニーなんで、そういうものは見たくない。大の男が、軍人が、ひいひい泣くか。（吠えて*ff*）わしゃ好かん。（*mp*）主立った連中が「閣下、お言葉を」と言うんだ。（*ff*）「よかろう！」と言ってやった。（*pp*）「ならば、そうする」（*mp*）だが、その前に、ひとつ聞いておいた。

（*pp*）「アリーは、ペルシャ人だったのか」

（*m*）あいつら、人を馬鹿にしやがって、（*f*）「閣下は教養のあるお方だ。アリーがアラブ人であるのはご存じだ」

（*mp*）もう一つ、こっちから聞いて、（*pp*）「アーリア人だったか？」

（*m*）そうしたら、もっと馬鹿にしたような顔で、（*f*）「アラブがアーリアでないことは、閣下もご存じのはず」ときやがった。

（*mp*）また一つ聞いたよ。（*pp*）「ペルシャ人、アラブ人、どっちも同族じゃないのか？」（*m*）そうしたら、いよいよ馬鹿にするような顔をされた。それはそうなんで、（*cr*）そうではあるが、（*f*）「閣下には教養がおありのはず。ペルシャ人はアーリアで、アラブ人はそうでないことをご存じでしょう」と言われた。

（*m*）おれは馬鹿だ。その場のやつら、みんな、そう思ってた。（*pp*）「アリーってのは、ペルシャ人の親戚じゃないのか」って言ったら、

（*m*）あいつら言うんだ。（*f*）「そんなものではありません」

（*mf*）「そうなのか」（*ff*）「いいことを教わった」

（*m*）それから、また聞いてやったよ。この中にアラビスタンでムハッラムの月を過ごした人はいるかなと言ったら、いると言うんで、（*pp*）「アラブ人もアリーを思い出して泣くのか？」

（*m*）そうではない、と言う。

（*f*）「だったら」と、おれは言った。「アラブ人はアリーと縁続きなのに、思い出して泣きはしない。ペルシャ人は泣いてるが、アリーとは縁がない」

（*m*）やつらも、ごもっとも、と言う。

（*ff*）「おかしいな」と、おれは言った。「じつにおかしい。どうしてペルシャ人は泣くのか。（吠えるように）アフガニスタンでは、六歳になって泣いてると、おまえは女かと言われる」

（*m*）あいつら、いやはや恐れ入ります、なんてことを言う。「閣下は二十年前のムハッラムをご存じありませんね。昔はもっと泣いたものです。でも、これからは違う。改革が進んでいるでしょう。泣いたり、胸をたたいたり、しなくなります。十年後をご覧ください」

（*mp*）ムハッラムが明けた週に、王宮から招きがあった。行ったさ。（*cr*）行ったよ。そしたら王様が言うんだ。「閣下は、わがペルシャの友人のようだ」

これに答えて、（*pp*）「はい、陛下、これは身に余るありがたいお言葉。仰せの通り、わたくしはペルシャにお味方する者でありますが、しかし、陛下、もし伺ってよろしければ、そのようにお考えいただけるのは、いかなる次第でありましょう」

（*mf*）すると王様が「つまり閣下は――」と言うんだ。（*cr*）「つまり閣下は、わがペルシャ人がムハッラムで泣くのを止めようとした。余も禁じようとしている。（吠えて *ff*）「来年には、絶対に泣かせない。すでに勅令を出した」

（*pp*）そろそろ、またムハッラムになる。見物だな。（*cr*）じつに見物だ。

テヘラン、一月十八日――きのう、カラゴズルー邸で、ナスル・アル・ムルク夫人のレセプションがあった。カラゴズルーというのも部族の家系で、ハマダーンを根拠にするのだが、これまで王の不興を買うこともなく存続している。それどころか同夫人は、思ったことをマーチバンクスに言って無事でいられる唯一の人間だとも言われる。いやはや、さもありなん。私も豪華な紋織りの椅子にレモネードをこぼしそうだということで、夫人から遠慮のないお叱りを受けた。

この催しが五時から八時まで続いた。出席者は約三百人。ジャズバンドが来ていた。サルダール・アサドが獄中で「死んだ」という噂が出回っていた。

ロシア系の建築家でマルコフという人物が、ロシアから着いた難民を保護するホームを開設した。マシュハド門近くの小さな家に五十人ほどが来ていたようだが、一様に、よくあるロシア風の匂い――あれは何なのだろう――を発散していた。ぐったりした女の子が二人いたけれども、まずまず元気そうな集団だ。古着と子供のおもちゃが、各所から調達されてきていた。サマーラから来たという聖職者がいて、三年がかりで徐々に仕事を変えながら国境に近づき、ついに越境を果たしたのだと言った。この人はなかなか立派な古物のイコンを持っていた。そのほか家族ごとに苦労して持ち出してきていたが、せっかくながら残念な出来でしかなかった。

このホームは、やって来る難民を受け入れて、長旅のあとの休息と食料を提供し、ブーツや衣服を整えた上で、イスファハン、ケルマンなど、イラン中央の各地に送り出している。昨年だけで二万五〇〇〇人が越境したトルクメン人を別にしても、ほかに毎年一千人程度がロシアから逃げてペルシャに来る。大半は反ボルシェビキというのでもなく、ただ飢餓から逃れようとするだけだ。もし彼らの言うことが正しいのなら、つまり、労働者が亀を主食にするしかない地域があって、亀の甲羅が戸外にどっさり捨てられているというのであれば、外国人はロシア支配下の中央アジアに行くなと言われるのも、まったく当然のことだろう。

行くなという勧告が絶対に禁止ということなのか知りたくて、ダティエフ氏というロシア領事とお付き合いを願っている。おっかない同志とくらべれば、案外さばけた人だ。派手なツイードを着て、農家で暮らしたがる芸術家のようでもある。ロシア帽ではなく、縁のついた帽子をかぶっている。初めての面会では、チェリータルトを出してくれた。二度目にはクレーム・ド・マントが出てきた。

テヘラン、一月二十二日——クリストファーが車を買った。きのう、イスファハンに行ってみようと思ったのだが、雪で道路が通れない。ここからハマダーンまでのどこかで、郵袋と配達人が行方不明になったそうだ。

退屈に輪を掛けたのが、アルメニア語による『オセロ』の上演だ。主役はパパジアンというモスクワでも名の通った俳優で、さすがにモスクワは芝居の本場だと思わせていたが、あとは地元のアマチュア役者ばかりだった。また西洋の時代衣装を知らないので、イスファハンのフレスコ画にあるヨーロッパ人をモデルにして装っていた。

さらには、ドイツ公使ブリューヒャーが、映画館でパーティを催し、ナチの宣伝映画『目覚めたるドイツ』を上映した。ヒトラー、ゲッベルスのような面々が吠えていた。休憩時間に茶と菓子が出た。ダティエフ氏は普通の帽子をかぶり、大使はロシアの帽子を頭に載せていた。なんだかブリューヒャー氏が気の毒になって、自分がドイツに生まれなかったことを感謝した。

テヘラン、一月二十五日——まだテヘランにいる。まだ雪が降っている。郵袋と配達人は、まだ行方が知れない。

画用紙を買おうと思って文具店に行ったら、教皇の大使が買い物に来ていた。とっさに自分の考えていることから脱けられないままに話しかけた。

「ボンジュール、モンセニョール」

「ボンジュール、ムシュー」

沈黙。

「絵をお描きになるのですか、モンセニョール」

「何ですと？」

「ご自身も絵をお描きに？　クレヨンか絵の具をお求めにいらした？」

聖職者の顔に驚愕がよぎった。

「とんでもない。招待状の用紙を買うのです」


シール・アフマド大使がクラブの夕食に来ていた。アングロ・ペルシャ石油の支配人として赴任しているトミー・ジャックスも来た。なかなか結構な食事である。キャビア、ビーツ、ボルシチ、サーモンのグリル、ヤマウズラのロースト。これにマッシュルーム、ポテトと野菜、氷菓を載せたホットメレンゲプディング、そして飲みものにはマルドクラレット。

シール・アフマド（*mf*）：マダム・ジャックスは、どこかな。（*dim*）きれいな奥方ですな。

ジャックス：きょうは都合がありましてね。

シール・アフマド（吠えて*ff*）：来られない？（憤懣を洩らすような*mf*）いけませんな。（*cr*）けしからん。


それからブリッジをして遊んだのだが、どうにも勝負が決するにいたらなかった。シール・アフマドが何かというと席を立って、話して聞かせたいことに身振り手振りをつけたのだ。アフガン王家の歴史を語るだけで三十分は要したが、その中でシール・アフマド自身がアマーヌッラーおよび現国王のどちらにも縁続きであり、それは元をたどれば王家の初代に一二〇人の子がいたからだとも明かされた。そして一勝負のあと、今度はアマーヌッラーのヨーロッパ旅行が語られた。イタリアの貴族連中も加わって、ローマのオペラ座でボックス席にいたときの話である。

(*m*) すぐ隣にイタリアのご婦人がいた。これが(目を輝かせて*ff*)大きいんだ。雄大、いや違うな。肥大だ。(*mf*) マダム・エジプト(エジプト公使夫人)よりも肥大しとった。その胸がまた(*cr*) やたら大きい。(*mf*) ボックス席からはみ出しそうだ。そこにダイヤやら金やらが載っている。(*pp*) 見ていて恐ろしくなった。あんなものを顔に押しつけられたら(*f*) 窒息するぞ。

大使の話は、バッキンガム宮殿に舞台を変えた。公式な宴会があったのだという。

(*m*) 皇太子に話しかけられたんで、(*p*)「これは殿下」と答えた。(吠えるように)「愚かしいですなあ!」と言ってやったよ。(*m*) すると皇太子が(*p*)「おや、どうして?」と言うんで、(*m*)「馬で障害物を飛び越える。あれは危ない。(*cr*) 危ないのです。(*p*) 殿下が死んだら、イギリスの人、こまります」(*m*) これを王が聞きつけて、王妃に言う。「なあ、メアリ、この閣下は、われらの息子が愚かしいと言っておる」王は怒っていた。(*cr*) すごく怒った。(*mf*) なぜ愚かしいのですかと王妃が言うんで、馬で跳ねるからですと答えた。すると王妃が(*dim*)「そうなのですよ、ええ、閣下、(*cr*) そうなのです」王妃に礼を言われて、王にも言われた。

テヘラン、一月二十九日――まだテヘランにいる。

きのうの朝、三時に起きて、六時には町の外に出ていた。この日のうちにはイスファハンに着けると思っていたが、十マイルも行くと路面が氷になっていた。いったん解けた吹きだまりの雪が、また凍りついて、氷を敷いたようなのだ。うっかりアクセルを踏んだら、二十ヤードばかり突進して、あやうく引っくり返りそうになってから、みじめに立ち往生した。ちょうど日の出になって、ぽつっと雪原に火が灯り、白いエルブルズ山脈が青と金色に染まって、凍てつくような風もわずかに厳しさがやわらいだようだ。この美景に元気を得て、ひとまず首都に戻った。

狭いところに閉じこもっていたくないので、ダルバンドから上の山側へ行った。この村にはマーチバンクスの離宮がある。クリストファーが、王の庭師の一人と、うまいこと話をしていた。マーチバンクスは花がお好みであるらしい。

テヘラン、二月六日――まだテヘランにいる。

クリストファーが三日に出発した。私はというと、その前日に、アフガンで感染した脚の症状が再発したので、イスファハンへ行くことはかなわず、また療養所へ行った。湿布、切開、カッピングを施され、一日に百回も洗浄されたような気がする。療養所はイギリス系の施設で、こういうものがあるならイギリス勢力も悪くないと思わせるものだが、その運営をめぐって公使館とアングロ・ペルシャ石油に行き違いが多いので、いつまで存続できるかわからない。

医師の話だと、明後日には出発できそうだ。

クム（三二〇〇フィート）、二月八日——やっと出られた。

ホイランド夫妻の車に便乗している。これまでケルマンシャーの領事だったホイランド氏が、シーラーズに転勤することになって、二台の車と一匹の黒いスパニエルを移動させている。雨が二十四時間降り続いたあとの出発だったので、進み具合はひどいものになった。きょうの様子だと、自動車より船のほうが速かったかもしれない。

ここの寺院は、十九世紀になってからの再建なのだが、高さのある金色ドームと、四基の青い尖塔があって、その組み合わせがうまくいっている。

デリジャン（五千フィート）、二月九日——また動けなくなった。

お茶の時間にはイスファハンにいられると思っていたら、カーブした道の先で、二台のトラックと一台のフォードが川にはまり込んでいた。五十ヤードの幅があって、流れが速い。仕方なくこの村まで引き返して、村一番らしい家を借りることにした。風の塔が二カ所に立って、これに続く隠し部屋のような部分が夏には開放され、うまいこと風の通り道になる。大きな部屋では、漆喰の壁に鏡をいくつも配置して、その下にキャビネ判の写真がずらずらと掛かっている。いずれもノーフォークジャケットを着た紳士の写真で、一八八〇年代のボンベイで撮られたものらしい。ホイランド夫人がスパニエルを連れて家に入ろうとしたら、寄り目の老婆がいきり立って抗議した。さる聖人がお泊まりになったこともある家なのに、不浄の生き物が足を踏み入れるとは何事かというのだった。これを家主である兄弟が黙らせた。借り賃を取ることが先決だ。

午後に、中庭の絵を描いた。丸坊主になった切り株、空っぽの池、雨水のしたたる洗濯物、ということでペルシャ庭園の概念としては新機軸だろう。この庭の突き当たりに、ちょっとした休憩用の小屋があった。天井が丸くなっている。これを描こうとして鉛筆を持ったとたんに、小屋がぐしゃっと潰れた。さらに続いて、どこか遠くからも崩壊の音が相次いだ。デリジャンの土は、悪天候に不向きな建材であるらしい。

割り当てられた小部屋で、薪《まき》が燃える火のそばに坐っている私に、この家の長男アガ・マフムードが、二代目イマームのハサンについて、シーア派の教えを読み聞かせようとする。ときどき声をひそめて、家主たる自分だけに借り賃を払ってもらいたいと言う。

デリジャン、二月十日――川へ行ってみた。水かさは高まっているだけだ。しかし太陽が出ているので、望みはあると思う。

どかどかと建物の崩れる音が一晩中聞こえていた。この村に、無事な屋根がなくなりそうだ。

イスファハン（五二〇〇フィート）、二月十一日――午後に到着した。天候と体調の条件がなければ、三週間前に来ていてもよかった。

夜のデリジャンで、また雨が降った。きょうも望みはないと思いながら着替えをして、のんびりと朝食をとっていたら、もう川の水位は下がったが、また急に上がりだしている、という知らせが入った。それから五分後には、二台の車が、鋤を持った農夫を一人ずつステップに乗せて、ここを先途と道路を突き進んでいた。川まで来ると、ホイランド氏は果敢なジグザグ走法で対岸まで渡りきったが、夫人と私が乗った車は、どうにも動きがとれなくなって、やっと二十人がかりで押し上げられた。

イスファハンに着いてから、暗くなる前に、いくらか町を走る時間があった。チェヘル・ソトゥーンという宮殿は、池に映り込んだ松林、大きなベランダ、という写真を以前から見ていた。これを通過して、まず行ったのはナクシェ・ジャハーンと称される広場だ。白塗りの壁が連続する二層式のアーケードに囲まれて、大きな長方形の空間がある。奥行きが四分の一マイル、横幅も一五〇ヤードはあるだろう。いま私は広場の手前側で、遺跡となった「バザール門」の近くにいる。はるか正面に「王のモスク」の青い門があって、ドーム屋根、イーワーン、尖塔が見えているが、メッカの方角を考えて、やや斜めの配列で門から奥へと続いている。その各所に、大理石の小さい柱が二本ずつ立っているのは、ポロのゴールポストだ。向かって右側には、ブーツの箱をレンガで作ったようなアリー・カプー宮殿、また左側には花柄の皿を伏せたようなシェイフ・ロトフォッラー・モスクがあるのだが、このモスクのドームは、青く凹んだ入口から斜めにずらして置かれている。つまり対称性があって、ありすぎない。形式の整った空間の中で、それぞれの建物に多様性のロマンがある。そんな対比に美があるのだったが、せっかくの効果を壊したいように、またバクティアリの紳士たちがポロの競技や馬の訓練をすることは禁止になったのだとわからせたいように、進歩改革という掛け声によって、広場の真ん中に、公園の池のようなものができてしまった。水の周囲にゴシック風の鉄の手すりをめぐらし、これから咲くのだろうペチュニアの花壇を設けている。

この広場、史跡は、十七世紀の遺産であるが、町の中心にある金曜モスクは、もっと古くて、十一世紀の姿をとどめている。これもヘラートのモスクと同じことで、その建立と改修には、町の歴史そのものが映し出されている。サファヴィー朝時代、またティムール朝時代の色彩は抑え気味で、どちらかというと荘厳な威容が優先されてきた感がある。全体に無骨で、ときに不粋でさえもある。だが、たとえばセルジューク朝のマリク・シャーが造営した飾らないレンガの卵形ドームを見れば、ひたすら充足する精神の表現はイスラム式ドーム建築の本領と言うべきで、な

＊十六世紀から十八世紀前半にかけてペルシャを支配したイスラム王朝（一五〇一－一七三六）。

かなか他の追随を許すものではない。
「王の母の学院」と呼ばれる神学校に着いた頃には、もう日が暮れかかっていた。一七一〇年、サファヴィー朝のスルタン・フセインが創立している。入口を抜けた地面に細長い池が掘り下げられて、その先にある黒いアーチが、ぴたりと静まった水面に映り込むので、いわば建築がトランプのカードになったようだ。古いポプラの木々が、白い幹だけに刈り込まれたばかりと見えて、大小の枝がまだ舗装面に散らばっていた。それからシャー・アッバスが開通させたチャハールバーグ大通りに出て、二重の並木の下を通過し、アッラーヴェルディ・ハーン橋まで行った。ここからシーラーズへの道が続く。川を越えて一マイルほどの坂道を見通せるのは壮観だ。この橋はレンガ造りのアーチを連続させる構造で、その中を通す本道のほかに、歩行者用の小さいアーケードを付属させている。このあたりに人通りが多い。さらに続々と町の人が来る。見たこともないような混雑ぶりだ。橋に明かりが灯った。いくらか風が立ったのだが、冷たさを感じない風というのは、もう四カ月ぶりになるだろう。春の匂いがした。活気が戻ってくる。まったく平安な気分でいられるという、めずらしい時間になった。身体の緊張がほぐれて、精神も疑問を発しない。この世界が喜ばしい。そういう時間を持てたのだ。テヘランから逃避したことに、それだけの意味があった。

イスファハン、二月十三日――この地でも宣教は行われている。いささか荒っぽい禁酒禁煙タイプの活動だ。眼鏡をかけた男の宣教師が、ツイードの上着、フランネルのズボンという格好で、少年たちを引き連れ、イギリスの先生らしい様子を丸出しにして、チャハールバーグ大通りを闊《かっ》歩《ぽ》する。正義の人は背筋も伸ばすということか、尻まで突っ張って歩いている。こういう運動の背後にいるのが、さる聖公会の司教で、最近、オックスフォードグループ[2]に賛同するようになった人物だ。フランク・ブックマンの思想がイスファハンにまでおよんでいる！　バハイ教[3]がペルシャから発してシカゴにおよんだくらいだから、こちらでも強烈な仕返しをしているということだ。

イギリスの倫理観がもっと人間らしい形で発揮された例として、ガーランド大執事の名前を挙げておこう。ここに来て三十年も生きた人で、その間に一人だけ改宗させた例があるそうだ。老女だったが、イスラムを捨てたということで周囲から爪弾きされ、その臨終に友として立ち会ってもらえたのは大執事だけだった。最後に一つだけお願いが、と老女は言った。

「何でしょう」大執事は、この信者に安らかな最期を迎えさせてやりたかった。

「イスラムの先生《ムッラー》を呼んでください」

そうしてやったということを、大執事は語り草にした。

雨中の散策を楽しんでいたら、死体に摑《つか》まれそうになった。死人が担架で運ばれていたのだが、道路は沼地のようになっている。うっかり衝突する事態になった。死体に掛けてあったチェックのテーブルクロスから手足がはみ出し、ひくひくと招き寄せるように揺れていた。

川向こうのジュルファ地区に、アルメニア教会の聖堂があって、外観は十七世紀のイスラム寺院のようだ。内部の壁には、その時代のイタリア絵画の伝統にありそうな油絵が、何枚も掛かっている。聖堂に付属して美術館もあるが、その収蔵品には芸術的というよりも歴史的な価値を見

2 アメリカのルター派教会の牧師ブックマンが創設した一九二〇―三〇年代のキリスト教的宗教組織。
3 十九世紀にペルシャで創設された、独自の聖典、暦を持つ世界宗教。

るべきであろう。

アバデ（六一〇〇フィート）二月十四日——ペルシャという国は、役人が素直に善人のままでいてくれたら、じつに快適にもなる。

ホイランド夫妻とともに到着して、まだ時間に余裕があった。町で見かけた馬がよさそうだったので、警察へ行って、一時間ほど馬を借りられるだろうかと署長に相談したら、まもなく宿屋の門前に二頭の元気そうな馬が来ていた。沈む夕日に向かって、競うように大地を疾走したもので、馬が飛び越えていく溝も堤も、ほとんど目に入っていなかった。行った先は、さびしい庭園だ。アビブッラーという同行の警官も、しばらくの間は、馬にまたがったまま何も言わず、きらめく小川のせせらぎに陶然としていた。「ここは夏に来るといいんですよ」と、情緒に浸ったようなことを言う。それから、これではいけないと思ったか、狩猟の話に切り替えた。ガゼルや野生羊《ムフロン》を撃つのだという。

この男は、私が乗っている褐色の馬の持ち主でもあるので、クラウン銀貨を十個渡してやった。だが、夕方になってから、署長の命令ということで、その金を返しに来た。もし何かしら便宜を図ってもらえるなら、シーラーズの警察に移れるように、そっちの署長に推薦しておいてくれと言う。

アバデは恵まれた村である。メインストリートはきれいに砂利が敷かれて、住民は豊かに暮らしているようだ。ここの靴はペルシャで最も上質だろう。気候は乾いている。いまは国中が水浸しになっているのに、ここだけは雨が降っていない。

ジュルファの赤ワインは、ギリシャ産のバーガンディーに似たような味がする。きょうは一人で一本ずつ飲んでしまった。

シーラーズ（五千フィート）、二月十七日――南部だ。すばらしき南部！　この気分は、たとえて言えば、地中海に着いた初日の朝だろう。明るい空に雲ひとつない。糸杉が黒く尖って立ち上がり、その遠景には、卵の殻のような色の丘陵地帯、雪をかぶった遠い紫色の連山がある。平たい泥の屋根が海のように広がった町に、ねぎ坊主をトルコ石の色にしたようなドームが頭を上げる。ホテルの庭で蜜柑の木が実をつけている。いま私はベッドにいて書いているが、窓を開けているので、やわらかな春の風が、昨夜からの重苦しい小部屋にも、楽園の息を吹き込んでくれる。

アバデからシーラーズへ来る途中、ペルセポリスに立ち寄って、舞踏会場のような大階段を、基壇まで一気に駆け上がった。ここの石材には以前から興味があった。列柱は白い大理石で、すでにクリーム色、茶色、黒の変色が進んでいる。ピンク系の輝きを帯びるが、ペンテリコン産にくらべれば、石灰岩のような色に近くて透明感に乏しい。つまりパルテノン神殿に見られる、陽光を吸い込んだような荘厳な美には届かない。レリーフが彫られた壁面は鈍い灰色の石である。ずっしりした色合いで、上々の質感なのだが、やはり経年変化で黒っぽい箇所が出ている。

新しい階段まで見るほどの時間はなかった。あとでゆっくり来ると知らせるつもりで、ヘルツフェルトに名刺を残しておいた。

領事館に到着。ホイランド夫妻には大事な瞬間だったろう。これから三年間、ここで暮らすことになる。坐って茶を飲んでいたら、クリストファーが入ってきた。ワスムスが働いた悪事を調べて成果があったということで、おおいに機嫌がよさそうだ。大戦中に反英工作としてペルシャの部族勢力を扇動していたワスムスは、もしドイツが勝利していたら、いまごろは「アラビアのロレンス」のドイツ版になっていたかもしれない。あとでフィルザバードへ行ってみようと思う。クリストファーは、イギリス軍と離反部族が争った戦場の地形を見ようとするだろう。私はアルダシール一世[4]の宮殿跡を見たい。

イギリス統治下の痕跡が、いまも残っている。タクシーは〈テネンツ〉ビールの広告をつけて走っているし、ホテルの支配人は夕食にポテトチープスをお出ししましょうと言った。また戦前には、この付近に奇妙な山があった。町の大通りから見える景観にバルフォア卿の名前がついたのだが、山の形からすれば、仰向けに寝た卿をギリシャ彫刻にしたようなものだったろう。いまはクー・イ・バルフィ、すなわち「雪の山」と呼ばれている。もし雪が積もる山なら、もっともな名称と言えようが、しかし雪はない。もとは「バルフォアの山」だったのが、ペルシャ語に訛ってバルフィになっている。

イギリスの伝道所へ行って注射を打ってもらったら、ドクター・メスという女医さんが、シガレットを一本勧めてくれて、自分でも吸っていた。さすがに南部である！

シーラーズには、重要かどうかはともかく、めずらしいと思わせる遺物がある。ただ、すでに遺跡になっている金曜モスクで、その中庭を見ると、古代の石組みを後世の表面が覆い隠しているようだ。中庭の真ん中に、小さい石造の礼拝所のようなものが立って、その四隅に切石を積んだ太い円柱がある。すでに支えるものを失った円柱の上部を取り巻いて、石に文字が彫られているのだが、ここに帯状の青地を巻いたようでもある。つまり石と陶器を組み合わせている。こんな類例を見た覚えはない。うまくいっているとも思えないが、コンヤの遺物でサール[5]が試みた複製品から考えても、だいたい予想はつくだろう。

学院に来ると、ここも中庭が遺跡でしかなくなっているが、そのおかげでピンクと黄色の花模様を見せる十八世紀のタイル張りにも、かえって趣が出ている。この場で見るべきものは、イチジクの木かもしれない。八角形の池のそばに立って、大きく枝を広げている。入口ホールと言うべき洒落た八角形の空間には、皿を伏せたようなドーム屋根を載せているが、その屋根を支えるために、八角の隅々に浅いアーチ構造があり、コウモリの翼のような形をして、十七世紀の華やかで冷たいモザイク装飾が施されている。

町外れに、背の高い角型の建物がある。かつてはドームが載っていた。「貴婦人《ハトゥン》」という名前で通っている建物は、ムザッファル朝[6]の王女の霊廟だと言われるが、見たところでは、もっと後代のものらしい。その正面はすでに崩壊している。ほかの三方は、あっさりしたレンガ造りの壁面だが、アーチのある壁パネルを二段重ねに連続させて変化をつけ、アーチの隙間にモザイクを施

4 ササン朝ペルシャの創設者（一八〇-二四二）。
5 フリードリヒ・サール（一八六五-一九四五）。ドイツの考古学者、美術史家。
6 イラン南部を支配した王朝（一三一三-九三）。

している。レンガそのものは、バラ色に近い黄褐色で、丘陵の色と似ている。

さらに行くと、ハーフィズの庭園、またサーディの庭園に、それぞれの詩人の墓がある。ほかにも庭園は多いが、いずれも風趣に富んでいて、糸杉、松、オレンジの木に白い鳩が群がり、また雀の声がオーケストラになっている。庭園より外側の広い土地では、ラム革の乾燥、梱包が行なわれている。もうそんな作業をする季節、というのも南部ならではの風物詩だ。

夜になってから、バーグナーを訪ねた。ヘルツフェルトの発掘チームにいる男だ。ペルセポリスで写真を撮りたいと思って相談したら、ヘルツフェルトに一筆書けばいいということになった。そこで丁重な許可願いとした上で、念のため、新発見を盗もうとする意図は一切ないのだと書き添えておいた。バーグナーの滞在先は〈アラー・アクバル門〉に近い。きのうが金曜日だったこともあり、その道沿いはシーラーズの住人が総出になったような賑わいを見せていた。友に会う、町を見る、という散歩の人がいて、またピクニックに行って帰ってきた人もいる。馬に乗った人も多い。このあたりの馬は、いつ見ても楽しくなる。砂漠のアラブ種ほどに逞しくはないが、アラブの血統は保たれていて、北部のトルコマン種と交雑したような感を免れている。また大事に乗られていることもわかる。鞍の下にイニシャルつきの当て布を敷いてもらっている馬をよく見かける。またロバでさえもお洒落な装いをさせられ、大きな白い身体にクッションやら房飾りやらが満載なので、この繁華な通りにあって、ロバに乗る人にもまったく引け目はなく、馬とならんで堂々と歩を進めていられる。ロバには中年の人が乗り、若い馬には少年が乗っている。若いとはいえ、しっかりした乗り方に隙がない。ペルシャ人は馬に乗ると威厳を回復する。たとえパーレビ帽をかぶっていてもそうなる。うまいこと鞍に体重をかけて、そのまま坐っていられる。

馬の背から生まれたのかと思うように自然である。ただクリストファーに言わせると、大使館勤務だった頃にペルシャ人とポロをした経験からして、ペルシャの馬術ではグリップを効かせず、まったくバランスだけで乗っているそうだ。

もう一つ、ペルシャ南部の特産と言えるのが、ワインである。その名声が広まって、シェリーの語源はシーラーズという地名だったのではないかという議論もある。ここに来てから、すでに三つの発見をしたように思う。まず、きわめて辛口の金色ワイン。まだ評判にはなっていないが、その味わいは、どんなシェリーよりも好ましい。二つ目は辛口の赤ワイン。たいしたこともないと思ってしまうかもしれないが、食事に合わせると、なかなかよろしい。三つ目が、やや甘口に寄ったロゼ。うれしい飲み心地である。もし当地のブドウ園に名前をつけて、しっかりコルクの栓をした上で、種類ごとに区別して貯蔵できるようにするならば、シーラーズ産のヴィンテージワインが世に出ることにもなるだろう。しかしペルシャ人は、さほど堅苦しい宗教観もなかろうに、ワインに関しては、その味を楽しむよりも、禁を破る楽しみとして飲んでいるようだ。また一方、もし外国の業者が生産工程に改良を持ち込もうとしたら、自身の銘柄の亜流を作るだけになりかねない。ドイツがタブリーズで行なったことがそうだった。ドイツワインの二級品も、飲んで悪いことはないが、おもしろくない。たとえ品質が劣っても、独自の味を求めたい。ちなみにホイランド夫妻は、地中海で暮らした経験を生かして、この秋になったらシーラーズのブドウ園をしっかり調査しようと考えている。

シーラーズ、二月十八日――この町の魅力がすっかり消し飛んだ。

クリストファーと連れ立って警察署長を訪ねた。いつものような手続きがあり、フィルザバードに行く許可をもらおうとも思っていた。カシュガーイーの部族勢力がいて無法状態になっているので、原則としては行けないことになっている。一八八〇年代にデュラフォワ[7]が行って以来、その付近の遺物を見たのはヘルツフェルトとオーレル・スタイン[8]だけのようだ。

「あんたは――」署長がじろりと私を見て言った。「よろしい。ただし、一人で行くこと」

「どういうことです。私は行ってもよいが、サイクス氏はだめだと？」

「その通り」

これだけでも人を馬鹿にしたようなものだが、もっとひどいことが続いて、いくらか山の空気を吸いに町を出ようと思ったら、〈アラー・アクバル門〉で警察に車を止められた。この先は歩いて行けと言う。

あとで知事を訪ねた。この人は趣味が広い。翻訳は一つの芸でしてね、と言う。プラトンやオスカー・ワイルドをペルシャ語に訳した経験から、そのように思うらしい。こちらの話を聞いて警察に電話を入れてくれたが、署長は当方の手落ちではありませんと答えた。

それでクリストファーは、もう一度、署に足を運んで説明を求めた。問い詰められた署長は、その外国人を町から出すなという指令がテヘランから届いていることを明かした。フィルザバードにも、またブーシェフルにも行かせてはならない。狩猟に行くのもだめ。市域を出る散歩でさえ、今後はだめ。

この国に来ている外国人、たとえば外交官、実業家、考古学者など、国籍や滞在歴はさまざまだとしても、私が知り合った中で考えて、唯一、クリストファーだけが、住人に好意を寄せ、自立しようとする国の痛みに共感し、一貫して、ときとして非合理なまでに、その立派な国民性を擁護する。現在、ペルシャ当局は外国を警戒する熱に浮かされているが、もし意地悪な取り締まりをするとしても、クリストファーは一番後回しでよいはずだ。老いぼれマーチバンクスはヨーロッパからの批評に敏感なので、仕返しをしてやるのは容易かもしれないが、愚かな誇大妄想の王様を口惜しがらせておもしろがったところで、いま旅の楽しみをぶち壊されることの補償になるとも思えない。

カヴァル（約五二〇〇フィート）、二月二十日——ペルシャで旅を始めようとすると、方程式のようになる。解が出る、出ない、どっちか。きのう一日がかりで準備して、きょうは朝六時に出発だ、と思ったら、また一日の待ちぼうけになった。人と馬がそろわない。

警察には二つの種類がある。市中を取り締まるのがナスミヤ、街道および法の支配がおよぶだけの奥地を管轄するのがアムニヤという組織だ。ナスミヤ署長の助言によって、アムニヤ署長を訪ねてみた。フィルザバードまでの道筋を担当するのは、そっちの人員なのである。でっぷりした愉快な男で、おおいに乗り気になってくれた。

すでに知事からの電話で、私の目的と素姓は伝えられていた。それで、まず署長がとった行動は、知事に電話して私の目的と素姓を問い合わせることだった。これに充分な回答があったので、しからばと署長は考え、いかにもと知事が応じて、私の目的と素姓を知事が書面で送付すれば話が早いということになった。

7 フランスの考古学者（一八四四–一九二〇）。
8 ハンガリー生まれのイギリスの考古学者（一八六二–一九四三）。

書いたものを受け取りに行く前に、ひとつ署長に質問をした。道中に盗賊が出るという噂もあるが、護衛をつけてもらうべきなのか。すると署長は、そんなの要らない、要らない、と言った。タクシーを知事の政庁まで急がせて、とりあえず儀礼の挨拶をすませ、オレンジの木がみごとですと賞めてから、もう書いていただけましたでしょうかと言ってみた。

「それにしても」知事は憂慮するように言った。「道中の護衛をつけるのがよくはないか」

「じつは、仰せの通り、その点でお知恵を借りたいと思うのです。アムニヤの署長は要らないと言っておりますが」

「だったら電話してやるか……」

「もちろん」向こうの電話口から署長が言った。「もちろん、それがよろしい。無防備では行かせられません」しかし、まだ面倒なことがあった。この地方の財務相が土地の評価に乗り出したところで（とくにカヴァム・アル・ムルクの資産を調査するようで）、百騎の護衛隊を連れていった。それで役所の馬が出払っているので、もし護衛をつけるとしても歩兵にしかならないという。

「そういうことなら」私は言った。「馬だけは、私が調達しましょう」

それは名案、と知事も署長も考えた。

この間、秘書が次室で手紙を書き上げていた。これを知事が認証して、正式の書面ができあがった。知事の署名と印章が入ってから私に手渡されたので、またタクシーに飛び乗って、さっきから二時間とはかからずに警察に戻っていた。

「つまりその――」署長が平気な顔で言った。「フィルザバードまで護衛をつけたいのだな」

「じつは、仰せの通り、その点でお知恵を借りたいと思うのです」

「つけるがよい。そう思う。一人いればよいのか？」

「ええ、もちろん。騎馬の軍勢をそろえるほどの長者ではありませんので」
「そりゃそうだ。そんなやつがいるか。まあ、五人も連れていけばよかろう。もちろん役所の馬で行かせる。いくらでも予備の馬はあるんでな。カヴァルまでは警察の人間を一人、車に同乗させるといい。何かと便利だろう。そこからの馬の手配は、そいつが引き受ける。五時にホテルへ差し向けよう。支度の手伝いになる」
「これはご親切なことで恐れ入ります。できれば五時ではなく八時にしていただけましょうか。茶に出かける都合がありまして」
「お好きなように。では、七時に行けと命じておく」

フォードに乗って出発した。この一行で、私の世話役となったのが、アリー・アスガルという「スルタン」すなわち隊長である。ほかに運転手、その助手、もちろん私も乗って、荷物、食料、ワインを積んだ。今度ばかりは贅沢旅行の気分で、時間の節約にもなる。世話役がいないと、荷造りと荷ほどきで半日がかりの繰り返しだ。

部族勢力の土地が近づくにつれ、警察の監視所が見受けられた。スルタンは各所に停止して見回りをした。これは実用性重視の見張り小屋で、銃眼だらけの防壁を備えている。このように部族を抑え込む装置があって、アムニヤが任務を果たしている。それを実地に見ることができた。よくできた警察組織で、マーチバンクスの発明品としては傑作だろう。

カヴァルまで来ると、もう監視所はなく、自動車の行けそうな道も消えた。この村を治めているのはハジ・アブドゥル・カリム・シラージーという人物で、新しい屋敷を建てたばかりである。まだ壁の泥は乾ききっていないが、めずらしいくらいに快適だ。中庭の池には怪物の石像があって、その口が吐き出す水流のおかげで、池が濁ることはない。

この人は村はずれにも古い庭園を所有して、その広さは十二エーカーほどもある。庭師が中へ入れてくれたので、草葺《くさぶ》き屋根の塀にある門を抜けて、しばらく午後の散策をしていられた。まっすぐな草の道が、ペルシャ庭園を正方形、長方形に分けている。どの道にもポプラやプラタナスの並木があって、用水路も設けられている。それぞれの区画に入れば、果樹園または耕地である。区画と言うと整然としたもののように聞こえるが、ペルシャの庭園は、農園と荒地のどっちかだと言ったほうが実態に即している。この日は、冬と春が出会ったような午後になっていた。あたたかい風がびゅうびゅう吹いて、プラタナスの枯葉を騒がせた。そんな枯葉の地面から、まだ若い緑のシダがくるくる巻いて萌《も》え出そうとする。あちらこちらでバラの葉に気の早い蕾《つぼみ》がついて、霜げて黒くなっている。葉のないリンゴの木の枝に、枯れたヤドリギがまとわりついている。ヤドリギと言えば、樹齢数百年の栗の巨木が二股に分かれて、そこにも絡んだ塊が見られたが、あれは「パラマダール」の巣になっていると庭師が言った。カササギか、あるいはリスのことなのかもしれない。丸い頭からして、そんなところだろう。今年初めての蝶が出ていた。くすんだ白い色をして、見たことのない種類だが、羽化して飛び立ったばかりだろう。まだ世界が茶色っぽいと思ってまごついているようだ。ヒメアカタテハが一匹、これも目覚めたばかりなのだが、九月に知っていた庭を見ながら、ひらひらと要領のわかった飛び方をしていた。蝶がいるからには花もある。桃らしい木が（あるいはプラムか）花の盛りになっていて、その光彩に息を呑んだ。蕾は赤らんで、花弁に白い透明感があり、黒っぽい枝ぶりが明るい青空にくっきりと浮いている。塀越しに見える山脈は、薄紫とライオンのような色をして、どこまでも続く不毛の地だ。小羊、小ヤギの鳴き声がしたので、また入口の門まで行ったら、女の子の姿が見えた。村の墓地のほうにいて、一人で羊飼いの役をしている。この墓地に、枝を垂らした針葉樹が三本立っていた。糸杉の一種だろうが、すごい大木である。「あれはカルジと言います」スルタンが言った。「あれで大きい思いますか？　ロレスターンのブルジルドへ行くと、もっとすごいのあります」その一本目の木から、灰色のフクロウが飛び出した。木にあいた穴を調査中らしい。黄色い鉄砲玉のようなスイレンが点在する沼では、鷭《ばん》の巣作りが始まっていた。

ロゼのワインを一本用意して、ベッドに寝そべっている。アリー・アスガルは、大戦中にイギリス軍の連隊でコックをしていたそうで、いまは鍋でヤマウズラを「焼いて」いる。すでに騎馬の人数が整って、馬も勢ぞろいした。フィルザバードまでは二日の行程だと言われるが、できれば一日で行ってしまいたい。

フィルザバード（四四〇〇フィート）、二月二十二日——頑張って一日で着いたが、同行者には無理をさせたようだ。カヴァルで聞いた話では、九ファルサクの距離ということだった。それなら三十六マイルのはず。一度だけランチの休憩をとったが、正味で十一時間の馬の旅だった。うまく進んだり進まなかったりしながら、平均して時速四マイルほどにはなっていたと思う。だとすれば四十マイルは超えていなければならない。

馬の腹帯が切れる、馬が跳ねて荷物が落ちる、といったような不具合はいつものことで、ようやく出発したのは七時だった。野生の豚が、どやどやと道に出てきた。大きさの順に列をなして走っている。護衛隊の一人が豚の進路を変えさせようとしたのだが、石だらけの地面で少々もてあました。走っているうちに豚と並行になることもあって、その男が「一匹どうです?」と言った。しかし豚が欲しいとは思わなかったし、またイギリスの狩猟法に植え付けられた意識から、ぼんやりと抑制がかかって、すぐには同意できなかった。すると豚が離れていったので、ペルシャの騎手が疾走する馬から射撃する場面は見逃すことになった。

上がろうとする山には、背の低い木々が生い茂って、野生の果樹がピンク色の花盛りになっていた。ある木の下に一匹の狼が死んでいた。きつい坂を上がったと思うと、頁岩《けつがん》の斜面をずるずる滑り降りて、馬には難所だったのだが、ともかくムーク峠に達した。それからは渓流の道になって、濃い青色のムスカリが岸辺を彩って咲いていた。そうこうしてザンジラン峡谷にさしかかった。絶壁にはさまれた狭い門のような地形で、盗賊が出ることでも知られている。道さえも消えて、水流だけの幅しかなくなった。岩だらけで、また木の幹やら枝やらが詰まっているので、かなりの深みができている。かろうじて馬に強行突破させられた。この水が峡谷を抜け出ると、まもなく灌漑用の水路ができていて、あちらこちらと枝分かれしつつ流れ下る。

ぽつぽつと雑木の生えた熱い平地があって、ほんの百フィートも行くと、また同じような平地になり、これも抜けると、いくつかの村が見えてきた。はるかに向き合う山地に黒い筋目がついたように見えるのが、いま目指そうとしているタンガブ川の峡谷だ。エスマイラバードという村で、木陰に腰を下ろした。エメラルド色の草地に牛の骨が散らばっている。ボウル一杯の凝乳《カード》で腹ごしらえをした。

いまにも崩れそうな村である。村長は肝を潰していた。このあたりで警察の人間を見ることはめったにない。「エブラヒマバードへ行けばよろしかったろうに」と申し訳なさそうに言う。私が馬を引いてくれと言ったら、勘違いした村長は、私が乗ってきた馬ではなく、新しい馬を連れてきた。かえって好都合で、これを逃す手はない。五クラウンを支払おうとすると、そんなものは受け取れないと尻込みするので、よく効く便法として「これはお子さん方に」と言ってやった。

タンガブ峡谷に迫る岩壁に、斜めの地層が出ていた。まるで大きな斧《おの》を山に振り下ろして、割れ目をつけたように見える。両側から押したら、また元に戻りそうだ。こんな地形も、これを起点とする峡谷も、クレタ島南岸のアギアルーメリで見て以来の風景である。近づいていったら、それまでは東から山麓を流れていた川が、いきなり方向転換して、狭い門のような谷へ流れ込んだ。するすると坂を上がるように見える。そんな錯覚が、峡谷を行く四マイルの間、ずっと目を離れなくなっていた。この奇観が続いて、谷の幅だけが半マイルにも百ヤードにも変わる。左右の岩壁は五百から八百フィートの高さがあろう。蛇行する川を何度も突っ切ることになったが、この道の半ばまで来て、ようやく古代へ誘《いざな》うものが見えてきた。東側の崖の一段と高くなった箇所に、ササン朝時代の城が遺跡になっている。これと長い城壁でつながって、やや小ぶりな要塞もあり、前者がカラ・エ・ドフタル、後者がカラ・エ・ピーサという名称で知られる。カラとは城のことだ。ドフタルは若い娘で、英語のドーターと同じである。そのことを忘れていて、うっかりアリー・アスガルに聞いてしまった。すると、いきなり英語に切り替えた彼が、「ドフタルですか？　ええっと、まあ、赤んぼみたいな女ね」と言った。

東の岩壁を、不思議な積層が上がっていく。長辺三十フィート、短辺二十フィートくらいの長方形ブロックを組んだようなのだ。インカ帝国がクスコまで敷設したような、人工の道なのかと思ったくらいだ。そろそろ日が暮れかかって、アリー・アスガルの率いる荷駄の隊に何マイルかの遅れが出ていた。そっちには三名の護衛がいる。私に付いている二名が心配を募らせていた。

「どうしたのかな」私は言った。

「盗賊かも」

「そんなものはペルシャの大王様がすっかり退治したんじゃないのか」

「そうでしたっけ。あたしなんか、つい先月、乗ってる馬を撃たれたことが四回ありましたよ。自分でも頭に怪我しましてね。もし一クラウンでも金になるなら、お命頂戴というやつらです」

ついに山峡の南へ抜けた。いま川の東側にいるが、対岸の半マイル先に、かろうじて見えるものがあった。アルダシールの宮殿が、丸天井のついた亡霊となって暗闇に出ている。私に同行する連中は、アルティシュ・カーナ、すなわち「炎の家」と呼んでいた。もっと開けた土地に出てからは、ものすごく太い尖塔が星明かりにシルエットとして浮いた。すでに同行の二人も土地勘を失っていたが、ある村で休憩しようとすると、村人が厄介払いとして方角を教えてくれた。その半時間後には、めざす町に着いて、静まった街路と月光を浴びた壁を見ていた。幻影のような通行人がいたので、知事の家まで案内してもらえた。

私は階段を上がった。


家具というほどのものはない部屋だ。中央に背の高い真鍮製のランプが立って、赤いカーペットと飾り気のない白壁に、白々とした光を投げている。このランプをはさむように二つのボウルが置かれて、一つにはピンクの花をつけた果樹の枝、もう一つにはスミレを中心にして大きな黄水仙で取り巻いた花束が生けてあった。黄水仙とならんで知事がいる。胡坐《あぐら》をかいて、組んだ両手がすっぽりと袖に隠れていた。ピンクの花とならんでいたのが、まだ若い息子である。卵形の顔をして、目は黒く、睫毛にカーブがついて、ペルシャの細密画家にとっては理想美の画題になるだろう。いつもは何もすることのない親子である。書籍、ペン、食物、酒、というもののない父と子が、この場の情景と春の匂いに埋没していた。

そこへ異国人が押しかけた。旅の垢にまみれて、ひげ面になって、ふらふらに疲れた男に来られたのでは、客を迎える作法にも危うい試練となったろうが、あわてたことは間違いとしても、詩情ある瞑想の生活を乱してまで、おおいに善意を見せてくれた。私がぎくしゃくとへたり込んで、人形の家の犬のように伸びていると、鼻先に黄水仙の香りが漂った。その間、火が焚かれ、サモワールにも火が戻って、濃厚な赤ワインも供された。知事は手ずから肉をぶつ切りにすると、串に刺したケバブとして、消え残っていた炭火で焼いてくれた。またタンジェリンオレンジをほぐして、砂糖をつけ、これをデザートということにした。ついには自身の寝床を使ってくれとも言い出したので、あとから私の用品が着くだろうから、下の部屋へ入れさせてもらいたいと答えた。

この小さな市場町に警察力はおよばない。部族の町であって、アムニヤにせよナスミヤにせよ、警官の姿を見ないのだ。知事の警固は数名の兵士だけに頼っている。人々は好き勝手な服装をする。男は縞柄のガウンをまとって、緩めのカマーバンドに武器を突っ込み、つばのない黒い帽子が丸いパンのような形をしている。パーレビ帽などは、まず見かけない。ようやく、いままでとは違うペルシャに来た。過去の旅人に恋をさせたペルシャだ。ついに見つけたと思って、できることなら一週間でも滞在したいところだが、アフガニスタンも気になる。あれだけ人の噂になっていた「春の騒乱」があるとしたら、四月十五日までにはクリストファーと連れ立ってテヘランを出発しないと、遅きに失するかもしれない。のんびりしてはいられない。現実に騒乱が起こるかどうか怪しいとは思うが、ただの噂であっても、一カ月か二カ月は外国人を入れないという措置につながるかもしれない。

というわけで、私としてはめずらしく気が逸《はや》って遺跡を見に出かけたのが、きょうの朝である。知事は、私の馬が疲れていると察して、別の馬を都合しようと言ってくれた。これに感謝しながらも、いまは馬の鞍を考えただけで呻き声が出そうなのだと断りを入れて、私は徒歩で出発した。このフィルザバードは、緯度で言うなら、ブーシェフルよりも南に位置する。いかにも暑かった。町を出ると、ヤシの葉が平たい屋根よりも高く揺れていた。アルダシールが紀元二二〇年頃に建設した古都グールまでは二マイル半の道を歩いたが、やはり馬を借りてくればよかったと思っていたら、騎馬の音がしたので振り向くと、先頭に立つ知事が茶色の悍馬《かんば》に乗っていた。付き従う息子は灰色の馬で、これも勢いがある。さらには市長と数名の紳士が来ていた。護衛の一隊も駆り出されて、その中には赤毛に白の混じる馬もいた。隊列の真ん中で元気な足取りを見せていたのが、じつに大きな白いロバだった。どっさりと山のように敷物を掛けられているが、人は乗せていない。「あなたに」と知事が言った。「お客人を歩かせてはいけませんので」

昨夜に「尖塔」と見たものは、ずっしりした角柱だった。高さは八十から百フィート、幅が二十フィートはある。いまだ荒削りなササン朝時代の石積みで、どこにも入口はなく、あったような形跡もない。だが四方の壁面には傾斜路があったらしく見えるので、この柱の外側を角型の螺旋が巻いていたと考えてよいのだろう。それで思い出したが、たしかヘルツフェルトが『旅行記』に書いていた。その傾斜路自体もまた何らかの形で格納されていたのではないかという。つまり、全体としてみれば、内部に昇降路を有する塔が立っていたのだが、その中心部だけが現存するということだ。デュラフォワの説だと、より絵画的に描かれていて、この塔は火の神殿だったのであり、いわばアステカでテオカリと称された宗教施設のように、地上の民衆が見守る中で、神官が列をなして傾斜の道を上がったのだろうと考える。しかし、いずれにせよ、ただの誇大妄想とでも見なさないかぎりは、こんな形状で四万立方フィートにおよぶ石の集積物を築こうとしたことが、うまく説明できない。ピラミッドでさえも、いくらか内部の空洞がある。

この名前さえない塔は、天から石が降ってきた場所を示すものだと言われる。その周囲で、半径が半マイルほどの地形を見ると、たしかにアルダシールの首都だったことがわかる。建物の多くは、その基礎部分が（崩壊した壁が基礎に重なっている場合もあるが）地面から一フィートないし二フィートの深さにしかおよばない。その上に一段高くした平面ができている。長方形の石材をきれいに切ってそろえているのは、アケメネス朝時代の手法だろう。ずんぐりした塔とは大違いだ。あの塔は不ぞろいな石をどかすか積んで、大量のモルタルでくっつけたようなものだった。このあたりを掘ったらおもしろそうな気がする。いまだ手つかずのペルシャの発掘現場として、最高度の結果が出るに違いない。ササン朝時代の遺物は、美しいと言えることは少ないのだが、古代世界が新時代に切り替わっていくおぼろげな歴史の流れを記録するような位置にある。

馬に乗る一行にあって、私はロバにまたがった。このロバは曲がり角のたびに鼻先を突き出して、知事が乗る立派な馬よりも先に行こうとする。ひくひくと耳を動かし、溝があれば飛び越えて、どんな馬にも負けないと言いたげなのだった。帰路の途中、ある庭園に足を止め、古いオレンジの林で休憩して、ナツメグ風味の凝乳《カード》を飲んだ。町の外へ出ると、みすぼらしい身なりの子供らが三人いて、乗っているラクダの背中から、知事に向けて深々と礼をした。知事は馬の前脚を上げさせて停止し、「金襴《きんらん》の陣[9]」で相見えたかのように、丁重な挨拶を返した。「これはこれは、皆様に平和のあらんことを。神の思し召しにて、お健やかにあられますよう」というのは子供相手に冗談もいいところで、みなが笑い、子供らも笑っていた。それでいて善意は本物である。この姿を見ていて、フィルザバード知事ハジ・セイード・マンスール・アブタヒー・シラージーなる人物に、心暖まるものを感じた。

エブラヒマバード（約四四〇〇フィート）、二月二十三日——この優しき人は、私を峡谷に見送るつもりでいた。ところが、きょうは金曜日で、ナスラバードの庭園に行かねばならない。町の慰安行事としてピクニックがあるという。私が早々に出発するとは思わず、このピクニックにも誘おうとしたらしい。すぐに出ていかれるのは心外でさえあったようだが、このときばかりは私も本心から、こちらこそ残念でなりません、と社交辞令ではないことを言えた。

きょうは完璧な一日になった。またとないのだとしても、この一日だけで、わざわざイギリスからやって来て旅をしている甲斐があった。

出だしは良くなかった。昨晩、エスマイラバードから乗ってきた馬をバザールに連れて行って蹄鉄《ていてつ》を打たせていたら、この馬が端綱《はづな》を切って逃げ出した。護衛の連中が自分らの馬を貸すと言ってくれたのだが、それで立場が強くなったつもりか、なかなか起き出してこなかった。やっと町の外へ出たら、逃げた馬がいたので、それでまた時間を費やすことになった。馬は道草を食っていながら、いかにも逃げた馬らしく、どうしようか考えあぐねているように、ぼんやりと遠くへ目をやっては、帰らせてくれる親切な人間をさがしているかにも見える。その親切をしてやるのに半時間もかかったのだが、ほかの馬が大汗かいているのに、こいつだけは涼しい顔で、あっけらかんと呑気《のんき》なものだった。ようやく峡谷の道を行かせて、護衛の一人が隊列の最後尾について見張ることにした。もう一人が取り逃がしたとしても、故郷の村の方角へ追い返すことはできるだろう。

川を越えると、カシュガーイー部族のテントが二つ見えた。アルダシールの王宮よりも下の草地に設営したテントが小さく見えるだけに、王宮がどれだけ巨大であるのかもわかる。まず低い石壁があって、その向こうに黒くて細長いテントが張られていた。犬、子供、小羊、鶏が草地をうろついて、無骨な残骸になった遺跡を、なおさら大きく見せている。たっぷり長いプリーツのスカートをはいた二人の女が、杵《きね》のような道具でトウモロコシをすり潰す作業をしていた。

この王宮を実測するだけの暇はなかったが、デュラフォワが残した立面図がおかしいことは、すぐに見てとれた。これが建築史上に意義のある建物でありながら、なおデュラフォワの記録だけが情報源になっていたことを思えば、おもしろい発見をしたものだ。

もともと入口は南側にあって、トンネルのような半円筒の天井をしたイーワーンを抜けるようになっていた。現在は、正面が東向きであるように、つまり川を越えて峡谷の入口を向くように見えている。その正面から左右の奥に、二つの中庭があり、南側は半エーカーほどの広さがある。北側は、それより小さい。この二つを分けるように、ドーム屋根の屋内空間が三つ連続して、全体を仕切っている。東寄りの部屋は半壊して、ドームも半分だけ残っている。結局、正面から一見すると、間口三十フィート、高さ五十フィートほどの入口ホールが、真ん中にぽっかりと穴を

9　イングランド王ヘンリー八世と、フランス王フランソワ一世の会見（一五二〇年）。

あけているようなのだが、よく見れば正面などというものが（この言葉自体、いま便宜的に使っているだけで）そもそも存在しないのだと、すぐに気づくだろう。東側の壁は、現在ではカシュガーイー族の生活用地である草の斜面の間近まで迫っていたのであり、それが徐々に崩壊して、手前の部屋の前半までが失われたということだ。

ほかの二部屋も、一辺が三十フィートばかりの正方形である。上方の四隅に単純な補強をしただけでドームを載せて、その直径もまた三十フィート。各ドームの頂点には丸い穴があいているので、穴を中心として石積みがせり上がっていくように見える。いまは穴だけで採光ができているが、もし完全にふさがっていたとすれば、ドーム下の室内に人工の照明が必要だったろう。ドームの上には、素朴なキューポラらしきものが載っていたに違いない。そうであればドームに乳首をつけたようになって、ペリグーのサンフロン大聖堂でロマネスク様式のドームに見られる構造の先駆をなしたと言えよう。三つの中では中央のドームだけが十五フィートほど高い位置にある。正面側ドームとの間にある楕円キューポラはもっと高くて、半壊した部屋との通路の屋根にもなっている。この通路は二層式だが、上層のフロアには光井《こうせい》があるので、キューポラの穴からの光が下層にも抜けてくる。中央の部屋から奥の部屋への通路も似たようなものである。ここは大きなトンネル天井に覆われて、まったく光が入らない。

デュラフォワは、三つのドームをすべて同じ高さとして記録する。通路にあるキューポラには、まったく触れていない。

内部の壁は迷路のようで、二つの中庭には崩れた石材が積もっている。これをどう考えたらいいのか、すぐには答えが出ないだろう。だが、ドームを載せた三部屋の北側に沿って、トンネル天井の部屋（ないし連続した部屋）があったことは察せられる。その屋根は失われているが、間仕切りのような壁が二カ所残っていて、その上部が半円形になっている。天井を支える壁だったのだろう。壁の下部にアーチ形の通路が抜けている。橋脚のアーチのようだが、天井よりも湾曲が浅くて、アーチの頂点に壁の支柱を立てているので、なおさら見た目が悪い。

どこの壁も、五フィートほどの厚さであることが多い。石材は切りそろえたものではなく、モルタルで隙間を埋めている。三つの部屋はスタッコを塗る仕上げとして、その様式には二つの系統が見える。一つはロマネスクと言っておこう。犬歯模様のある軒蛇腹《コーニス》があって、その上の四隅でドームを支える。部屋の入口は上端に丸みがあり、同心円状に幾筋かの繰形《くりかた》がつけられる。南の中庭にある壁龕《へきがん》にも似たような繰形があって、やはり犬歯模様が見られる。もう一つは、いいかげんなエジプト様式で、ペルセポリスの模倣だろう。アーチ形の入口空間には、その上に水平の庇《ひさし》があって、羽根を広げたように、ホタテ貝の形になって張り出している。この方式は、エジプトでエジプト産の石を使ったとしても、つまらない出来にしかならない。しかも安っぽい素材で模倣を繰り返したのでは、二十世紀ロンドンのカウンティ・カウンシル庁舎の趣味を先取りしたとしか思えない。

ところが、考古学者に限っては、ササン朝建築を美しいと見る。史跡としての関心を惹かれるのだ。この王宮は、三世紀初頭に創建され、建築法の発展にあって重要な位置にある。二つの壁面が交わる上部の隅に、簡単なアーチ形状を持たせている。つまり、ドームを支える構造として「スキンチ」が登場しているのだ。これと並んでシリアでは「ペンデンティヴ」が出現した。そちらは三角胴を曲面にしたような形をならべて屋根を構成し、それぞれの重みを四隅の支柱で受けようとする。この二つの技法があって、二つの主要な建築様式が、二つの宗教を追うように展開した。中世ペルシャの様式は、メソポタミア、地中海東部、インドへと枝分かれした。ビザンチン・ロマネスク様式は北欧にまでもおよんだ。それ以前には、方形に組んだ壁の上にドームを載せる方法がなかった。あるいは方形のみならず、ドームの直径よりも建物の内法《うちのり》が大きければ、ドームを載せることはできなかった。以後は、スキンチ、ペンデンティブの大型化もあり、また前者では鍾乳石やコウモリの翼のような形を集合させることもあって、あらゆる形状と寸法の建物にドームを載せられるようになった。キリスト教世界にあっては、コンスタンチノープルのハギア・ソフィア大聖堂で、この可能性が頂点を極めたと言える。さらにブルネレスキがフィレンツェ大聖堂を設計して、第二の生命が始まった。ではイスラム世界はというと、いまだ全容は見えていない。むやみに功を競う考古学界の中で、しっかりした冷静な研究が待たれよう。それでも一つだけ確かなことがある。つまり、二つの方法が原理となって、その一つはここに原型があるのだが、そうした原理がなかったとしたら、世界の建築は、現在われわれが目にするものとは、ずいぶん違っていただろう。サン・ピエトロ大聖堂、アメリカ国会議事堂、タージ・マハルのような、よく知っているつもりの建物が、まるで存在しないことになっていた。

できることならサルヴェスタンにも行ってみたい。ここよりはシーラーズに寄った位置にある。そこにもササン朝時代の王宮があって、壁から列をなして飛び出してくるアーチが、円柱によって支えられている。つまりアーケードという、もう一つイスラム建築の大きな特徴となるものの萌芽《ほうが》がある。ダームガーンでの発掘調査からもわかるように、ササン朝建築においては円柱が大事な役割を果たしていたと思われる。当時、丸天井が好まれていたことを考えれば、円柱とは、まずアーチを支えるものだったのだろう。

カシュガーイー族の村で屋上に出ていて、きょうは発見続きだったと思いながら下りていくと、茶の用意がなされていた。ある老人が親切にも錐《きり》と糸を取り出して、鞍袋の差し渡し部分を繕ってやると言った。また、ずっと若い男が、カラ・エ・ドフタルへ上がれる道があると言い、峡谷まで先回りしていて、われわれが行ったら、だいぶ上のほうから出迎えてくれた。崖を上がるのは、見た目ほどではないにせよ、かなり厄介には違いなかった。

この城は、裏手から見れば、低い土地に突き出した高所にある。つまり、三方が崖になっている要害で、外郭からすぐに崖が落ちる。登っていくと最後には尾根のような地形をたどって崖の上に出られた。こうして城の裏側、すなわち北面に来たことになる。どっしりした城壁にドアも窓もなく、スタジアムの外壁のようにカーブして、控え壁による補強がある。控え壁は、高さがあって幅がなく、間隔を詰めて立っていて、上部をアーチ形に丸められて城壁と接合する。

風が強いので、そろそろと城壁を這い伝うように進んで、ようやく中央の部屋にたどり着いた。城は三層の構造である。下の峡谷からでも見える大きな黒い口をあけたようなアーチが、東側の地下部分への入口になっている。そっちへ行く螺旋形の通路もあるが、いまはふさがれていて、また外の通路では伝い降りる気にもならない。そのほかに同じような昇降路が二つあり、こちらは角型の小塔の内部を上がるようになっている。元来は建物の最下層から上がってくる塔だったのだろう。いま私がいる部屋の東側を通って、第三層へ上がって行く。

室内を見ると、おおむねアルダシールの王宮と似ていて、方形の部屋にスキンチの技法でドームを載せている。スタッコ仕上げの壁に弾痕がぽつぽつ見られるが、たしかに装飾性はないとしても、保存状態はきわめて良好である。どの壁にも、丸い幅広のアーチ形をくり抜いて、南面、東面、西面においては外界と通じている。北面だけはアーチがふさがれ、スタッコを上塗りしているが、もとの輪郭は充分に見てとれる。

北面の壁というのは、峡谷とは反対側、すなわちカーブした城壁がある裏手の方角を向いている。それで不思議なのだが、この室内から外の城壁までは、かなり広い敷地がある。ここからのアーチをふさいでしまったのでは、抜け道でも掘らないかぎり、その敷地に入ることはできない。城の裏手にそんな通路があった様子はない。では地下の階から上がれるのかと思うところだが、そうでもないだろう。というのは、すでに不思議に思った人はいるようで、壁に穴をあけようとした形跡がアーチの両側に残っている。そこまで手間をかけるとしたら、よほどに出てみたい理由はあったのだろうが、深く進んだほうの穴でも、分厚い石積みを二十フィートほど掘って止まっている。

その反対、すなわち南面のアーチを出ると、高い壁にはさまれた平坦な草地があって、六十フィート先で峡谷の崖っぷちに至る。この空間で手前側となる壁は、その上方が半円形であるということで、直径四十フィートほどのトンネル形アーチを支えていたのだろうとわかる。その逆側は常に開放される。すなわち、フィルザバードにあるカラ・エ・ドフタルという城は、スキンチ構造にドームを載せるという発明に続いて、もう一つ、ペルシャが後世のイスラム建築に残した重要な遺産を、ササン朝時代からの原型として見せていることになる。イーワーンと称される正面を開放したホールだ。この形態こそが、何よりも初期のモスク建築に変革をもたらしたと言える。当初は一方向だけに設けられて、その建物が聖所であることを知らしめ、またメッカの方角を教えるものでもあった。時代が下がるにつれ、ほかの壁面でも単調な外観にならないための仕掛けとして採用されて、高さも増していった。正面奥のスクリーンのような壁面は、あらゆる図形や文字を模様にする装飾のフィールドになった。両側には尖塔が立ち、アーケードが延びて、その上にキューポラが載った。さまざまな意匠の変化があって、イスラム世界のどこへ行っても、町が様相を変えた。そんな大きな着想の発祥となった地で、古いナッツの木につかまって、オレンジを食べているのが、いかにも楽しいことに感じられた。

案内役になったカシュガーイーの男が、ひょっこり言い出したことがある。「ハンマームを見たいですか?」

どういうことなのか知りたいとは思った。普通に考えれば、来る人もない山の上にトルコ式の浴場を設けるはずがない。護衛の二人も銃を手にすると、案内役のあとから崖の迫る小道をたどった。まもなく護衛が「ナルギズ! ナルギズ!」と声を上げ、二人とも走り去った。何かの動物でも見たのだろうかと思いつつ、私は案内役と先へ行った。もし護衛がそれなりの役目を果たすとしたら、この案内役を警戒すればよさそうなものだという気もする。そのうちに案内の男が、低い姿勢になって斜面を下りようとしながら、私にも来るように合図した。行ってみればトンネルの入口があった。シダが繁茂して、いやな臭いがする。骨やら羽やら、かなりの量で散っているので、野獣の巣穴ではないかとも思えた。

四十フィートも進むと、洞窟の入口に来ていた。もう真っ暗というに近い。むっとする熱気が寄せてきて、水の湧き出るような音もする。ここで足元の感触も変わった。岩石質ではない。危なっかしい泥の地面だ。

「お先にどうぞ」私は言った。

「いや、ここは」と、カシュガーイーの男が言う。「そちらこそお先に」

まず火を焚こう、ということにした。

それでも洞窟の奥まで照らすにはいたらず、水音の出所もわからなかった。薪を一本かざして、泥土を踏んでいこうとしたら、煙に驚いてコウモリの群れが舞った。飛ぼうとする方向は一つで、それを私がふさいでいる。首筋にコウモリの翼の風を吹きかけられ、すっ飛んでトンネルの出口まで逃げた。シダの葉の中に、おぞましき小動物がぶら下がっている。よく見れば、耳の小さい種類のようだ。身体の大きさは、スズメかツグミくらい。小さいピンク色の顔が、じいっと悪意ありげに見おろしてくる。

笑い声と二人分の足音で、護衛が追いついてきたのだとわかった。どかどか下りてきた連中は、動物の毛皮ではなくて、黄水仙をどっさりと抱えていた。私が見慣れたものよりは二倍もありそうな、知事の家で見たのと同じ花である。さっき「ナルギズ*」と言ったのは、水仙《ナルシサス》のことだった！

＊原注　アラム語、アルメニア語でも同じ呼称があり、中国には「ナイ・キ」という用例が残っている。ベルトルト・ラウファー著『シノ・イラニカ』（シカゴ、一九一九年）四二七ページを参照。

昔は下から来る道でもあったのかと思って崖下をのぞくと、たしかに人工の道を斜面につけた痕跡が見えた。モルタルや石積みはササン朝時代のものらしい。当時は、この洞窟がトルコ式浴場として使われていたのかもしれない。そうであれば、わざわざ道をつけた理由もわからなくはない。ササン朝の王家については、人間らしい記録がほとんど残っていないのだが、いま私の想像が働きだしている。いわばスリッパのようなものに履き替えた宮廷人が、週末のカラ・エ・ドフタルに来て、リューマチを癒やそうと朝の湯を浴び、富裕な未亡人が顔に泥マッサージを受ける。もしマドモワゼル・タブイが重くてかなわないほど大部のネブカドネザル伝を書き上げるなら、私だって本日の成果をもとに全二冊のアルダシール伝が書けるかもしれない。

峡谷に下りて、川に飛び込んだ。泳げるくらいの深さがあり、さほど冷たくもない。暑い午前中だったので、いかにも心地よかった。だが護衛の面々は危なすぎると考えて、そのへんの木を集めて焚き火を燃やし、水から上がった私に息をつかせてくれた。カシュガーイー族の男も入れて、このときは総勢六名になっていたのだが、アリー・アスガルがみごとに携行品を整えたおかげで、鞍袋に入れてきたものを昼食として全員に振る舞うことができた。ワインも一本あったが、これは私しか飲まない。川面に一羽のヤマセミが飛んでいる。黒と白の身体は、私が知るヤマセミよりは大きいが、その近縁には違いない。頭が大きく、尾が太短く、雷撃のように飛行する。川岸にぽつぽつと薄紫色に見えるのは、葉のないアイリスなのか、ユリなのか、せいぜい三インチほどの高さである。

この峡谷の二カ所に、ササン朝時代の磨崖彫刻が残っている。フランダンとコステが絵画として記録したが、写真が発表されたことはない。そのうちで興味をそそるのは、アルダシールが馬上で戦う場面だろう。槍《やり》を交わす相手は、彼に敗れてアルサケス朝[10]の最後の王となったアルタバノス四世である。ただ、その現場はフィルザバードに寄った位置にあって、残念ながら私は見逃していた。いまから戻るだけの時間はない。もう一つの現場は、カシュガーイー族の男が崖の上から指さしたくらいの距離なので、そこまでは戻ってみた。岩に彫られた場面では、またしても

10 紀元前三世紀半ばから三世紀前半まであった古代イランの王朝。アルサケス朝パルティア。

アルダシールが出ていて、かの光明の神アフラ・マズダから王権の輪を受け取ろうとしている。王は風船のようなものを頭にかぶって（髪を包む袋だという学者もいる）その背後に数名の従者が控えている。王は防禦の態勢に似た手つきで、彫刻家は敬神の姿勢というつもりだったろうが、それよりはボクシングで身構えているようだ。巨大な崖がならぶ峡谷では、ぽつんと小さく彫られたようにも見える。川と木とヤマセミのほかに生命の感じられない一帯にあって、紫がかった無愛想な岩肌に残された古代人の配列は、ササン朝の勝利というよりも、その勝利で倒されることになった暗い時代を思い出させるものだった。彫像も峡谷も昔のままに変わらない。しかし、ここを通る人は少なくなり、また来ようとしても不便である。この近くに橋があったようだが、いまは崩れた橋脚が一本だけ川水を分けている。石を切って組み上げた橋脚に、一三〇〇年の時を経て、いまなおモルタルが残っている。葦の生う川に馬を進ませ、馬腹が水にひたるまでになってから、私はヘルツフェルトが見たという碑文をさがした。急いで目を走らせたがわからない。アルダシールの宰相だったアプルサムが架橋したと記されているはずなのだ。

またしても峡谷で夜になったらかなわないということで、護衛の面々は必死に馬を飛ばしたがった。石や木にぶつかりそうに駆け通して、どうにか日が暮れて蛙が鳴き出すよりも前に、タンガブ川の峡谷が見えてきた。あとは月の光で平原を進んで、このエブラヒマバードという一風変わった村に着いた。村内の道が、まるでロンドンの地下鉄のように、複雑なトンネル状になっていて、その上に家屋が建っている。

アリー・アスガルが、ドアを開けた家の屋上に出て待っていた。茶の支度がトレーに載って、棚の上には本とワインがある。「さて、閣下、ディナーは何にいたしますかな」

ヤギ、馬糞、灯油、殺虫剤の匂いが、黄水仙のおかげで帳消しになっている。

シーラーズ、二月二十五日――クリストファーは、いまなお滞在中だが、ブーシェフルへ行く許可は出たものの、その後はペルシャ国外に退去するという条件がついていた。その決定が引っくり返らないかぎり、われわれのアフガン行きも難しくなるが、どうやら外交上の悶着になりそうな気配なので、まだわからない。レジナルド・ホーア卿は、こういう嫌がらせを受けて、黙って引っ込むような人物ではない。クリストファーは元外交官で、ホーア卿の縁者でもある。せめて事情の説明があれば、まだ角が立たなかったのだろうが、ペルシャ当局は自分たちの理屈を通すことしか考えなかった。アイラムというテヘラン警察の本部長は、参謀部からの指令だという返事を繰り返すだけだ。これはつまりマーチバンクスから直々の命令だと言っていることになる。いずれ思わぬ大事に転じるかもしれない。

ちょっとだけクレフターと話をしたら、シーラーズの知事は思い違いをしていると言った。知事によれば、ペルセポリスの遺跡を無断で撮影させない権利など、ヘルツフェルトにはないということだが、それが間違いなのであって、その権利は教育相によって明言されている。そういうクレフターの言い分がはったりではないのか、あとでまた知事に確かめないといけない。こんな話をしたせいで、おかしな夢を見てしまった。ペルセポリスが織物工芸の中心地になって、古代の列柱にジャコビアン様式[11]の模様でツイードのカーテンが掛けられる。これにヘルツフェルト教授が情熱を傾けていて、来観者にも解説をする。

カゼルーン（二九〇〇フィート）、二月二十七日——きのうが誕生日だったと気づく。

ここまで来るのに、ピレザーン峠から転げ落ちるように五千フィートほども下った。もはや絶壁というに近い。やっとのことで狭い崖道を下りたのだが、その道もまたペルシャに残った大戦の遺産である。峠の西側へ出ると、世界が色を変える。ペルシャ湾が鉄鋼のような灰色に見えるのだ。この季節だと、エメラルド色の草が萌えだして、くすんだ村、不規則な平地、折れ曲がる道、崩れかけた石垣、というカゼルーンの渓谷が、ふとアイルランドの風景を思わせる。たしかにヤシの木はあるのだが、それでも比較として的外れではないだろう。

すぐ近くにシャープールの遺跡がある。街道から遠くないのだが、フィルザバードほどの興味は惹かれないとしても、これもまた未発掘に残っている。地名の由来になったのは創建したシャープール一世[12]で、小さな峡谷の岩壁に、王と神々の関係や、度重なる戦勝、またローマ皇帝ヴァレリアヌスをも捕虜としたことが、彫刻として記録されている。つまり岩に残る浮き彫りが、ササン朝時代の馬具、帽子、ズボン、靴、武器の詳細がわかる図解になっている。史跡として言うなら、エジプト、メソポタミア、イランの初期王朝が、永遠を求めて岩肌を刻みたくなった素朴な衝動を、いまに伝える参考例としておもしろい。芸術作品として見れば、ローマからの借り物にすぎず、ローマ人の捕虜を経由した可能性もある。勢力誇示の蛮風に、地中海の壮大な表現をかぶせたようなものである。もし芸術性のない力感、精神性のない形式を尊ぶのであれば、好ましく感じられることだろう。

シャープールは立体の像にもなっている。実際の人間より三倍くらい大きい。また立っている場所が場所なので、それだけは岩壁の浮き彫りよりすごいものだ。峡谷に入ってから三マイルほど行くと洞窟があって、その入口に像がある。たどり着くまでには六百フィートの登り坂で、その最後の十五フィートは絶壁というに近い。眼下の谷が揺れて見えるようで、動きがとれなくなってしまったが、もう私はいやも応もなく、ランチやワインと同様に、村人たちの手で荷袋になったように上げられていた。もともと立像は二十フィートの身長で、洞窟の入口からすぐに、頭がつかえるほどの高さで立っていたのだろう。現在では太腿で折れて、その上は台座から横倒しになっている。洞窟の地面にくっついた頭部は、戴冠してベラスケス風の髭を生やし、スペイン王女のように髪をカールさせている。そこから傾斜して上がっていく胴体は、モスリンの房飾りをあしらわれた意匠である。一八二一年にハイド氏なる男が自分の名前を彫りつけたようだ。インド人運転手のジャムシド・タロポレヴァラが同じことをしそうになったので、あやうく寸前に押しとどめた。角張った靴を履いた二つの足だけが、いまでも台座に残っている。

洞窟の奥は、ずるずると深淵に落ちていって、底知れぬ暗闇の大聖堂がいくつも広がっていくようだ。ランタンは持っていたのだが、そんな光が遠くまで届くはずもなく、大量の水がたまっていて探検は無理だとわかるだけだった。

峡谷の川まで戻って、クリストファーとともに一泳ぎした。こんなことをするのはベイルート

11 イギリスのジェームズ一世の治下（一六〇三-二五）に盛行した建築・工芸の様式。
12 ササン朝ペルシャ第二代の王（在位二四〇-二七二）。

以来だと思った。その彼が、けさ別れて、ブーシェフルへ発った。今度会うのはアフガニスタンへの旅か、〈リッツ〉でのランチか。

ペルセポリス（五五〇〇フィート）、同日夜――ここへ来る途中、シーラーズに立ち寄り、知事に一筆認《したた》めてもらった。宛先はモスタファヴィ博士といって、ペルシャ政府の意向で発掘の監修をしている人物である。その町を出ようとしたら、銀行でのダンスパーティに向かうクレフターと行き合って、また別の手紙を渡された。

ペルセポリス、シーラーズ
オリエント研究所ペルシャ調査隊

バイロン様

つい失念して、返信が遅れましたこと、お詫びします。状況の説明としては以下の通りです。ペルシャには著作権その他の法規が整っておりませんので、来訪者が勝手に現場を撮影して商用目的に使用することを禁じようとしたら、撮影そのものを禁ずるしかありません。もし写真を撮る外国人が目撃されると、ただちに新聞に批判の記事が出て（すでに三度）、ペルシャ人だけが自国の歴史遺産を撮影することを許されないのはおかしいという論調になります。この件については、ペルシャ政府とも書面の交換があり、きわめて不愉快な思いをいたしました。

そのような事情から、写真を公開しようとする場合は、シカゴ大学オリエント研究所から提供される写真のみ、出典を明記した上で使用する、という取り決めにいたっています。残念ながら例外は認められません。見学の記念に小型のカメラでご自身およびご一行を撮ることはあるでしょうが、そうであっても公開は禁止です。何卒、ご承知のほど願います。

エルンスト・ヘルツフェルト

さらにクレフターが言った。「教授はお一人になってますのでね。行かれたらお喜びだと思いますよ」

そうなのか。いま私は、さる茶店の馬小屋にいて、ほかほかの馬糞の傍らで、眠ろうとしている。

ペルセポリス、三月一日――この茶店は、ペルセポリスからの道を一マイル半。ナクシェ・ロスタムの方角へ来ているので、そっちを先に見てしまうことにした。では出発と思ったら、川水が出ているので歩くのは無理だと言われた。すると馬に乗った男が朝食に来た。こちらから声をかけて、「道を行くなら、車がいいんじゃないか。おれは道のないところを馬で行きたい。取り替えっこしたらどうだろう」と言うと、その男が喜んで応じた。

ナクシェ・ロスタムの磨崖彫刻には、エラム王国[13]の時代から、アケメネス朝、ササン朝にいた

13 イラン南西部のスーサを中心とした平野部と、イラン高原南部の山岳部から成る地域に存在した古代の国家（前三二〇〇-前五三九）。

る二千年の歴史が見えている。その下には、年代不詳の拝火壇が二基と、アケメネス朝の墳墓がある。墳墓はともかく、あとは美しいと言えたようなものではない。だが、ここに岩山が存続するかぎり、この地に君臨した岩石マニアが王として記憶される。そのつもりだったのだろう。後世の人間を喜ばそうとしたのではない。移ろいやすい審美趣味のためでも、文化財として扱われるためでもない。とにかく目立てばよいのだ。子供やヒトラーと同じで、意地でも衆目を集めようとする。巨大な表意文字で成り立った一文には、人類の思想史に重要な意味を持った瞬間が書き残されている。王権なるものが先史時代を抜け出して、新時代の考え方に変わろうとした。

ここでの主役はアケメネス朝の王墓である。岩壁に大きな十字形が四つならんで姿を現し、なるほどランドマークと言うにふさわしい。どの墓にも、ずらずらと均一に、浅いレリーフが連続する。まず墓の上部に、よくある図柄で神と王との協定が描かれて——この時代の神は人間の姿をしたスカラベと言ってよかろうが——その下にはツタンカーメンの長椅子を二段重ねたような枠組みの中に、属国となった地域を列挙する図柄がある。その下で横に広がる十字の両腕部分に、いわば墓の正面として、丸く浮き彫りにした列柱がならび、牛の顔をした柱頭のある上端を支えて、列柱の間の岩肌には楔形文字がびっしりと彫り込まれている。ここに住み込んでいる二人の調査員が山羊の毛のロープを下ろしてくれて、私も墓に上がっていけた。南を向いた岩壁の、西から二番目の墓だった。内部へ行くと、三カ所で壁を奥に引っ込ませて、それぞれの凹みが三つに分かれ、物入れのようになっている。そのうち一つか二つは、すでに円錐形の蓋をこじ開けられていた。この空間は、本来、石の扉で封じられていたのだろう。上下に石の軸があって、扉が回転したらしい。その軸受けだけが見えている。

墳墓よりも下の壁面については、過去に何度も検証結果が報告されている。全体に南向きの岩山を、東から西に見ていって、私は次のように観察した。とりあえず史的な意義は考慮していない。

東端から第二の墓まで――

1　彫刻の下地になりそうな空白の面に、小さな近代の彫り込みがあるのみ。

2　ササン朝の群像。王がカウボーイのズボンをモスリンで仕立てたようなものを着用し、爪先が角張った靴にひらひらと長いリボンを引いている。頭には風船のようなふくらんだ帽子をかぶる。この王が相対するのは、寓話に出てきそうな人物で、ソーセージを何本も立てて田舎っぽい冠にしたようなものを頭に載せている。バーナード・パートリッジの挿絵だと言っても通るかもしれない。性別さえも議論の余地はある。この人物が王権の象徴たるリングを平和裡に手渡そうとする。両者の間に立つ子供がいる。王の背後にはフリジア帽をかぶった男が控える。発掘が進んで、全体に現在の地表の下まで伸びていたことが明らかになった。

第二の墓の下側――

3　風船帽子をかぶったササン朝の王が、槍で敵を倒そうとしている。かなりの損傷がある。

4　その下段で、槍を交わす二人の戦士が、頭から肩くらいまで見えている。ここは発掘が進んでおらず、地面の下はわからない。

第三の墓との中間――

5　実際より三倍ほどの拡大図で、馬上のシャープールが、膝を屈したローマ皇帝ヴァレリアヌスに敗北を認めさせている。馬の表現はローマ彫刻からの借り物らしいが、いかにも力感に欠ける。ササン朝のレリーフの常として、筋肉の表現がないので、張りぼてのようにしか見えない。右側で頭だけ見えている人物は、アケメネス朝の顔をしている。もともと古い時代のレリーフがあったところに、それをササン朝の人間が壊した上で、自分たちの宣伝になる図柄を彫ったという可能性はないだろうか。

第四の墓の下側——

6　ササン朝の王が、敵にとどめを刺すように槍を出している。風船帽子は、ここでは小さめのレモン型をして、短い棒のようなもので頭にくっついている。躍動感はあって、ローマの借り物という観が後退し、ササン朝美術を代表する銀製品の図柄にある馬上の人物像に、かなり近づいている。

第四の墓よりも西側——

7　ササン朝の王と宮廷人が、説教壇か回廊のようなところにいる。構図としてはめずらしい。岩山が出っ張った箇所の正面に彫られていて、群像の中心に立つ王は、ちょうど手すり壁が途切れた位置にいるので、その全身が見えている。王の左右には三人ずつ、臣下が半身像になっている。出っ張りの西面に、さらに二人の侍者がいる。いずれもアケメネス朝の顔つきをしているが、王だけは典型的にササン朝の顔なので、またしても、もともとアケメネス時代のレリーフがあったのではないかと思いたくなる。さもなくば意識して古風に造型したということもあるのだろうか。

8　この壁面をアケメネス朝の人々がどうしたのかわからないが、ともかくササン朝に先行する誰かがいたことは確かだろう。おそらく紀元前一千年代の半ば頃、このあたりに暮らしていたのであれば、エラム人だったのかもしれない。出っ張りの東面には、鳥のような姿が、原初的な手法で、ごく浅いレリーフになっている。角張った輪郭線は、メキシコの象形文字を思わせるものだ。西面の二人の侍者の下には、もう一つ、似たような顔が出ている。どれも横顔になっているが、両目が出ているということで、これはエジプトでおなじみの画法である。*

*原注　ジェラルド・ライトリンガーは、『頭蓋骨の塔』（九十九ページ）で、もう一つ同様の彫刻が正面側の王の足元にあると言う。「二人の王が、ぴったりと身体に合うガウンを着て、折れ曲がる蛇を玉座にしている」

9　西面で、壇上の群像の間近に寄せて、二人の人物が馬上で対峙《たいじ》し、双方から乗り出して王権のリングをつかんでいる。ここではササン朝の王がフリジア帽の上に風船帽子を載せて、神が田舎くさい冠をかぶり、どちらの馬も敵を踏みつけている。これはササン朝の馬具を世に知らしめる好例だ。大きな房飾りが太い紐で鞍につながって、馬の後脚の間に下がっている。

このあと岩山は北へ回って、ゆるやかな傾斜で平地へ落ちていく。その曲がり角あたりに、二つの拝火壇がある。高さは四フィート六インチ。もし茶色に塗ったら、新ギリシャ派の趣味でワインクーラーを作ったように見えるかもしれない。

第四の墓と向き合って、アケメネス朝時代の墓廟が立っている。「ゾロアスターの墓」として知られていて、ばかばかしい名称であると考古学者には思われていたのだが、じつは意味があるのではないかという知見を、ヘルツフェルトがもたらした。

これは本物の建築だ。あるいは建築物の機能と形状は別だと考えながら言い換えれば、ここには本物の伝統を見せるものがあって、こういうものがあったから、その伝統が後世に伝わったということだ。墓とはいえ、ある家屋を模したのだろう。その家はどこにあったか。ペルシャなのか。ペルセポリスで花咲こうとしていた豪華な混淆《こんこう》様式とは、まるで無縁のようだ。もしどこか地中海の国にあったなら、十五世紀のイタリアかジョージ王朝のイギリスにおける家屋建築の源流として、もてはやされるかもしれない。ギリシャの神殿は、木造で耐荷重性を考えることから発達したが、この墓廟は泥レンガの建物に何を収蔵するかという考えから出ている。それこそルネサンス以降の良質な家屋が踏まえてきた原理なのだと思うと、紀元前六世紀半ばのペルシャで出現していたというのは驚くべきだ。そうであれば、これまでナクシェ・ロスタムを訪れた人が、この墓廟を等閑視したこともまた驚きである。

約十七フィート四方の建物は、現在では地面から二十七フィートの高さだが、その北辺だけを掘った結果として、さらに十フィートほど高かったことがわかっている。壁の厚さは四フィート半。大きな白い大理石のブロックを、コンスタンチノープルの「黄金の門」ほどにも緊密に積み重ねている。高さになる縦方向の四辺は、やや厚みを増して補強がなされ、それよりも横に出ない程度の軒蛇腹《コーニス》が水平の上辺につけられる。平たい屋根は、特大の石板を二枚そろえて載せたものだ。

東、南、西の三面は、いずれにも二つならんだ窓のような凹みを三段につけている。大理石の壁面とは段差がないように、やや色の濃い石材で枠組みを作り、その中にまた壁面を埋め込んでいるので、窓といっても内部が見えるわけではない。内側の壁面にも左右と上側に第二の枠組みがある。下段の窓は縦長の長方形である。中段の窓は正方形。上段は下段の小型版のようで、その上辺がコーニスの高さに届いている。この並べ方は、ウィトルウィウス、またパッラーディオを思わせる。各段の距離は上下には等しいが、横ならびの二つずつを見れば、その中間に距離をとって、壁の両端となる補強部分までの二倍以上は離れている。窓のほかに、いくつもの小さく浅い凹みが壁面についていて、それぞれが縦に長く垂直に立って、ちょうど石積みの合わせ目にあるので、石と石を継ぐクランプのように見えるのだが、言うなればネガの写真のように、光と影の反転したクランプである。

北面、つまり岩壁と向き合う側には、二つずつの窓はなくて、建物の下から半分よりは上の位置に、一つだけ高さのない開口部がある。この入口の下の辺、そこから内部の床面は、側面の窓の中段とそろっている。入口の上側に角をつけたような意匠の縁があって、その上に窓があるのだが、これも小さな凹みというだけで、中は見えず、縁取りもない。入口までは階段で上がれるが、それより下の半分にも室内空間があるだろうとの想定で、正面の石積みに掘削が行なわれている。

午後、ファールス州知事からモスタファヴィ博士への手紙を、ペルセポリスに持っていった。するとヘルツフェルトが顔を見せて、みずから発掘現場の案内を買って出てくれたのだが、ブルブルという名前をつけている豚を放したら、そいつが仲の悪い老エアデール犬の石を持ち逃げして走ったので、遺跡をめぐる奇妙な追いかけっこが始まった。豚足がチャーリー・チャップリンのようなすり足になって階段や通路を駆け抜け、その場面に伴奏がついたように教授の唸り声、叫び声が聞こえていた。そんな騒ぎのあとで、坐って茶を飲むことができた。クレフターが発掘要員の便宜として建てた家がある。とりあえず家と言っておくが、アケメネス朝の王宮を木造で再現したようなものだ。扉や窓枠には、石材が取り込まれている。費用の出所はムーア夫人とシカゴ大学で、エルサレムの〈キング・デビッド・ホテル〉とベルリンのペルガモン博物館を足して二で割ったような、贅沢な出来になっている。それもそのはず、発掘が完了したら、これがホテルと博物館を兼ねた施設になるらしい。

R・B：もしかして私の手紙を誤解されたのではないかと。

ヘルツフェルト：いや、完全に理解しとりますよ。ここでは撮影禁止と思っていただきたい。もしペルシャ人に見つかったら、面倒なことになりますぞ。

R・B：そこに誤解がありそうだ。ファールス州知事は、かまわないから撮ってくれと言ってます。

ヘルツフェルト：写真については、信じがたい難儀をしたのでね。ここに来てすぐに、まず撮ったものをシーラーズに送って現像させた。そうしたら写真屋が勝手に焼き増しして、自分の写真のように売ってしまった。その次にX氏というとんでもない男が来て、私の留守中に、ここの発掘結果を百枚ほども撮影した。それがXの発見として新聞に出たんで、やられたと知ったのですよ。いまはまたマイロン・スミスなる人物が、許可を求めてきている。アメリカにおける私の支援者に顔を利かせようとするんで、これ以上うるさく言わせたくないっと思って、私の写真コレクションはすべてシカゴ大学に預かってもらうことにした。そういう処理だけで十二通も手紙を書くことになった。

R・B：ごもっとも。ここの発見を写真にして売ったら、たしかに発掘の経費をくすねているようなものです。しかし、こちらの言い分も聞いていただきたい。私は考古学者ではないのです。発掘されて出たものは関心の対象外でして、建築物だけを見ればよい。ただ古いからではなく、建築史に関わるものとして見ています。たとえば扉を考えてみましょうか。扉という装置は、人体との関連があって出来上がる。ここにある扉も、ルネサンスの扉も、コルビュジエの扉も、そういう一つの基準で考えてよい。というような比較をするための参考として、人類が二千年も目にしていたものの写真を、ここでも何枚か撮りたいだけなのです。すでに何百回もスケッチされ、写真に撮られているでしょう。ただ撮影は自分で行ないたい。どういう細部を参照するべきか、私なりに考えることもあるのです。もし私が発掘品をこっそり撮影するとお疑いなら、撮影を一切禁止することに法的な権利があるとお考えかもしれませんが、誰か一人、見張りに同行させれば、それでよろしいのではありませんか。撮影を一切禁止するというのは、道義的には弁護しがたいと言わざるを得ないでしょう。いわばパルテノン神殿がいきなり個人の別荘になって、見学は一切禁止にするというようなものです。

ヘルツフェルト（怒った顔で）：とんでもない。昔からヨーロッパではそういうルールだった。若い頃に行っていた発掘現場でも、撮影は厳禁になっていた。

R・B：だからといって、いまなお悪しき前例を踏襲する謂《いわ》れはありません。

ヘルツフェルト（憤然とした口でシガレットをすぱすぱ吸いながら）：これでよいと思っとるっ！

ドイツ風の権威主義だ。それがナチにより故国を追われようとする人から出てくるのだから、いかにも不似合いな態度だった。そう言いそうになったところへ、ちょうどクレフターが入ってきたのを機に、もう私は立ち上がった。

「どこに駐めたのですかな」ヘルツフェルトが口調をやわらげた。「裏に車庫がありますよ。荷物を下ろさせましょう」

「これはどうもご親切に。ただ、すぐ先の茶店を宿にしておりますので」

「それでは不自由でしょうに。ここに泊まったらよろしい」

これを私が辞退すると、二人ともげんなりした顔になった。客を引き留められないからというより、せっかくの好意なのに、それを束縛として振り切るのかということだ。

「そういうことなら」ヘルツフェルトは気を取り直して、「また明日、お会いしましょうか」

「では、そのように」私はにっこり笑ってみせた。「きょうは失礼します。お言葉に甘えられたらよいのですが、残念です」

これは本音でもあった。ここに安楽と友好があるのなら、わざわざ馬糞の宿に帰るのは、まともな判断ではない。


ペルセポリス、三月二日、正午――けさ早くに、手紙を届けておいた。

ヘルツフェルト先生
ファールス州知事、モスタファヴィ博士が、お二人とも断言しておられまして、やはり私がアーチや列柱の昔から地上に出ていた部分の撮影をすることは差し支えなく、それを禁じる権限は先生にはないとのことですので、どうしても禁止だとおっしゃるなら、以下の方法しかありません。

（1）その特権を有することの、正式な文言を開示する

（2）力ずく

どちらかお選びくださいますように。

私が写真を撮っていたら、小さな丸っこい人影が基壇にちらついて、「こんなフセージツな行為を見たことがない」と言うなり、くるりと向きを変えて、ささっと消えた。不誠実とは、誰に対してということか。

これはもう原理原則の問題である。私は写真を撮った。ヘルツフェルトの言い分を跳ね返したことで、旅行者への便宜を図ったとも言える。ただ、それで彼と口をきくこともなくなったのは残念だ。

ペルセポリスのことを、もう少し言っておこう。

その盛時には、泥の壁、木の屋根があって、かえって紛《まが》い物に見えたかもしれない。もしハリウッドで再現したら、そうなることだろう。現在では、そこまでの観は免れている。アレキサンダー大王による焼け跡からぽつぽつ出てくる発掘品のほかは、石の遺構しか残っていない。その造型をどう考えるかはともかく、これだけの石を贅沢に使って精密な加工を施したとは、たしかに見事なものである。石材の色にコントラストがあるので、その印象が強まる。硬質で非光沢の

灰色があり、また透明感の高い白がある。筋目や模様のない真っ黒な大理石を用いた装飾部品も見つかっている。

それだけか？

まだある！　昔の人は、ここまで馬に乗ってきた。そのまま基壇に上がり野営した。星空の下に、列柱に鳥の姿があるだけで、ひっそりと静まり返っていた。がらんとした月明かりの平原を騒がす音も動きもない。ダリウス、クセルクセス、アレキサンダーに思いを馳せ、ただ古代の世界と向かい合う。ギリシャ人の目になってアジアを見る。その魔法の息づかいが中国にまで届くようだ。こうなると、もう審美的な疑問は出てくる余地がない。いかなる疑問も出ないだろう。

だが現代では、自動車から降りると、トラックが二台、三台、轟然《ごうぜん》と通過して、砂埃を巻き上げる。先へ進もうとすると壁にぶつかり、係員に通してもらって基壇まで行くと、軽便鉄道ができていて、ドイツっぽい趣味で再建した宿泊所があって、シカゴの権威による学問の作法を守らされる。こういう便宜がもたらされて研究は進むのだろう。もちろん、あえてロマンに身を投じることはできようが、それでも展覧会を見る批評家のような心情になりがちだ。いわば知識が増えることとの代償。そんな弊害は避けたい。私は誰よりも夢に遊んでいたいと思う人間である。歴史、風景、光と風、そのほか言うに言われぬ偶発の夢を見ていたい。だが、いやでも見せられるものがあるのなら、それも見たままに伝えよう。ごまかしても始まらない。

というわけで、まず列柱だが、これは一言で片付く。つまり驚くべきである。ただし、サー・ギルバート・スコット[14]が設計したボンベイ市庁舎に驚かされるのと同じ意味だ。あれはヒンドゥーとゴシックのテーマを混淆したもので、ラバに繁殖力がないように、そういう雑種は不毛である。大きな意味で建築の方向を変えることがなく、指針となるものではない。はやりの趣味に合っているのなら、それなりにおもしろがる人もいよう。ペルセポリスの列柱には、そんなこともない。

まず目に飛び込んでくるのは列柱なのだが、ほかにも建築としての特徴を挙げれば、階段、基壇、王宮の入口ということになろう。階段は、これだけ何段もあれば、まず立派なものだ。基壇もそう。これだけ重量感のあるブロック積みは、工法としての課題を解決した例になる。どちらにも芸術性はない。だが入口は別だ。そこだけに本物の創意工夫が光っている。自分たちだけの特性を語るかのようだ。さほどに幅がなく、通過する壁が厚いので、常に一定した往来を誘っている。入口というのは、いったん戸口の枠内に収まる感覚になるのが普通だろう。また、入口の両側と上側のいずれにも、ストーンヘンジの柱のように、継ぎ目のない一つの石を使っているが、飾り模様を彫った上端まで、機械で切った石材のように、角がそろって精密に組まれている。

では、装飾についてはどうか。ここにあるレリーフを写真で見たことがあったとしたら、その実物に愕然とするだろう。風雨にさらされていた部分は、ぽつぽつ黒ずんでいるおかげで、輪郭、リズム感に、詩的な趣が出ている。入口から内部にあるもの、またヘルツフェルトが発掘したものであっても、輪郭、リズムの表現は同じである。しかし、きわめて硬質な石なので、ほとんど経年変化がなく、アルミ鍋のようなつるつるの灰色を保っている。だが、きれいな表面であるだけに、名品の贋作《がんさく》を白日のもとに晒《さら》したのと同じことで、天才の技が見えるかと思いきや、浮いて出るものの虚しさにがっかりする。クリストファーが「情緒はなく、さりとて知性もない」彫刻だと言っていたことが、いやというほどよくわかる。ヘルツフェルトに見せられた新しい階段

14 ジョージ・ギルバート・スコット（一八一一-七八）。イギリスの建築家。ゴシック・リヴァイヴァル建築の中心人物。

には、「コストはどれだけだったか。工場で作ったのではないか。まさか、そんなことはないとして、何人の職人が何年の時間をかけて、これだけ際限もなく彫って仕上げたのだろう」などと考えたくなった。もちろん機械的とまでは言わないし、細工のための細工ということもなかろう。技術力がないから安っぽいというのでもない。だが、フランス語だったら「にせ証書《フォー・ボン》」ということになろうか。たしかに芸術ではあるが、そこに自発性がないので、すぐれた芸術であるはずもない。精神や感性の発露とは言いがたく、魂をともなわない技芸だけが吐き出されている。アジア人が地中海との接触から本来の芸術性を抑え込まれて、上っ面だけ整えた結果が見えている。本来の資質はどうだったのか、ここにあるものとはどう違うのか、大英博物館でアッシリアのレリーフを見るだけでわかる。

また階段には胸壁と欄干《らんかん》があって、これに狭間がついているのだが、やはり少々の驚きは禁じ得ない。保存状態として完璧だとヘルツフェルトは考えた。階段に沿って三段に一基の割合で立ち上がる出っ張りが、子供のブロック遊びのように見えている。ただの凹凸でしかないものが、遺構の全体を飾っていて、クレフターの模擬宮殿でもご丁寧に複製されている。それ自体でも醜悪なのに、レリーフの近くにあれば、だらだら続いて角張った影を投げるせいで、彫刻の細やかな部分を潰している。ヘルツフェルトは「生命感をもたらす」と言っていて、ものは言いようなのだが、ちっとも美しくなく、ほかのものをぶち壊す生命である。

アバデ、三月三日——アリー・アスガルが、もう茶店はいやだと言う。ランチを済ませてから、ペルセポリスを離れた。

新しく敷かれた道があり、イスファハンの街道から折れて、キュロス大王[15]の墓所に通じている。耕作地の中に立っているのは、白い大理石の石棺を、階段状の台座に載せたようなものだ。いかにも古そうに見える。石と石が個別にキスをする程度に緩んで、その継ぎ目は波に洗われたようにすり減っている。ことさら人の目を引くような飾り気はなく、ひっそりとした佇まいである。アレキサンダー大王が最初の訪客になってしまったということか。もとは墓を囲む寺院があったのだろう。列柱の基部だけが残っているので、その様子がわかる。

その後、ここは「ソロモン王の母の墓」という名で呼ばれた。内壁の一カ所に小さい壁龕《ミフラーブ》ができて、アラビア語の文字が刻まれ、布や鈴が下がっている。古いコーランのページが散っている。寺院の境内にはイスラムの墓がならぶ。

さらに半マイル先へ行くと、ペルセポリス風の基壇があって、白い円柱が一本だけ立っていた。その近くには、ナクシェ・ロスタムで見たような墓廟が廃墟になっている。分厚くなった雨雲から夕暮れの光が放たれる中を、ようやく耕地に歩を進める気になって、ぽつんと立っている石碑に向かった。キュロス大王が四枚の羽をつけた姿で刻まれている。昔の人がペルセポリスを訪れた気分が、ここでは私にもわかるような気がした。そうやって夕闇にぼんやり夢見るようになっていたら、自動車のヘッドライトが射して、われに返った。

イスファハン、三月五日——ウィショーという「石油のキャプテン」の世話になっている。す

15 アケメネス朝ペルシャ帝国の創立者（在位前五五九-前五三〇）。キュロス二世。

なわちアングロ・ペルシャ石油の現地支配人をしている男だ。
イスファハンで知事をしている人物は、「ラファエルのトランプ」という名で呼ばれる。この男に会おうとして、あらかじめウィショーの部下に紹介状を訳してもらった。

イスファハン知事閣下
イングランドの知識人バァルン氏が、イスファハン地域まで進行し、歴史建造物など訪ねて、その写真も撮ろうしております。
管轄の役所にご指示あって、必要される場合のご支援、よろしくお願いします。

（署名）マハムード・ジャム
（印章）内務省

ラファエルのトランプ氏が、中央公園の整備計画について語った。まず第一段階でつまずいたそうだ。池を作ろうとしたのだが、そんなことをしたら蚊が出るとしてマーチバンクスが不承知だったという。それ以外は計画を進められるとのことだ。アーチが連続する壁にタイル模様をつけて飾る。公園の北東で道路がバザールの入口前を通過する部分には、その両端に大きなタイル張りのアーチ門を設ける。担当する建築家はドイツ人なのだそうで、ヘルツフェルト、ゴダール、そのほかの学者先生による委員会の監督下にあるという。

イスファハン、三月九日――画家のムッサヴァルは、ロンドンで作品が展示され、その後、王妃メアリに所望されて制作もしたのだが、その画風からすると、芸術家が自身の感性で活動する以前の、ただ注文に応じていた時代を思わせる。代々続いた絵師の家に生まれて、画工としての精神を受け継いだ。そもそもペンボックスの意匠から経歴を始めた人である。私が小さい肖像画を注文してみると、もちろんお受けしましょう、と彼は言って、もし見本にする写真をいただければ、という条件がついた。そういう注文はしないと私は言った。本物の私を描けるのか確かめたかったのだ。すると彼は、できますよ、と答えた。本物そっくりの肖像画をペルシャの画風で仕上げたこともあるそうだ。ただし、頭の位置をどうするか、背景は単純にするか華麗にするか、仕上げの指定をしてくれという。背景や縁飾りには伝統のパターンがあるので、そういうところは弟子に担当させている。

ペルシャ、ヨーロッパ、どちらの流儀にも通じているというのが、彼の自慢だった。写真をもとにした細密画は、いままでに私も見ていた。彩色されているというだけで、もとの写真と大差ない。また地元産のシガレット用に、二羽の孔雀をデザインしたポスターを制作したそうで、あきれるようなものだったが、「ほら!」と自慢げに語った。「細密画もできるし、こんなのもできる。ルーベンスだって両方はできなかったでしょう」

どういうことだ。なぜルーベンスが出てくる。

イスファハン、三月十三日――テヘランからの知らせだと、ブーシェフルへ行ったクリストファーは、同地のインド総督代理公邸にいて、どこへも出られなくなっている。警察本部のアイラムは、参謀部の意向だと繰り返すだけでしかない。その指令はアイラムが自分で出している、と外務大臣は言う。

バッジ・バルクリー夫人という三二〇〇万ポンドの資産家が、それよりは小規模な資産家夫人たちと連れ立って到着した。キャビアが不足しそうだと知って、おおいに嘆き悲しんでおられる。いろいろ考えると、私よりも快適な旅ではなさそうだ。たとえ一ダースの随員で（二ダースはいるようだが）世話係の陣容を整えたとしても、たった一人で、それが料理人にもなれば、ものの五分で豚小屋同然の部屋を通常の寝室に変えることもできるという便利屋にはおよばない。アリー・アスガルは、そういう男である。

一行の中から、ムーア夫人の噂をする声が聞こえてきた。飛行機でこっちへ向かっているらしい。「お金持ち？　それはもう、わたしたち全員を四回も買収できるくらい」

ラファエルのトランプ氏が、この婦人連のために茶会を催した。私はイギリスの主教とカージャール朝の王族にはさまれて席に着いた。

「どうして来ている？」主教が不機嫌に言った。

「旅行中です」

「どうやって？」

イスファハン、三月十六日——きのうはマーチバンクスの誕生日だった。ペルシャでは当然の習慣として、その前夜に知事が宴会を催している。

お役目の回ってきたチェヘル・ソトゥーン宮殿が、にわかに活気づいて、つまらないサマーハウスから本来の離宮に様変わりした。カーペットを敷き詰め、ピラミッドのような大量のランプを灯して、数百の招待客を集めたベランダが、いかにも広大なものに見えた。木製の列柱、彩色の天蓋が、夜空に高々と連なる。ベランダの奥側はガラス張りに金細工がきらめいていたが、そこまでの距離が無限のようにさえ思えた。ペルシャ人たちが、手を組んで、足を椅子の下に引いて、黒い列をなすように着席している。ヴォルフ博士というドイツ人の歯科医が、山高帽をかぶっていた。前面にならぶテーブルには、ケーキ、タンジェリンオレンジが満載だ。給仕人がひっきりなしに茶のカップを運んできた。

ラファエルのトランプ氏が、ディナージャケットの上にレインコートを重ねて到着した。大勢の人を見て大喜びしている様子が、見ていて愉快である。手当たり次第に握手をかわして、知事としてはともかく、主催者としては役目を果たしていた。イギリスの総督もこんなものだろう。

ジュルファ地区のアルメニア系少年ブラスバンドが演奏を始めて、どの客も花火を見ようと前面に寄った。縦長の池に沿って、ロケット式やら回転式やら、次々に点火されていくと、金色の泉が二列にならんだように、黒い水に光が降りそそいだ。そして池の向こう正面にいたって、ぱちぱち燃える炎にマーチバンクスの姿がいかめしく浮いた。ここでバンドは国歌を演奏し、宴会の第一部が終わった。

第二部では、もっと人数が絞られて、奥行きのあるアーチ形天井の部屋に、五十人ほどが出ていた。室内の高い位置に、つまらないサファヴィー朝のフレスコ画がならんでいる。こういうものが、オマル・ハイヤームの詩と競い合うように、ペルシャ芸術、ペルシャ精神を誤って伝えてきた。ホステス役をしているのは、ドイツ系銀行の支配人夫人だった。さっきとは別のジュルファの楽団が、ガラス張りの戸棚のような場所からジャズを奏でている。部屋の突き当たりに冷製のビュッフェが設けられ、大きなボウルから赤い飲みものをカップに取り分けるようにもなっていた。アラック酒が三、ジュルファのワインが一、という割合なので、これはもう立派に酒である。

ペルシャ人が客をもてなすとしたら、いわんや宴会を催すとしたら、絶対にカーペットが敷かれていると思ってよい。ダンスが始まると、フロアが荒海のように盛り上がる。足を取られて難破するカップルが続出するにおよんで、ウールの波を静めるべく鋲《びょう》が打たれた。ビュッフェでは、カージャール系の王族が、本来なら敵であるはずの知事や警察本部長と調子よく談笑していた。文句なしのディナージャケットに、カルティエの飾りボタンをつけていて、私の借り着スーツがみすぼらしく見えそうなところだが、残念ながらドイツ風の気味もある。あれは世界のどこでも、ほかの国民を引き立ててくれると決まったようなものだ。ある男が、七フィートの長身を燕尾服に包んで、ぐるりと首を巻く四インチ幅の襟をつけ、薄茶色の狩猟ベストを着て、私のカマーバンドに無遠慮な目を向けてきた。

なかなか結構な夜になった。ラファエルのトランプ氏が、いかがでしたかと知りたがる様子なので、いいご趣味ですと皮肉なしに答えた。へんな気取りがなかったのだ。やたらに民族派を意識した骨董趣味も、やたらにパリ風を意識したモダン趣味もなかったので、客が興醒《きょうざ》めに思うこともなかった。そういう客あしらいを、ペルシャ人は心得ている。おかげで誕生会で奉賀されている怪物王に対しても、一応の祝意を表してやっていいような気がした。それにまた、チェヘル・ソトゥーン宮殿で踊ったことがあるという自慢話は、誰にでもできるものではない。

川向こうのウィショー邸まで帰ろうとすると、チャハールバーグ大通りに盛大な照明が施されていた。ランプ、キャンドルを一定の間隔で並木に飾りつけ、赤い布、金縁の鏡を添えて、高さ三十フィートの光のウェディングケーキができたようだ。市当局が手間と費用を惜しまず、忠誠心の発露として輝かせている大通りにあって、神学校の先生がさりげなく一枚上手のことをした。正門の胸壁から三灯のシャンデリアを吊したのだ。カットガラスの中に燃えるキャンドルが、アーチ形の暗い空間に淡い光をちらつかせ、丸い金魚鉢が同様に吊されていることも見せていた。

翌日の午後、パレードが出た。午前中にアングロ・ペルシャ石油でも車の飾り付けをしていたのだが、ランチのあとで眠気に誘われ、パレードは見逃した。ウィショーもまた、雇い人がすべて出払ってしまったので、資材置場を見張っているしかなく、出かけることはできなかった。

イスファハン、三月十八日――イスファハンの美しさには、いつのまにか心を奪われている。車を走らせていると、白い幹の並木がきらめくような枝を頭上に張り出し、トルコ石の青と春らしい黄色のドームがとろりとしたスミレ色の青空に浮かんで通り過ぎる。川沿いにはくねるような浅瀬があって、銀の泥水に空の青が映り込み、ふわふわした草の葉が随所に繁茂する場を得ている。レンガ造りの橋はタフィー菓子を積んだような淡い色で、何段にも重なるアーチが多層のパビリオンに見える。その背景にライラック色の山々があり、こんもり盛り上がったソフィー山がある。さらに遠くまで続く連山が、雪をかぶって白波のような一線にまで後退する。イスファハンは、それと気づかないうちに、忘れがたい記憶になる。心の中の画廊になった思い出の風景の中で、すでに大事な一枚になっている。
いつしかそうなっただけなのだ。自分では史跡を訪ねるのに忙しいつもりでいる。

何カ月かけて訪ね回っても、尽きることがなさそうだ。十一世紀以来、建築家、工芸家が、この町の記録を残してきたと言えよう。趣向、政体、信仰がどのように変転したのか、建物を見れば町のたどった運命がわかる。土地の歴史を映すところに、建物の魅力がある。古都とはそういうものだ。そんな中でも、芸術の高みを独自に見せる町がある。イスファハンも、アテネやローマと同様に、人類の精神が活気づいた事例として貴重なものだ。

そうと知るために、金曜モスクに二つあるドーム天井の部屋を見くらべるとよい。どちらも、十一世紀末、ほぼ同時期に建てられた。主たる聖所になっている大きな室内では、十二本の大柱が、プロメテウス的な苦闘に耐えて、ドームの重量を支えている。ただ、これだけ苦しそうだと、勝っているのかどうかわからない。わかろうとするなら、中世の工法、セルジューク朝時代の特色に、いくらかの予備知識は要るだろう。では、それよりも小さな部屋はどうか。これはモスクの中では墓塔というべき位置づけになっていて、内部の平面はおよそ三十フィート四方、高さが六十フィートはある。容積で言えば、前者の三分の一ほどだろう。だが、大きな部屋が、その大きさを扱いかねているのに対して、こちらは経験値が絶妙に均衡した時期の産物である。つまり、洗練が進んで無駄な要素がそぎ落とされ、しかも美麗になりすぎるには至らない。鍛え上げたアスリートの筋肉のように、各部が悠々と精密な機能を果たしつつ、むやみに洗練して努力の跡を消すということもなく、その努力が最高度の知的な意図に結びついている。そうであれば建築としては完璧な姿であって、そのためには構成要素の型（これは既定のもの）というよりは、それを構成してバランスとプロポーションを極める精神が大事になる。ここにある小さな室内空間は、その完璧に近づいている。これほどの実例を、ヨーロッパの古典建築以外に見るとは思っていなかった。

建材となるものは、いかにも質素である。小さく硬いネズミ色のレンガ。これに古いアラビア文字が彫り込まれ、スタッコで隙間を埋められるのだが、装飾としては一途なまでに禁欲的である。できあがる骨格はアーチを組んだ構造体になっていて、それぞれの壁の中央に幅のあるアーチ、各コーナーの両側に狭いアーチがある。上を見るとスキンチ部分に小さいアーチが四つずつ、スキンチの周辺に八つ、その上にも十六のアーチが重なって、ようやくドームが載せられる。フィルザバードで見られた発明が、このように進展していた。さらに拡張して、ついにペルシャ建築が終焉を迎えるのは十八世紀のことだ。その若々しい発展期の活力が、ここには見受けられる。すでにこの時期から、たとえばマラーゲの墓塔のように、この構造、およびその変形を用いた建築の例は多いのだが、このペルシャに、というよりイスラム世界のどこにでも、純粋な立体の組み合わせで、ここまで緊密に仕上がった建築は、ほかに出現していないだろう。

ドームに刻まれた文字によれば、墓塔を建立したのはマリク・シャー[16]の宰相だったアブル・ガナイム・マルズバン。一〇八八年のことである。その当時、いかなる事情があって、これだけの天才性が発揮されたのだろう。中央アジアからの新風が、古い高原地帯の文明に何らかの作用をもたらしたか。遊牧民の活力がペルシャの審美主義から新機軸を引き出したということか。ペルシャを征服して、そのような結果を導いた王朝は、セルジューク朝ばかりではない。それ以前にもガズニー朝があり、以後にはモンゴルやティムール系の王朝があった。みなオクサス川の北方

16 セルジューク朝第三代のスルタン（在位一〇七二-九二）。

から来て、ペルシャの土壌にルネサンスを生じさせた。ペルシャ芸術としては最後にして緩みきった時代のサファヴィー朝も、その起源はチュルク系である。

イスファハンに現在の様相をもたらしたのは、この最終期である。それがまた別の傑作を生んでしまったのだからおもしろいものだ。一六一二年、シャー・アッバースは「広場」の南西側に〈王のモスク〉を建てて悦に入っていた。その巨大な青色の全容と、巨大に広がる俗っぽい花模様のタイル張りは、オマル・ハイヤームが大好きな人々にはお馴染みの、オリエンタル趣味の風景を見せてくれる。美しく、また壮大だ、とさえ言えば言えるのかもしれないが、大きな観点からして重要だとは言いがたい。しかし、一六一八年には、広場の南東側にもモスクを建てた。これは王の義父にあたる人物の名前から、〈シェイフ・ロトフォッラー・モスク〉と呼ばれた。

建築上の特性を言うなら、金曜モスクの小さいドーム部屋とは、まるで対極の位置にある。あのドーム部屋に注目するのは、それ自体の価値もさりながら、もっぱらヨーロッパ精神の産物だと思われてきた美質が、ここにも表れているからだ。ところがシェイフ・ロトフォッラー・モスクは、いわば幻想のペルシャである。オマル・ハイヤームの趣味にかぶれた面々ならば、形式の合理性などは一顧だにせず、いかなる非合理の行為にも走って、心ゆくまで幻想にひたることもできよう。ドーム部屋は形式に徹して色彩には頼らず、装飾性は追いやって、ひたすら構成を追求するのだが、その反対にシェイフ・ロトフォッラー・モスクでは、構成、形式の動感などは、その片鱗すら見せようとしない。まず目につくのは、夢幻のように広がる浅い曲線美の表面、また本来の目的を離れたスキンチの大群だ。もちろん形式がないわけではなかろうが、どのように成り立っているのか、支えられているのか、見た目にはまったくわからない。それよりも色彩や模様の大行進を見せたいがために、わざと構成の方面には目が行かないようにしている。たしかに色彩、模様は、ペルシャ建築では定番の特徴だけれども、この場所でヨーロッパ人を驚かすのは、ヨーロッパだけの特産と思っていたものに迫られるからではなく、抽象的なだけの模様がここまで絢爛《けんらん》豪華になれるのだとは、思ってもみなかったからである。

そういう原理で建っていることを瞬時にわからせたいかのように、モスクの外観は異様なほどシンメトリーに無頓着である。正面からはドームと入口しか見えない。ところが、このモスク、それに正対するアーリー・ガープー宮殿、という両者の軸が一致しないので、入口はドームの直下というよりは、いくらか横にずれている。ペルシャにもどこにも、こんなドームはないと思うのだが、ドーム自体の特徴からして、そのような構成上の不備には、ほとんど人の目が行かなくなっている。やや扁平《へんぺい》な半球ドームは、小型のレンガをびっしり組んで、エビのような色のスタッコを塗り、バラの木が枝を広げる模様がくっきりした白黒で象嵌されている。近接して見るとウィリアム・モリスの図柄に似ていなくもない。バラの棘があるのでそんな気もするのだが、全体としてはラファエル前派よりも様式性が強く、ジェノヴァ産の織物にある模様をとんでもなく拡大したように見える。枝が交差したり葉が重なったりする箇所には、黄褐色と紺色の装飾を配して、白黒の線描の硬さを緩和し、やわらかな金色がかったピンクの背景色ともなじませている。この手法は下草として広がる淡い青の部分にも引き継がれる。だが、ここの技巧で冴えているのは、異なる表面が産み出すおもしろさだ。象嵌はガラス質だが、スタッコはそうではない。そこに太陽が当たると、光がきらきらと散って、時々刻々と輝きが変わるので、動きがあって予測のつかない第三の質感を追加したような効果が出る。

この外観を叙情的と言うなら、内部は古典志向と言ってよかろう。さらに浅いドームの天井は、直径が約七十フィート。十六の高窓をぐるりと円形に配置して、その上に天井が浮かぶように載っている。フロアから窓までの高さには八つの大きなアーチが立ち上がり、四つは直角の隅を抱え込んで、四つは壁の平面になっているということで、フロアは正方形をしている。アーチ上方に生じる逆三角の隙間を埋めるように、ペンデンティブの曲面が八カ所あって、いずれもコウモリの翼のように平面を折り曲げた形状をしている。

ドーム天井には、レモン形の図柄が嵌め込まれ、網目のように連続する。天井の頂点に様式化された孔雀の絵があって、そこから大量のレモン形が下りてくるのだが、下に来るほどにレモンが大きくなる。その一つずつを単純なレンガが囲んでいて、レモンの内部ではスタッコの表面にびっしりと葉の模様が詰められる。また壁面にあっては、紺の地色に太い白線で文字を刻んだ帯状の縁取りがある中に、くねくねしたアラビア模様、飾り立てた方形の模様が、濃い黄土色のスタッコにびっしりと埋められる。こうした嵌め込み細工に使われる色は、濃紺、明るい青緑、また豊潤きわまりないワインのような色。どのアーチにも、トルコ石の色をした細長く伸びる螺旋形が、輪郭線として添えられる。西壁の聖龕《ミフラーブ》は、紺地の草原に細かい花柄の趣向で、エナメル仕上げになっている。

ここにある意匠、壁面、連続模様、枝葉の各部、いずれを見ても、深めの色遣いに良さがある。しかし、この空間全体の美しさは、見る者の動きによって産み出される。ここでもガラス質、非ガラス質の表面が、光を散らす効果を発揮するので、人間が一歩二歩と動くだけで、光線のもたらす変化には無限のパターンがある。また窓には太い透かし模様があって、しかも数フィート離して二重の透かし模様になっているために、それだけでも抜けてくる光によるシルエットの変化が倍加して、パターンが定まることはない。

このように燦然《さんぜん》とした趣の室内は、いままでに見た覚えがない。これを目の当たりにしながら、ほかに比較対象として思い出していたのは、ヴェルサイユ宮殿、あるいはシェーンブルン宮殿の陶磁器の間、またドゥカーレ宮殿、サンピエトロ大聖堂。どれも豪華な空間だが、これほどではない。つまり三次元の豊かさであって、陰影の働きを伴っている。このシェイフ・ロトフォッラー・モスクにあっては、すべてが光と表面、模様と色彩、それだけで豊かなのである。建築の構成感には重きを置かれない。といってロココ建築のように構成が抑えつけられているのとも違う。ここでの構成は、いわば造園に土を使うのと同じように、ひたすら豪華な演出の役に立っている。そう思って、ふと気がついた。現代のインテリア装飾とは、不幸な職業なのではあるまいか。レストラン、映画館、金持ち屋敷の客間を依頼され、金箔や鏡で飾るだけの資金があれば、それで豪華になると思っているとしたら、まだまだ甘ったるい素人だ。その注文主もまた何もわかっていない。

ヤズド（四一〇〇フィート）三月二十日――あたたかい春の日和ではあったが、イスファハンからヤズドまで来る途中の砂漠地帯は、いかにも広く、黒ずんで、荒れ果てていた。せめて気晴らしになるものと言えば、用水路《カナート》の風景だろう。これは地下の用水路であって、通気用の縦穴があると、そこで地面が盛り上がっている。大きな山高帽を点々とならべたように十マイルか二十マイルも続くのだ。澄んだ空気に光が揺れて、なおさら巨大な帽子に見えていた。たしかノエルが言っていたが、ペルシャでは、常時、成人男性の三分の一ほどが、地下の用水事業に関わっている計算になるそうだ。もう何世代にもわたって水の力学への感性を発達させているので、平坦な土地に四十から五十マイルの傾斜路を、とくに機材も要せず、注文通りの高低差で掘り進むという。

けさ、みっともない思いをした。注射をしてもらおうとイギリス宣教団へ行ったのが昨夜のことだ。医師は不在だったのだが、その寝室を使ってよいということで、ありがたく泊まらせてもらった。ところが夜中に思いがけず医師が戻ってきた。知らない頭が枕に載っていると見た医師は、ソファで眠ることを余儀なくされた。そのあと、もっとまずいことになった。医師が着替えを取ろうとして、やむなく自室に足を踏み入れると、私が遠慮もなくベッドに腰かけ、ワインのボトルを持って、葉巻を吹かしていたのだった。ずっと外出の一日になると思って、早めのランチを済ませていた。私は照れ隠しに居直って、一緒にワインをいかがですと言ってみたのだが、厚かましいやつと思われただけのようだ。

この町に着いて、どこからの紹介状もないことが気がかりだった。するとアリー・アスガルが、「でしたら、私が手紙になりましょう」と、まじめな顔で言った。ヤズドの現知事は、かつてイスファハンで市長をしていて、その当時、十年ほど仕えたことがあるのだという。しかもシーラーズで私に雇われる直前に、知事からの電報があって、帰参するつもりはないかと言われたくらいだった。それで役所へ行ってみると、はたして知事がいて、あっと声を上げ、椅子から飛び上がった。アリー・アスガルは、おおいに知恵を働かすと、老牧師のような物腰になれる。手を組んで、膝の力を緩めて立っていた。うっすらと笑みを浮かべ、瞼をひくひく動かして、ヴィクトリア朝時代のお嬢さんのように慎ましい。その予言が現実になって、知事は私にもあたたかい態度を向け、アリー・アスガルと夕食がてら昔話をしたいのだがよろしいだろうかと言った。
それで話が決まって、私は気の利いた警官を一人つけられた上で、自由に探索してよいことになった。ヤズドのような初めての町で旧跡を渉猟するなら、まず適当な小高いところを起点にする。ドームや尖塔を見渡して、その形態、素材を観察しながら、どういう建物になっているかと目星をつける。きょうは大当たりの日になって、実際に宝を見つけて歩くうちに、ほとんど帰れなくなりそうにくたびれた。

このあたりの建築について文章を残したのは、サー・パーシー・サイクス[17]だけだろう。それもまた簡単なものである。旅行者には見る目がないのか。金曜モスクの入口を見て何も思わないとは想像しがたい。高さは百フィートを超え、もともと縦長のアーチが上に行くほど幅が狭まる。ボーヴェ大聖堂のアーチ天井に迫るほどの壮観だ。入口から中庭へ行くと、田舎の教会へ来たようで拍子抜けだが、モスク自体は、壁、ドーム、聖龕《ミフラーブ》ともに十四世紀のモザイクに覆われて、保存状態も完璧である。こういう種類の装飾としては、ヘラートで見て以来、一番の出来だろう。もし違いを言うなら、ここでは色彩が寒色系で、明晰《めいせき》、精緻な意匠であることだ。華麗なのはヘラートである。

単純な卵形ドームのある霊廟が、いくつも連続している。これは特別製であって、たどって歩きながら町中に足を運んでしまった。何が特別かというと、ただ泥を固めただけにしか見えないレンガの建物が、どうせ内部もガラクタ同然と思うと、さにあらず。壁にしても、アーチやドームの天井にしても、太い線が絡んだような古いアラビア文字が描かれている。みごとな書体であ

17 パーシー・サイクス（一八六七－一九四五）。軍人、外交官、学者。クリストファーの父とは別人。

り、わざと崩したような箇所もあって、こんな類例はないと思えてくる。最も複雑だったのが〈ヴァトサート〉と呼ばれる霊廟で、一三二四年に建てられている。それより古い建物もありそうだ。たとえば〈十二イマームの霊廟〉では、壁面上部の装飾帯に、ダムガンの〈ピリ・アラムダール廟〉と同じ書体が出ていた。それなら十一世紀まで遡《さかのぼ》る。

もう一つ、バザールで妙なものを見つけた。この町の古い城門の一つに〈メフリーズ門〉があって、どっしりした木製の門を鉄板で補強しているのだが、その鉄板に黄道十二宮が原始的な形態で刻まれている。とんでもなく古代の図柄のように見えるのだが、こんなもので暦を作っても不正確なだけだろう。あるいは芸術家がだらしなくなった兆候と見なすしかないのか。

ヤズドは、ペルシャの町としては変わっている。庭園地帯や涼しげな青いドームで、周囲の厳しい荒地から市内を守ることがない。町も砂漠も、色彩と材質は同一だ。いわば町が砂漠から生じている。風塔が林立するのだから、暑い町であることは間違いないとして、それすらも砂漠の自生林のようだ。町の輪郭を風変わりな線にしている。といって、さすがにシンドのハイデラバードほどではないかもしれない。あの町では風は海から吹くと決まっているので、どの塔も同じ方向に屋根を張り出して風を受けている。ヤズドの風塔は角形で、その各面に何本も縦溝があり、四方向から取り込んだ風を、室内に吹き落とす。そういう部屋を間取りの両端に配置すれば、家全体に風が抜けることになる。

知事は都市計画に野心を燃やしているが、いまのところ一本の大通りが迷路のような旧市街に通されただけである。それだけで景観を害するとして嘆く趣味人もいるようだが、一般住民には喜ばれる贈り物で、のんびり散歩し、呼吸し、人と出会って、はるかな山脈を望める場になっている。

ケルマーンへの交通手段を求めて自動車屋へ行ったら、ある男と話をする機会があって、カヴァム・アル・ムルクの消息が聞こえてきた。元副官という男によれば、ずっと獄中にあったのが、ようやく出てきたらしい。だが、サルダール・アサドそのほか、バクティアリの兄弟たちの運命は、いまなお不明である。男はマーチバンクスについて辛辣なことを言った。どういうことかと思って聞いていると、七十四歳で片目の見えない叔父が、マザンダランにある稲作の耕地を献上しなかったので、もう二年も投獄されているという。そこまで抵抗する地主はめずらしい。かの唯一無二の支配者は国中の土地を召し上げて、私腹を肥やしているそうだ。そんな話を人に聞かせるとは無防備なと驚いたが、私なら大丈夫と思ってくれたのかもしれない。そうでありたいものだ。もちろん私とは関わりのない出来事で、まだ彼は元副官ではなかった。

バーラマバード（五二〇〇フィート）、三月二十二日——トラックに乗って、夜通し、ケルマーンへの街道を走った。ここまで来て、ようやく朝食。

きょうは「ノウ・ルーズ」である。新しい日、ということでペルシャ暦の新年にあたる休日だ。アリー・アスガルがいささか苦情らしきことを言ったのも、わからなくはない。「風呂なし、髭剃りなし、さっぱりした衣服なし」それから英語で要点を言った。「ノウ・ルーズ、ペルシャのクリスマスね」

私はプレゼントを出してやった。

ケルマーン（五七〇〇フィート）、三月二十四日――やっと着いた町が、すさまじい砂嵐で見えなくなっていた。いつも午後の二時から四時まで、そんなことになる。きのうもそうだった。

「ぽつんと孤立していることもあり、ケルマーンは町の改良が進んでいない」と、エブテハージが書いたガイドブックには、えらそうな観察が述べられているが、ヤズドよりは進んでいるようだ。広い街路が幾筋か通って、タクシーも走っている。うまい具合に一台つかまえたら、この一台しか営業していないと聞いて、一日ずっと借り上げることにした。おかげで町を出て〈ジャバリイ・サング〉に行けた。ドームを載せた八角形の寺院で、十二世紀のものである。建物の本体がレンガではなく石造だというのがおもしろい。

ケルマーンは、これまで発掘の行なわれていない手つかずの町なのだが、ほかに興味を惹かれるものは二つしかなかった。その一つは金曜モスクの聖龕《ミフラーブ》パネルで、十四世紀のモザイクは、ヤズドから来た職人の技らしい。もう一つはガンジャリ・ハンが建てた学院である。つまらない建物で、たいして古いとも言えないが、モザイクの保存された箇所がある。竜や鶴など、ペルシャの図像としてはめずらしい動物が描かれている。中国の発想がこんな遠隔の地にどう入ってきていたのかわからないが、どこか中国風であることは間違いない。

〈クバ・サブズ〉のことは、サイクスの本にも出てくるが、すでに実物は倒壊している。高さのある青いドームを載せたティムール様式の寺院だったようだ。私が見たのは遺跡となって現代風の家屋に取り込まれた一部にすぎない。

この町ではゾロアスター教徒が赤ワインを作っている。アリー・アスガルが一本買ってきたが、甘口にすぎると思って、宿の主人に売ってしまった。

あるペルシャの知人に貸してもらった本がある。「現代の世界」シリーズのペルシャ篇だ。ペルシャ人は自国の書かれた本を嫌っているのだが、この本が嫌いなのは、ペルシャをやたらに賞めているからだという。だとすれば、よくぞ書いたものだ。かの公明正大をもって任ずるサー・アーノルド・ウィルソンが著者なのである。

マハン（六三〇〇フィート）、三月二十五日――インド国境の方面からバルチスタンの砂漠地帯を越えてたどり着くと、マハンは天国のように思えるらしい。クリストファーもそんなことを言っていた。ケルマーンから来た場合でも、途中の砂漠に不穏な様相で迫られる。道路にも砂が吹き寄せるので、そろそろペルシャが終わるのかと思う。ペルシャの砂漠は石だらけなのが普通なのだ。

〈ネマトラ霊廟〉に来ると、ほっと安心する。水があり、木の葉が揺れる。ありがたいものだ。紫色のクッションを置いたように満開のユダの木や、早くも紙吹雪を散らしたように咲く果樹が、細長い池に映り込む。その次の中庭へ行くと、今度は十字の池があり、その周囲にアイリスを植えたばかりの花壇が整っている。涼しさが増してくるようだ。黒い糸杉がまっすぐに立ち上がり、それよりも高く、傘を揺らすような松がぐんと背を伸ばして、地面に落ちる木の影が濃い。木々の間に、蜘蛛の巣のような黒白の模様がついた青いドームと、一基の青い尖塔が輝いている。修行者《ダルヴィーシュ》らしき男が、円錐形の帽子をかぶり、刺繡のある黄色のシープスキンをまとって出てくる。この男の案内で、ドーム下の聖廟を通過し、広々とした白壁のホールを抜けると、さらに大きな第三の中庭があった。その奥に、また一対の尖塔が立つ。さっき見たよりも大型である。最後にまた整然とした池があり、みずみずしく輝くばかりの大きなプラタナスの木が立って、ここまで来れば、もう最後の門を出ている。そのあたりの土地にはブドウ園が広がる。花咲くエリカの木にブドウを絡ませているのは、ロンバルディア平原でクワの木を利用するようなものだ。地平線まで目をやれば、高い山脈に雪が残って、スミレ色の靄《もや》がかかっている。

太陽が落ちていって、砂の舞う空に銅色の光をぎらつかせ、ペルシャの鳥が国中から集まったように、きょうの最後の唄を合唱する。夕闇とともに、鳥も少しずつ静まって羽ばたきを減らし、寝支度をする子供のように、眠りの時間にそなえようとする。そのうちに別の音が聞こえてくる。熱気を帯びた金属質の哀調で、おずおずと始まってから、とどまることなく調子を上げていったと思うと、第二バイオリンがさりげなく出番を得たように、音が二つになって、あっちもこっちも聞こえているが、さらにプールの反対側から第三の声部が加わる。マハンという町は、ナイチンゲールの啼き声で有名だ。しかし私としては蛙の声を讃えたい。私はいま中庭で、樹下の暗闇にいる。ぱっと夜空が晴れて、月が三度の反射をする。ドームに、二つの尖塔に――。それに呼応したように、琥珀色の光の輪が入口上部のバルコニーから発して、巡礼の詠唱が始まる。新しく掘った花壇に流れ込む水音が続く。ようやく私も床に就いた。この部屋には十のドアと十一の窓があり、吹きまくる風と、鶏の骨をさがす猫どもが、ひゅうひゅう、とことこ抜けてくる。蛙の呼び交わす声がやまない。きらめいて揺れるような声が、私の眠りの中にまで入り込む。ふと目覚めると、一匹の猫が夢中になって食料の箱を開けようとしている。もし私が金庫破りなら、こいつを助手に雇いたいくらいの熱意である。吹き込む風に寝台までも揺らされる。修行者と同室のアリー・アスガルのほうが暖かいかもしれないが、さりとて私が朝になって文句を言うことはない。なにしろマハンは天国だと十五年前にサイクス将軍が言っている。夜が明けかかり、薄闇のヴェールを上げて朝が来る。びしっと指揮棒を振られたように、鳥が一斉に声を出す。やかましいほどの太陽讃歌だ。反対の方向からは、カラスの群れが濁声《だみごえ》を放って、こっちも忘れてもらっては困ると張り合う。それがまた、ぴたりと静まったところに、朝日がするすると射して主役になる。戸外では、アリー・アスガルと修行者たちが、ならべた木炭を煽《あお》いで、サモワールに火を熾そうとする。足音が通り過ぎて「や、アラー」という声が聞かれ、これに修行者も応じている。バルコニーでは巡礼が朝の祈りを唱える。鼻に掛けて長く伸ばす半音の進行に、ふとアトス山を思い出す。金色の円弧が青いドームに光って、空にピンク色がたなびく。アリー・アスガルが茶を盆に載せてくる。

ヤズド、三月二十八日——またしても夜通しの走行となってからの早朝に、ヤズドの付近まで来て、ゾロアスター教徒の葬列に出くわした。白いターバン、白い長衣という人々が、白い布をふわりと掛けられた遺体を運んで、沈黙の塔[18]までの坂を上がろうとしている。これは簡素な壁が

18 ゾロアスター教で鳥葬を行うための円塔。

円形をなして、高さが十五フィートほどの葬場である。

午後、車で町を出て、庭園を見るつもりで、ある村へ行った。千戸ほどの村は、水利設備も含め、土地財産として六万二五〇〇ポンドという見当だ。地代の総額は二二五〇ポンドだから、それほど大きな利得とは言えない。スミレ、アーモンドが庭園に花を咲かせていて、白くて丈夫そうなアイリスが、くっきりと匂っていた。庭の所有者が、二度の接ぎ木をしたと言って、プラム、桃、アプリコットがそろって咲いている木を見せてくれた。そのほか大事にされていたのが、まず種なしのザクロ。これはロンドンのキュー植物園がずっと探し求めているものだ。それから地面を二十五フィートの深さに掘ったオレンジハウス。地下水路からの水が広がって池になっている。夏にはアルダカーンから届くというピスタチオの話も、熱っぽく聞かされた。ヤズドよりも温暖な土地で、塩気を含んだ水が栽培に適するのだそうだ。

イスファハン、三月三十一日——クリストファーが来ている。テヘランへ私物を取りに戻ることを、臨時に許可されたという。こうなったら一緒にアフガニスタンへ行くことも、無理ではないかもしれない。

ここまで戻ってくる途中、ナーイーンで停止し、モスクに立ち寄った。九世紀に創建され、ペルシャでも最古の部類である。スタッコの装飾壁面にはブドウの模様がふんだんに使われていて、ヘレニズム風の着想が、ササン朝芸術を経て、イスラム風に変化していく過程を見せているのかもしれない。さらにアルデスターンの町へ行くと、スタッコの技法に新工夫が見られて、レンガ積みの上に細かい線画の模様をつけている。これはセルジューク朝の時代、一一五八年に建ったモスクであって、イスファハンの金曜モスクの小ドーム部屋にはおよばないまでも、同じように純粋な形式性を確保している。

テヘラン、四月二日――イスファハンを出ると、山からの出水で、道路が途切れていた。農民二十人の手を借りて、腰まで水に浸かりながら車を押して進んだ。それから着替えをして、車のオイル、ガソリン、プラグを交換し、シリンダーも乾いた頃には、もう水が引いていたので、おとなしく待機していた車が何台も先へ行くことになった。イギリスが先陣を切ろうとして、馬鹿を見たようだ。

公使館に泊まらせてもらっている。あるとき妖精になった子供たちが館内に群れていた。衣装をつけて、劇のリハーサルが進んでいる。

テヘラン、四月四日――サルダール・アサドは「癲癇《てんかん》により死亡した」とされる。カスル刑務所内の病院にいたようだ。

もとはカージャール朝の軍事施設で、高台からテヘラン市内を睥睨《へいげい》する。大戦前にロシアが立憲勢力を壊滅させる砲撃を行なったのも、この場所だ。それをマーチバンクスが近代的な刑務所に改装し、みごとな改革の事例として見せておこうと、外国人を招いて饗応《きょうおう》した。それで厨房や衛生の設備に感心されていたようだが、きのう私が話を聞いたアメリカ人によると、「上級の収監者に、奇妙なほど死亡率が高い」という。

きのうは危機の連続だった。市中にマーチバンクスが出て、臣民がびくびくしながら拍手していただけでも何事かと思ったのだが、公使館に戻ってみれば、すさまじい地響きがして、敷地内を暴走してくる馬車があった。児童劇の準備でベンチを運んできて、荷下ろしをしていたのだろう。そのベンチが蹴飛ばされていた。私は英雄気取りにはなれなくて、横っ飛びに逃げた。すると門衛がゲートを閉めたので、これを抜けられなかった馬が、ゴリラのようにゲートに突っかかる形になった。引きずられた荷車も壊れた。馬にはショックだったろうが、怪我はなさそうだった。

それから無事に劇は上演されて、お茶の時間になった。

R・B：もう一つ、ケーキいかがです？

シール・アフマド（*mf*）：いや、結構、もう食べた。（*f*）腹一杯だ。（*dim*）ここじゃなくて（と喉に手を触れながら、*cr*）ここまで（と額を指しつつ）満杯になった。食うものは全部（*f*）食った。出された料理は全部。（*p*）わが輩の名前は知っとるだろう。シール・アフマド。シールとはらいおんのことだ。（吠えて *ff*）取って食うとなったら（ささやいて *pp*）すごいものだぞ。

クリストファーが行動を制限されていたことから、舞台裏では、ある事態が進行していた。何度も問い合わせがなされた結果、なぜ制限されたのかという理由が浮かんできて、それは――外務大臣の言葉だと――「サイクス氏が農民と言葉を交わすから」だった。つまり、ダルバンドの離宮で庭師と話をしたのがいけなかった。そういうことであるらしい。たとえ屁理屈でも、ロンドンの外務省への牽制《けんせい》にはなるのだろう。イギリス人が不当な扱いを受けた場合でも、おとなしく見逃すという姿勢に逆戻りさせたいのだ。今回は、じわじわとねじ込んだもので、ペルシャ側が対抗してライス神父をシーラーズから追放すると決めた。こうなるとイギリスよりもバチカンが頼りかもしれない。教皇大使が激怒しているそうだ。


午前中に、クリストファーがシール・アフマドを訪ねた。

シール・アフマド（*mf*）：ずっとテヘランにおられるのかな。

クリストファー：いいえ、あと二週間ほどで出ねばなりませんが、本日伺いましたのは、閣下にお目に掛かるというだけでなく（ここで双方がお辞儀して）アフガニスタンを経由するお許しを願いたいからなのです。

シール・アフマド（その方角を指し、吠えて *ff*）：では行かれよ。

クリストファー：これはありがたいお言葉です。ただ、まず申し上げておかねばなりませんが、私はペルシャ南部でスパイ行為を働いたと疑われている人間でありまして、それにより――

シール・アフマド（*p*）：わかっておる。

クリストファー：さらに理不尽であるのは――

シール・アフマド（*pp*）：わかった、わかった。

クリストファー：あらかじめ通知されていたのなら、私としても――

シール・アフマド（pp）：わかっとる。どうでもよろしい。

クリストファー：いいえ、お言葉ながら、どうでもよくはないのでして、私は怒っているのであります。

シール・アフマド（笑ってmf）：怒ってるか、は、は——それは違うぞ。大臣も怒っとるのだろう——それも違うな。ペルシャの言い分が、は、は、わからんでもない。（cr）うん、わかる。

クリストファー：しかしながら、閣下のお考えでも、よもや——

シール・アフマド（mf）：ペルシャの言うことはもっともだ。なぜ追い出されることになった？

クリストファー：私が農民と話をするからだと。

シール・アフマド（それ見たかとばかりにf）：そうだろう、だから言っとるんだ。教えといてやる。

　ペルシャでは、いや、アフガニスタンでも、イラクでも、オリエントには（pp）およそ秘密にするものがない。（f）イギリス、ロシア、ドイツには、（pp）大きな秘密がある。（f）イギリスには船の秘密。ロシアにはものすごい人数、兵力の秘密。ドイツ、フランスは大砲の秘密。（p）アフガニスタン、ペルシャには（猛然たる否定の手つきで）何にもない。陸軍にも、海軍にも。（mf）そんな歴史をたどる王国になった。

クリストファー：ですが、私にわからないのは——

シール・アフマド（mf）：まあ、待て、いま話す。簡単なことだ。（cr）よく聞けよ。
（mf）あるところに、老いぼれのロバがいた。うんと石を運ばされてへとへとだ。そこへ来たのが、いっぱい毛があって、鼻があって、歯があって、何というのだったか、犬みたいに吠えるやつだ。

クリストファー：狼？

シール・アフマド（*ff*）：いや、そうじゃない。

クリストファー：ジャッカル？

シール・アフマド（*f*）：それだ！ ……ある日、ジャッカルが来て、（*pp*）ふらふらになってるロバに（*mf*）言った。「すまんが、王になってくれないか。ジャングルを治めるシャーの中のシャーになってもらいたい」

（*mp*）ロバは答えて、「そんなこと、あるわけない」

（*mf*）だがジャッカルは、「いや、いや、そこをどうにか。丘の上に立っていてもらいたい」

（*mp*）ロバは言う。「やだよ。王様なんてやってらんねえ。こんなに石を運ぶんだ」

（*mf*）「いいってことよ。丘の上に立ってりゃいいんだ。こいつを着てくれ」

ジャッカルは、らいおんの毛皮を持ち出して、それを着たロバが丘の上に立った。

（*pp*）ジャングルの中で、ジャッカルは（*ff*）らいおんに会って、（*mf*）「陛下、丘の上に、もう一人のシャーがおられますぞ。あっちで、陛下よりも高いとこ」

（*pp*）らいおんが怒ったの何の。（がるるる、と吠えた声になって*ff*）「こら、けしからん、どこにいる。そんなやつは食ってやる！」（目をぎらつかせ、歯ぎしりする）

（*mf*）急いで丘へ行くと、らいおんの皮をかぶったロバがいる。でっかい。ロバらいおん、大きい、高い。らいおんはこわくなって引き下がる。（笑って*cr*）それでもう動物がみんな降参で、ロバはジャングルの王になる（小休止）。

（*pp*）ある日、小ふた（*cr*）が来て――

クリストファー：小、何です？

シール・アフマド（*mf*）：ふた……はぁ、ぶた。小豚が来る。ロバらいおんに（鼻を鳴らして *f*）小豚が、ぶうぶう。それでロバらいおんは腹を立て、シャーの中のシャーらしく、どかどか足を踏み鳴らし、ロバが鳴く（表記不能な音声）。すると（*ff*）ひょう、らいおん、とら、でかいやつらみんなに、丘の上のシャーは老いぼれロバだとばれてしまった。それでおしまい。老いぼれロバは、もう死んだ。

（*mf*）いいかな、サイクス君。オリエントではそういうことだ。アフガニスタン、ペルシャ。二頭のロバがいる。だがペルシャロバは、らいおんの皮をかぶっとる。まあ、いい。ペルシャは気位が高いからな。だが、もし（*cr*）それを相手に（*ff*）小豚みたいな口をきいたら、（*mf*）かっかと怒る。動物みんな、人間みんなに、あれはロバだとばらしちまうようなものだ。そういうやつは追い出される。

シール・アフマドは、しばらくペルシャの気位という話題を続けたが、そのうちにマーチバンクスと面会をしたという話にもなった。アフガニスタンとの国境付近でペルシャの警官が殺される事件があって呼び出されたらしい。

（*mf*）いやはやシャーがご立腹でな。おれは「どうなさいました」と言ったんだ。「お加減がよろしくないのでは？」

そしたらシャーが（*ff*）「がるるる！」と言う。

（*mf*）「これは大変な勢いですな。（*cr*）どうかご容赦を」

（*mf*）それでシャーが、（*ff*）「がるるる！」

（*mf*）「いかなるご立腹で？」

（*ff*）「人殺しのアフガン人はどこにいる？」

（*mf*）「わかりません。（*p*）遺憾であります」

（*mf*）するとシャーが、（*ff*）「がるるる！」

（*mf*）「どうなさるおつもりで？」

シャーはアフガン人に悪態をついてから、こうなったら派兵してアフガン人を殺してやると言う。

だから、おれは言った。「いやいや、おっしゃることが、わかりません」

するとシャーが言う。（吠えて*ff*）「どこがおかしい。それではいかんと言うのか」

（*mf*）「では、陛下、アフガニスタンへ行かれるとよろしい。アフガン人を殺すのです。（*cr*）たくさん、どうぞ。（*p*）悪いやつらですぞ。（*mf*）ただ、その前に、警察のアイラム本部長を殺されてはいかがですかな。あれも悪いやつです。先週、〈ナデリ〉の浴室で、何人かの男が一人の女に悪いことをして、結局、その首を（おぞましき手つきをして*cr*）切り落とし、血だらけの死体をほったらかしました。（*dim*）いまだアイラム本部長は下手人をとらえておりません。とらえていないのは、どっちもどっちで、似たように遺憾であります。そういうことですので、まずアイラムを死罪として、それから（*ff*）アフガニスタンに行かれますように。

（*mf*）まずはアイラムの死を（*cr*）見届けたい。あやつを殺して、血だらけになされませ！」

（*mf*）シャーが笑ったよ。「いや、閣下、そう怒らんでくれ。まあ、よろしかろう」

テヘラン、四月十一日——公使館で新しく撮った写真を見ると、子供や、通訳、連絡要員も含めて、総勢八十四人が写っている。全員が公使館に寝泊まりしているわけではないが、昼間には出てきている。イギリス外交にあって、それだけの重みがペルシャにはあるということだ。

昨夜、〈アメリカン・カレッジ〉で司書をしているヤングという男に連れられて、ズール・カーナへ行ってみた。ヤングも学生たちの噂を聞いて、この体育施設のことを知ったそうだ。スウェーデン体操などよりも、よほどに上等だという話だったらしい。元を正せばイスラム以前の時代にまで遡る。ゾロアスター教の儀礼に発したのかもしれない。

バザールの地区にあって天井の高い室内へ行くと、人体が匂いを発散して、白い照明がついていた。壁面に肖像がならんでいる。絵画もあれば、黄ばんだ写真もあって、たとえばイートンの〈デムスター〉、ウィーンの〈ザッハー〉で、上流人士が顔をそろえているようだ。これはパフレヴァーンと呼ばれる過去の優勝者たちであって、伝説の英雄ロスタム[19]のような戦士にふさわしい称号であるが、ここでは精神の徳よりも肉体の力のみで顕彰されている。また肖像よりも上には、愛好家の喜びそうな記念品がずらずらと掛かっている。古風な刺繡つきの半ズボンは、かつてレスリングの試合で使われた。また鉄の弓があって、糸を張るのではなく、鉄の円盤で飾った鎖を、緩く取り付けている。隣接して続く部屋には、棍棒《こんぼう》やら、四角い木製の楯《たて》やらが積み上がっている。

フロアの中央には、大きく四角形に凹ませた箇所がある。深さは三フィートか四フィート。一辺が三十フィート。細かい砂が詰めてあって、それが踏み固められ、一フィートの厚さできっちり藁を敷いて、弾力性を持たせている。この空間に、さまざまな年齢の男性が十何人か、腰にタオルを巻いただけの裸で、べったり腹這いになっている。パフレヴァーンの予備軍だ。部屋の隅に置かれたテーブルに、木炭を載せた盆がある。鳴り物の係が、その熱で太鼓の皮を乾かし、響きを良くしようとしている。いざ太鼓が打たれると、腹這いの男たちが身体を浮かせて、伏せて、その動きがどんどん速くなる。なめらかな調子になった演奏が、しばらくすると急に切り替わって、鈴と太鼓が交替で、じゃんじゃん、ぽんぽん、じゃんじゃん、というのが一区切りの合図になる。

次は棍棒だった。一度に一人が、どちらの手にも一本を持つ。それが重くて、私には両手で一本を持ち上げるのがやっとだった。さらに体操は続いて、その次に回転運動が行なわれた。大きく腕を突き出して回る速さはすごいもので、その人の左右の横顔と正面の顔が、同時に、はっきりと見えていた。太鼓と声と鈴の音がやまず、緩急のリズムが続いて、その音調に合わせて回転していることが見てとれる。顔にも肢体にも喜々とした活力がみなぎるようだ。ヨーロッパの希望となるべき人間を自動人形の集団に変造するスウェーデン体操を思うと、ヤングの知るペルシャの学生たちよりも、われわれにとって悲痛なことである。

最後の演技には鉄の弓が出てきた。これを頭上にかざして、鎖と円盤が、肩から耳のあたりに、がちゃがちゃ揺れる。この運動で最優秀になった者が、テックス・マクラウドの投げ縄ショーのように、鉄弓を上げたままひょいひょい踊るのだが、とにかく重いので終わるまでにはくたびれ果てて、四角い穴から出てくるのがやっとになる。というところで、そろそろ次の組が服を脱いで支度を始めていて、また一連の運動が行なわれる。

終わった組が服を着ると、どういう人たちだったのか見えてくる。商人、店員が多いようだ。空軍の士官が一人いる。また学者がいる。この人は、四人の助手を使って、『ブリタニカ百科事

19 ペルシャ文学の建国叙事詩『シャー・ナーメ』における伝説上の英雄。

典』の翻訳に取り組んでいるのだが、大変な苦労の末に、いよいよ第一巻を出そうとしたら、英語のアルファベット順がペルシャ語とは違うということを思い出して、予定が狂った。

この施設を運営して、無理な運動をする事故がないように目を光らせている人が、ズール・カーナとはどういうものなのか教えてくれた。いずれもクラブ組織になっていて、たいていの場合、ここと同じく、バザールと住宅地域の接点に立地して、仕事帰りに立ち寄れるようになっている。会費は一カ月で三トマン、つまり七シリング六ペンスに相当する。ほかのズール・カーナとの対抗戦もあるという。

夕食の席で、ある若いスウェーデン人と会った。高級な装身具をつけて、父親の土地財産の話をする青年が、どうしてテヘラン在住なのだろうと思った。

スウェーデン人：ケースの事業をしてます。
R・B：ケース?
スウェーデン人：ええ、ソーセージの。
R・B：缶のことですか?
スウェーデン人：いいえ、皮の部分です。羊の腸から作ります。上品な仕事ではないと思われがちなんで、人には言わないこともあります。
R・B：そういうのはライスペーパーか何かで作るのかと思ってました。
スウェーデン人：いやいや。腸に決まってます。
R・B：ええと、あはは、直径六インチのソーセージなんてのは、どうします?

スウェーデン人（真顔で）：羊だけではありませんよ。牛の腸もある。一番大きなソーセージには、大きな牛の腸です。
R・B：スウェーデンの牛だって腸はあるでしょうに、わざわざペルシャで？
スウェーデン人：ペルシャのケースは上等なんです。最高なのはロシアのカルムイク草原。その次がオーストラリアとニュージーランド。その次に来るのがペルシャです。大事な産業になってますよ。スウェーデンとペルシャの通商協定にあって、ケースは主要な輸出品です。
R・B：どうしてケースをお仕事に？
スウェーデン人：父の事業ですので。

なるほど、それで資産家なのだ。

ソルターニーイェ（約五九〇〇フィート）、四月十二日——最後にもう一度、オルジェイトゥの霊廟を訪ねる。ペルシャに来て、すばらしいと思った最初の建造物だったが、まだ比較する基準なしに見ていたので、再訪してどう思うかという心配はあった。
杞憂だった。

ほど近くに、いくぶん小さな遺跡が二つある。スルタン・チャラビの墓として知られる十三世紀の八角塔。もう一つは、どっしりした、やや後年の八角寺院で、ムラー・ハッサンの墓所になっている。前者のレンガ積みは、きのう完成したように、ぴたりと決まっていて、ヨーロッパのレンガで名高いオランダの職人芸をも凌《しの》ぐだろう。後者はドーム天井がおもしろい。鍾乳洞を模した表面が、赤と白に塗られている。

この寺院までの小道は、茶色っぽくて棘のある茂みを抜けていた。「また夏に来られないとは惜しいねえ」案内の農民が残念そうに言った。「きれいなバラの道になるんだが」

テヘラン、四月十四日――帰途、カズヴィーンで停車した。地元産の白ワインを発見したので、宿屋の在庫分を買い占めた。あの宿が、いまでは快適に思える！　ハマダーンからの道を来たときには、その時点でバグダッドにいた〈チャコール・バーナーズ〉に、こんなところには絶対来るなと警告したのだった。

ペルシャに来るとしたら、たいていはラシュトか、ハマダーンか、どちらかを経由するだろう。そして、間違いなく、カズヴィーンの金曜モスクの前を通過する。しかし、フランス人でイランの考古学局長になったゴダールを例外として、その聖所にあるセルジューク朝時代のスタッコに注目した人はいなかった。壁面はもちろん、上部を帯状に飾る部分、そのアラベスク模様も含めて、妙味のある仕上がりだ。その制作は一一一三年。彫られた文字の間には、バラ、チューリップ、アイリスの花模様が、華麗に這っている。一般には四百年も後のサファヴィー朝時代の発明と考えられているものである。

テヘラン、四月二十日——まだテヘランにいる。けさ出発するはずだったのだが、土砂降りの雨に水を差された。

スラッシュという教師をしている男が、やはりアフガニスタンへ行こうとして、南の道路からカブールを目指している。アフガン大使館へ行って、冒険を求めていると言ったところ、そういうことには乗り気になるシール・アフマドが、だったらロシアのスパイという体裁で行けと言ったそうだ。手紙を一通書いてやるから、銃殺されそうになったら、それを見せればよいという。けさクリストファーと二人で、どうやって旅の苦労を減らすか、それが大事だと話していて、その男に会った。旅は苦労するからおもしろいと喜んでいるやつだった。こういう手合いこそ、無力無能であるのが命取りで、傍迷惑になる。

午後、アッサーディという人物を訪ねた。マシュハドの寺院を保護管理する立場にある。これは裁判所による任命で、六万ポンドにもなる寺院の年収を握っている。そういう資金で病院を建てているから、ぜひ見ておいてくれと熱心に勧められたが、寺院の内部まで行ってよいのかどうか、はぐらかされたままだった。

ティムール朝の皇妃ガウハル・シャードがどんな人だったか、思ったよりも世に知られているようだ。

テヘラン、四月二十一日――まだテヘランにいる。

今回は、アパム・ポープを待つことにした。その到着が、きのうだった。『ペルシャ美術研究』という大著の刊行に近づいているので、私が持っている写真、情報が役立つかもしれない。

この学者はムーア夫人の飛行機に同乗してきた。ショールを巻いた名流夫人は、もう七十歳を超えて、年齢に百万を掛けるくらいの資産があるだろう。妹二人、メイド三人、そして「マネージャー」という一行である。アメリカン・カレッジで茶会があって、顔を合わせた。さかんに阿《あ》諛追従《ゆついしょう》の言動が見られて、クリストファーはあきれ返っていた。もともと金持ちの援助に頼って研究することには、まるで共感しない男である。

第五部

シャーヒー（約三百フィート）、四月二十二日——ずっと計画していた旅の初日が暮れた。

けさ、ホーア卿夫人、およびジョーゼフが早起きして、藤の花の下で、朝食に付き合ってくれた。公使館の敷地内は、冬の間にはヴィクトリア朝時代の収容施設のような観を呈していたが、いまはもう花や若葉に埋もれそうになっていた。町から出る道を走行しながら、このあたりの貧家で、またイギリス人社会で、すっかり世話になったのだと、つくづく感謝して思い返した。そうやって受けた親切は、ややもすると忘れそうになる。充分な恩返しは不可能だ。ペルシャを旅して、たとえば二枚のシーツと一回の湯浴みに恵まれたとする。それに匹敵する待遇を客に施せるのは、イギリスなら裕福な人間だけだろう。それだけではない。ものを書く商売をしていると、うっかり恩を仇で返すことにもなりかねない。政治がらみで不注意なことを書いて、ただでさえ厳しい生活を、なおさら難しくさせるかもしれないのだ。しかし、もちろん個人の感情としては心苦しいが、私が恐れ入って黙ることはないと言っておこう。沈む夕日にケチをつけても不注意になるのが、いまの情勢だ。夕日を賞めたとしても危ない。その前景にセメント工場があったとしたら、なぜ工場を賞めないのかと言われそうだ。しかし人間の理性を大事にするなら、現代の民族主義でタブーとされることにも、誰かが踏み込まねばならない。ビジネスを考えていては無理だろう。外交筋も口を出すまい。だったら物書きの出番ということになる。

ふたたびホラーサーンの街道を行く。すでに思い出のある道だ！　春だというのに、峠道に雪が降っていた。その先はもう高原の崖っぷちで、あとはカスピ海沿岸に向けて下っていく。白い吹雪の下で、世界がただならぬ変化を遂げていった。それから五分間のうちに、ダマスカス以来の石、土砂、日照りを脱して、木、葉、湿気の中にいたのである。すでに丘陵は低木に覆われ、それが高木となり、さらに雪がやんだ頃には、照り映える森となった木々の上方に茂る葉が、空を遮る丸天井のように広がっていた。高原地帯にあった圧迫感が、ふっと消えてなくなる。いまにして思うと、吹きさらしの砂漠、脅威の山、崩れそうな村が、どれだけ精神の負担になっていたことか。この解放感のおかげで、通常の重力に戻って、現実に身体が軽くなったようだった。

すると、汽笛が空気を刺して、白い煙が吐かれていたので、そっちに気を取られた。マーチバンクスの敷いた鉄道が、渓谷地帯から高原に向かって延びてくる。フィルーズクーで三段ループのトンネルを掘って、エルブルズ山脈の難所を一つ越えれば、あと三年でテヘランまでの開通も可能だろう。費用としては割に合わない。起点から二百マイルの敷設だけでも、財源とした課税のおかげで、農民は唯一の贅沢だった茶や砂糖を奪われつつある。だが鉄道の目的は、すでに経済学よりも心理学の問題だ。現代のペルシャでは、鉄道が国民的自尊心の象徴になっている。二千年もの間、ダリウス一世時代の繁栄を糧として存続した無敵の優越感に、ついに新しい養分が配給されるということだ。しかし、さんざん内燃エンジンで苦労させられた身には、すでに蒸気の唸り声も、四輪馬車の走行音のように、のんびりした昔懐かしいものである。森林と列車に、また友を得た思いだった。

峠を越えたら、木材の滑道、板葺きの庇を見て、オーストリアの風景を思い出した。沿岸の平野まで下りてくると、地面を区割りする垣根やイバラがあって、土手の部分にはシダやイラクサが生えているので、雨がちな午後のイギリスのような気もする――と思っていたら、ある家の入口にトラの毛皮が掛かっていた。そんな田園地帯にあって、羊飼いをしているマーザンダラーン部族の少年たちが、裸足にフリース帽をかぶって、何とも異質に見えていた。おとなしくなった野生児とでも言おうか、もとは遊牧民だった人々に亜熱帯の環境が作用すると、こんな感じになるのかもしれない。

シャーヒーは、鉄道によって出現した開拓町である。どこからか四本の街路が集まって、アスファルトで舗装した円形の広場ができている。ちゃんと歩道がついて、商店のウィンドーがならんで、なかなか立派なものだ。ホテルには、ロシア、ドイツ、スカンジナヴィアの技師が何人も泊まっている。

アステラバード（三百フィート）四月二十三日――シャーヒーから道は続いているのだが、鉄道が優先されて道路が荒れたので、車で来られるのはアシュラーフまでだった。

アシュラーフには王の遊園があった。二つの庭、そして王宮が現存し、往時を偲ばせている。アッバース一世が、サー・ドドモア・コットンを引見したのは、一六二七年のことだ。王宮は森のある丘に立って、遠くから見ると、イギリスのカントリーハウスのようだが、実際には規模が小さく、タイル張りも粗雑である。ペルシャの世俗建築では用地の特性がうまく利用されているものだが、ここでの設計はそうなっていない。まず特異点として目立つのは、窓の様式だろう。どういう偶然なのか、ラスキンが十五世紀フィレンツェの宮殿からオックスフォードの郊外へ移植したような窓になっている。二つの庭はロマン派の傾向が強い。なだらかに傾斜する草原に、長い石造りの水路を通して、段差のある箇所には、平石に水を滑らせるムガール風の仕掛けを設けている。その発祥がペルシャ、インド、オクシアーナ、いずれの地であるにせよ、これが妥当なのは乾いた荒地のみである。草やシダに取り巻かれていると、やりすぎの感は免れない。アイルランドにイタリア庭園を造ったように場違いだ。

二つのうちで広いほうの庭は、アッバース一世がイスファハンで実現した大きな構想にも負けていない。裏山には下草からピンクの蘭《らん》が立ち上がって花を咲かせ、この山から発する広い通路が、糸杉の並木道として、壁で囲った数エーカーの敷地を下りていく。ほかに広く点在する糸杉があるのは、イギリスの公園のようでもある。水路が並木道の内側を走っていって、二つのパビリオンの間を抜ける趣向は、ヴィラ・ランテのようだ。パビリオン同士をつなぐ屋根付きアーケードが、橋の役割もしている。この道を最後まで行くと楼門がある。その向こうの道路にも並木は続いて、アシュラーフの村にも、いくらかの耕地にも、木々が途切れることはなく、視線の行き着く先では、カスピ海の水平線が光っている。

どこかで弁当にしようと思って、ある四角い池に目を付けた。いまでは水がなくなっているが、元来は、各所で石の上を滑ってくる水を受けていた。池をめぐる縁石の上面に、いくつもの小穴

ー　アッバース一世のペルシャにおける初のイギリス大使。

を彫っているのは、灯芯を油に浮かべて、いわば豆電球をつなげるような仕掛けだった。ランチを入れた袋を持って、高い草の生えた池の底にぴょんと着地したら、すでに先客がいた。シナモン色の蛇が、幸いにも私より慌てたようで、五フィートの体長をくねらせ、私の足元をすり抜けて、石組みの隙間へ逃げていった。

列車が到着した。自動車は無蓋の貨車に積まれて、その中に雇い人たちも乗っていた。われわれは大勢の乗客に交じった。新時代の驚異に乗ってみようと、テヘランからお祭り気分で出てきた人々である。どの車両にも、五箇条の禁止事項になって乗車心得が出ていた。終点はバンダール・シャーである。まだ新開地だが、カスピ海の港町ということで、ここにも大勢の人が出ていた。その中に地元警察の署長と陸軍省の役人がいて、この二人に、どこへ行くのかと聞かれた。

ゴンバデ・カーブースへ行ってよろしいか。

もちろん。もしマシュハドまで行きたければ、ボジュヌールドを経由してトルクメン地域を抜ける軍用道路ができているから、車が通れる。

これは意外。願ったり叶ったりだ。じつはゴンバデ・カーブースを訪ねたいと思って、テヘランで許可を求めたら、ジャム内相から私信の形で、この申請は撤回してくれないかと言われた。軍が管理する一帯なので、おいそれと許可を出せないという。その話を聞いたパイバスというイギリスの駐在武官が、参謀本部に口をきいてみようと言ってくれたのだが、なかなか返答が得られないということで、とりあえず運任せでここまで来たのだった。そもそもペルシャ行きを思い立ったのは、ディーツ教授によるゴンバデ・カーブースの写真を見たからなのだ。この国を出るまでに、その塔だけは、どうしても見逃したくなかった。

暗闇の中でも、大草原であるということだけはわかった。遠目のきかないヘッドライトには、たまに通りかかる野豚くらいしか浮かばない。ぷんと漂う草の匂いは、イギリスで言えば、まだ牧草を刈らない六月の夜か。アステラバードでは、ムハッラムの祭りに町民が繰り出していた。布を掛けた棺を先頭に、光明の三角旗を掲げて、街中を練り歩く。おいおい泣く人、うめく人がいて、もし手が空いていれば衣服をかきむしり、また自身を打ちたたく。いつぞやシール・アフマドが言っていたとおりだ。きょうの宿にしたのは、さるトルコ人の家である。イギリスの副領事を勤めたこともある老人で、ひとつ虎狩りの様子を御覧に入れましょうかと言っている。

ゴンバデ・カーブース（二百フィート）、四月二十四日——バンダール・シャーを出て、いくらか逆戻りする方向に走ってから右折すると、枝を編んだ垣根にはさまれる道になった。背の高い葦が生えていて見通しが悪い。そのうちに、船が河口から海へ出たように、いきなり大草原が開けた。まぶしい緑色の大海だ。こんな色は見たこともない。緑と言ってもさまざまだが、エメラルド、翡翠《ひすい》、孔雀石、ベンガルの密林の強烈な深緑、アイルランドの悲しく冷たい緑、地中海のブドウ園のサラダグリーン、イギリスの夏のブナの木が満開になった色、といったような緑では、たとえば青なり黄なりの色素が優勢なのかと思ったりする。だが、ここにあるのは、純粋なエッセンスとしての緑で、それ以上には解析できない生命の色そのものだ。太陽があたたかく、空にヒバリの声がする。背後にはエルブルズ山脈の森が、靄のかかったアルパインブルーの色で立ち上がる。前景は光り輝く緑の草。それが地の果てまでも続いていた。

方向感覚が失せた。道標になるものがない。小舟で大西洋の真ん中に出たも同然だ。走っている道が周囲の土地よりも一段低いと思えてならなかった。うねって盛り上がる緑色の中で、細長い溝に落ち込んだようである。坐っている目の位置だと、やっと二十フィートくらい見えるだろうか。立てば二十マイルは見通せる。だが、そこまで見えたとしても、遠くで曲線になっている大地は、タイヤをかすめる草の斜面と、どっちがどっちかわからない同系の緑色だ。すでに大きさを知っているものを手がかりに、かろうじて距離の見当をつける。たとえば白い丸形のテント。ぽつぽつと草地に集まって、マッシュルームのように見えているが、あれはマッシュルームではないと思うだけでも、しっかり頭を働かせないといけない。あるいは牛の群れもいる。母馬が子馬を連れている。黒と茶の羊もいる。牛のほかにラクダもいるが、ラクダは実際よりも大きく錯覚しそうだ。すごく体高があるように見えるので、あれは古代の怪物ではないのだと思い直す。というように、住居や動物の大小によって、遠近の感覚をつかまえる。そこまで半マイルなのか、一マイルか、五マイルか。だが、それ以上に、草原そのものの大きさを実感するのは、ともかく遊牧民キャンプの数が多いからだ。どこを見ても草の上にテントがあって、いずれも隣り合う集落から一マイルや二マイルは離れている。それが何百とあるのだから、見渡す景色は何百マイルもあるのだろう。

また、よく国別の地図に都市の拡大図が添えられるように、いまタイヤが踏んでいく草原には、もう一枚、大きな縮尺の図面が重ねられていた。その緑色は、ありきたりな草の緑ではなく、野生の穀草、大麦、オート麦の色にばらけている。そう思えば、緑の中に燃えるような生命感があることも、よくわかる。どこまでも穂が立ちならんだ界隈には、多くの花が住んでいる。キンポウゲ、ポピー、薄紫のアイリス、濃紫のカンパニュラ、そのほか無数の花々が、ありとあらゆる色彩、形態、驚異を繰り出してきて、初めて庭園に来た子供のような気にさせられる。さっと風が吹くと、草が揺らいで銀のさざ波が立ち、花もまた風になびく。雲の影が差せば、そのあたりが一瞬だけ眠ったように暗くなる。だが、さざ波も暗がりも、ほんの数フィートとは続かない。大草原の内部世界は、ごく小さく凹ませた連続模様の総体だ。外部世界にはない細かいグラデーションが、延々と折り重なって遠のいていく。

平地に下りてから、すでに精神は高揚していた。それがもう湧き立った。大喜びで声を上げては、車を止めた。初めて見るものが、瞬時に、二度と見られないものになっていく。だったら少しでも時間を遅らせたい。この楽園では、ヒバリでさえも、いつものように驕慢《きょうまん》ではなくなる。ある一羽が、つい好奇心に駆られたようで、私の帽子にぶつかりそうに飛んできた。

ゴルガーン川は、深さ三十フィートの掘割のようなものだった。川岸は荒地の崖であって、緑色の中に土がむき出しの切り傷として走っている。その川幅は、イギリスで言えばセヴァーン川の上流くらいだろう。これを渡るのは古いレンガ造りの橋で、とがった縦長のアーチに支えられている。北岸に橋を守る楼門があって、大きく張り出した上階には、アペニン山脈でも見られそうな広い庇のついたタイル屋根が載っていた。この地点から先は、なだらかな緑の道が、幾筋も、どこへでも、大草原に延びている。たまに馬やラクダ、大きな車輪の馬車に乗った人が通りかかって、道を教えてくれたので、どうにか進めたようなものである。いずれもトルクメンの人々だ。女は花柄の赤い更紗をまとい、男は無地の赤になっているが、まれに稲妻模様を織り込んだ豪勢な多色の絹という人もいる。だがフリースの帽子はあまり見かけない。たいていはマーチバンクス推奨の代替品か、せいぜいバイザー部分を厚紙で代用したフリース帽である。

前方に、エルブルズ山脈が、緑の湾岸に沿って大きな曲線を見せてきた。その真ん中あたり、二十マイルほどの行く手に、クリーム色の針のようなものが、青い山を背にして、ぽつんと立っている。あれがカーブースの塔だろう。それを目印にして一時間ほど車を走らせ、小さな市場町に着いた。まっすぐな広い道の市街は、ここが大戦前にはロシアの占領地だったことを思わせる。塔は町の北側にある。緑の丘の上に立って、なおさら空高くそびえるようだ。この丘は、おかしな形をしているが、人工の産物であって、しかも相当に古い。

カフェオレ色をしたレンガ造りの筒型が、円形の土台から立ち上がり、少しずつ細くなっていった頂点に、灰緑色のとんがり屋根が載って、上からロウソク消しをかぶせたようだ。塔の直径は、基底部で五十フィート。全高が一五〇フィート。その筒型の本体、つまり土台から屋根までの側面には、三角に出っ張った縦筋をぐるりと十本つけて、壁の補強をしている。屋根のすぐ下、および暗くて幅の狭い入口よりも上に、文字模様の浮いた帯状の部分があって、それぞれの高さで縦筋と交差する。

一つ一つのレンガは細長い形をして、焼き上がったばかりのように、ぴんと角張っているので、縦筋に太陽があたって生じる光と影は、ナイフで切り分けたように精密だ。太陽の角度がずれると、縦縞の影が壁の曲面に伸びて、光と影が幅を変え、大きな動感をもたらす。この垂直方向の動感と、それに輪を掛けて引き締めようとする文字の帯の対比は、この塔だけの特徴であって、ほかの建築には見られない。

塔の内部には何もない。その昔は、カーブースの遺体が下がっていた。ガラスの棺に入れて、天井から吊ったという。この王は一〇〇七年に死んだ。[2] 塔は千年の長きにわたって、いわば灯台となり、王の記憶、ペルシャの叡智《えいち》を、カスピ海沿岸の遊牧民に知らしめていた。現在では、もっと広く衆目を集めていると言ってよい。このようにレンガが使われたという驚きがある。紀元一千年代の初めになって、この素材だけを使いながら、これだけ雄渾《ゆうこん》な記念物が出現し、その壁面と装飾に何とも愉快な仕掛けが見えている。空前にして絶後だろう。

(旅行者が、自分の目では見てきたが、まだ多くの人の目に触れていない、というものに最大級の形容を述べたとしたら、まともに信用してよいのか怪しまれるのが普通である。これは身に覚えがあって、そのように承知している。だが、あれから二年たって、まったく異なる環境(北京)にいて、この日誌を再読してみても、ペルシャへ行く前から予想して、あの大草原での夕刻に確証を得たことを、いまでも正しいと思っている。ゴンバデ・カーブースは、世界一流の建築に伍するものだ)

夕食時に、軍政府の知事が訪ねてきた。その話によると、以前には塔の屋根に光るものがあったらしい。ガラス、あるいは水晶で、ランプになっていたと言い伝えられている。それをロシア軍に奪われたのだと知事は言ったが、どうやって高いところから下ろしたのか、そこまでは言わなかった。カーブースの棺がガラス製だったということが、ゆがんだ形で伝承になったのかもしれないが、ガラスの棺だけは真実だったようだ。カーブースの死後まもなく、アラブの歴史家

2 実際には一〇一二年没。カーブースは、カスピ海南岸地方を中心にイラン北部を支配したイスラム王朝、ジヤール朝第四代君主。

ジャンナビが、そのように記録している。

このあたりの一帯は、もし見てまわる時間があるなら、いくらでも史跡があるようだ。ゴルガーン川の北岸からほんの数マイル行けば、いわゆる「アレキサンダーの壁」がある。川沿いに東方面の湿地には、未発掘の遺跡がひしめいていると聞く。先史時代の遺物もあるらしい。さほどに古い話ではなく、トルクメンの住民らが見つけた古墳から、大量の青銅器が出た。適当に持ち帰って日用品にしていたのだが、村に災難があったので、これは墓を荒らしたことの祟りだろうと、すべて古墳に埋め戻したという。その古墳がどこにあるのか学界に知れたら、考古学のゴールドラッシュが起こりそうな気がする。

知事から聞いた悪い知らせもある。ボジュヌールドまで行く道が、大雨と地滑りで通行止めになっている。行って行けないことはないのかもしれないが、いま着いたばかりのトラックは、五日がかりの苦難の旅で、ポンコツ同然になっているそうだ。これからアフガニスタンへ行くことを考えれば、いまは車に無理をさせられない。そんなわけで、馬で山越えをしてシャールードへ出ようかと思っている。車はフィルーズクー駅を経由して戻しておく。

バンダール・シャー（海抜ゼロ）、四月二十六日――警察につかまった！　いま署内の寝台で書いている。

馬鹿なことをした。そう思うと、なおさら口惜しくなる。四時までゴンバデ・カーブースで馬を待っていたが、ちっとも来ないので、もう車と一緒に戻ろうと思って、アステラバードではなく、このバンダール・シャーに来たのが、十時のことだった。寝泊まりするところがないので、仕方なしに駅へ行ったら、やる気のなさそうな若い駅長がいて、こんな時間に来られたら迷惑だと言わんばかりだった。朝の列車は七時発なので、六時には引込線の脇に車を待機させてくれという。そのようにした。ところが積載用の貨車が来たのは、やっと出発の十分前で、あっと気づくと、駅長は意地悪く列車を出してしまっていた。こうなると七カ月も溜め込んでいた不満が、ついに爆発して、この男を標的にした。それで悲鳴が上がったので、警備隊が駆けつけ、クリストファーの腕を締め上げて、背中を銃の台尻で打ち据えた。隊長は四フィートあるかないかの小男で、ナポリのテノール歌手のような声を出しながら、クリストファーの顔を何度も引っぱたいた。私はそこまでの屈辱は免れたが、拘束されたのは同じことだ。警察としては、こんな二人組を送り込まれて、おおいに面倒だったろう。

「本件」に対する「尋問」は、テヘランで行なってもよいのだと恐ろしいことが言われる。それだけは願い下げだ。どう我慢しても防ぎたい。そんなことになったら、また何週間も無駄になる。こんな軽はずみな真似をして、旅をぶち壊しにしかねないとは、どうかしていたのではないか、と私もクリストファーも考える。

セムナーン（四千フィート）四月二十七日——整備場の監督をしているドイツ人が警察に来たおかげで、「本件」が収束に向かった。この落ち着き払った老人は、ぶらりと入ってくるなり、「何やっとるんだ」と言って、私たちが駅長と握手するのを見届けてから、一晩泊まれるように自宅へ連れ帰ってくれた。当夜の事情を考えると、なおさら親切な行為だとわかった。老人の娘が、デンマーク人で銀行の支店長をしている夫と、ひょっこりテヘランから来ていたのだ。それでもう空き部屋がないとのことで、私たちは居間を借りて寝る支度をした。

けさ、シャーヒーを出た頃には、雨が降っていた。峠に上がっていく道は、路面が滑りやすく、危ない状態になっていた。大きく曲がってきたトラックが、どうしようもなくなって、こちらの横腹にぶつかった。それで崖っぷちに押し出され、もう谷底へ真っ逆さま……かと思ったら、まだ道路から落ちてはいなくて、スーツケースを悼むだけの被害ですんだ。車体のステップにくくりつけておいたのだが、トラックの前輪に潰されて、薄くて青いサンドイッチになり、衣類、フィルム、画用紙といった中身が飛び出していた。損害保険は掛けていたのだが、八カ月の有効期間が先週で終わっていた。

アミリエで聞いたところでは、もう十五日間、雨の日が続いているという。この季節にこんな天気は初めてのことだそうだ。

ダームガーン（三九〇〇フィート）、四月二十八日——災難続き。

セムナーンを出てから二十マイルで、後部の車軸が折れた。予備は持っていたけれども、交換するのに五時間かかった。その間、私とクリストファーは、何の役にも立たず、濡れ光る荒地をしょぼくれて歩きながら、ちびた黄色のチューリップが咲きかかっているのを見て心を慰めるだけだった。廃屋のような茶屋があったので、スクランブルエッグを作らせてもらったりもした。

「いま何語しゃべってるの？」クリストファーが店番の若者に言った。

「チャカパカル。わかんない？　セムナーンの言葉」

わからない。言語学者には宝の山かもしれない。


雨が浴槽の水を抜いたように降った。何マイルにもわたって水だらけで、道路は川、砂漠は洪水、山は滝。だが電信柱に並行する川床は、周囲の土地よりも数フィート低いはずなのに、自然の珍現象というべきか、ちっとも水が流れていない。

とある激流で、すでに二台のトラックが水没して絶望状態にあった。ここは地元住民の手を借りて、どうにか渡ることができたのだが、弱みにつけ込んだ渡し賃を吹っかけられた。もし嫌と言ったら、わざと深みへ連れて行かれて、そのまま放置されたかもしれない。それからは道路の状態がよくなって、時速四十マイルで突っ走っていたら、いきなり水流が視野に飛び込んだ。幅が三フィート、深さが二フィートで、棺桶のように角張って……まずい、と思ったら、これは車が飛び越えて、落ちた先は泥濘《ぬかるみ》で、なんとか切り抜けたものの、がりっと砂利の山にぶつかったような感触があった。

前輪がアヒルの足のように変形したが、車軸は持ちこたえた。よたよた進んで、かろうじてダームガーンにたどり着き、いま鍛冶屋に直してもらっている。ここで出くわしたのが、駐在武官パイパスの当番兵をしているインド人だ。パイパスはマシュハドへ行っていたのだが、そっち方面から戻ってきて、町はずれの川で車が立ち往生したという。まもなくパイパス自身もやって来た。荷物運びの面々を引き連れている。その中には老婆もいた。リューマチでひどく腰が曲がり、青いチェック柄の服にすっぽりと包まれて、ごく小さな書類カバンのようなものを後生大事に抱えていた。

私たちもひどい目に遭ったのだと言ったら、パイバスは元気を回復した。シャーヒー産のワイン三本、オレンジサラダ、ウィショーにもらった葉巻のおかげで、たしかに元気が出てきた。

アッバサバード（約三千フィート）、四月二十九日――これまで二度は来ているが、ひどい町には違いない。やたらに風が強くて、緑色の石鹸石で作った葉巻ホルダーを売っていて、男が赤いブラウスを着ている。この悲惨きわまりない町が、今夜の泊まりである。

川水がパイバスの車を乗り越えて流れる。まだ新しいリムジンなのに、けさ見るとネプチューンの洞窟のようになっていた。二台のトラックがチェーンで引っ張ろうとしたがどうにもならない、というところまで見届けて、私たちは出発した。

まだ雨はやまない。シャールードを通過してから、路面が砂地になって、湿った砂がフロントガラスに飛び跳ねてきた。顔を窓の範囲から出さないと前が見えない。ところが時速三十マイルを下回ったら、それきり車輪が止まってしまいそうだ。インクをこぼしたような丘陵、雲が乱れ飛ぶ上空、というホラーサーンの景色に変わりはないが、それでも水びたしの黒い荒地に新たな植物の気配が出た。キャメルソーンの緑色がぽつぽつと浮いて、一風変わったアスフォデルもある。ずんぐりした黄色に見えるのは、カウパセリの一種だろうが、三フィートの高さと、木のような太さがある。ちっとも美しくない。おぞましい花だ。

ここからサブゼバールへ行くまでに四フィートの深さで水がたまっていると聞いたので、きょうはもう泊まることにして、エドマンド・ゴスの『父と子』を寝床で読んでいる。クリストファーは赤いブラウスを一着買っておこうと、〈スキャパレッリ〉のブランド品を選ぶように大はしゃぎしている。

マシュハド、五月一日――ふらふらになって領事館の階段を上がったら、「ぎりぎり間に合いましたね、舞踏会！」と、ガストレル夫人が言った。

インド統治の関係者は、みな衣装箱を抱えてアジアを旅するのだろうか。ガストレル夫人は、ぴったりした黒タイツにシルクハットで、すっかり黒人になっていた。ガストレル氏は、七フィートの長身に金地の服をまとって、紺碧のビーバーハットをかぶり、これが青ひげ公の扮装《ふんそう》になっている。その姿でスコットランドの舞曲を踊った。氏の同輩でローズという男は、ケイト・グリーナウェイ[3]のイラストにありそうな学童になっていた。ハンバー夫人は羊飼いの女になり、ハンバー氏はブハラの貴人として、人体をすっぽり包み込むシルクの装いをしていた。そして私は、再会の挨拶をする暇もなく、掃除婦に変身させられた。ガストレル夫妻につかまったク

3 イギリスの画家、作家（一八四六－一九〇一）。児童書の挿絵で知られる。

リストファーは、あっという間にアラブの族長に仕立てられた。宣教団の人員も繰り出していて、シーア派の巡礼研究に半生を費やしてきたドナルドソン氏は、さすがに立派な巡礼になりおおせていた。それでも一晩の余興のために髪を剃るとは、あまりに犠牲が大きいのではないかと思って尋ねると、「いや、これでいいのです」という答えが返った。「旅に出るなら、いつも剃ってましてね。あすも旅立ちなのですよ。アッバサバードからクーチャーンあたりでグルジア人の村を回ります。もちろん住民はイスラム教徒ですが、昔から教育水準は高いのです」

二人で激しく動いたアパッシュダンスの最中に、われを忘れた掃除婦が、ブハラの貴人の背中をパラソルで突いていた。

マシュハド、五月二日――銀行のリーが言うには、このところ業務量が増えている。しばらく過去にないほどだそうで、ユダヤ人がアフガニスタンから追い出されてきたせいかと尋ねたら、そうかもしれないとのことだった。

このユダヤ人たちはラム革の取引を握っている。たしかクリスマスの頃に、私がユダヤ人の大脱出という話をしたら、リーはおもしろそうに聞いていたが、その時点では私もリーも、ある政令が関わっているのだとは知らなかった。リーが関心を寄せたのは、以前のラム革取引では、かなりの量がマシュハド経由で流通していたからだ。それで町にも銀行にも落ちてくる金があった。だがマーチバンクスが国家としての経済政策を振りかざしたために、中継地に利得がなくなった。交易に歯止めがかかったことは否めず、ホラーサーン一帯を管轄する税関が、給料の支払いにも困るほど窮した。ところが、現在、かなりのユダヤ人がペルシャ領内へ移ってきて、こっちで商売をするようになっている。

よく「ペルシャの」ラムという言い方がなされる。私も、すでにアフガニスタンへ行っていながら、その国におけるラム産業の意義をしっかり認識していなかった。しかし、ヘラートのバザールでは、さかんにラム革のことを言い合う声が耳に飛び込んできたのだったと、いまにして思う。たしかにペルシャ産として輸出されるラムも多いのだが、ロンドンやパリの帽子工房が一枚に七ポンドも出すような高級品となると、オクシアーナの専売品である。オクサス川の平原には特有の乾いた牧草があり、生育する羊の毛が引き締まって巻いている。したがってラム革の売買による最大の利潤は、ロシアとアフガニスタンで分け合っているのが実態だ。この取引を行なうユダヤ人を、なぜアフガニスタンが自領から追い払って、むざむざペルシャに仲買の利益を得させるのか、いまだ謎であるとしか言えない。

マシュハド、五月六日――きのう、旧知のアフガン領事と話していたら、この謎を解明するヒントらしきものが見えた。アフガン政府がバルフの町を再開発すると発表したことが新聞に出ていたので、どういう意味があるのかと聞いたのである。アフガン・トルキスタンでは、すでにマザーリシャリーフという州都が繁栄して、たった十七マイルしか離れていない。すると領事の答えは、バルフは歴史のある都で、「アーリア民族の故地」だからだそうだ。

こんな熱狂はドイツから広まってきたに違いない。ほんの一年前まで、アフガン人は自分たちもユダヤ系だ、失われたイスラエルの民だ、と称していた。アジアの民族主義にとっては、いかなる幻想も、幻想ではないらしい。

ここに来て数日、快適に過ごした。もう出発してもよいのだが、二つの理由があって出られない。一つは予備の車軸。これがテヘランから到着することになっている。もう一つは寺院だ。彩色のモザイクという観点では、いままでにペルシャで見聞した建築は、ヘラートの礼拝所《ムサッラー》にかなわないと思うのだが、ここの寺院だけは別かもしれない。建立した女性は同じである。また損傷が少ないことを考えると、これこそがイスラム建築すべての中で最高の色彩を見せる例かもしれない。前回来たときには、そうした可能性を見逃していた。イスファハンの彩色陶器こそが優位であると思っていた。ところが、そうでもなさそうだ。シェイフ・ロトフォッラー・モスクは、たしかに華麗さでは分があるが、それはサンピエトロ大聖堂がリミニの寺院よりも華麗だと言うようなもの。春が来たようなルネサンスの感興には欠けるのである。ともあれガウハル・シャードの造営として唯一完全に残ったものを見ないうちは、この町を出るわけにいかない。

とりあえず地ならしとして、まず新設の病院を見に行った。テヘランで会ったアッサーディが自慢たらたらに言っていたので、また会ったら調子を合わせてやれるようにと思ったのだ。病院を賞める作戦で、彼は上機嫌になったが、それ以上の結果は出なかった。外国人を寺院内に入れてもよいのか、いまなお管理上の責任を負うことをためらっている。しかし、彼を訪ねたおかげで、そこからの成り行きとして、ある学校の先生と知り合いになった。人当たりのよい若先生で、スエードの手袋をしていた。おもしろそうだから手伝ってあげましょうと言う。つまり、宗教界の闇に逆らって知識を求めるなら、それがおもしろいではないかということだ。昨夜、この男と打ち合わせをした。ホテルの一室を拠点に、領事館には知らせない秘密計画として進めている。

彼が来るまでに、私はペルシャ人に化けていた。少なくとも彼は私の変装とは気づかずに、ペルシャ式の挨拶をしてきたので、目を伏せつつ手を袖に隠していた怪しげな東洋人が大笑いすると、ひどく驚いていた。これなら連れていっても大丈夫ということで、今夜、出かける予定になっている。

午前中に、チェナランまで車を走らせた。その道をもっと先に進めば、アシガバート、またロシアとの国境地帯に通じる。チェナランからは農道のような経路をたどって、ラードカーンの塔まで六マイルに近づいた。あとは徒歩になって、馬の群れに食われて短くなった草を踏みしめ、さらには塩気のあるぐちゃぐちゃの湿地を越えた。この日に雇っていた案内役は、ものすごい髭を生やした、怒りっぽい小男の農夫だった。

「方角はわかってるだろうね」

「わかんねえわけがねえ」この男は腹を立てたような大音声を発した。ところが、わかってるというのはラードカーンの村までの道だった。ようやく塔にも行くには行けたのだが、さんざん湿地に足を引きずることになって、彼はもう怒りを爆発させていた。

しかし、来ただけの甲斐はあった。どっしりした円筒形の墓塔に、三角錐の屋根が載って、高さが九十フィート。創建は十三世紀である。外壁は、二フィート張り出した列柱を、ぐるりと連ねたようになっている。レンガは赤錆色で、ツイードの生地に似た模様を浮き出させ、毛並みのよい馬のような光沢感がある。分厚い壁の一カ所に階段を設けているのが、ゴンバデ・カーブースとは違うところだ。

帰る途中、街道からそれて、トゥースに立ち寄った。古い橋と霊廟もさりながら、近年、フィルドゥシーの墓が建てられた。現代のペルシャにも、いまだ香《かぐわ》しき新建築があるとわかるだろう。ということをクリストファーに言おうとして、出かかった言葉が凍りついた。大勢の作業員が出て、取り壊しにかかっている。鉄柵が池を隠していた。公園にするような花壇ができあがって、カンナ、ベゴニアが咲くらしい。その向こうには、十一月に見て奥床しいものだと思ったピラミッド形ではなく、ペルセポリスの模造品のような牛頭を載せた列柱が立ち上がろうとしていた。是非にと寄り道させたことを詫びてから、また車を出した。おそらくマーチバンクスの意向があったのだろう。最初に建った墓所の写真を見て、これでは地味すぎるとか何とか言ったのではなかろうか。

マシュハド、五月七日——昨夜、そろそろ失礼すると言って領事館を出てから、ホテルで食事をした。マシュハド案内の最新版を出すなら、一つ書き加えてもいいな、とクリストファーが言った。「イマーム・レザー廟の内部を見学する場合は、〈ホテル・ド・パリ〉で食事と変装をするのが手順である」この食事をバニラアイスクリームで終えて、出発前の景気づけに、とうに酸っぱくなったようなコーカサス産ブルゴーニュワインを飲んだ。八時に、焼きコルクを肌になすりつけ、クリストファーの首筋を黒くして作業を終えたところで、味方になってくれる先生が来た。アルメニア人の女がくっついてきたが、これは壮挙の見送りなのだそうで、勇敢なる三名がおんぼろ馬車に乗り込むまで見ていた。馬車は寺院の正門前まで行った。ここで降りてから、すぐに入ろうとはせず、右手に回って、大きく曲がる道を進んだ。「では、よろしいですか」と案内役の先生が言い、トンネルのような暗い通路に飛び込む。われわれもウサギが走るようについていった。これを出た先に地面が開けて、さらに小店がならんで買物客のいる明るいバザールを駆け抜けると、ついにガウハル・シャード・モスクの大きな中庭に出ていた。

琥珀色の光が、虚空に点々と灯されている。誰に見られることもなく、モスク前の大アーチに発した光は、中庭の反対側の墓廟で、その黄金の入口にやわらかく映えている。目が闇に慣れるにつれて、四角い中庭の輪郭も見えてきた。アーチ形が重層する壁は、その上段までは光が届かないので、いったん見えなくなってから、黒い欄干だけが星空に浮かんだようになる。ターバンを巻いた導師、白い衣をまとったアフガン人が、灯火の範囲をすり抜けて幽霊のように消え、真っ暗な舗装面をするすると移動して、金色の入口でひれ伏す。詠唱の声がモスクから聞こえて、ぽつんと小さな人影が、明るい壁龕《ミフラーブ》の下の暗がりで這いつくばったように見えている。

イスラム！　イラン！　アジア！　神秘、倦怠《けんたい》、不可知！

などとフランス人なら言いそうだ。マルセイユのアヘン窟でも見たような言い草である。われわれの感想は違った。だから、ここで言っておきたい。あのように見えて聞こえるところに忍び込むという条件が重なれば、まともな知覚が働かなくなりそうなものだが、芸術がもたらす作用のおかげで、そうはならなかった。作品の伝えようとすることは、暗い影の中から、しっかりと届いてきた。構造、均整が、よくわかる。その出来が最上であることも、背後にある知性も見てとれる。どうして伝わってくるのか、それを言うのは難しい。ちらほらと見え隠れするものがある。アラベスク模様はするすると流れるように絡み合って、たとえば絨毯が縫い目の集まりとは見えないように、もはやモザイクだとさえ思われない。もっと大柄な模様もあるはずだが、頭上の暗闇に紛れている。丸い屋根、壁の上部にある水平の飾り部分に、びっしりと文字が刻まれる。そういうものが言葉になったも同然に語りかけてくる。だが、得られる感覚は、もっと大きい。ある一つの時代そのもの、ティムール朝、皇妃ガウハル・シャード、その建築家ガヴァメディン、というすべてが、ここの夜を支配していた。

「洟《はな》をかんでください」案内の先生がクリストファーに言った。

「どうして」

「いいから、洟かんで。ずっと続けて。その髭は隠さないといけません」

この案内役は、導師や当番の警官に顔を知られていて、通りすがりに挨拶されていたが、連れ立っている卑しげな一般人と、すぐあとに歩いている洟垂らしの病人には、目をくれる者もない。四角い中庭を、ゆっくりゆっくり二周して、そのたびに墓廟に向けて頭を下げた。それから足を早めて、あと二つの中庭を通過した。銀白色に見える壁の凹みが二段に連なり、夢幻の映像になっていた。

「では、これから」案内役が息の音だけで言った。「正門を出口にします。バイロンさんと話しながら歩きますんで、サイクスさんは洟をかみながらついてきてください」

この男を見ると、門番、荷物運び、寺僧らが、わざわざ立ち上がったが、彼は私との話に夢中らしく思わせた。その口ぶりは掃除女のひとり言のようで、めずらしいペルシャ語に聞こえたので、私としてはおもしろがる芝居さえも不要だった。「だから、言ったんですよ、ごにょごにょごにょごにょ**ごにょ**、で、そいつが、ごにょ**ごにょ**？　なんて言うんで、そうだって言ったら、ごにょごにょ**ごにょ**ごにょ、ってことなんで、**ごにょ**だ！って言って、もうごにょごにょごにょ……」すれ違う人が、みな会釈する。彼はうしろに目を走らせ、ちゃんとクリストファーがついてきているのを確かめた。こうして門外へ出ると、タクシーでホテルに戻って、さっさと顔の色を落とし、また領事館へ行った。

手引きしてくれた男には、おおいに感謝して礼を言った。しかし、その舌の根も乾かぬうちに、さらに多くを望むしかなかった。いかにも恩に着ているが、ここまで見てしまった以上は、もう一度、昼間に連れていってもらいたい。だが男が乗り気ではないと見て、クリストファーは、この髭が邪魔になるんなら、おれは行かなくてもいいぞと言った。だったら少しは安心ということで、きょうの午後、二時に迎えに来てくれる手筈《てはず》になった。


午前中にホテルへ行ったら、まだ何も言わないのに、寝室係がコルクと木炭を皿に載せて持ってきた。昼日中に素朴な材料で変装をするのは、昨夜とはだいぶ話が違う。口髭は黒というより緑がかった暗色の斑《まだら》になった。睫毛が黒ずんで、目のまわりが痛くなるほどに色をなすりつけても、その目は青いままである。だが衣装には気を遣った。靴は茶色。黒い細身のズボンは、四インチほど短めにする。上着はグレー。金色の飾りボタン。ネクタイはしない。雇い人に借りたレインコート。黒のパーレビ帽は、何度か蹴っ飛ばして古びた感じを出した。こんな取り合わせなら、マーチバンクス支配下のペルシャで、みごとに普通の身なりだろう。しかし、何たることか！　念の入った変身がいまだ完成を見ないうちに、電話で連絡があって、案内するはずの男が土壇場で怖じ気づいたことを知った。

一人だけでタクシーに乗ることをはばかって、寺院まで一マイル半の道を歩いた。太陽を背にしている。レインコートを着て歩いていると汗をかく。これでもペルシャ人らしい歩き方のつもりで、足をちょこちょこと高く上げ、不揃いな敷石につまずくまいとしていたが、わざわざ目を向けてくる人もいなかった。目的地が近づく。そろそろ正門だ。トンネルのような道に回る。あたりを窺うこともなく、すぐに入っていって、その先で地面が開けて、ここには樹木があったのだと気づいた。ところが、もっと先へ抜ける出口には、導師が何人も集まって、完全に道をふさいでいる。ある小さな書店の品揃えがどうとか話し合っているようだが、うっかりつかまったら面倒だ。

もはや前進あるのみ。ここまでの歩調を続けるしかない。あたふたしたら怪しまれる。だから足の動きを乱さず、波間を進む魚雷のように、その一団を突っ切った。無礼なやつめ、と思われた頃には、もう私は背中だけを見せていた。

薄暗いバザールを急いで、ドームまで来たので左折したら、中庭に出たとたんに、色と光が、ぱっと目の前に広がった。目がくらみそうになる。太陽を、もう一つ、点火したようだった。

中庭の四方が、いわば色彩の花園になっている。青緑、ピンク、深紅、紺青に、いくらか紫、緑、黄も添えて、薄茶色のレンガが小道として行き交う中に植え込まれる。イーワーンのアーチ上には、巨大な白のアラベスク模様が渦を巻く。奥へ重なるイーワーンに、また庭園が隠されて、やや光は薄まり、豹紋蝶《ひょうもんちょう》のような色彩に見える。その左右にある大きな尖塔は、子供の背丈くらいありそうな文字が土台の部分に書き込まれ、宝石を散りばめた菱形の模様がついて立ち上がる。海緑色のドームに黄色い蔦《つた》の模様が這って、二基の塔の間に、ふっくらした形を見せていた。反対側の突き当たりには、金色の尖塔の頂点がきらめく。だが、この多彩な空間にあって、全体に統一感をもたらす原理となり、燃え立つばかりの光景に生命の火をもたらしているのは、二つの壮大な文字列なのである。一つは、ペルシャで「スルス」と言われる書体によって、中庭から見える地平線の全周をなすように、青紫の地に白い文字がびっしりと書かれている。もう一つは、二塔にはさまれた大きなイーワーンにある。サファイア色の地に、デイジーホワイトと黄色の文字で、書体は同じ。細長く帯状に延びていて、その帯の内部で青緑のクーフィー体の文字に絡まれている。この帯が長方形の三辺となって、入口アーチにかぶせられる。これはバイスングル自身の意匠であるようだ。すなわち「ティムール・グルカーニー（タマレーン）の息子たるシャー・ルフの息子バイスングルが、八二一年（西暦一四一八年）に、神を信じて」制作したのだと記されている。この人物は書家としても知られ、またガウハル・シャードを生母としていたので、その造営事業を祝して、華麗なる筆を揮《ふる》ったのであろう。これを見れば、イスラム文化では建築物に文字を記すことが大きな喜びだったのだと、後世の人間にもよくわかる。

というように見ていられたのも、ほんの束の間のことだ。このままでは危ないという気がしてきた。昨夜のように中庭をゆっくりと歩くつもりだったのだが、二カ所に人の集まりがあって、思うように進めない。まず正面イーワーンの前で講話に耳を傾ける団体がいた。反対側の墓廟に向けて祈っている一団もいる。どっちへ行っても不埒《ふらち》千万になりそうだ。ほかの参詣人は、みな壁の近くでしゃがみ込んでいる。アフガン人が多そうだが、いずれにせよ、やっと中流のペルシャ人に扮した私とは服装態度の違いが見えている。二つの集団の間でうろうろしていると、鷹のような目つきで睨まれるような気がしてならなかった。そのうちに気がするだけではなくなって、きょろきょろ見たがっている間抜け面が人目に立ってしまった。もう来た道を逆戻りで、バザールに駆け込んだ。さっきの導師たちはいなかった。街路に出たら、クリストファーがいて、目をそらして通り過ぎようとする私に、ふざけた顔で笑った。それからの帰り道では、太陽を顔に受けた。通りすがりの人が目を向けてくる。どこかおかしいのだろう。何がどうおかしいにせよ、ガストレル夫人が、すぐに気づくことはなかった。火のそばで髪を乾かそうとしていたようで、そんなところへ知らない現地人に来られて、かっかと怒っていた。

ともあれ、知りたいと思っていたことを見てきた。まず一つは、戸外に設ける彩色モザイクが、ティムール朝時代のルネサンスで絶頂期を迎えたこと。もう一つは、そうであっても、ヘラートの七塔のうち六塔に、これを上回る美があること。遺跡とはいえ、さらに細やかな質感と、色彩の純度があって、また普通のレンガの線で仕切られることがない。サマルカンド、ブハラの二都へ行って、かつイマーム・レザー廟も見たという数少ない旅行者の発言によれば、その二都には後者に匹敵するものがないという。そうであるとしたら、ガウハル・シャードのモスクは、その時代のモニュメントとして現存する中で最高の事例なのだと言えよう。ヘラートの遺跡は、さらに上回るものが、かつては存在したという証である。

ペルシャで最優秀というべき四つの建築物、つまりゴンバデ・カーブースの塔、イスファハンの金曜モスクにある小型のドーム部屋、この地のガウハル・シャード・モスク、イスファハンのシェイフ・ロトフォッラー・モスクのうち、その二つまでも、ペルシャ滞在の最後の二週間でやっと見ることができた。そう思うと身震いしそうになる。

カーリーズ（三千フィート）、五月八日――サング・バストで車を止めるつもりだった。十一世紀の霊廟と尖塔が、街道からでも一マイル先に見える。だが空が雨模様なので、一気にトルバデ・ジャームまで進んだら、そこで見た寺院には落胆した。昼食もそう。イスファハンでサンドイッチに懲りたので、青いボウルを買って、遠出をする日にはアリー・アスガルがチキンマヨネーズを入れてくれていた。きょうはガストレル夫妻のキッチンが期待外れでマトンになった。それよりも、ワインを切らしているのが痛かった。

このあたりまで来て、もう世界の果てだという気がした。これは以前にもペルシャとアフガニスタンの国境地帯で感じたことだが、今回はクリストファーも同じ感覚を得たようだ。ケシの畑が広がる中に、ぽつりぽつりと村があり、荒れ模様の空に向けて、緑の若葉をきらめかせている。地平線に紫色の稲妻が踊った。すでに雨が降っていたようで、こうして砂漠の真ん中にいても、キャメルソーンの葉が燃え立つような匂いを発していた。黄色のルピナスが、藤の花、白いアイリスの群生に入り交じる。カーリーズまで来てみると、また何か強烈な匂いが立っていた。豆の花のように甘く、それより気怠《けだる》く詩的である。しばらく歩いて出所を確かめようとした。夕暮れの薄闇に、ケシの花が氷のランプのように光って呼びかけてくるが、その匂いでもなかった。

カーリーズ、五月九日――夜中に雨が降った。出発しようと思ったのだが、五百ヤード進んでから、あきらめて引き返した。

カーリーズ、五月十日——けさ、馬を借りて道路の様子を見に行った。軍用の鞍を試用する意図もあった。私は鹿毛の牝馬に乗った。クリストファーは雄の白馬で、若く、逞しく、目の色が薄い。雌雄の差があっただけに、どれだけ進めそうなのか見当もついた。

国境地帯の見張所に、二日前に着任したという士官がいた。早くも気が滅入っているそうだ。わずかに騎兵となる部下がいて、あとは気の荒い犬が一匹。また貧相な牝馬が何頭か飼われて、生まれたばかりの子馬がいる。ほかに来る人もなく、言葉にならないほどつまらない。木もなく、水も流れず、およそ庭らしきものがなくて、荒地の黄色いカウパセリがごちゃごちゃ生えてくるのを防ぎようがない。この男にケーキを分けてやってから、では先へ行かせてもらうと言った。道路が湿地を越える難所を見ておきたい。

いや、それは危ない、などと言っていた男も、私たちの気が変わらないと見て、だったら付き合おうと思ったようだ。左脚で銃をはさみつけるように馬に乗った。さらに部下が二人出てきて、ぞろぞろと繰り出した一行が、通れそうな道を偵察して回ることになった。一キロかそこら行っただろうか、士官が大きな声を出して、あんなところで羊飼いが寝てるぞと言った。また人を脅かすようなことを、と思ったのだが、よく見ればむき出しの脚にハエがたかっていて——その数が多すぎた。青みがかった茶色の顔面が、カボチャほどに膨れ上がり、かくんと反り返っている。目は閉じて、黒ずんだ唇が開いていた。

士官は泡を食った。見張所のすぐ近くで死ぬやつがいるのか。いつ死んだ。死因は何だ。車にぶつかったのか。だが、どっちを見ても、十マイルは真っ平らな土地が続いていて、しかも平均の交通量は一日にトラック一台なのだから、ひき逃げ事件とは思えない。ということでペルシャ人の希望的観測は完全に吹っ飛んだ。こんなところで死んでいられれたら、たとえ不測の事態でも進歩改革あればこそ、などと言ってはいられない。

もう彼も腹を据えて、馬から下り、死人を起こしてみた。ぎくしゃくした物体になり、手足が曲がって硬直していた。左目の上に銃創がある。もう一つは左胸だ。カザフ人らしい。ひげが白くなりかかって、また本数がわかりそうなほどに減っている。この現場には、ごつごつした杖も倒れていたが、腐りかけの骸《むくろ》よりも、まだ人間味がありそうに横たわっていた。

すぐに戻って報告書をまとめなければ、と士官は言った。それはそうだろうが、こちらは先に行かせてもらうと言ったら、彼は口惜しがることしきりだった。だが、はるか遠くに人影が見えて、この場の解決になった。イスラムカラの方角に、単騎やって来た男がいる。私たちが近づいていくと、士官もぶつくさ言いながらついてきた。遠くの男はアフガンの馬喰《ばくろう》だった。おれの馬だって苦労したぜと言う。沼地の道で、見ての通り、腹の高さまで泥水につかった、ということだ。そこまで聞けば充分である。また見張所に戻って、茶を飲ませてもらってから、報告を書いている士官と別れ、来た道とは別の経路で帰った。

その途中、遊牧民キャンプの犬どもに追いかけられ、死角を攻められたクリストファーの馬が恐怖に鼻を鳴らすということがあってから、ユスファバードという駐屯地の町に着いた。ある士官が、さっぱりしたカーペット敷きの部屋で、シュガーケーキを振る舞ってくれて、見下ろす庭園にはエニシダやアカシアが花をつけていた。なかなかの好青年で、身なりもよい。この国の史跡を見たがる外国人に賛同する姿勢があった。

「はい、その通りです」と彼はフランス語で言った。「ゴンバデ・カーブースの塔、あれは世にもめずらしい。イスファハンには行きました？　そうでしょう。すごいですね。このあたりにも遺跡はあります……ええ、すぐ近く」ここでカラートにある尖塔の話が出た。ディーツ教授の本に図解があったが、いままでは地図を見ても人に聞いても、その所在がわからなかった。それでは遠すぎるとしたら――たしかに寄り道には遠すぎる――タイバードにマウラーナ霊廟があって、ほんの一マイルの距離、創建から五〇四年。

第二の道があるという話も聞けた。国境を越えてイスラムカラに通じている。駐屯地の南東を行って丘陵地帯に達するので、湿地帯を抜けることがない。たしかに行ってみてもよいだろう。通常の道は、三日か四日の日照が続かなければ、まだ乾きそうにない。ふたたび馬に乗ってカーリーズに戻ろうとすると、空には雲が垂れ込める一方になっていた。

アフガニスタン：ヘラート、五月十二日――ああ、なつかしのヘラート！

また同じような部屋に泊まっている。がらんとした方形で、白い壁の下半分が青い。丸材を組んだ天井がある。金物細工の音が上がってきて、あの陰鬱な秋の日々を思い出す。待つ時間だけが長かった。おかしな記憶がよみがえって連鎖する。ノエル隊、インド人、ハンガリー人、パンジャブの医者、〈チャコール・バーナーズ〉。誰もが冬になって道路が封鎖されることを恐れていた。いまは夏に向かう季節だが、こうしてベッドに寝そべり、朝になって騒がしい表通りを見下ろしていると、開け放しのドアを抜ける空気はひんやりしている。新車が来ているようだ。濃紺のシボレー、一九三三年型。だが紋章つきの馬車も出ている。町角に司令官の姿がある。銃を持った人数は以前より減ったようだ。その代わり、誰もがバラの花を手に持ったり、口にくわえたりしている。これが銃と置き換わったのか。よく噂された「春の動乱」は、見たところ噂だけだったらしい。

さっき茶を買いに出たついでに、階段を上がりきった屋上から、夜明けの光の中にある尖塔を見た。この光も以前とは違っていた。五カ月前に見た光は、もの悲しく、日ごとに弱まって、光のない夜明けよりもなおさら心に重かった。雨がトタン屋根に落ちる音にも、ただ絶望が聞こえた。いまは夜が明けるたびに光が強くなっている。その気になればマザーリシャリーフにだって歩いて行けるかもしれない。冬と競争してせり負けるような季節ではない。

ヘラートには昨夜に到着して、これは予想外だったのだが、また宿の人々も驚いていた。きのうは午前十時半頃に、ユスファバード方面に出発した。クリストファーと二人、のんびり馬を行かせて、その日はタイバードのマウラーナ霊廟を見るだけでよいと思っていた。前夜にたどった道では、まだ車では通れない水溜まりの箇所があると見た。それがもう大丈夫そうになっている。ところが一方、背後のペルシャ側からは、ふたたび嵐の寄せてくる気配がある。だとしたら、すぐに国境を越えたらよいではないかと思われた。この機を逃したら、また三日は足止めになるだろう。前日よりも馬の状態はよかった。クリストファーは急いで引き返して、車に荷物を積んでくることにした。私も急いで霊廟を見るだけは見た。艶のある青緑の地色に、スタッコの美しい文字模様が浮いていた。それからユスファバードまで行くと、一分の時差で車が追いついてきた。鞍と鞍袋をまとめて放り込み、すぐに出発したのだが、案内役として農民を一人雇うことにした。この男は、白い葉っぱ模様のついた長い深紅のブラウスを着て、中世の従僕のように髪を切り詰めていた。ハジャバードまでは順調に行けた。丘陵に近い小村である。それから麓に沿って進もうとすると、ただの砂地でしかなくなった。もし案内人がいなければ、道筋がわからなくなっていただろう。道の真ん中であるはずの場所に、やけに大きなカウパセリが突っ立っていたりするのだから、今季はいまだ往来が途絶えていたということだ。しばらく行くと、イスラムカラの町が見えた。青く広がる下方の平地で孤塁を守っている。ようやく街道に出たら、その町を二マイルは通り越していたのだが、すぐヘラートには向かわず、ちゃんと戻って国境での手続きを果たした。ご褒美にポーチドエッグを出してもらえた。

ヘラートのホテルには、外国人の客が行くという電話が入っていたので、サイード・マフムードが戸口に立って待っていた。私を見ると、彼は目玉が飛び出しそうになって、古代劇の群衆のような大騒ぎをしてみせた。「ミスター・バアィロン、病気でしたね、戻りましたね。病気だった、病気だった、戻った、戻った」という調子だったから、アフガン式の感情表現を知らなかったクリストファーは、気は確かなのか、ここは何の治療院だ、と思っていた。こんなに歓迎されてよいのだろうか。モスローズの花をボタン穴につけられ、部屋には極上のカーペットが敷いてあって、卓上にはゼラニウムの鉢が置かれていた。二種類のシャーベットが出された。スポンジケーキとお好みのジャムは、あすにでも用意できますという。荷物も瞬時に運ばれてきた。

「ありがたいことだな」クリストファーは言った。「何事もてきぱきと進む国に、また来られたんだ」

カーリーズで足止めを食ったが、それで良かったこともあるらしい。というのも、スラッシュが先に来て、すでにカンダハルに向けて発っていたようなのだ。サイード・マフムードの帳面に、泊まった客としての講評を書き込んでいた。このホテルは、ヨーロッパの基準で考えればひどいものだが、アフガンの基準なら文句は言えないと思う、とのことだ。旅には苦労があるのがよいと言った男の言い草である。

ヘラート、五月十三日――市街地整備の熱狂が、ペルシャから伝播したらしい。交差点には小さい野外ステージのようなものが設置されて、警官が詰めている。タクシーが急に曲がってきたりすると、赤い警棒を振りまわし、笛を吹き鳴らす。シカゴのギャングでも威嚇できそうな勢いだ。バザールの取り壊しも始まって、業種の異なるアーケードが連続するように作り替えている。これは改善だと言えるだろう。昔のバザールはおっかないトンネルのようで、冬はどうしようもなく寒く、また建物としての価値もなかった。

自然界もだいぶ変わっていた。ガザール・ガーでは、マリーゴールドやペチュニアが咲いていたはずだが、いま行けば、入ってすぐの中庭に白いバラだけが集まって、まるで降った雪が池に落ちかかりそうに見えている。ひゅうひゅう吹いていた秋風の音は消えて、松の木に鳩が羽音を立て、十角パビリオンには家族連れの姿がある。テラスから寺院の外を見ると、山脈とハリー川にはさまれた平地に、さまざまな緑色の変化と、銀色に流れる川筋があって、その全体が海の風景のようになっている。

日誌を腕に抱えて、どこか落ち着いて書ける場所はないかと思いながら、礼拝所《ムサッラー》の方角へ歩く。土地の境界、土手の輪郭、きらめく水流、というような見分けはつく。めずらしい服を着ていても人の顔がわかるようなものだ。尖塔にさえも見た目の違いが出ている。まわりの風景に挑発されたのか、青い色が鮮やかさを増した。何もない地面に立っていた太い基底部は、いまはエメラルド色に茂る穀草から立ち上がって、その深い草の中にトリカブトの明るい紫色が目立っている。あるいはまた輝くような白だったり、灰緑の莢《さや》をふくらませたりしているケシの花から、さもなくば低木の中から立ち上がる塔もある。その木々に、前回は、金色が混じっていると見た。私が町を去るまでには、すっかり葉が落ちて骨のような枝になっていたが、いまでは深緑の葉をたっぷりつけた桑の木だとよくわかる。太陽が、穏やかな青空から、穏やかな熱気を落としている。そして何よりも、あのカーリーズでも漂っていた、とろんとした気怠い匂いが、ここにも立ち込めている。正体はわからないが、やさしい夏風に乗って、花弁の深奥からそっと運ばれてくるようだ。

　霊廟の向こう側で、人の話し声がする。そっちは山を望む壇があるので、私も腰を下ろそうと思っていたのだが、そうはいかなかった。数人の導師が場所をふさいでしまっている。書物が地面に広げられていた。ふわふわした髭の若手集団が研修を受けているらしい。ほかにも二人、すぐ近くの塀に腰かけて、それぞれに本を読んでいる。朗々と弁じている導師は、紫色の円錐帽子に白のターバンを巻いていて、その人が渋い顔をする。離れていなさいということだ。それで失礼になるまいとして、だいぶ距離をとって見ていると、暗くて高さのある入口、および上方の大きな青いメロン型ドームとの対比で、壇上にぽつぽつ色をつける人々が、ひどく小さくなっている。あれだけ一心不乱になっていられると、うっかり声も掛けられない。どうしてここを学習の場にするのか聞いてみたいところだ。埋葬されている人々への敬意からなのか。そうであるなら故人についてどういうことを知っているのか。ガウハル・シャードにまつわる話は、前世紀までは、いまだ当たり前のように語られていたはずだ。

それは美しき王妃の伝説などではない。芸術を庇護したという話でもない。ヘラートの住民にとっては、ここに六十年も実在した地元の有名人だった。多才な人として生きて、非業の死を遂げている。まさに時代の典型、すなわちヘラートがティグリス川から新疆《しんきょう》まで版図を広げた帝国の首都だった時代を代表する生涯になっていた。

イギリスであれば、エリザベス、ヴィクトリアのような女王の存在がある。だがイスラム史に、そんな女性像は稀である。だからこそ、四百年たってから、なお「世にもめずらしい」としてモハン・ラルの耳に入ったのかもしれない。しかしティムール朝はイスラム世界を統率したとしても、元を正せばモンゴル系だ。家庭内の関係には、女傑の楽土たる中国の考え方も入っている。ティムールの最初の妻は、草創期の苦労を共にして、夫とならんで馬を駆ったという。後年、サマルカンドでの繁栄期には、ほかの妻たち、義理の娘たちが、夫とは無関係に催した宴会で、その場の男どもを酔い潰しておもしろがったことを、クラビホ[4]が記録している。ガウハル・シャードは、自身もチャガタイ貴族の娘だったが、そのモンゴルに由来する女の強みを、もっと意義のある趣向のために生かそうとした。

父親はギヤースッディーンである。そこから先祖をたどると、チンギス・ハンの命を救った家系なのだという。彼女がシャー・ルフの妃になったのは、おそらく一三八八年。息子のウルグ・

4 スペイン、カスティーリャ王国の外交官、作家（一四一二没）。国王エンリケ三世の命を受けティムール朝を訪問した。

ベクが生まれたのが一三九四年だから、それより前だったのは確かだろう。充実した結婚であったようで、ヘラートの伝承歌謡でも、シャー・ルフの寵愛《ちょうあい》を受けていたことが唄われる。だが結婚してから四十年ほどの彼女について知られるのは、ほぼ建築に関わる事績に限定される。たとえばマシュハドにモスクを建てたのが一四〇五年。シャー・ルフを案内した一四一九年八月には、造営の術に感嘆した王が、墓廟に黄金のランプを寄進した。以後、ようやく前面に出た彼女は、晩年の王の伴侶、そして未亡人として歴史に残ることになる。

一本だけで立っている尖塔は、もとは学院の一部だろうと思っていたが、それに間違いはなさそうだ。一八八五年の国境策定に加わったデュランド少佐が、取り壊し寸前に残したスケッチには、礼拝所に隣接した学院の中庭と、その正門に付属する尖塔が描かれている。建立の発起人となったガウハル・シャードが、二百人の女官を引き連れて視察に来たという日のことを、大きく脳裏に浮かべてみる。ここの神学生には思いがけない果報があった。ややもすると女心に流されそうな随行団への配慮から、すべての神学生がしばらく立ち退いているように命ぜられた。ところが一人だけ、うっかり寝込んでいた学生がいる。きょうのような、花の香りがする夏の午後だったのかもしれない。目を覚まし、何やら騒がしいと思って窓から見れば、はたと目の合った「ルビー色の唇をした女人」が駆け込んできた。しかし女が一行に戻っていくと、その「衣服と挙動に乱れ」があって、事が露見してしまった。これが二度とあってはいけないというのか、どうせなら解禁ということか、ガウハル・シャードはただちに全員を、それまで女から遠ざけられていた神学生たちの妻とすることにした。どの学生にも衣服、俸給、寝台を下賜しておいて、勉学を疎かにしないかぎり、週に一度だけ夫婦が会ってよいと定めた。「これはすべて――」と、モハン・ラルは恐れ入ったようなことを言う。「密通の進行を阻むためである」

シャー・ルフには八人の息子がいた。長男ウルグ・ベク、三男バイスングルは、どちらもガウハル・シャードを生母として、その血は争えず、文化人の資質があり、母親ともどもティムール朝ルネサンスの中心人物になった。ウルグ・ベクは、ヘラートを離れ、トランスオクシアーナを本拠とする。一四一〇年、父からサマルカンドの太守に任ぜられた。その十年後には天文学の研究を始めて、できあがった天文台を母親も見に来ている。そこでの計算から暦の改訂も行なわれた。その天体カタログは一六六五年にオックスフォードで刊行され、彼に死後の名誉をもたらした。

バイスングルは、両親のいるヘラートにとどまることが多く、政治家としては父親の政権内で、参議の首座のような存在でしかなかった。しかし宮廷に詩人、楽人を呼び集め、また母譲りの建築熱に加えて、絵画や書籍の制作にも励んでいる。彩飾、製本、書写の職人が四十人そろって、直属の作業部隊になっていた。彼自身も書家として知られ、その盛名が貴人への追従でないことは、マシュハドで寺院の意匠になっている文字からも見てとれる。いずれ、同地の図書館、またコンスタンチノープルの宮殿に残っている手蹟と照合したいものだ。

この王朝にはめずらしくないが、俊才バイスングルもまた、精神と肉体の快楽に区別をつけかねていた。一四三三年、過度の飲酒で命を落としている。四十日間の服喪が発令されて、〈白庭園〉の居館から母親が建てた学院まで、葬列の通った道沿いに、見送りの群衆がひしめいた。その学院の中庭に、ガウハル・シャードは霊廟も建てていた。いまはもう学院は消失して、一本の塔だけが残っている。だが、いまなお霊廟は神学研究の場になって、女官を娶《めと》った幸福な神学生の一団には後継者が絶えていない。現在の土地を見渡しながら、そんなことを思った。

ガウハル・シャードは、すでに齢六十を迎えようとして、いまだ四分の一世紀ほどの寿命を残していた。政治への関与を強めたのは、バイスングルの遺児アラー・ウッダウラを可愛がったからである。王家の後継たらんとする孫のために余生を傾けたのだが、結局はそれが仇となる。

ある一人が偏愛されたことで、排斥されそうな者は敵に回った。とくにアブドゥッラティーフという孫がいた。ウルグ・ベクの息子だが、祖父母の養育を受け、ヘラートの宮廷にいたのである。だが、アラー・ウッダウラばかりが優遇されることに我慢ならず、勝手に退去して、父のいるサマルカンドに移った。この孫が気に入っていたシャー・ルフは落胆しきりとなって、そうなるとガウハル・シャードも、老いていく夫のためには仕方なく、あすには私たちも行こうとしている街道を、彼女は真冬に進んで連れ戻しに行った。アブドゥッラティーフが逃げたくなったのも無理はないかもしれない。これを奪回してから、次に潰そうとしたのはシャー・ルフとの末子ムハンマド・ジューキーである。あまりの仕打ちに、この男は屈辱に耐えず憤死した、とホンデミールは史書に伝えている。彼もまた、ここの霊廟に葬られた。

それから二年後、ガウハル・シャードに予期されたような不運があった。老いて力の衰えは隠せない夫に、あえてペルシャへの出陣を説き、みずからも加わっていたのだが、シーラーズ付近まで軍を進めてから、シャー・ルフはレイで冬を越すことにした。テヘランの近郊である。そして一四四七年三月十二日、同地でシャー・ルフが六十九年の生涯を閉じた。これでティムール朝ルネサンスの第一期が終わったと言える。芸術とは、政治の安定、少なくとも落ち着いた市民生活がなければ、開花できるものではない。このあとヘラートは大きく揺れて、十二年で十人の君主が入れ替わる。

動乱は、まずガウハル・シャードが出鼻をくじかれて始まった。自分の仕掛けた罠にはまったのだ。信頼する孫のアラー・ウッダウラは、ヘラートの留守居として置いてきた。心底の読めない孫のアブドゥッラティーフは、うっかり目を離せないと思って参陣させたら、いまや主導権を握っている。その魂胆は疑いようがなく、祖母の荷物ばかりか、乗用の動物までも取り上げたので、王の遺体はヘラートまで輦台《れんだい》で運ばれるとしても、その未亡人は当代の女として最も名高い存在でありながら、七十を超えた年齢で、ホラーサーンの砂漠地帯を遺体のあとから徒歩で越えていった。「ありきたりなリネンのスカーフ一枚を頭にかぶり、手には一本の杖を持って」とホンデミールは記す。だがアラー・ウッダウラのおかげで、この苦しい形勢は逆転し、今度はアブドゥッラティーフが囚われの身となって、ヘラートの要塞（私が大砲の置場を見てしまった場所である）に押し込められた。一方、ウルグ・ベクも王位継承に名乗りを上げて、サマルカンドから出陣していたのだが、息子が囚われたと知って、その解放を条件に、後継者争いから引き下がった。

これでガウハル・シャードの思惑どおり、と見えたのも束の間で、調停をめぐっての不和が生じ、ウルグ・ベクはヘラートに攻め寄せる構えを崩さなかった。ところがサマルカンドの周辺をウズベク人が荒らしたという一報が届いた。略奪破壊の被害が、ウルグ・ベクお気に入りの工芸品にもおよんでいる。だったら埋め合わせということで、彼はヘラートの財物を持てるだけ持ち去った。ガウハル・シャードの学院にあった両開きのブロンズ扉まで取り外している。さらには父シャー・ルフの遺体を霊廟から運び出し、帰路の途中でブハラに安置した。それでもまだ終わらない。アブドゥッラティーフが妄想の病を起こして、陰鬱なことを考えた。父が王位をあきらめてくれなければ、いまだ虜囚であっただろうに、父が引き立てようとしているのは、この自分ではなく弟のほうだという疑念を抱いたのである。そこでバルフから打って出て、オクサス川を越え、シャールキヤの戦いで父の軍勢を破ったのち、ペルシャ人奴隷を実行犯として父を殺害してしまった。かくして一四四九年十月二十七日、この王家にあっては最も好ましい人物で、唯一、科学者の精神を持っていたウルグ・ベクが、この世から消えた。

六カ月後、父殺しのアブドゥッラティーフは、父の家人だった男に暗殺された。

それからの七年間、ヘラートを支配したのは、アブルカシム・バーブルだった。これまたバイスングルの息子であり、また祖母ガウハル・シャードとも良好な関係を保っていた。しかし祖母にとって大事なのは、依然として長兄アラー・ウッダウラだった。一四五七年、アブルカシム・バーブルが、その父と同じく飲酒によって死去すると、祖母が最後の力を振り絞って支援したのは、アラー・ウッダウラの息子イブラヒムである。

ガウハル・シャードは八十歳を超えていた。この年の七月、ティムールの曽孫《ひまご》アブー・サイードが攻めてきた。のちにムガール帝国の初代となるバーブルの祖父にあたる人物だ。しかし、みずから陣頭で指揮をしても、イブラヒム方の要塞を落とせなかったので、作戦の不調にいきり立ち、抵抗を陰で支えているのはガウハル・シャードだと考えて、この老女を死罪にした。

彼女は自身が建てた霊廟に葬られた。その墓碑には「当代のビルキス」と記されている。ビルキスとは「シバの女王」のことである。

一年後には、アラー・ウッダウラも、イブラヒムも、同様に葬られた。だが、もう一人、ティムールの末裔がいた。バイスングルの孫、ヤードガール・ムハンマドである。一四六九年、彼はチュルク系の白羊朝[5]に身を寄せていたが、これを率いるウズン・ハサンが、アブー・サイードに攻められた。しかし反撃を受けて、逆に捕虜となったアブー・サイードは、白羊朝の客分だった少年に引き渡された。当時十六歳のヤードガール・ムハンマドは、必要な指示を出してから幕屋へ引き上げ、アブー・サイードはただちに処刑された。バイスングルの血筋によって、ガウハル・シャードの仇討ちが果たされたということだ。

冷えてきた。もう日は沈んでいる。導師が屋内に入って、あとから学生もついていった。青い尖塔、緑の穀草に映えていた光は失せた。地面に影もない。不思議な香りが消え、夏めいた気配も消え、夕暮れに春が戻ってくる。肌寒く、変わりやすい。そろそろ行くとしよう。

さらば、ガウハル・シャード。さらば、バイスングル。自家のドームの下で、学びの声を聞きながら、いつまでも安らかな眠りを。さらば、ヘラート。

ムクール（約三千フィート、ヘラートから一二〇マイル）、五月十七日——いま吸っている葉巻は、ウィショーにもらった最後の一本だ。つくづく感謝である。きれいな青いドームがあって薄紫の山脈が見えている町の、ゆっくり寛《くつろ》げるウィショー邸に、また戻っていたいと思わなくもない。とはいえ、いま来ている一帯の、なだらかに草地が続く風景も、なかなか結構なものだ。また、ともかくもカラエナウを通過した。ということで、クリストファーと同じく、ここからは初めての土地を行く。

5 チグリス川上流域を中心に東部アナトリアからイラン西部を支配したチュルク系のイスラム王朝（一三七八－一五〇八）。

ヘラートを早立ちしたのが三日前だ。サイード・マフムードがボトルに詰めてくれたシャーベットで、おおいに勢いがついた。カルクでは、松林に芝草が伸び上がっていて、網を張った池に魚の姿があった。網に引っ掛かるまいと、いつも水流に逆らって泳いでいる。カルクで一泊したい気分になって、また鰯雲《いわしぐも》の広がる空を見れば、無理は禁物という判断もあったのだが、ここで停止したまま雨に降られたら、何日か足止めになるだけではないかと考えて、その夜のうちに峠を越える強行策をとった。たしかに危険はあった。もし半年前に、どうせ危険を冒すことになると言う人がいたら、そんな馬鹿なと思ったろう。

ずっと峠までの上り坂は、前回のトラックには難所だったはずなのに、地面が濡れてさえいなければ、どうという悪路でもなかった。今回も、ごつごつしたジュニパーの木と、峠からの絶景が迎えてくれた。そしてまた、トルキスタンの上空には嵐雲が出ている。もう大丈夫、峠は越えた、と思ったとたんに、気がついた。山の北面はまだ乾いていないのだ。半マイルも下ったら、ぬかるみで車が動かなくなった。

力を合わせて押したところで、どうにもならなかった。三〇%強の勾配で、車の鼻先がまっすぐ谷底に向いているような急坂だというのに、ちっとも前へ出られない。車の下側が石にがっちりと突っかかっている。凍りそうに冷たい雪混じりの泥に足首まで埋まって、まわりの石を取りのけようと一時間半も頑張ったが、かえって沈んでいくだけだ。夕闇が落ちてから、白い外套をまとった二人の羊飼いが、羊の群れを連れて通りかかった。申し訳ないが、ちょっと手伝ってくれないかと頼んだら、このあたりは狼が出るので、あまり長居はしたくないと言う。しかし、その一人が自分から思い立って、銃を貸してくれた。あと二発の弾が残っている。これで一晩どうにかしろ、ということだ。

あとは自分たちで相談するしかない。運転手に雇ったジャムシードは、お二人で最寄りの村へ行って、援助を求めてください、と言った。運転手は銃を持って車に残りたいそうだ。クリストファーは全員で村へ行くのがよいと言う。私は全員が車に残るべきだと考えた。最寄りと言っても五マイルはある。いまから歩くのは大変なことだし、たとえ昼間に行っても迷惑がって泥棒根性を出してくる。夜中に行って起こしたのではなおさらだ。そもそも朝までどうしようもないことには変わりがない。するとクリストファーは、狼がヘッドライトやエンジン音で退散すると思ったら大間違いで、サイドカーテンを食い破ってでも侵入し、人間は骨だけにされてしまう、と言った。これに私は反論し、大間違いでも何でも、車の外に出るよりも中にいたほうがまだましで、村の犬こそ凶暴だろうと言った。「まあ、ともかく、乗っていよう。ウィスキーでも飲んで、のんびり過ごそうじゃないか」

そういうことになった。泥だらけの衣服は脱いで、キルトやシープスキンを引っかぶる。幌のつっかい棒に吊したハリケーンランタンが、いい具合に光を投げて、夕食を引き立てた。青いボウルに入れてきたケチャップ味の冷製ラム、および卵、パン、ケーキ、茶。それから私とクリストファーは、それぞれに「チャーリー・チャン」シリーズの推理小説を持って、それぞれの隅っこにおさまった。ジャムシードは運転席で寝てしまった。ジュニパーの枝を抜ける風の音、遠くで啼くフクロウの声を聞いているうちに、私も眠った。クリストファーは、わずかな音にも、さては狼か山賊かと警戒し、銃を膝に抱えて、ずっと起きていた。

二時半。彼の言葉に目が覚めた。「雨だぞ」と、狼よりもおぞましいことを言う。幌の屋根にぱたぱたと落ちる音がして、それが太鼓を連打するように強まった。夜明けにジャムシードが助けを求めに行った。

キルトを掛けたまま、朝食に取りかかった。パンにバターをつけて、さらにヘラート産のジャムを塗っていたのだが、ひょいと目を上げると、馬に乗った男がいた。銃を貸してくれた羊飼いだ。二発が入ったままの銃を返して、丁重に礼を述べた。男は何も言わず、ぐしょ濡れの暗い木立に消えた。

ジャムシードが、ターバンを巻いた作業隊を呼んできた。このあたりにアブドゥル・ラヒム知事が来るということで、たまたま道路工事に駆り出されていたらしい。土砂降りの雨の中で、山という山のいたるところに滝ができている。半年前の十一月よりも、なお厳しい山下りになったかもしれない。あの時期には、少なくとも雪線より下の地面は、水を含んでいなかった。現在、この狭い岩棚の道から見上げると、赤い峰が雲を突いて屹立し、また下を見れば、山地の本体が雲の下からせり上がる。そんな苦難の道をたどって、車はじりじりと進んだ。ほとんど思うように動けない。横滑りもする。崖っぷちから二フィートとは離れていない。ある箇所では、ゆるんだ崖から赤い大岩が転げ出ていたので、道を補強して迂回するしかなかった。そうこうして、ようやく作業隊のテントまでたどり着いた。この先は道がよくなっている、と言われた。掘ったばかりなのだそうだ。この国では、掘るということは再舗装に等しい。ともあれ、よくなった道のおかげで、開けた斜面に出られた。すでに草原と言ってもよい。たたきつける雨を突いて、ずるずる、がくがく進んだ。四分の一マイルも行くごとに、ずぶりと埋まった車輪を救出する。通常であれば数人がかりの力仕事になるだろうが、ここでは滑りやすいのが幸いして、鋤を使ってからいくらか押せば、どうにか動いた。

私はかなりの道のりを歩いた。長い草に交じって道端に咲く花がある。小ぶりな緋色のチューリップ、いかにも小さなクリーム色と黄色のアイリス。紫色のネギ坊主をボタン穴に挿したら、腐った肉のような臭いがとれなくなった。あるいはポピーに、カンパニュラ、よくわからないが葉だけはチューリップに似た花もあった。その色はピンクのブラマンジェのようで、角張った花弁がくっつくことはなく、全体としてカップ状に上を向いている。しばらく行くと、人が育てる植物が目立ってきた。クローバー、小麦。まだ背は低いが、この季節ならイギリスでもこんなものだろう。ようやくラマンの村が見えた、と思ったところで、がくっと車が溝に落ちて、これは人の手を借りる必要がありそうだった。

ラマンは、この時季に見ると、なかなか趣のある村だった。ポプラの木陰があって、さわやかな水流が走って、張り出してくる赤い崖の上に緑の草地がある。前回、十二月の夜明けに見た、白い霧の中の景色とは、すっかり変わっていた。まずクリストファーが先に行って、ぶっきらぼうに対応されたようだが、あとから私が着くまでには、村長がカラエナウの知事に電話を入れていたらしい。だいぶ扱いがよくなり、囲炉裏に火を焚いてくれたので、濡れた衣服を乾かすこともできた。その晩、知事からの差し入れとして、ピラフが馬の背に乗ってきた。

けさは空に雲一つなかった。一時間か二時間ほど路面の水はけを見てから出発し、渓谷を下った。十分に一度は川を突っ切る。あたりまえのようにマグネト発電機を乾かす。そんな道の半ばで、カラエナウの知事が葦毛の馬に乗って、部下の一隊を従え、にぎにぎしく出迎えてくれた。隊列の尻尾のほうに、私にペンをねだろうとした秘書官の姿も見えた。よかったら泊まれる部屋を用意してあると知事に言われたのだが、これは辞退した。今夜にはバーラー・モルガーブまで行きたいと思ったのだ。

渓谷の幅が広がった。山間の草地には、すでに見覚えのある居留地があって、羊の群れがいるので通りにくい。犬どもは怒って吠え、子供らが囃《はや》し立てた。サルーキという犬種は、やはり頑強のようだ。どこの草にも、朱色のポピーが入り交じっていて、その色が崖の上にも見えている。そんな中で、ルリジサが道端にくっきり青く飛び出していることもあって、まるで愛国の美化運動でも行なったように不自然な配色になっている。カラエナウでミルクを飲んだあと、ようやく川と別れることができて、だらだらと下がっていく谷間の道を進んだ。この調子なら暗くなるまでに着けるだろうと思った。道路に亀がぞろぞろ這っていた。ジャムシードに言わせると、あれは「ロブスター」なのだそうだ。二匹の蛇にも出くわした。四フィートの長さで、淡い緑色をしていた。おそらく毒はないのだろうが、ジャムシードはインド人らしい敵対感を露わにして、わざわざ車を止めると、どちらも厳粛に殺害していた。

カラエナウを出てから二十マイルで、前輪の車軸が地面の凹凸に引っ掛かった。ちょっとした衝撃があり、エンジンが徐々にあやしくなって止まった。

こうなると、なりふり構っていられない。どうとでも悪あがきする局面だ。いじくり回してコイルを替え、バッテリーに小便をかけて、どこかしら発火するのではないかと思ったが、エンジンは咳一つしない。そろそろ夕暮れで、この土地に人の気配はなかった。しかも山賊が出るとして知られる道筋だ。

どうしようかと思ったところで、ある髭だらけの紳士が来かかった。青いターバンを巻いて、胴体の長い黒馬にまたがり、なだらかに続く高原の道を曲がってくる。随行する二名がいて、鞍の前部に差し渡すように銃を抱えていた。やはり髭面なのが一人。もう一人は布で顔を覆っていた。

「何者か」先頭の紳士が言った。

「おや、この人は」と、顔を出している男が、私を指さして、「見た覚えがあります。去年の冬にもカラエナウへ来て、具合を悪くしていた。――いかがです、神の思し召しにより、もう元気になられましたか」

「ええ、おかげさまにて、どうにか。こちらにも覚えがありますよ。たしかカラエナウ知事閣下にお仕えで、具合の悪い私に食べるものを届けてくれた」

双方から思い出したので、この場の警戒心が薄らいだ。クリストファーは、どういう難儀で止まっているのか話した。

「この私は」と青ターバンの紳士が語りだした。「ハジ・ラル・モハンマドという豆商人でして、ピスタチオを売っております。バーラー・モルガーブで商いをしたので、これからインドへ帰りますが、ここいらの道は暗くなると危ないですぞ。ちょっと前に、喉をかっ切られた者もいる。ただ、一ファルサクも行けばロバトがあります。この二人の馬に、お二方が相乗りしたらいかがか。まず宿場へ行って、そちらの運転手と荷物に迎えの馬を出させましょう」

そのようにさせてもらった。私たちが馬に乗ると、銃を持った護衛も、うしろから飛び上がってくる。謎の覆面が、私の腹の前で手を組んだ。

「その男、どう思われますかな」ハジ・ラルが言った。

「いや、どう言いましょうか、顔も見えませんので」

「は、は。まだ若いのですよ。ところが凄腕の刺客でしてね。もう五人は殺した。年端もいかないのに、たいしたものでしょう?」

〝謎〟が、覆面の下で、ふふっと笑って、私の脇腹をくすぐった。

「キリスト教の方々ですね」クリストファーと相乗りの男が言った。

「その通り」

「ところで三日前までヘラートにおられたなら」ハジ・ラルが話に割り込んだ。「カブールとインドではルピーの為替相場がどうなってるか、ご存じですかな。それとカラクールの値段も」これはラムスキンのことを言っていた。

「奥さんはおられる?」という話もした。「お子さんや財産は、どれくらい? いや、ロンドンへ行こうかと思うこともある。宿賃は一晩にどれくらいですかな」

「それは場合によりけり」クリストファーは言った。「どういう夜になさりたいか、それ次第ですね」

そう聞いたハジ・ラルが、もっと差し迫ったことを思い出したようだ。「お荷物の中に、医薬品はあるだろうか」

「ええ」

「少し分けてくださらんかな。ヘラートに行ってから、ご婦人方を喜ばせられるような薬を」

「いや、そういうものは、ちょっと」

しばらく何も言わずに馬を進めた。

「さっきの自動車だが」ハジ・ラルがいきなり口を開いた。「どうなったのです?」

「はっきりしないのですよ」

「まだ走れる？」

「どうでしょうね」

「走らなかったら、どうなさる」

「馬で行きます」

また黙った。

「売ってくださらんか？」

という言葉が音楽のように降ってきた。だがクリストファーは何食わぬ顔をしていた。


一時間ほどでムクールという村の「ロバト」に着いた。これはアフガンの言葉で、隊商宿ということだ。主な街道沿いには、そんな宿場が四ファルサクすなわち十六マイル間隔で置かれて、距離の目安にもなっている。この村のロバトでも、建物が中庭を囲んで、一階には厩《うまや》があり、入口から上がった二階に宿泊用の部屋がならんでいる。ただ、建物の胸壁に銃眼があるくらいで、不測の事態にもそなえているということだ。閉門の時刻もペルシャより早い。

こんな時間にジャムシードと荷物を街道に出しっ放すのはよくない、と宿の人々も言って、急いで迎えに行く手配をしてくれた。


ムクール、五月十八日――車を買いたいというハジ・ラルの意向に、クリストファーが応じて、約五十ポンドの値がついた。もともと六十ポンドで買った車である。護衛についていた一人が、いくらかの集金に、カラエナウまで行かされた。残りの分は、おいおい周辺の村から袋に入って届くという。ハジ・ラルは信用で商売をする人らしい。一方、クリストファーは黒馬に惚れ込んだようで、交換に十ポンドの値引きをしている。私は借馬で済ませようと思う。いずれまた自動車に乗り替えることだってあるかもしれない。

ついさっき、ヘラートまで行こうとするトラックがあった。これに乗っていたメイマネのロシア領事館に勤務する書記官が、牛に引かれる自動車があると見て、トラックを止め、手伝ってやろうかと言ってくれた。なかなか友好的だ。その話を聞けば、メイマネの先はマザーリシャリーフまで、ほとんど毎日、トラックが行っているという。

書記官が去ってから、あるアフガン人が部屋に来て、私に「タワーリシチ」と呼びかけるので、「よせよ、冗談じゃないぜ」と言った。「おれは同志じゃない。イギリス人なんでな」すべての白人がロシア人ではないのだとわからせるのに、だいぶ手間を食った。だが、そうとわかってしまえば、この男はロシアの住人だったが、ここまで逃げてきたのであって、ボルシェビキを支持していないことが明かされた。

すぐ近くに川があって、夕方、皿洗いに行った。川向こうに村が見える。通りかかった若者に、あっちでミルクを手に入れてきてくれるかと頼んだ。入れ物があれば引き受けるという返事なので、魔法瓶を持たせた。しかし、すぐに行こうとはせず、目を見開いて突っ立ったまま、ぴかぴか光る物品を撫でている。こちらが皿洗いを終えて、もう帰ろうとすると、追いかけてきた若者は、ターバンをはずして差し出してきた。魔法瓶を預かることになるので、その質草らしい。

その後——。クリストファーは車を安く買いたたかれたと見られている。どうやら、この国では、自動車はかなり値が張るものらしい。それから、もう一つ、この取引には、おかしな点があった。ハジ・ラルが紹介状を書いてほしいと言ったのだ。ニューデリーの建物を見て回りたいので、その便宜を図ってくれという。うまいこと書いてやろうと頑張ったが、私だってインドの公共事業に知り合いがいるわけではない。

こういう旅に出るなら、あらかじめ応急手当の基礎を知っておくとよい。ある男が親指を痛めたと言って相談に来た。虫が湧いたと言った者もいる。そんな場合は、せいぜい大げさに医療の演出をする。まじない医者の真似をするというより、それで直ってしまうと知ることが愉快だ。

バーラー・モルガーブ（一五〇〇フィート、ムクールから約四十五マイル）、五月二十日——ヘラートを離れたのは、もう六日前になる。もしムクールの出発が午後ではなく午前だったら、同日夜には、ここまで来ていたかもしれない。

ムクールから出たのは、馬が六頭の一隊だった。そのうち荷駄が三頭で、あとは私が乗った馬と、用心棒になった「ガンマン」の馬、そしてクリストファーの黒馬である。この黒馬は、左の前後肢、右の前後肢を対にして、いわゆる側対歩で足を運ぶのだが、その動きが機関銃のように速かった。もう自動車の道を行くのはやめて、緩やかに続く高原を突っ切り、丘陵に上がった。

ずっと草地には違いないが、そろそろ岩がむき出しになっていたり、ピスタチオの茂っている箇所もある。遠目に野生のイチジクかと思ったが、赤く色づきそうな実を見たら、そうではないとわかった。このあたりまで登ってくると、いまだ雨雲に半ば隠れたパロパミサス山脈が背後にあって見収めとなる。前方には、もっと近い距離に、トルキスタン山脈の稜線が立ち上がっていた。

その前には、広い渓谷が横たわる。暑くて、石だらけで、また荒地の植物相が出る。一人旅の男が、遠くから私たちの一行を見ると、溝になった地形に隠れてやり過ごそうとした。この渓谷を越えて、また登り道にかかろうとしたところで、川の流れが見えたのだが、何と驚いたことに、山がそびえる方向に流れている。監視塔を載せた一対の水門があって、そういうことになるらしい。石の門が川を山中へ向かわせている。その川をたどって進み、いまにも壊れそうな橋で西岸から東岸へ移った。石造りのアーチを二つ組んでいた橋は、すでにアーチが一つ流されてしまって、その部分には木材で吊り橋を渡していた。ここより南で自動車の道も川に出ていたはずだ。こんな橋でも車を通す。ムクールで声を掛けてきたロシア人の話だと、橋も監視塔もアレキサンダー大王が建造したという。

これはモルガーブ川といって、その源流はヒンドゥークシュ山脈に発し、幾筋にもばらけて、メルブ周辺の砂漠で消滅する。ここで見ると、川幅だけならウィンザーの町でのテムズ川くらいだが、流れる力は強そうだ。両岸は低い草地の土手で、ずっと葦が生えている。ピンクのスピレアが咲く茂みもある。対岸には、緑の山麓に黒いテントの集落が、ぽつぽつと見える。

三十マイル以上も馬で移動して、まだバーラー・モルガーブまで十二マイルを残していた。もうロバトに泊まることにしたが、まったく気の利かない宿だった。あてがわれた狭い部屋は、風が通らず、ハエだらけになっていた。だいぶ低い土地に来たということのようだ。ともあれ、翌朝はさっさと出発して、ついに渓谷を離れ、広い耕作地に出た。その先は草深くなだらかな丘陵地帯である。ここまで来たら、だいぶ暑くなった。もう道端の刈った草が茶色っぽくなり、穀草はぐんと伸びて、ソラマメが薄赤い花を咲かせている。丘陵に土地を耕す人も見える。二毛作なのだろう。よくあることで、この町も遠くから見れば森とたいして変わらなかったが、いざ来てみれば、アイルランドの市場町を思い出した。各戸が一階建てで、街路からすぐに入口がある。いつものように壁があって、中庭があって、というのではなく、いきなり生活空間が見えている。

そろそろ中央アジアが始まるのだ。チュルク系の言語が耳に飛び込んでくる。縞柄、花柄のガウンを着て、毛深く、細い目をした男たちの話し声だ。毛皮の帽子をかぶり、赤いローブをまとったトルクメン人が行き来する。たいていはロシア国境を越えて逃げてきた。ここから国境までは二十マイルしかない。同族らしい女の一団もいた。赤系統で色違いの衣服を着た女たちは、食べるものを用意して、開けた中庭にしゃがみ込んでいる。食べる動きで高い帽子がゆらゆら揺れて、ゼラニウムやナデシコの花壇を見るようだ。さまざまなユダヤ人もいるのは意外だった。のんびりと店番をしている。

用心棒に案内されて、知事の家へ行った。川に近く、壁をめぐらした庭園の中にある。ここから川沿いを見ると、崖の上に古城が立って、いまは小規模な駐屯地を抱え込んでいる。この庭園までの川岸には、桑の木がずらりと植えられ、木の下にくつろぐ町の人がいて、語ったり、読んだり、祈ったり、あるいは馬を洗い、草を食ませている。クリストファーも馬を連れて出て行った。

すでに食事を始めていた知事が、ぜひ相伴せよと言った。秘書官室の奥にある部屋だ。聞くところによれば、もう七十歳になっているそうで、白い髭が長く伸びている。強盗どもを鎮圧するということで、おおいに人望があるようだ。そう言えば、さっき庭の向こうで鎖につながれ、がちゃがちゃと音を立てている連中がいたが、さほど落ち込んでいるようにも見えなかった。知事は部族長の地位を世襲して、その最後の生き残りと言ってもよいのだろう。八十年ほど前までは、オクサス川からヒンドゥークシュ山脈にかけて、あまたの部族が割拠していたのだが、それをアフガン国家として統一したのが、ドースト・ムハンマドだった。知事の息子は、スペイン貴族のような顔をして、トップブーツを履いて、狩猟スーツ、トレンチコート、ぴしっと決まった白い襟、片目を隠しそうに傾けたターバンという装いで、いかにも次期当主たる役目を果たしている。たしかに族長社会の雰囲気だ。トルクメン、タジク、ウズベクといった諸族の男女が、ひっきりなしに庭園内の道をやって来ては、秘書官の窓口で正当な裁きを訴えている。

この庭園を、黒いラブラドルレトリバー、よくわからないスパニエルらしき犬、という二匹がうろついている。どちらもロシア産だそうだ。


メイマネ（二九〇〇フィート、モルガーブから約一一〇マイル）、五月二十二日――トルキスタンに来ている!

この三日ほど、プルーストを読んでいる（そこから伝染して、ひたすら細かいことを書きたくなる傾向が、この日誌にもじわじわおよんでいるようだ)。ゲルマントという名前に陶然とさせられたことを彼は述べているが、そう言えば私もまたトルキスタンという地名に陶然としているのだろう。その始まりは一九三一年の秋。まだ大恐慌の最中で、ヨーロッパはどうしようもなく陰鬱になり、こうなったら共産主義が解決になるのかと思ったりもした。もし逃避するなら、いっそのことカシュガルの田舎屋敷でもさがして、そっちで音信不通になっていよう。そう思って、ロンドン図書館、中央アジア協会、東洋アフリカ研究学院で話を聞いてみたら、西寄りのロシア領トルキスタンは、中国の支配下にある東側ほどに遠くはないとしても、建築や歴史の観点からすればおもしろいことが多そうだと思われた。そこでカシュガルへ行くのはやめて、うまいことロシア大使館の書記官と親しくなり、遠征隊を組めるメンバーを集めた上で、出発の許可を求めにモスクワへ行った。ところが全然だめ。どこで掛け合っても、同じ議論をぶつけられた。ロシアの科学者が、あるいは茶の鑑定人が一人でも、インドに行ってよいのなら、あなたもブハラくらいまで出てよろしい、ということだ。それで当初の計画に戻ったのが一九三二年である。一行を編成しなおして、今度はインド省に許可を申請した。ギルギットから北上する道でカシュガルへ行こうと考えたのだ。この申請の過程で副産物もあった。一定の立場の人間がインドへ行こうとすると、どこまでの情報をインド省につかまれるものなのか知ったのだが、ともかくも申請はデリーを経て、北京まで転送されていった。しかし、その返事が来ないうちに、カシュガルで政変があって、内戦状態が新疆の全域におよび、ギルギットへ向かう道も旅行者には閉ざされてしまった。そうなると、あとに残るのは第三の、つまりアフガン北部としての、トルキスタンである。すると、ほかにも遠征隊の計画が持ち上がり、土壇場でそっちが優先された。木炭による内燃エンジンの性能テストをするという。私はそれとは別個に進んで、一度は失敗して、いま成功の見込みが出ている。ただ、ようやく当該地域に足を踏み入れたばかりで、マザーリシャリーフまでの道も、その半ばにすぎない。

プルーストは、現実の公爵夫人に出会って、そのイメージがぶち壊しになったので、名前ではなく女性そのものにふさわしいイメージを再構築する必要があった。私の場合は、まったくイメージ通りで、むしろ補強してもらったような気がする。この二日間、トルキスタンという名前にある新奇な、また牧歌的なロマンスが、現実のものになった。ある歴史の一章が、そっくりそのまま活字のページを離れて、心の目にしっかり見えてきた。季節に恵まれた結果でもあるだろう。プルーストの当てが外れたのは、ゲルマント夫人の顔の色だった。われわれが見るトルキスタンは、初夏の花の色をしている。

モルガーブの知事宅では、庭園に三台の車が置かれていた。一台はフォードのクーペだが、これはグレーの車体だけになって息絶えている。あとの二台はボクスホールの新車で、色はダークレッド。屋根も窓もしっかりしている。雨が降れば防水シートをかぶせる。私たちが着いた朝に、知事とその息子が、それぞれボクスホールに乗って、ロシア国境のムリチャクに出かけた。フォードはというと、みじめに捨て置かれて、エンジン部品が菜園に散らばっている。これでは仕方ないので、馬の手配をしてもらうことにした。

「よかったら、メイマネまで走らせますよ」アッバスというペルシャ人の若者が、草むらからラジエーターを拾った。「一時間もしたら出発できます」

とんでもない車である。メイマネまでの行程は百マイル。どうせ二マイルか三マイル行ってあきらめることになると高をくくって、いつものような用意周到の出発にはしなかった。食料も持たない。運転手の顔を立てたと言えば言えようが、スペアパーツがそろっているか確かめることもない。手持ちの中では上等な衣服から着替えてもいなかった。うしろの座席に荷物を置いたら、天井につかえそうになった。私たちが乗り込むと、車体がずぶりと沈んだ。ドタバタ映画だと、義理の母親というような役柄に、そういう場面がある。アッバスはクランクハンドルを回していた。ぐいっと腕が上がったところで、われに返ったエンジンが鍛冶屋のような音を発して、がくんと動いた車が知事の花壇を踏み荒らし、あわてて追いすがったアッバスが、やっと運転席に坐ったので、門にぶつからず外へ出た。街路では、町の人々がすっ飛んで逃げた。まもなく町を抜けて、人気のない谷間をがくがく突き進んだ。ガラスのない窓から荷物が転げ出た。ラジエーターが噴水もどきになって、地面につんのめったと思うと、はじき返されてエンジンにかぶさり、ファンに引っ掛かったので、やむなく寝袋をまとめていたロープで縛り上げることにした。それでも世界が破滅するような音で、まるでリズム感なしに、がんがん、しゅうしゅうと鳴っている。ついに耳を聾《ろう》する爆音が連続してから、ぴたりと静かになった。アッバスがにっこりと笑った。交響曲を終えた指揮者が、喝采を浴びながら指揮棒を置くような顔つきだ。そこから一拍遅れて、左後部のタイヤも調子を合わせ、しばらく動けませんという音を出した。ここまで十マイルを走っていた。

そもそもスペアタイヤは積んでいない。アッバスが古タイヤの切れっ端で、いいかげんな補修をする。その間、クリストファーも私も、運を天に任せる気分を捨てず、やや離れた草の上に、いい服を着たまま、そろそろと腰を下ろした。午後の影が長くなる。あとはエンジンを生き返らせることだが、それが意外にあっさり果たされていた。いいかげんに何度かハンマーでたたいただけだ。子供に言うことをきかせるようなもの。あわてて飛び乗って、また走りだした。こうしてみると、なかなかの車である。カンガルーが跳ねるように動いていて、かつてのシボレーほどに滑らかな乗り心地ではないが、シボレーでは絶対に無理な道でも、どうにか頑張ってくれている。

いま進んでいる渓谷は、その幅が二マイルほど。西寄りを流れる川は、いわば掘割のように方向を決められている。谷の両側は、なだらかな山が続く。すっかり角がとれるまでに風化して、まるで骨を抜かれたような緑の山に、馬の横腹にも似た艶が出ていた。だが、西の山裾、つまり西側が渓谷から立ち上がる部分だけは、土がむき出しの崖になっているので、緑の衣装をまとうことなく、山肌が露わになっている。全体としては谷間も山も草に覆われ、金色の光を帯びて波を打つ。これだけ緑が多いと、まさか人が種を蒔《ま》いたわけでもなかろうにと思わされる。ところが農地にさしかかると、かえって貧弱になったように見える。耕作や生育を妨げる小石さえもない立派な土地に、たいして住む人がいないのだ。

小石さえないということで、路面には不安があった。渓谷を出ると、北から北東に向かった道は、目印として二本の側溝が掘られているだけだった。それが波打つ草原に見え隠れしながら、うねうねと続いていく。遠くから見ると平坦に見える草の道も、実際には凹凸が激しくて、がたんと揺れるたびに、もう終わりかと思われた。それでもメイマネまでの距離がじりじりと縮んだのは確かだ。四十マイルは進んだかと思われたあたりで、アッバスが道路脇に草の門柱らしきものを見つけ、ヘッドライトには何の問題もないが、きょうはもう泊まりにするのがよいと言った。たしかに、だいぶ無茶な行程の一日だったとも思って、そうすることにした。

二本の門柱から横道に入って、いくつかの太鼓橋を越えると、一軒の家と庭があり、ポプラの木立が伸び上がっていた。出てきた主人は、白い服に白いターバンという中背の男である。もじゃもじゃした濃い茶色の髭で輪郭をとったような顔に、子供のような素直な笑みが浮いていた。案内された部屋はカーペット敷きで、木枠の引き違い窓があり、暖炉があって、ドアの上の壁龕に、古書がたっぷりと置かれていた。イギリスの客間のような匂いは、ほかの壁龕でバラの葉がポプリになって放つ香気だった。子供たちが荷物を運んで、よたよたと入ってきた。外へ出て草の上に坐った私たちに、茶を持ってきた子らもいる。坐った位置から見ると、緑の山に涼しげな影がくねって、黄金色にちらつく。その向こうに高く突き出して、ライラック色の峰を見せているのは、もうヒンドゥークシュ山脈の西端部だ。

夕食の時間までには、近在の村人が続々と馬に乗って来ていた。医術を施してもらおうというのである。熱が出ている人がいた。また鼻が痛むという人は、罰として鼻に傷をつけられた後遺症だ。あるいは朝から頭痛と吐き気がする人。背中の皮膚が爛《ただ》れて、かれこれ一年は爛れが広がっているという人は、梅毒ではないかと思われた。といって、どうしてやればよいものか。とりあえず手持ちのアスピリン、キニーネ、軟膏《なんこう》を出してから、謎めいた呪い医者の演出をして、こういうものは薬だけでは治らないと言っておいた。少なくとも背中の爛れは、何度も洗わないといけない。そう、これは湯で洗う――しっかり沸かす！――と言い含めたが、どうせヒキガエルの肝臓が効くとでも言っているのと変わらない。ところが、けさになって、また患者が増えた。

朝食のあと、散歩でポプラ林に出た。高い枝に雀のさえずる声がする。木の下にいると、日陰になって、湿り気があって、イギリスの森のような匂いがする。ふと郷愁を誘われた。それから主人の案内で、壁をめぐらした庭園を見に行った。ブドウ園になっていて、真ん中に見張りの塔が立つ。この塔に上がって、景色を眺めつつ、誰が来るかと思いながら坐っているのだそうだ。庭園の一隅が、小さな谷のように窪んで、じっとり湿っている。大きな深紅のバラの茂みがあって、私とクリストファーに、それぞれ腕に抱えるほどのバラを摘んでくれた。

宿泊代、というか食事代だけでも支払いたかったが、「いいえ」と主人は言った。「それはご無用。うちは商家ではありません。それに医薬品を出していただいた」

「奇特な人なんです」また走りだしてから、アッバスが言った。「街道を行く旅人を、分け隔てなく泊めてくれる。だから、ああやって――」と、草を積んだような門柱を指さし、「この先に家があるんだと知らせてる。カーリーズという村ですがね」

車の中にバラの香りを漂わせて、いよいよトルキスタン地域に入った。

ふたたび地面を掘り返した道になって丘陵地帯を進んだが、ひどく危なっかしい障害の連続でもあった。幅三百ヤードほどの川床を横切ることが二度あって、川石を相手に椅子取りゲームをするような気分だった。一回目の川床から上がろうとしたら、急勾配に負けて、時速三十マイルで後退し、また水に突っ込んだ。切り通しの箇所に雨が降ると、やわらかい土の路面に大きな裂け目ができる。こうなったら古い馬道を行くことにしたが、それはそれで水はけを考慮しない道である。落とし穴が待ち構えているようなもので、そういう穴に落ちては上がるフォードが、テニスボールになったように弾んだ。

メイマネまで十二マイルに近づいて、ブハリカラという地名のついた平地で、小休止した。池があり、木立がある。ヤマウズラを戦わせる遊びが行なわれていた。見物人の輪の中で、木の枝を編んだ丸い鳥籠から、それぞれの鳥が出される。だが、ほどなく一羽が負けて逃げ出し、人の足元をたたっとすり抜けて、みなに追いかけられていた。街道に交通量が増えた。多くは馬上の旅人で、乗っているのは狩猟馬を小型にしたような、この地で中国とアラブの血統が混ざったかのような種類である。色鮮やかなターバンを巻き、長い髭を風になびかせ、花柄のローブを身にまとって、巻いたカーペットを馬の尻に積んでいる、という姿は、ライフル銃さえ背負っていなければ、ティムール朝の絵画から抜け出したとしてもおかしくなかった。人間だけではない。蛇や亀も這いまわる。カワセミほどにも鮮やかなインドブッポウソウが巣穴から飛び出してくる。地上生活らしい薄茶色のリスは、その尻尾がせいぜい二インチの長さに退化している。森のない土地で暮らせば、そういうことにもなるのだろう。メイマネが近づくにつれ、山に農地が広がった。耕作がおよんでいるかぎり、緑の急斜面の最上部まで、ケシの花が咲いている。黄金色に輝く緑の山の頂上にも、真紅の色が入り混じっていた。

メイマネの知事はアンドホイに出かけて留守だったが、その副官にあたる人物がいた。とりあえず茶に、ロシア風の菓子、ピスタチオ、アーモンドを出された休憩のあと、大きなバザールから少し離れた隊商宿へ案内してもらえた。トスカーナ風にも見える古い建物で、周囲に木製のアーチがならんでいた。ここで一人ずつ部屋をあてがわれた。敷物はいくらでも使えて、銅製の洗面器もある。かかとの高いブーツをはいた髭面の便利屋がいて、料理に手を貸そうと、ライフルを下に置いた。

きょうの夕食は格別だろう。豊かな土地に来たものだと思って、のんびりした気分になった。ミルク、レーズン入りのピラフ、塩と胡椒《こしょう》のきいた串刺しケバブ、プラムのジャム、焼きたてのパンが、水盤のような器でバザールから届けられている。これに手持ちの食料も加えて贅沢をする。市販のスープ、トマトケチャップ、ジン漬けプルーン、チョコレート、麦芽飲料《オバルチン》。まだまだウィスキーの残量もある。所持品に不足があるとしたら本であって、いま持っているのは古典だけ。私が読んでいるのはクローリー訳のトゥキュディデスだ。クリストファーはおんぼろになったボズウェルを読み返している。

持っている本の中に、トーマス・ホルディッチ卿の『インドの門』がある。一九一〇年までのアフガン探訪を概観した箇所があって、一八二五年にアンドホイで客死したムアクロフトという探検家のことが書かれている。同書四四〇ページによると、「ムアクロフトの所持品だった書物(三十冊)が無事に見つかった。その書名を列挙すれば、軽装で旅をするのがよいと考えている現代の旅人には、驚くべきものだろう」。だが、私に言わせれば、五年も旅に出ていた人にしては、ちょっと少なすぎないかという驚きがある。何が軽装の旅だ。いわゆる現代の旅人というのは、模範学生をそのまま大きくしたような、つまらない学者もどきになり、気の抜けた官僚集団に派遣されて、砂丘が鳴るとか雪は冷たいとか調べに行くようなものだ。いくらでも資金があって、公式な筋からの支援がある。どんな辺境でも探りに行きながら、砂が鳴いて雪が冷たいと確かめる以上に、どれだけ人類の知見を広げるものを見てくるのか。

何もなし。

といって驚くまでもない。身体の健康は手厚く守られる。しっかりと訓練を積んで、手順通りに鍛えられ、その過程で故障があれば、回復の治療もなされる。しかし、精神の衛生については、どうという配慮もしてもらえないようだ。それが視察とやらの旅行に影響しないかという配慮もない。軽装と言われる旅でも、ビル一棟を賄えそうな食料、戦艦に積むような資材、軍隊なみの武器を携行しているというのに、書物は一冊も持っていかない。もし私が大金持ちなら、「良識ある旅行者」賞を設立したい。週に三冊の新しい本を読みつつ、マルコ・ポーロが出ていった経路をたどれたら、一万ポンドを贈呈する。さらに一日一本のワインを飲んでいたら、あと一万を上乗せする。その旅人が、旅の話を人に聞かせることもあろう。観察の才能があるかどうかは人によりけりだとして、自分の目を最大に働かせることは間違いない。ありもしない奇談を吹聴したり、用語を振りまわすだけの学問を唱えたりして、旅に箔《はく》を付ける必要はないのである。

まあ、何を言いたいかというと、トゥキュディデスのほかに探偵小説でも何冊かあって、生ぬるいウィスキーのほかにボルドーの赤でもあったら、この地に住みついてもいいのかもしれないということ。

メイマネ、五月二十四日——ここのロバトでは、中庭に朝市が立つ。それで目が覚める。馬蹄の音がして、どすんと荷駄が下ろされ、ペルシャ語、チュルク語で、高いとか安いとか言っている。ベランダから下を見ると、ターバンが海の波のように動いている。白、紺、ピンク、黒。あるいは平たく広がり、あるいは高く伸び上がり、またカボチャ型のターバンもある。どうなっているのやら、乾燥ローラーから押し出されたように見えるものもある。多くはウズベクの商人だろう。鷲鼻の顔立ちで、鉄のような色の髭を生やしている。いずれもインド更紗か絹の長い衣をまとって、花柄、縞柄、あるいは赤、紫、白、黄色の、ひどく奇抜な大柄だが、これは以前にはブハラで生産されていて、いまでは古風と見なされている意匠である。長い革製のブーツは、爪先がカヌーのような形をして、かかとが高く、上端にぐるりと刺繍がついている。ほかにも集まってくる民族はいる。南からのアフガン人、ペルシャ語を話すタジク人、またトルクメン人、ハザラ人。ここにいるトルクメンは、オクサス川流域の人々だ。西寄りにいる部族とは帽子が違うのでわかる。黒いバズビー帽ではなく、ラムスキンの三角帽をかぶっている。これに輪っかをはめたように、ざらっとした薄茶色の毛皮を巻いていて、「水犬」の皮というのだが、オクサス川のカワウソのことだろうか。ハザラ人は、もとはモンゴル系で、ティムールの軍勢の末裔であり、多くは山間に住み、おそらく貧困に喘《あえ》いでいる。ここに来ている人々は、結構な暮らし向きを絵に描いたようだ。恰幅《かっぷく》がよくて、整った楕円形の顔立ちは輪郭と肌色が中国人を思わせる。刺繍のある短めの上着は、百年前のレヴァント人に似ていなくもない。人混みを縫うように単独で歩いている風変わりな面々がいる。ヒンドゥー教徒の商人。四フィートの黒い毒蛇を首に巻いた修行者。白いズックの靴、黒い布の帽子という小男、と思ったら、これはロシアの領事だった。いつものように女の姿は目立たないが、サリーをまとって鼻に宝飾をつけたインド風の少女がいる。ここに兵隊が来ても、たいして異様ではない。けさの市場を抜けていった一隊は、ターバンがないと病んだ骸骨のような顔つきの連中だったが、半数くらいはライフルの銃口に一輪のバラを挿していた。あの中にヌール・モハマドもいたのかもしれない。ここには大きな駐屯地がある。カラエナウで別れた朝に、そっちへ戻るのだと言っていた。

建築としては見るべきものがない町だ。せいぜい城跡だけで、城内の盛り上がった箇所には、かつて建造物があったのだろう。レンガが崩れているので、そうとわかる。現在では、墳墓が一つ、ぽつねんと残っている。

町から出ると、もうバザールも途切れて、大きく草地が広がる。イギリスならクリケット競技場になりそうで、その向こうにはポプラが立ちならんで地平線になっている。いつも夕方になると、司令官の邸宅前で軍楽隊が音を鳴らす。邸宅とはいえ、泥レンガの平屋で、バラの垣根が防衛線になっている。街道筋の茶店で、ギターを爪弾く音がする。カップを下に置いた男たちが、もの悲しげな唄を口ずさむ。川の流れがあって小さな水車を回し、土手に立つプラタナスの木の下に、白い鳩の群れが集まっている。また楽隊の演奏が始まって、ここまで聞こえてくる。

バラの花を口にくわえた男たちが、草地をうろついて、レスリングの試合を見物する。試合に出る男は、とんがったスカルキャップをかぶり、長いガウンを着たままだが、腰に赤い帯を巻いて、双方から取り組めるようにしている。いよいよ決勝戦となる前に、ウズラを戦わす余興があるということで、出場する鳥を囲むように、いったん人が動いてリングが変わる。そのうちに一羽が逃げ出し、見物人が、老いも若きも、ガウンを膝までたくし上げて、あたふたと鳥を追い回す。

嵐でも来そうに暗くなった世界に、夕日が薄い光を投げて、緑の草山も、風に銀色の波を打つポプラも、色とりどりの衣服で繰り出した町民も、うっすらとオレンジ色に映えている。

アンドホイ（一一〇〇フィート、メイマネから八十二マイル）、五月二十五日――トラックを借り上げた。これでマザーリシャリーフまで行こうとしている。まだ新しいシボレーで、付属品、スターター、走行計など、まったく問題がない。この土地の旅は、こうでありたい。幅のある座席にゆったり坐って、すぐに必要なもの、食料、水筒、カメラ、書籍、日誌は、手近に置いている。そのほか重いものは荷台に上げた。運転手はインド人だ。ペシャワールの男で、じつに礼儀正しいが、どもる癖があるので、クリストファーと二人でどもっていると、会話がまだるっこしい。また、メイマネの出で、長靴をはいた猫に銃を持たせたような男がいる。あとはトルクメン人が二人。近衛士官のようなやつと、エトルリアのアポロ像のようなやつだ。

　長靴をはいた猫の旅装を言えば、茶色のラムスキンの帽子、黒いフェルトのフロックコート、同じ素材で前を開けっぱなしの半ズボン。その下にもう一着の半ズボンをはくのだが、どうしても目立っている。名前はガープールという。

　ヘラートからメイマネまでは、ほぼ北東に進んでいた。メイマネを出てからは真北に向かって渓谷を行く。ウィルトシャーの高地にもありそうな谷に、小さく名もない川が果樹園や畑地を縫うように流れて、ほぼ切れ目なく川沿いの村落が続いている。いま果樹と言ったのは桑とアプリコットだ。畑地には亜麻が育って、青っぽい花を咲かせている。このあたりでは大きな地名になっているファイザバードを過ぎると、山の起伏が減って、土地が荒れてきた。気温が上がる。砂地にタイヤが滑ることもあった。地平線が大きく横に開いて、いやな熱風が吹きつける。上空が鉛の色になった。オクサス川の平原に着いたのだ。海を見なくても海の存在がわかるように、あと五十マイルで川があることが感覚としてわかった。ようやく平たい小山が見えて、黄ばんだ石膏《せっこう》のライオン像に守られる急階段を上がった山頂に、いかにも悪趣味なレンガのバンガローが建っていた。ここにメイマネの知事がいる。眼鏡をかけた大男で、黒いちょび髭を生やし、女のような声を出した。この人物に、シール・アフマドに書いてもらった紹介状を渡した。

「うむ」知事は言った。「ここからマザールまでは地面が焼けておる。ジャイフーンに近づけば、また緑になるがな」これはオクサス川のことを言っていた。私たちが言うアムダリヤ川という名前は知らないようだ。ともかくアンドホイに宿をとってやれという指令が出た。まだ二マイルは先だ。


アンドホイはラム革取引の中心になっている町だ。ほかにロシア産の石油、トタンのバケツも、バザールに積み上がっていた。集まってきたラム革は、大麦粉と塩を溶いた水に漬けてから、屋上に出して乾燥させたのちに、梱《こり》にまとめて出荷するようだ。もうユダヤ人がヘラートに追われたので、ここの取引を「外国人」の手に握られることもなくなった、と差配役の男が言った。羊の多くはトルクメン人の所有になっているそうだ。羊革はアンドホイ産が最高で、それに迫るのがアクチャ産だが、マザールでは羊の出産シーズンが三週間から四週間は遅れて、たいした品質にもならない。この男は、毎年、七五〇〇枚ほどの羊革をロンドンに送り出すという。

クリストファーが、何枚か売ってもらえるだろうかと言った。もちろん上物がいい。「これくらいの出来なら」と、男が手にしたのは、人形の服の袖にはなりそうな大きさの毛皮だった。「七十アフガニ（一ポンド十五シリング）だね。いい帽子にするような一級品だと百は行くかな。そんなのは、あんまり入ってこないけども」

金曜日の宵である。バザールの外の桑林に食卓を設けて、町の人が休日を楽しんでいる。その中にいる私も、ウィスキーに雪を入れて飲みつつ、そろそろピラフが来るだろうと思いながら、これを書いている。

マザーリシャリーフ（一二〇〇フィート、アンドホイから一二二マイル）、五月二十六日――今夕、ここに着いた。私にとっては大変な出来事であると言わねばならない。昨年八月、二つの願望があって、イギリスを発った。一つはペルシャの史跡を見ること。もう一つは、この町に到達すること。どちらにしても、さほどの大事業とは言わないが、かなりの時間を要したには違いない。

けさは五時前に、もうアンドホイを出ていた。日が昇り、羊の群れがいると見えたので、トラックを止めた。羊毛の巻きがよくなるという牧草地で、まばらな草をざくざく踏んで歩き出す。羊飼いはウズベク人だった。私たちを見た当初はロシア人ではないかと思って、なかなか関わろうとしなかったが、その非礼を弁解するように、三年前、このあたりで最上級の羊を六千頭も、ロシアに奪われたのだと言った。そう聞いてユダヤ人のことを思った。追放の憂き目に遭ったというユダヤ人が、何かしらの闇取引に手を出していたということはないのだろうか。この男の飼っている羊には、カラクール、アラビという二種があって、毛皮の質では前者が勝っている。あっちの雄、こっちの雌とつかまえてきた男が、尻尾で見分けがつくのだと教えた。どちらも尻尾の太い部類だが、アラビの尾は丸い、というか腎臓のような形をして、カラクールだと真ん中に垂れてぶらぶらしている。

さらに進んで、トルクメンの居留地が見えた。男たちは出かけているようだ。犬どもが攻めかかってきて、それを女たちは呼び返そうともしない。唸りを上げる猛犬を、二十分がかりの冷静な対処の末に引き下がらせた。二人の老婆が応対に出てきた。おそらく寡婦だろう。くすんだ青の粗布をゆったりと身にまとって、頭には大きなかぶりものを載せている。年若の女たちは、こちらには近づくまいとするようだが、黒い蜂の巣箱がならんでいる間を行ったり来たりして美しい絵になっている。ピンクと白の服地が地面を払うようだ。背の高いピンクの帽子から濃厚なサフラン色の長いヴェールが垂れ下がって、よく見えない顔に、はにかむような風情があった。このヴェールがすっぽりと顔を包むことも多い。この日、あとで見かけた女も、衣服そのものは赤なのに、顔は花柄の刺繍がついた深いコーンフラワーブルーに囲まれていた。

母親と二人の子供がいたので寄っていったら、さっさとテント住居《キビトカ》の中へ逃げ込まれたので、別の母親に顔を向けた。まだ若くて赤ん坊を抱えた女だった。それが何ともはや勇ましい。赤ん坊を垣根の裏へ隠すと、長い棒を引っつかんで、砂地に円陣を刻みつけ、中世の騎士よろしく迎撃の姿勢をとった。その顔が怒りに引きつっている。何やら非難の声を浴びせてくるようだが、その調子だけでも、亭主の留守につけ込んでどうするつもりだと言われているようで、いい気分ではなかった。この様子を見て、二人の老婆がけらけら笑う。アンドホイから同行している護衛役が、申し訳なさそうに、アフガニスタンはこんなもので、と言った。この男は洒落た西洋風のレインコートを着て、しょっちゅう嗅ぎタバコをつまみ出していた。ひょうたんを銀拵《ぎんごしら》えにしたタバコ入れは、蓋にルビーが一粒ついている。

一つだけ空家になっているキビトカがあった。客用かもしれない。これは遠慮なく見せてもらえた。全体が黒いフェルトのドーム構造で、その下半分くらいには、内側から格子細工、外側からイグサのマットを当てている。ドームの骨組みになっているのは木材を曲げて作ったフレームだ。その頂点に丸型のバスケットのようなものがかぶせられるが、上空に開放しているので煙突の役目をする。バスケットからは黒い房状の飾りが下がっている。ドアは頑丈な木枠からの両開きで、いくらか彫り込んだ模様がついている。床はフェルト敷き。家具と言えるものは、彫刻と彩色のある引き出しくらい。だが室内の印象として、まったく不潔でも粗野でもない。この居留地を去ろうとしたら、ちょうどキビトカを一つ解体するところだった。木の骨組みも、たたんでしまえば、スキー板をまとめたように見える。てっぺんのバスケットは、荷車の車輪くらいの大きさで、ラクダの背に乗ってふらふら揺れていた。

ろくな日和ではない。空気がじっとりして、どんより曇っていた。オクシアーナへ来たというのに、インドのように殺風景な土地である。ワージャ・デューコーまで来たら緑の牧草地があり、また車を止めたくなって、しばらく馬の群れをながめていた。繁殖用に飼われている牝馬が子馬を連れていて、その中を一頭の雄が駆けている。骨の浮いた老馬だが、十六ハンドくらいの体高があるだろう。このあたりでは大きな馬だ。みすぼらしい子供らが塀の上に坐っているのを見て、似たような連中がスレッドミアにもいたっけ、とクリストファーが言った。その次の町はシェベルガーンといって、城下の町が遺跡のように荒れていた。ここから南下する道もあって、そっちに行けばサーレポルに向かう。ササン朝時代の磨崖彫刻があるとフェリエが記したのは、サーレポル付近だったはずだが、当人が言っているだけのことで、メイマネからアンドホイあたりで聞いても、裏付けとなる話は出てこなかった。そういうことなら、わざわざ行ってみるほどの信憑性を、フェリエには感じない。

アクチャに来ると、さっきよりも町らしくなった。城壁の下に、手押し車でアイスクリームを売っている男がいて、トラックの荷台にテーブルを置いてくれた。これならランチに便利だ。またバケツに入れた雪をもらえたので、飲みものを冷やすこともできた。

アクチャを出たら、風景の色彩が変わって、もう鉛というよりアルミの色になった。死相が出たように不活性である。何千年にもわたって太陽に生気を抜かれたということか。このあたりはバルフの平原で、バルフと言えば世界でも最古の町とされている。緑の木立、また噴水の形に伸び上がる雑草が、死んだ色の世界にあって、黒ずんだように見える。たまに大麦畑を見かけた。もう刈入れの時期で、トルクメンの農民が上半身裸になって鎌を振るっていた。だが、豊穣の恵みを受けたような茶色や金色の麦ではない。異常をきたした白髪のように、時ならず色を失ったようなのだ。養分を欠いていたのだろう。こんな死の装いをした土地から、まず道路の北側、次いで南側に、ありし日の建築様式を伝えるものが、ほころびた灰白色の輪郭をむっくりと立ち上げた。雨と日射しに、風化褪色《たいしょく》が進んでいる。ここまで疲弊した人間の造形物を、かつて見た覚えがない。ねじれたピラミッド、台形の壇、狭間のある城壁、身をかがめた動物像。すべてバクトリアのギリシャ人には知られたもので、のちにはマルコ・ポーロも見聞している。とうに消滅していたとしてもおかしくないが、強烈な日射しのおかげで、かえって灰色の粘土から抵抗力が引き出され、もとの形にあったはずの輝きが、しぶとく消え残ることになった。ローマの土木工事や、草の生える古墳では、そうはいかなかったろう。その輝きが、死のうとして死ねなかったような疲れた姿になって、まわりの明るい世界に、わずかな残光をちらつかせている。

しかし、この一帯にも、少しずつ緑が出てきた。いやがる土地にも牧草がかぶさり、木々が数を増すうちに、骨をならべたような荒れた城壁が、いきなり地平線に飛び出して、大きく横一線に広がった。その内側へ行ってみると、もはや廃墟の大都会である。それが北向きに続いていた。道路から南側は、桑やポプラ、孤高のプラタナスが緑色に輝き、さっきまで古代の妖怪じみた風景に疲れていた目には、ありがたい保養になってくれた。こうしてバルフに来た。すべての町の母たる古都だ。

これだけの荒廃をもたらしたのは、ほぼチンギス・ハンの仕業なのだが、いま遺跡を見回した護衛役の男は、「八年前、ボルシェビキにぶち壊されるまでは、ここも立派なもんでしたがね」と言った。

さらに半マイルも進むと、このあたりの人口が集まっている地区に来た。バザール、商店、隊商宿、十字路がある。南側に見える木立から、縦溝のついた高いドームがせり上がって、深々とした葉の緑、ヒンドゥークシュ山脈にかかるスレート色の嵐の気配を背景に、月に映えたような青さである。この建物に歩み寄った。運転手は部屋さがしに行っている。ぐるりと回って行ったら、知っている顔を見て驚いた。広い場所の真ん中に、メイマネの知事が来ている。この場に一人の西洋人もいて、てかてかの丸い頭を見れば、ドイツ人ではないかと思われた。一方に四名の隊士が控えて、もう一方には士官文官がいた。中間のテントにはカーペット敷きで通路ができている。そのテントの前にいるドイツ人が、さる高官に地形の説明をしているようだ。毛皮の帽子をかぶって、黒い髭をきっちりと手入れし、開襟のクリケットシャツを着て、胸ポケットに万年筆を三本も差した人物である。

メイマネ知事から紹介されたところでは、トルキスタンを担当する内務相モハマド・ガル・

カーンという人だった。この町の再建を視察しようと、マザールから車を出してきた。すでに地面には測量の杭が打たれて、ドーム寺院の正面から学院だったアーチ遺跡との間で整地が行なわれていた。ドイツ人はアフガニスタンに来て三年になると言った。この六カ月はマザールにいて、橋梁、運河、道路、そのほか建設全般の便利屋なのだそうだ。

嵐が近づいていた。モハマド・ガルは、悪路で難儀をされていなければよいのだが、と言い残すと、自身の車に乗って去っていった。あるホテルの話もしていた。マザールにあって、きっと快適に思うだろう、と言われていたので、だったらバルフに泊まるのではなく、私たちもマザールへ向かおうと思った。あと十五マイル。その大きな町に着いた頃には、大雨と夕闇が降りかかっていた。

「ここが宿泊所?」と、いつものペルシャ語で言ってみた。

「いえいえ、ホテルです。こちらへ」

なるほど、そのようだ。どの寝室にも鉄製のベッドがあって、スプリングマットレスが載っていた。タイル張りの浴室もあるので、バケツの水を身体にかけることができる。「バスマット」と書かれたマットで、足の水気をぬぐえる。食堂へ行くと、長いテーブルが一卓だけ置かれて、〈シェフィールド〉のナイフやフォーク、またフィンガーボウルが置かれていた。料理はというと、ペルシャ・アフガン・イギリス・インド風を折衷して、悪いところばかりを取り入れたものだった。トイレのドアは外側から鍵が掛かるようになっている。これをホテル側に言おうとしたら、おもしろいじゃないか、このままでいいよ、とクリストファーが言った。

宿賃は一日あたり七シリング六ペンス。ここいらの相場として安くはない。従業員の浮き立った様子からして、初めて客が来たらしい。

マザーリシャリーフ、五月二十七日――夢のおかげで出来上がった町である。

十二世紀前半、スルタン・サンジャル[6]の治世に、インドからの知らせがバルフにもたらされた。第四代カリフ、ハズラト・アリー[7]の墓が、すぐ近くにあるという。そんなことはない、と土地の導師が断じた。墓はアラビアのネジェフにあるはずだ。いまでもシーア派の考えではそうである。ところが、アリー自身が導師の夢枕に立って、その知らせに間違いはないと教えた。すると、たしかに墓が見つかったので、スルタン・サンジャルは墓廟となる寺院の建立を命じ、それが一一三六年に落成して、現在の町となる中核の役を担った。

その寺院もチンギス・ハンによる破壊を免れなかったが、一四八一年、前年にオクシアーナへの攻勢を掛けていたフサイン・バイカラが一念を発起して、再度の建立が果たされた。以来、マザールは巡礼の地となり、炎暑の廃墟となったバルフを押しのけて、この地方での首都となった。ホラーサーン一帯にあって、マシュハドがトゥースを押しのけたのと同じようなものだ。

フサイン・バイカラの建造物は、外観で言えば、たいして見るべきものはなさそうだ。ただ、浅いドームが二つあり、それが内陣外陣ということのようで、全体の設計としてはガウハル・シャードの礼拝所を模しているらしい。外壁のタイル張りは、前世紀になって、すっかり改修されてしまった。白、薄青、黄、黒のモザイクが、粗雑な幾何学模様になっている。ニーダーマイヤーの来訪時からでも、さらに追加の工事がなされたようで、たとえば主たる胸壁を見ると、イタリア風でトルコ石の色をした陶製の欄干がついているが、これはニーダーマイヤーが撮った写真には出ていない。それでも大きく見た印象は悪くない。ヴェネチアのサンマルコ大聖堂に、エリザベス朝時代のカントリーハウスを折衷して、青い陶器の色を持たせたようなものだと言えばよかろう。

大きな寺院の外で、二つの小ぶりな寺院が遺跡になっている。ドーム屋根は崩落しているが、ドラム型の下半分にはモザイクの壁が残存する。ピンクがかった黄土色の使いすぎで、趣味は悪い。ヘラートの霊廟と同じように、東側の一棟には滅失したドームの下に、もう一つの浅いドームがあって、ドラム型の内部でギャラリーの壁に支えられている。上部でカーブがついたように見えているのは、レンガの補強壁の名残である。それが外壁から立ち上がるドーム屋根を支えていた。

マシュハドもそうだが、ここでも寺院周辺の家屋を取り払って区画整理がなされたので、街路ごとに遠目のきく町の景色が成り立っている。町の全体が、近年、身だしなみを整えたと言えそうだ。バザールはきれいさっぱり新装されて、屋根は支柱に載っているので、光も風も抜けてくる。新市街にはホテルや官庁が建って、その道路にレンガの側溝がきっちりと添えられている。市内の交通にあっては、日除けのついたインド風の馬車と、馬の首に木製の軛《くびき》をかぶせたようなロシア風の馬車が、いい勝負で幅をきかせている。すでにモルガーブ、メイマネと見てきて、あらためて遠い世界に来たような心地がする。ああいう町にもっと長居をしたかったと思わなくもないが、この町には改良事業の成果があって、それだけ快適にはなっている。そうと認めないと

6 セルジューク朝の第八代スルタン（在位一一一八–五七）。
7 イスラム教の第四代正統カリフ（在位六五六–六六一）。預言者ムハンマドの従弟。

したら、ひねくれ根性と言うしかあるまい。たしかにホテルに滞在できるのはありがたい。

私たちがオクサス川へ行くことには、何かと差しさわりがあるようだ。知事のほか外交責任者もハイバクへ出かけているというので、その代理と話をするしかなかったが、若いくせに横柄な男で、こちらが言わんとすることを鼻であしらって応対した。それでいて当人には決定権がないのだから話にならない。やはり大臣《ワズィール》と称されるモハマド・ガルの伝手《つて》を頼るしかなさそうだ。

マザーリシャリーフ、五月二十八日——ホテルからすぐの庭園が一般に開放され、ナデシコ、キンギョソウ、タチアオイ、マツヨイグサが植えられている。花壇の間にはベンチが置かれるが、それよりは茣蓙《ござ》を敷くことも好まれて、坐り込んだ人々が茶を飲んでいるところへ、音楽が流れてくる。楽団が二カ所に出ているのだ。まず日なたに老いた楽士が一列に立って、ラッパの類を吹いている。西洋の音楽を三曲知っているだけの楽団は、その背後に若い男も二人いて、トライアングルとドラムを、ひたすら平坦に打ち鳴らす。ほかの一隊は木陰の台座にだらしなく腰かけて、ギター、雑多なドラム、小型のハルモニウムで、インド音楽を奏でる。私たちはホテルの部屋にいて聴いている。フランス窓を開けてベランダに出ると、もう庭園の裏なのだ。

毎日、山脈にかかる雲が厚みを増す午後になると、どうしようもない気怠さが落ちてくる。部屋の中がハエだらけで、また熱気が淀んでいる。ヤマウズラの啼き声に、イギリスの九月の午後になったような夢を誘われては、そんなものは振り払おうと思い直す。どうしてこんなに雲が出るのか。暑いことは暑いが、だったら六週間も前から夏になっていてよさそうなものだ。こんな年は過去にないという。ここへ着いた晩に降った雨のせいで、カブールへの道路は一カ月も封鎖されることになった。ハイバクでは、一つの集落が、ごっそり峡谷に落ちたらしい。もし出発を強行するしかなくなったら、当然、野宿は覚悟の上だろうが、いままで蚊帳になるものを工夫するくらいで、しっかりした装備を整えることを怠っていた。そういう旅をするとしたら、真っ先に困るのは水だ。梅毒の症状が喉に出ている患者が多くて、痰《たん》を吐きたくなると、その顔を井戸に向けることがありがちなのである。

オクサス川まで行けるのかどうか、またもや不都合が生じた。

ホテルのマネージャーは、太った年配の男で、いかにも愛想が悪い。私たちに対しては看守が囚人を見張るような態度をとる。けさモハマド・ガルの公邸に行こうとしたら、この男も異を唱えながらついてきた。だが行ってみれば大臣は十一時まで就寝中であるという。それで十一時に行ったら、またマネージャーがついてきて、大臣はまだ寝ていた。その次に電報局へ回ったら、でっぷりした男が、暑さの中、ふうふう息を弾ませ、汗だくになってついてくる。その息が荒くなるので、なおさら早足に歩いてやった。ここの局長については、ヘラートの電報局で話を聞いたことがある。その局長が、ロシア語をしゃべる気苦労で、もう英語は忘れてしまったと言った。なるほど局内にロシア人がいて、ここへ来るより医師に会ったらどうかと言う。それで病院に向かう途中、ポニーの馬車を見つけたので、これに飛び乗り、ホテルのマネージャーは道に置き去りとした。しかし、今度は馭者《ぎょしゃ》のほうが、どこからどこまで客を乗せたか報告する義務を負ったようだ。

アブルマジド・カーンという医師は、ケンブリッジの卒業生なのだそうで、好感の持てる教養人だった。インド人にはめずらしく控え目な性分のようだが、ほどなく打ち解けて話が弾んだ。ここへ来て八年になる、ということに私が驚いたと見ると、それまでの経緯を語ってくれた。いわゆる非協力運動にまつわる事情があって、〈インド医療奉仕団〉から離れざるを得なくなったという。若気の至りで、みずから将来を壊したようなもの、などと昔を惜しむように言った。あの運動はもう生命を失ったとも考えていた。大きな代償があったのに、結局は無駄骨に終わったという口ぶりだ。しかし、その声音に辛辣な響きはなく、民族派のインド人らしいイギリスへの反発を突きつけられることもなかった。私からは、一個人として民族派には共感があり、そういうイギリス人も十年前よりは増えているということを、決して迎合するのではなく伝えたいと思った。アフガニスタンという国についても、医師の発言は辛辣ではなく、土地の人々も、ここでの仕事も気に入っているとのことだ。そういうところは、私がこの国で出会ったインド人とは違っている。

もちろん簡単な仕事ではない。病院の年間予算は一万アフガン・ルピーにとどまる。換算すれば二五〇ポンドだ。患者を収容する平屋の病棟が、さかんに鳥がさえずって木陰の多い庭園に、二棟、三棟と立っている。上等とは言いがたいが、きれいに管理されていた。ここへ来る患者には、白内障、結石、梅毒が多い。

この医師に、オクサス川まで行きたいので、モハマド・ガルに会おうとしている、という話をした。すると医師は、その件を持ち出されたくない大臣が、遠回しに断ろうとして、眠り病を装ったのだと言った。これからどうしたらよいだろうと言ったら、医師は、大臣宛に英語で手紙を書いたらどうかと思いついた。電報局長の語学力では手に負えないように、わざと込み入った文章にしておく。そうなったら当地在住のインド商人にでも訳させようとするだろう。おそらく好意的な言葉が添えられるのではないか。
というわけで出来上がったのが、以下の文面である。

トルキスタン担当相モハマド・ガル・カーン閣下

謹んで言上いたします。本日、すでに閣下には御用繁多のことと拝察し、誠に恐縮の至りではありますが、何分、知事閣下、外務官閣下ともにハイバクへご出張との事情に鑑み、はなはだ心苦しくも私事にてのお願いを申し上げる次第であります。

イギリスからアフガン・トルキスタンへの旅は、たしかに難行苦行であったとはいえ、いざ参じますれば閣下による仁慈のご政道に感じ入ることと相成り、さしもの長旅も十二分に報われたと考えておりますところ、そもそも旅立ちの発端は、かのアムダリヤ川、すなわち古来の伝承にあってはオクサス川として知られ、詩人マシュー・アーノルドの名作にも謳われた川の流れを、われとわが目で見届けんとの存念でありまして、ついに七カ月の念願かなって、ようやく川岸から四十マイルの地に達しております。

外務の秘書官殿に伺えば、オクサス川へ出るには特別な許可を要するとのこと。しかるに今回、川を見ようとするのは、ひたすら文化教養としての関心の発露でありまして、いかなる政治上の思惑もこれなく、かかる不遜な動機とは無縁であることを閣下にはご賢察いただけるものと信じて、ぜひお許しを賜りますようお願い申し上げます。

ところが他所においては、あらぬ嫌疑をかけられる事例もある由にて、なるほど川を境界とする二国はアフガニスタンとロシアにとどまらないと思わされます。ただ、あえて申し上げれば、たとえばアフガンの旅人がフランスなりドイツなりを行くとして、いずれからも何ら制約なしにライン川の景観を眺めることはできましょう。

いまだ世界には「進歩の光」が中世の野蛮な闇夜に射すことなく、外国人旅行者が偏見と誤解を覚悟せざるを得ない国があることは否めません。私どもがペルシャに滞在中は、いずれ間もなくアフガニスタンへ行くのだと思って、心の慰めといたしました。いわば高慢と狂躁《きょうそう》の女々しい群れを逃れて、真っ当な男らしき人々、むやみに騒ぐことなく、みずから当然とする自由を欣然《きんぜん》として他者にも与える人々のもとへ行くということであります。

さて、そう考えてよかったのでしょうか。故国へ戻ったのちに、それでよかったと語れるかどうか、その答えは閣下のご一存で決まります。もちろん、ほかに語ることはありまして、たとえばマザーリシャリーフのホテルには西洋の大都会に勝るとも劣らぬ快適な設備が整い、都市の再建という観点ではロンドンでさえ羨むであろう進行があり、またバザールへ行けば文明生活のあらゆる用品がそろっております。では、それとは別のことを語る仕儀にもなるでしょうか。すなわち閣下の都には旅人を喜ばすものがいくらでもあるというのに、最も大事な、この地にしかない魅力であるものは拒まれる、というのはつまりマザーリシャリーフを訪れる者は、かの英雄ロスタムが戦場とした川岸へ出たいというだけで、スパイ、ボルシェビキ、世を乱す不逞《ふてい》の輩と見なされることになるのでしょうか。いや、祖国の名誉を重んじる閣下であれば、くだらぬ世迷い言を申すなと仰せになるでしょう。この手紙をお読みいただけていれば、くだらぬ土産話を語ることになるはずはないと存じます。

当初の予定では、パータ・キッサールからハズラット・イマームまで、川沿いに馬を走らせたいと考えておりました。それが好ましくないということであれば、ここからパータ・キッサールまで馬ないし自動車で行って帰るだけでもかまいません。とにかく川を見たいと願うだけでありますから、もし閣下のご意向があれば、どの地点に変えても目的を果たすことになるのです。いまパータ・キッサールと申しましたのは、それが最寄りの地点であり、また対岸にテルメズの古蹟を望めると考えたからであります。

外国語による長文の書状となりまして、閣下にご面倒をおかけいたしましたること、重々お詫び申し上げます。恐惶謹言《きょうこうきんげん》、云々かんぬん——。

この奇妙奇天烈な文書をでっちあげて、書いてから愉快でならなかった。これに引っ掛かってくれるなら、モハマド・ガルというやつは見かけよりもなお高慢な大馬鹿ということになるだろう。

マザーリシャリーフ、五月二十九日——ともかくも手紙には反応があった。拒絶である。

ただ、モハマド・ガルが嫌がらせをしているだけではなさそうだ。かなりの政治判断が求められる案件になっていて、外国人を国境の川に近づかせるとしたら、カブールからの許可を得なければならない。たとえモハマド・ガルにその気があったとしても、首都との連絡を欠かすことはできず、しかもハイバクの断線事故で電報が不通なので、意思の疎通には一カ月ほどかかるらしい。また、それでなくても、この付近の情勢が不穏である。すでに六カ月におよんで、ロシア側から大挙して渡河したトルクメン人が、南岸の未開地に定住しようとしている。すっかり無法地帯になっていて、ハズラット・イマームまで馬で行くなどと気軽に言えたものではない。また二人のイギリス人に国境の偵察をさせないという名目で、ボルシェビキの工作員が動きだすかもしれない。そこまで言ったら考えすぎとも聞こえようが、私たちがマシュハドで耳にした話と突き合わせると、あながち空論でもなかろう。

医師は、数年前にタシケントまで行って、あまり歓迎されなかったそうだ。パータ・キッサールなどは見なくても損にならないと言う。せいぜいテントが二つで、それぞれが税関吏と警備兵の宿舎になっている。その昔には建物もあったのだが、みな洪水で流された。馬を走らせても悪くないのは、チャーアブか、ハズラット・イマームか、と医師は言った。雉《きじ》がいるとして有名な土地を駆け抜ける。私の想像とは違って、虎はいないということだ。

それでもテルメズの遺跡を見たかったという気持ちは拭えない。南岸から見ると壮観であるとイェイトが書いている。その中に初期の形態をとどめる尖塔が立っていることをザーレが図解して残している。しかし、そのテルメズこそ、もし工作員なる連中がいるなら、人の目に触れさすまいとするだろう。ブハラを発した鉄道の終点になる要衝として、ロシア本国から守備隊が出ている。ロシア領トルキスタンにおいて、イギリス領インドで言えばペシャワールのような町である。

オクサス川のロシア軍は、ただの飾りではない。アマーヌッラーが退位した時期には、実際にアフガニスタン領内へ侵入した。さほど大がかりなものではなかったが、バルフで護衛役に聞いた話とは、うまく符合している。総勢で三百の兵と、三門の砲、および衛生班という規模だった。その部隊がデハディの砦に追い込まれたことがある。バルフから来る道で見たが、周囲に壁をめぐらした堅塁だった。その壁が崩れることなく、しっかり維持されていたので印象に残った。トルクメンの勢力に囲まれて、大きく砲を移動させながら防戦したのだが、二万を越えたと言われるトルクメンの、すさまじい攻撃にさらされた。

侵攻があったと聞いて、インド政庁が大慌てしたことは想像に難くない。だが私に言わせれば、ロシアの行動はイギリスが北西辺境で毎年やっていることと同じである。つまり部族の反抗が国境に広がらないように先手を打って抑圧する。おそらく、状況によっては、ロシア軍がアマーヌッラーに味方することもあったろう。イギリス軍だって都合次第で国王ナーディルの味方になったかもしれない。ともあれ大きな構図は見えている。もしアフガン人が自国を安定させられないのなら、北部からはロシアが、南部からはイギリスが代行しようとするだろう。あの時点でそうだったし、私がヘラートにいた昨年十一月にもそのようになりかかっていた。アフガン人がぴりぴり警戒するのも無理はない。とくにアフガン北部は、トルキスタンと呼ばれる広域の中にあって、この国に取り込まれてから、やっと八十年しかたっていない。首都カブールから見ると、ヒンドゥークシュ山脈があって交通の便が悪い。ロシアの観点からは、不満だらけの難民が流れていってトルクメンの人口がふくらむのは、反ボルシェビキ感情を広める原因になりかねない。もちろん、この地域の安定は、ロシアがあえてイギリスと事を構えたくないと思えばこそである。また、アフガニスタンがおとなしく自立していれば、両大国にとっては中間の緩衝地帯として役に立つ。そうと認めることはアフガン人には屈辱的だろうが、また一方で、ロシアに手出しをさせないためにも、国内の平穏が大事であることはわかっていて、その方策として最善なのが電信と道路であると考えている。どこかで騒乱があったら、電信で部隊を動員し、道路で輸送するということだ。実際、それなりの努力は見えているが、通信、交通の整備としては、悪天候に左右されないだけの対策が、まだまだ必要なようである。

ウズベクの羊飼いと話をしてから、ふと疑念を抱いていたのだが、冬にユダヤ人を追い出したということにもロシアが絡んでいたのではないか。軍事力でなくても経済力による侵略を恐れたのかもしれない。アフガニスタンには、ある程度のユダヤ人が、いつでも存在した。うらぶれた貧乏暮らしで、まったく取るに足らないと見なされる。モルガーブで見かけたのは、この地に以前からとどまっているユダヤ人だろう。カラエナウで困窮していたのは、ブハラのユダヤ人ではないかと思うのだが、アフガニスタンへ来たのはロシア革命のあと、賄賂をとってビザを発給するタシケントのアフガン領事のおかげで、どうにか逃げてきたのだろう。いずれにせよユダヤ人の常として、新しい土地に移ってからでも、出身母体となった集団と絶縁することはなかった。そこでアフガン人が危惧したのは、ラム革から生じる利益が、いつのまにかロシアに流れていたりしないかということだ。なにしろ生きた羊も略奪していくやつらである。こんな猜疑心を向けられたのはユダヤ人ばかりではない。十年前にはマザーリシャリーフの近辺に四百人ほどのインド商人がいた。その後、とくにモハマド・ガルの着任以来、脅迫とも言える締め付けがあって、ほとんど商売を続けられなくなり、いまでは五、六人しか残っていない。その間、インド政庁は手をこまねいていただけなので、もう機能不全ではないかと思われている。

ああ、アジア！　何事も煎《せん》じ詰めればナショナリズムになってしまう。自立する欲求がある。世界に堂々と伍《ご》していたい。配管も未整備なおもしろい国とは言われたくない。ただ、アフガンの強国願望は、ペルシャほどに臆面もないものではない。アマーヌッラーの山高帽という前例があったおかげで、すでに役人も心得ているが、いくら国家の向上を鼓吹したところで、いまだ国民は少々の利便のために伝統を捨てようとは思っていない。だが進むものは静かに進む。それが道路や郵便のようなまともな公共事業であることも、ここのホテルやバルフの再建のような突拍子のない珍企画もある。どちらもモハマド・ガルの思いつきで、極端なナショナリストぶりが見えている。実用性よりも象徴性に重きをおくようだ。アイルランドで言えばデ・ヴァレラ[8]のような存在だろうか。公用語をペルシャ語からパシュトー語に変えようとさえ言いだしかねない。しかし、モハマド・ガルは口だけ達者な男ではない。バルフで言葉をかわしていてわかった。なかなか得難い人物である。トルコで教育を受けて、エンヴェル・パシャ[9]の盟友となり、エンヴェルが赤軍の攻撃で戦死した際にも、裏切ることなくブハラの付近にいた。アフガニスタンにあっては、めずらしく清廉、公正という評判がある。それが勢力を保っている秘訣であり、トルキスタンの外にまで威光がおよんでいる。だからこそトルキスタンに留め置かれているのだとも聞く。

マザーリシャリーフ、五月三十日——きょうはバルフに行っていた。

住宅地域に残っている寺院があって、ホージャ・アブー・ナスル・パールサーの墓として建ったと言われる。この人はホージャ・ムハンマド・パールサーの息子だが、どちらかというと聖者として有名なのは父親のほうで、五歳だった詩人ジャーミー[10]と出会って宗教に目覚めさせた。一四一九年にメディナで没している。息子は、フサイン・バイカラの母フィールザー・ベグムが

8 アイルランドの独立運動の指導者（一八八二-一九七五）。 9 オスマン帝国末期の軍人、政治家（一八八一-一九二二）。
10 ペルシャの神秘主義詩人、学者（一四一四-九二）。

創建したヘラートの学院で、神学の講義を行なった。その後、バルフに移ったようで、一四五二年にはバイスングルの息子バーブルに進言し、オクサス川を越えてアブー・サイードを攻めることの非を説いている。一四六〇年没。

建物の本体は、レンガを積んだだけの八角堂だ。その正面を押し隠すように大きなタイル壁が立ち上がり、その左右にならぶ二本の柱には螺旋模様があって濡れたように輝いている。正面壁の背後に、八角堂の上に載って、縦溝のあるドームが八十フィートの高さまでせり上がる。ドームと正面壁の間に押し込まれたように、二本の尖塔も立っている。

正面壁は、白、および暗色と淡色の青、という色遣いに限られ、さりげなく黒で補強されている。まず銀色に近いような第一印象があったのは、紫そのほか暖色系の色がないせいだろう。そうした印象はドームにも引き継がれる。太い肋骨が浮いたようなドームは、緑がかったトルコ石色の釉薬をかけた小型のレンガで、その表面をびっしりと埋めている。頂点の近くで釉薬が剝げているので、肋骨が白っぽくなり、うっすらと雪をかぶったようにも見える。これと似たような形式の二つ、すなわちヘラートとサマルカンドにあるドームとも同じく、アブー・ナスル・パールサーのドームにも、その威容を誇るような趣はあるのだが、それでいて建築の全体としては、現実から遊離したロマンを感じさせる。何やら未知の力がかかって引っ張り上げられていくようだ。そんな幻想が生じて、この世のものではない美しさと見えなくもない。

内部へは行けなかったが、ドーム下の胴体には、ぐるりと十六カ所の窓がある。分厚い壁を抜ける窓にすり寄ったら、祈りの声が耳を打った。どこでも同じだが、導師がいて、村人が唱和する。

東門から出ると、また一つ、寺院がある。ホージャ・アガチャの廟ということになっているが、誰が祀られているのかわからない。フサイン・バイカラの欲深な愛妾が三人、またバーブルの妻も、そういう名前になっていた。さるウズベクの家から出た女たちだ。たいした建造物ではない。ドームは消失している。その下の胴体部分をめぐって、釉薬のかかったクーフィー体の文字タイルがある。すぐ近くに、またしても壇状に盛り上げた箇所があるが、そういうもののおかげでバルフは発掘の名所になっている。

プラタナスの木陰でランチをとった。あたりにはターバンを巻いた作業員が大勢いる。新しい町作りというのは、キャンベラの都市計画くらいに野心的だが、こんな炎天下にマザールから普請の手伝いが来るはずもない。いわばエフェソスを再建してスミルナに代わらせようとするほどの壮図だろう。その後、寺院のスケッチをしていたら、カブール風の服を着た黒髭の男が寄ってきて、ご機嫌ようとか何とか言いながら、写真撮影は構わないが、絵を描くのは禁止されているので、その絵は没収すると言ってのけた。とっさに口もきけないくらいに腹が立って、ようやく何か言ってやろうと思った矢先に、ホテルから同行していた一人が、代わりに言い返してくれた。おかしな口出しをしやがると思って「ぽんぽん言ってやった」そうで、いけすかない男が再建計画の側に雇われてるやつだとは知れた。そんな押し問答が一段落するまでには、私もスケッチもどこかへ行っていた。

夕方、アブルマジド医師が注射をしに来てくれた。それだけでも許可をとる必要があったそうで、食事は遠慮するのがよかろうと言っていたが、ともあれ冷たいウィスキーソーダだけは出してやることができた。写真屋からソーダ水を四本分けてもらって、バケツの雪に突っ込んでおいたのだ。これを飲んでお祝い気分になったが、インドで言う「大きな一杯《バラー・ペグ》」に、有望だった若き日々を思い出した医師には、また淋しさもあったようだ。おととい、この医師の家を訪ねた。この土地では普通にある泥壁の家だ。椅子やソファにひらひらしたチンツのカバーを掛けているのが、イギリスの田舎家のようだった。

医師に聞けば、数年前にフーシェ[11]が来て買い集めるまでは、バクトリアの古いギリシャ硬貨があたりまえに出回っていたという。それ以来、ああいうコインは高値のつく珍品だということになって、古銭として妥当な評価よりも二十倍三十倍の値段が吹っかけられている。

果実の季節になった。アプリコットがうまい。チェリーも出てきたが、このあたりで穫れるのはモレロ種なので味がきつい。ジャムにしてもらった。

マザーリシャリーフ、六月一日――きのうの朝、クリストファーが外務担当の部局に出向いて、ロシア領事館を訪ねてよいかと許可を求めた。ビザを取る都合で、という口実を設けることにしていたが、そんなものは初めから当てにしていない。とにかくテルメズまで行けたら、あとは列車に乗って十五時間でブハラへも行ける。そう思えば、もどかしいことではある。ところが、せっかくの口実を持ち出すにもおよばず、外務官の代理さえもまだ寝ているという対応だ。ならば勝手に行かせてもらおうと、クリストファーはアフガン兵の一隊が銃剣を構える中を押し進み、ついに面会を果たしたのはブリアチェンコ氏という人物だ。小柄な知性派というべき男は、木陰で読書をしていた。

「サマルカンドへ行くビザを？」ブリアチェンコ氏が言った。「もちろんビザは必要です。ただちにモスクワへ電報を打ちましょう。イスラム文化史を研究するオックスフォードの教授が二人ですな」――（どちらもオックスフォードへ行くには行ったが、学位を取るにはいたらなかった）――「ここまで来ていて、アムダリヤ川を越える許可を待っている、と――。あ、いや、テルメズに見るものはありませんぞ。どうせならアナウへ行かれるといい。ティムール朝の遺跡があって、セミョーノフ教授が本を書いておられる。ビザは、すぐにでもお出ししたいところだが、返事が来るまでに一週間かそこらかかります。いずれにしても、いまはここにおられる。それが肝要。ぜひパーティでもいたしましょう。お出でいただけますね？」

「いつです？」クリストファーは予想外の成り行きに、礼を言うのも忘れた。

「いつ？ どうでしょうな。いつでもよいのでは？ 今夜とか？ それでいかが？」

「もちろん。何時に？」

「何時？ では七時で、よろしい？ 六時？ 五時か四時？ 何だったら、いまからでも」

このとき午前十一時半。ひどく暑かった。やはり夕方にいたしましょう、とクリストファーは言った。

六時半、マネージャーに気づかれないように、そうっとホテルを抜け出した。領事館の門前には、またしても武器を見せつける連中がいたが、どうにか通過すれば、たっぷりと木陰のある中庭が連続していた。前庭にはトラックや乗用車が何台も駐車して、一台は赤いボクスホールだった。ブリアチェンコ氏が涼しい部屋に迎えてくれた。レーニンやマルクスの肖像から解放された

11 フランスの考古学者、東洋学者（一八六五‐一九五二）。

室内に、自家発電の照明がついている。名前から推して、ウクライナの方ではありませんか、と言ってみると、氏は「ええ、キーウですよ。妻はリャザンの出ですが」と言った。すると入ってきたのは、まだ若い女性で、濃い紫の衣服をすっきりと着こなし、真ん中で分けて垂らした髪が、人の好さそうな顔を包んでいた。ほかに来た人々はというと、まず巨体を揺るがすように入ってきた男は、いくらか香水を振っていたのかもしれない。あばた面の顔から鳩のような声を出した。その妻はブロンドの髪をして、唇が赤い。とろりとした金色の髪をすべて後ろに撫でつけていた。ブリアチェンコ氏の息子は、五歳だというのに、シャリアピン[12]そっくりの風貌をしている。いま入ってきた夫妻にも男の子と女の子がいた。そして医師。ぽっちゃりした小男で、黒い髭を生やして、無造作な印象がある。また、さりげない薄化粧の女性が一人、明るい色の髪をふんわりと持ち上げる形にしていた。似たような髪の色の太った男もいて、これは電報局で見かけたやつだった。戦争中は無線技師としてカンタベリーにいたらしい。すっきりした身なりの若者二人は、カブールから着いたばかりだが、雨に降られて二週間がかりの旅になったそうだ。それから最後に、十四歳の少女がいた。薄化粧の女の娘ということで、身のこなしが美しく、いずれバレリーナになる運命ではないかと思えた。

ロシア式に考えると、あれでも大盤振る舞いではなかったらしい。そもそも基準が違うので、まったく切りがない。実際、町にあったイワシの缶詰をごっそり買い占めていて、それだけでも散財だったことを、あとで知った。いずれにせよロシア人らしいところで、ご馳走の気分は大いに盛り上がっていた。どんどん人が増えて、テーブルや椅子が追加され、大人の膝に子供が飛び上がる。するとまた料理の追加があって、インド産のイワシ、ロシアのパプリカ、タマネギサラダを添えた肉、およびパンが、いつ見ても皿の上に満載だった。黄色を帯びたウォッカが、デカンタに入っていて、フルーツが泳いでいる。そのウォッカが際限もなく注ぎ足されていた。ロシア人たちは、カップで何杯も喉に落として、あなたがたは飲むのが遅いとまくし立てた。だが、それも初めのうちだけ。

カブールからの二人組は、ペシャワールに注文して取り寄せたという新しいイギリスのレコードを運ぼうとしていた。ところがハイバクでトラックが嵐に見舞われ、レコードがすべて損傷した。この町の小さな外国人社会にとって痛恨事だったには違いないが、さかんに残念がって謝るので、せっかくイギリス人のために注文したのに、と言っているようにさえ聞こえた。いずれにしても新着の品はなく、タンゴやジャズと、『シェヘラザード』『ボリス・ゴドゥノフ』『エウゲニー・オネーギン』のようなロシア物が入れ替わりつつ流れた。みなが踊って、歌って、坐れば食べて、また踊った。会話がペルシャ語だったのもおかしいが、外国人同士でペルシャ風の身振りをつけてしまうのだから、なおさらおかしなものだ。頭を下げ、瞼をひくひく動かし、手は胸に当てて、謙遜した雰囲気を醸し出す。ブリアチェンコ氏も、鳩声の男も、私たちに「サヒーブ」と敬称をつけて話した。こちらからはペルシャ流に閣下とか殿下とか言ったのだが、それよりも対等性を重んじる語感を出したかったのだろう。

時間が飛んで、ウォッカが流れた。電報局の男は運び出されて、私は朦朧として、ロシア人は遠慮のないことを言いだした。ふと気がつくと、クリストファーが一人でロシア魂の重圧に喘いでいた。もう二時だ。ホテルに帰らねばならない。距離だけなら目と鼻の先だが、ブリアチェンコ氏は「領事館ボクスホール」を出してやると言った。自分が運転する気になっている。これは

12 ロシアの有名なオペラ歌手（一八七三－一九三八）。

真の友好と言えた。足元がふらつくかどうかの問題ではなく、アフガン兵に見咎《みとが》められたら面倒だという配慮である。実際、車の窓に銃口を突っ込んでくる番兵もいたのだから、ありがたい親切だと思った。

けさは通常の翌朝なるものよりも苦痛だった。茶を飲んでから、花束ではなく葉巻の箱を持って、また領事館へ行ってみると、運動場のようなところに人が出て坐っていた。ブランコや平行棒がある。また高いネットを張っているのは、適当な人数が両側に分かれて、やわらかいサッカーボールのようなものを手で打ち合うということだ。実演して見せようということになって、新手の男どもが三人か四人は出てきた。いずれもプロレタリア階級で、運転手、修理屋として雇われている。電報の技師が年長に見えた。

ブリアチェンコ氏に聞くと、この一帯でほかにロシア人と言えば、ハーナーバードあたりに居住して、バッタの退治を行なっている四人だけだそうだ。いまやバッタは大きな害になっている。数年前にモロッコから飛来した。それがヒンドゥークシュ山脈の北面で繁殖し、ロシア統治下のトルキスタンに下りてきて、綿花栽培の脅威になっている。

ここからハーナーバードまでの道があって、その先はカブールまでの道があり、ハイバク峡谷を迂回できる。ということで、馬で行くのはよそうという考えに落ち着いた。さらに一五〇マイルは東への大回りになって、ほとんどバダフシャーン地方までも近づくが、ハイバクが通れないという口実でそこまで行けるなら、それを逃す手はない。クリストファーは馬の旅を惜しむが、それよりは遠回りのほうがおもしろいだろう。

クンドゥーズよりも手前のロバトにて（一一〇〇フィート、マザーリシャリーフから九十五マイル）、六月三日——いまだテヘランさえ出ていない頃から、クンドゥーズで泊まることは極力避けたいと思っていた。ムアクロフトが死んだのも、この辺の沼地で熱病にかかったからだ。クンドゥーズへ行くのは自殺行為に等しいのだと、よく言われる。そして果たせるかな、いま桑林の中にいて、よどんだ池の近くに、この身を横たえているのだから、凶悪な蚊を引き寄せる条件はそろっている。ほかにも害虫はうようよしている。とある壁際を寝場所にしたら、すぐにスズメバチの巣が見つかった。サソリだらけですよ、とは言われていた。じゃあ隣の庭園に移ろうかと言ったら、そっちは蛇だらけです、とのことだった。マザーリシャリーフを出る前にバザールで蚊帳を調達しておいてよかった。私はカメラの三脚を利用し、クリストファーは桑の枝を払ってもらって、蚊帳を掛けた。蛙の鳴き声がして、池で音楽の泡を吹くようだ。大きな雪の連峰が、この地からは南東に見えて、月の出にきらりと映えた。護衛に雇った二人は、寝る前にライフルの弾を入れておこうとしている。朝用のミルクに襲撃をかける猫がいる。夕食時にはスクランブルドエッグとタマネギを食った。タマネギは、クリストファーの思いつきで、すでにホテルで火を通して刻んでもらっていたので、あとは温めるだけでよかった。この方法は名案である。

きょうの行程で、この峠道まで来られたが、その一日の始まりには、再度のロシア式パーティによる影響が色濃く残っていた。二度目は前菜《ザクースカ》だけのパーティだったが、それでも踊りがあって、またしても発現したロシアの魂にがっちり押さえ込まれてしまった。もし二つの大国が、二つの大山のように、双方から歩み寄れるものではないとしても、とブリアチェンコ氏は言った。個人と個人なら話が違う。氏自身もイギリスは立派な国だと思っていて、そちらでも近いうちに革命が起こるとよいですね、とのことだ。そんなに大急ぎで出発されなくても、あと何日かマザールにいれば、領事が良質なブランデーをたっぷり持って帰任するはずで、またビザが発給される見込みも大いにあるでしょう、とも言った。

その見込みはないと思った。だが、ほかに強く思ったこともある。ロシアとイギリスがとっている政策、つまりトルキスタンとインドに相互に手を出させまいとする政策は、そろそろ意味がなくなってきているのではないか。ここでパーティを催してくれたのは、穏健な教養人で、クラシック音楽に金を使おうとする男女である。その人たちを見ていると、インドを通過するビザさえも発給してやらないのは理不尽な気がする。さらにまたロシアとイギリスの国益という大きなことも考えた。従来は衝突していたが、いまは事実上同じものになっている。とくに中間の緩衝国との関連で、そのように言えるだろう。そうした国々は、隣接する大国に嫌がらせとなる外交政策で、おのれの存在感を高めようとする。世界革命というマルクス主義のお題目を唱えて、いまなおインドに資金と教義を浸透させてくるロシアが、その流れを止めることさえ承知すれば、こうした利害の一致がはっきり見えてくるかもしれない。タシケント知事とインド総督が英露会談をして、ペルシャ、アフガニスタン、新疆、チベットを議題にするならば、一方が革命プロパガンダを続け、もう一方が革命を毛嫌いしているよりも、はるかに双方の得になるだろう。

ふたたび「領事館ボクスホール」に乗せてもらえて、門まで見送りに出てきたパーティの面々が、さようなら、よい旅を、と手を振っていた。

けさマザールを出てから、大トカゲに遭遇した。三フィート半はあったろう。腹が黄色く、かなりの体高があって、チッペンデール家具のような小型の足がついていた。こいつが猛烈に尻尾を揺らしながら、穴の中へ駆け込んだ。また、付近に砂鶏《さけい》の巣があって、卵が三つ生まれていた。

ホルムまで来ると道が分かれる。ハイバク方面へ行く本街道との分岐点だ。ここでランチをとった。渓流を見下ろす位置に、中国の建物のような城があり、その写真を撮っていたら、二人の護衛では年長の男、つまり大きなチェック柄の白いフロックコートを着たお節介なやつが、撮影は「ご無用に」と言う。これに答えて、もし本気でそう思うなら、マザールへ帰ってもらっていいと言ってやった。そもそもトラックは乗車スペースが狭いのだ。もっと先へ行って、今度は手頃な高台からオクサス川の平原をカメラに収めようとしていると、また口出しをした男が、私の腕をぐいぐい押した。それで私がどなったものだから、男はぽかんと口を開け、ライフルもだらりと下がった。その次にまたカメラを構えたときには、もう男は何も言わなかった。

マザールの当局は、なぜ一人ではなく二人の護衛をつけてよこしたのだろう。そう思っていたら、護衛の口から理由が知れた。われわれ二人に写真を撮らせない役目があるという。それを果たせずに困っているらしい。だからといって、どうしようもない。

ずっと殺風景な土地が続いているが、マザールに着くまでの鈍い金物のような色とは違って、全体にオパールのような光彩が出てきた。牧草地と言ってよさそうなのは、かさかさしたクローバーの原っぱだ。樹木はない。生命感もない。十六マイルごとに、ぽつぽつとロバトが設けられている。ある池のまわりにハゲタカが集合して、会議でも開いているようだった。唸りを上げるバッタの群れが、何度となく飛び過ぎていった。シャディアン山脈は、その麓がトルキスタン平原の南辺をなしているが、これが北に曲がろうとするので、だんだんと坂道を上がることになった。ところが、マザールから八十八マイルの地点で、いきなり登り坂は終点になり、そこから道路は千フィートも下降した。ずっと下からラクダの隊列がひょこひょこ揺れて上がってくる。どの一頭にも二つずつ、木枠の座席がくくりつけられ、女の乗客を運んでいた。もっと下に目をやれば、光をきらめかすクンドゥーズの沼沢地、またカタガン州の領域が、延々と広がっている。はるかな彼方に、靄ったような陽光を抜けて、バダフシャーン地方の山々が立ち上がり、私の心の眼はワハーン渓谷を上がってパミール高原、また中国にまで誘われている。

下り坂を最後まで行くと、橋があって、その手前に一台のトラックが停まっていた。橋とはいえ、柱を組んで、草と土をかぶせたようなものが、掘割の川を越えている。深さは十二フィート。こちらの運転手が進もうとしたら、いきなり先のトラックが動き出して渡ろうとした。橋はぐらぐらと揺れて崩れた。土埃と棒杭が雲散し、叫び声、うめき声、木材の裂ける音があって、トラックはゆっくりと側転するように川に落ちた。ルーフが水に浸かり、車体はあられもなくひっくり返って、車輪がふらふらと空転するだけだった。乗っていた人は振り落とされたようだ。運転席が対岸の坂にいくらか持ち上げられている。どうにか運転手も這い出して無事だった。まだ女がいる、という声が上がるのを聞いて、頼まれもしない義侠心《ぎきょうしん》に駆られたクリストファーと私が、転落の現場にすっ飛んでいった。車体に掛かっていたロープを引っぱずし、積荷を取り払ったのだが、もう誰もいなかった。積荷を流すまいとする回収の作業があって、あたり一面に色彩が広がった。草色のインド更紗、ピンクのサテン帽子、カーペットなど、この土地に繚乱《りょうらん》の区画ができあがったように、ならべて日に干されたのだ。

すでに半裸の男たちが、野原から湧いて出たように現れて、事故の検証をしようとしていた。クンドゥーズの知事も葦毛の馬を駆って出てきた。赤髭の顔を怒らせ、鞭を振るって威嚇しながら、さっさとトラックを川から出して、朝までに橋を直せと厳命する。私たちの荷物は駄馬の背に載って、川を越えたロバトに運ばれた。それが混み合っていたので、いっそのこと屋外で寝てしまうことにした。

事故のトラックに乗っていた一人に、もじゃもじゃと黒い髭を生やした長身の男がいた。ラウンジスーツを着て、ドイツ語を話す。国王の秘書官なのだそうで、アフガンの旅行案内を書くという目的で、この旅をしている。川岸に坐り込んで熱心に動かすペンが、右から左へと文字を記していた。こちらのウィスキーを不審な目で見られたが、表向きにはシャーベットと称していればよいことを、すでに私たちも心得ていた。

ハーナーバード（一三〇〇フィート、クンドゥーズ手前のロバトから二十七マイル）、六月四日——

橋は昼前には修復され、今度は無事に渡ることができた。運転手のサイード・ジェマルが、もう一方の運転手とは兄弟だということで、二台のトラックをスチールケーブルで結びつけ、また裸の男たちが下から棒を梃子《てこ》にして押し上げて、落ちたトラックをずるずると引っ張った。うまいこと上げてしまえば、塗装のほかには傷もなく、すぐにエンジンもかかって、さっさと先行していった。

葦の原を抜ける砂地の道を行くと、クンドゥーズ川の岸辺が開けた。この地点では、うっすらと赤みを帯びた泥まじりの雪解け水が、六十ヤードの川幅を大きく曲げながら、急行列車のような勢いでオクサス川へと流れていく。広い岸辺に大勢の人が出ている。砂地からの照り返しが熱い。澄み渡ったピンクブルーの空の下で、ラクダの隊列、柳の樹列が、シルエットを交錯させている。私たちの到着時には、人馬と商品を積み込んだフェリーが、対岸から出ようとしていた。いわば双胴の船であって、粗雑な造りで船尾がせり上がった平底の二艘を並列させ、その真ん中に手すり付きの床板を差し渡して固定している。川の流れが船をとらえた。と同時に、イグサの引縄をつかんだ泳ぎ手が、川を横切る一列になって飛び出す。また一艘の船尾には、大きなパドルを舵のように操る者がいる。湾曲する流れに押されたように、ついに船は四分の一マイルほどの下流で、こちらの岸に着いた。もっと上流側には、馬や牛を渡らせようとして泳ぐ連中もいる。それが陸に上がってくるところを見ると、いくら泳ぎを得意とする稼業でも、背中に大きな瓢簞《ひょうたん》をくくりつけている者が多かった。日焼けして褐色の肌になっている。土着の下層民という風情の顔も見られるが、とくに何らかの部族なのかどうか聞き出すこともできない。ぶっきらぼうもアフガン流の慎みだと思うことにして、あえて深追いはしなかった。

今度は船を引っ張って、川の大曲りの始点まで戻す作業があった。そこでトラックを手すり付きの舞台のような平面に載せてもらった。時速十ノットほどで対岸へ向かったので、このままでは命がけで泳ぐことになると覚悟していたら、一瞬の早技で激突は回避されて、がりがりと土手に接触した。水辺の賑わいは、ボートレースがある日のパトニーにも匹敵する。褐色の肌をした裸の泳ぎ手のほかにも、花柄ガウンの堂々たるウズベク人、ずんぐりした体型にとんがった毛皮の帽子をかぶって、きょろきょろ見ているトルクメン人、アスコット帽のように張り出した黒いターバンのハザラ人、またイスラム教徒ではなさそうだが、立派な髭の男が一人二人いて、その手を借りながら私たちも土手を上がって行けた。にぎやかな人混みを抜けて、鞭を手に、えらそうに歩いているのが、赤髭のクンドゥーズ知事だった。狩場の案内人にでもなったように、熱心な現場監督のつもりである。

城壁が一線をなしていて、白く古ぼけているのはバルフの丘を見るようだが、もうクンドゥーズの町に来たのだとわかる。ここを通過すると、なだらかに上がる緑の平原を突っ切ることになった。それだけ南東の大雪嶺に近づいているので、雪から出ている岩の壁面、亀裂までも見てとれる。大きく広がった草地には、めずらしいクローバーが生えている。たしかにクローバーらしい花が咲いていて、クリーム色の花の先端がピンク色になっているが、それにモチノキの葉をつけたようなのだ。こうした草原のところどころにキビトカがある。イグサを材料にした小屋は粗末なものだ。その周辺で馬や牛の群れが草を食んでいる。黄色いアスフォデル*が見えた。すっと一本だけ、三フィートか四フィートの高さで立っていたが、ぽつぽつと群生する箇所が出始め、ついに草原が水仙の海となったように深い黄色で覆いつくされ、金色の夕照にあたたまっていた。

*原注　エレムルス・ルテウス

ハーナーバードの住民は、この細長い黄色の花を「シク」と呼んで、緑色の実を糸のように撚《よ》り合わせる。

山岳地帯を仰ぎつつ、カブールから北上してくる道に合流した。きっちりと立ちならんだ電柱に、二本の電話線が張られている。これがワハーン渓谷の入口まで延びていく、ということは充分に考えられるが、そうなったらまた政治的な意味が出るだろう。ワハーン渓谷は、アフガニスタンから細長く突き出た回廊地帯で、ロシア、中国、インドというアジアの三大国の境目になっている。この道が急な下り坂になって町に入った。役場で渉外を担当するのは、まだ十八歳の若者だが、盲腸を患ってすっかり老けた印象がある。しゃべっているペルシャ語の中に、ブーツ、プログラム、シュガー、モーターバンのような英語がひょこひょこ出てきた。この男の案内で知事の接見室に通され、茶を振る舞ってもらえた。九十フィートの奥行きがある部屋は、一方の壁にオレンジ色の幕を垂らして、白黒の国章を飾っている。

くたびれて、旅の垢にまみれて、どこかに休める部屋はあるかと聞くと、本来なら客用の一棟があるのだが、ちょっと前に倒壊したとのことで、葉の揺れるプラタナスの木立に連れて行かれた。楡《にれ》の木くらいの高さがあって、「諸侯の時代」から続いているのだそうだ。つまりバダフシャーン地方がドースト・ムハンマドに制圧される以前からである。その木立にテントが張ってあって、敷物、テーブル、椅子が用意され、ランプを灯して客を迎えている。おいでになるとわかっていれば、もっと整えておけましたのに、という。マザールとは電話が通じていないので、何も知らされていなかった。

二人の護衛のことを、「牧師」「副牧師」と呼んで区別している。奥まった第三のテントに用便の穴が掘ってあるとは知らずに、便所はどこだろうと牧師に言ったら、ペルシャ語で普通の言い方をしたはずなのに、すぐには通じなかった。そいつは、ちょっと考えてから、「ああ、ジャワブ・イ・チャイのことね。茶への対応」と言った。

この不可欠な用務室に、なかなか洒落た婉曲語である。


ハーナーバード、六月五日――けさ、知事に会えた。シール・モハマド・ハーンといって、もののわかった人物のようだ。朝寝昼寝を言い立てることもなく、こちらの質問にはっきりした答えを返した。

「いや」うち沈んだ声が出た。「ハズラット・イマームへ行かせることはできない。川に近いのでな。同様に、チャーアブの温泉を見に行かれても困る。川が国境なのだから、不用意に近づかすわけにいかんのだ。チトラル方面の道は、まだ二カ月はドゥラー峠で雪で通行止め。ともかく、その三つのどれについても、カブールから許可が出ないとどうしようもない」

ハズラット・イマームへ行けないのは残念だ。タイル張りの寺院があることを、渉外の若者に聞いていた。

というわけで、十カ月もの旅のあとで、あすから帰路をたどることになるだろう。

この地に見るべきものはない。木陰でテントを張っているだけのことだ。レンガ造りの橋は洪水で流されてしまった。知事の庭園に香りを放っているインディアン・ビーンツリーは、ロシア産の木だという。バザールでは雪ではなく氷を売っている。

バーミヤン（八四〇〇フィート、ハーナーバードから一九五マイル）、六月八日――おととい、ハーナーバードを出ようとしてトラックに乗り込んだら、大急ぎでやって来た渉外の若者が、二名の交替要員を見つけるから、あと一時間待ってくれと言った。そうなったら牧師と副牧師はお役御免ではないかと、クリストファーが息巻いて、私も足を踏み鳴らし、牧師は若者に耳打ちして、この二人は怒らせると危ないと教えてやり、サイード・ジェマルは、もう待てねえと焦《じ》れた。というわけで、護衛の両名も引っさらうように、いままでと同じ顔ぶれで、さっさと走り出した。二人の用心棒は首都へ行くのは初めてだと喜んだが、あとでマザールへ帰ってからどうなるだろうと気がかりでもあったようだ。どうしてこの連中との旅にこだわったのか、私にもわからない。役に立つというより滑稽味のある二人組だった。牧師は、何かしら頼まれると、その指示を何度か口ずさむように繰り返し、何としてもお役に立ちたいと長口上に述べて、もし喜んでいただければ自分の喜びでもある、そのようにお考え願いたい、などと言うのだが、だからどうという結果も出さない。副牧師は、本人が言うように、ぼんやりした男である。がつんと揺さぶりをかけないと、まるで動こうとしない。ただ、少なくとも、この二人は私たちが写真を撮ったり、行きたいところへ行こうとしても、いまさら邪魔立てをしなくなっている。新しい護衛をつけられたら、また一から面倒だ。

ハーナーバードを出てから十八マイル、ふたたびクンドゥーズ川に沿う道に出た。そのあたりから山地に入って、このバーミヤンまで来ても、まだ川らしきものは残っている。そもそも、この川がなかったら、ヒンドゥークシュ山脈に自動車の道を通せたかどうかわからない。だが、とりあえず川は厄介の種になった。小さな支流が雪解け水にあふれて、バグラーン平原の真ん中で立ち往生である。

川水が増えているのか減っているのか、石を目安にして見ながら、ひたすら待つしかなかった。涼しい草地にいるとはいえ、日陰になるものと言えば、高く伸びて群生するシロガネヨシだけだ。ナメクジのような形をした小山が近くにあって、はるか東方の大雪嶺に向けて持ち上げるように、墓地と寺院を載せている。しばらくすると、あとから別のトラックが来た。その連中が空き缶で射的ゲームを始め、牧師、副牧師、サイード・ジェマルも仲間入りした。私とクリストファーは川に入ってみたのだが、ひどい水で、上がってから身体に洋服ブラシをかける必要があった。そのうちに日が暮れたので、トラックの脇に寝床の用意をした。鷲が飛んだような蚊の大群が、食事のベルが鳴ったとばかりに集結した。

翌朝、まだ寝床に転がっていた時刻に、さる老紳士が鹿毛の馬に乗って川に来た。チョコレート色の生地にバラの花柄をあしらったガウンは、だいぶ色が褪《あ》せている。ターバンの終端を鉄灰色の髭の上から顔に巻いていた。馬の鞍に差し渡すように茶色の子羊を運んでいる。あとから息子が徒歩で来た。まだ十二歳。ゼラニウムのような赤い色のガウンをはためかせ、自身の大きさと変わらないような白ターバンを巻いている。手にした長い棒を使って、黒い母羊と子羊に行く先を教えていた。

この一行が浅瀬の手前で勢揃いし、いよいよ川を渡ることになった。まず老人が川に乗り入れ、どうにか馬首を保って流れを横切り、茶色の子羊を対岸に置いた。息子は父親が戻ってくる間に黒い子羊をつかまえている。これを渡された父親は、その一本の脚だけをつかんで、また川を渡っていき、子羊が悲鳴を上げた。すると一緒になって鳴いた母羊が、あとを追って川に入った。

ところが流れには逆らえず、もとの岸辺に押し返されてしまった。子羊はというと、茶色の子羊がいる対岸へ連れて行かれて、まだ鳴いている。ふたたび老人が戻って、息子に手を貸し、びしょ濡れで震える母羊を、百ヤードほど上流側へ行かせた。すると今度は、また流れに運ばれながらも、うまいこと浅瀬の対岸にたどり着いて、めでたく小さい二匹に迎えられていた。少年は片足を父親のブーツに載せて、踏み上がるように馬の尻にまたがると、棒の先を水に突き入れ、川底の様子を確かめていた。向こう岸で馬から下りた少年は、茶色の子羊を父が乗る鞍に戻し、黒羊の親子を追い立てて、ゼラニウム色のガウンを風になびかせ、とっとこ歩きだしていた。あとから鹿毛の馬が行く。その隊列が地平線に消えていった。

さて、こうなると、私たちも馬で行ったらどうかという話になる。ただ、夜のうちに水かさが三インチ半だけは下がっていて、またサイード・ジェマルは運転手としての契約を失うまいと必死になった。どこの村から集めてきたものか、三十人の男手がそろって、前からロープで引き、後ろからも押すことになった。だが浅瀬の手前まで来たトラックは、下り坂の勢いで川に突っ込み、その前方で大慌てでした何人かが危うく難を逃れていた。それから十秒もすると、もうトラックは流れに押されて、このまま対岸まで行けるとは思われず、いったんバックして、鼻先を川から出すと、川沿いに時速三十マイルで移動した。髭面にスカルキャップをかぶった半裸の男どもが、わいわい叫んで走りだす。やっと追いついた一つ下の浅瀬で、今度こそ力まかせに押し出して、トラックを川から地面に上げていた。エンジンの重要部分には、まったく浸水していなかった。

バグラーンは平原の南端にあって、いくつもの村を寄せ集めたような町だ。一帯の畑地では、もう刈入れが終わり、穀草が束になって干されている。プリ・フムリーまで来て、またクンドゥーズ川を渡った。古いレンガの橋で、アーチが一つだけという構造である。橋のたもとにカーネーションが群がって、伸び上がった茎に小さな白い花をつけていた。その先は道路が整備されて、盛土や切通しのおかげで勾配がなだらかになっているのだが、どこも依然として未舗装な国土では、せっかくの整備も長続きせず、降った雨にチーズのように削られている。たいていは便宜を図ったつもりが不便になって、かえって道路のない土地に出て大回りするしかないのだった。

全行程の中で最も美しい箇所にさしかかった。これだったら馬で来ればよかったと思わされる。道路は川を離れて、いわばヒンドゥークシュ山脈の本丸に突っかかり、緑に萌える城塞をよじ登った。くねくねと上がるのではない。峰から峰へ伝うように、急傾斜の上り下りが連続した。どの方向へ目が行っても、山脈はゆらゆら揺れる草の斜面ばかりで、そこに果てしなく多彩な花々が散りばめられている。黄、白、紫、ピンクという各色が、密にも疎にもならず、どの一つも過多にならず、いい具合に配置されているので、まるで東洋にもベーコン[13]がいて、その名人が全山に造園の趣向を凝らしたようになっている。青いチコリ、背の高いピンクのホリホック、しっかりした茶色の玉にレモン色の花弁をつけたようなコーンフラワー、とがっていて背が低いジャスミンのような白い花、葉に斑点のある大きなユキノシタ、バターイエローで内側だけ茶色くなっているガーデンムスクのような小型の花、葉に棘のない青とピンクのイラクサ、枝分かれ

13 イギリスの哲学者、政治家（一五六一－一六二六）。「庭園について」（一六二五）というエッセイがある。

して伸びているローズピンクのロブスターブロッサム、というのは少々の例を挙げただけで、そのような花々がエナメルの光沢を放つ広大無辺の草原からウインクしてくるのだった。その上方は雲にまで届きそうで、下方にはトルキスタンの大地が果てもなく波打って続いていく。ピスタチオの木々の下からも花にウインクされながら、けしからん音と煙をまき散らすトラックが、カムピラク峠に上がろうとしていた。

緑の高地を突っ走るうちに、急に道が狭くなった。これが二マイルほども続く。激流の川床にもなるのだろう。大きな石がごろごろ転がっていて、なるべく揺らがない石の間を踏むように、かろうじてトラックが通行していった。ようやく目の前が開けて、ふたたびクンドゥーズ川を見下ろした。その向こうには雪嶺の威容が立ち上がる。このあたりから道は川沿いに西へ向かう。渓谷の白い野生馬が駆けてくる。しばらくして暗くなったので、タラあるいはバルファク、またタラ・バルファクとも呼ばれる村に泊まることにした。

けさ目を覚まして、ここまで来るともう中央アジアではないのだと思った。南から北へ移動する部族がいるが、まったくのアフガン人で、肌は浅黒く、服装にはインド風に近いものがある。二百頭、三百頭というラクダの列を操っていた。両側から向き合う高台に、城や防壁の遺構が残っている。渓谷の川は、それまで縮んでいたことを憤るかのように、青空に向けて岩壁が何百フィートも立ち上がる山峡から奔出していた。ここから狭くなる地形は、ときとして耕地になっている谷間を抜けながら、四十マイルも続いていく。その開始点には、ぐるっと円周の三分の二くらいを描く流れができていた。それから川に架かる木橋を渡るということが八回か九回はあった。緋色に花咲くザクロ、またピンクのスピレアの茂みが、水辺を彩っていた。さらにまた橋を渡ってから、いよいよ西向きの街道を離れ、バーミヤン渓谷に入っていった。

オクサス川の平原を出て以来、もう六千フィートばかり上がってきた。この稀に見る渓谷の色彩、つまり赤いルバーブのような色の断崖、きらめく雪をかぶった藍色の峰、萌え出た穀草の強烈な緑が、澄んだ山の空気の中で、その輝きを倍増させていた。いくつか横に分かれる小渓谷があって、それぞれの上方に遺跡、石窟が見えている。連なる断崖の色が薄らいだと思ったら、巨大な蜂の巣が出現したように、仏僧が掘った無数の石窟が点在して、二体の大仏に群がっていた。

川向こうの崖の上から、板金の屋根を張った西洋風の家がさし招くようだった。知事は不在とのことで、留守居役が出てきた。喘息《ぜんそく》を患ったイルカが青いパージャーマーをはいたような男だ。いきなり来られて戸惑ったらしく、あわててカブールに電話で連絡を入れていた。この家のバルコニーへ出ると、明るい緑の草地を見下ろして、灰青色の川に青緑のポプラ並木があって、赤土の道に家畜を行かせる農民がいた。遠くに目を向ければ、一マイルの先から二体の大仏がこっちを見ていて、これから午後の訪問をするぞと言っているかのようだ。すると黄色と紫色の入り混じった光が雷雲から空一面に広がって、渓谷に震えが走り、たたきつけるような雨が落ちてきた。すごい嵐になる。この家が一時間ほども揺らされた。その後、すっきりした空を見れば、新雪で粉を振ったような藍色の山嶺があった。

シバール（約九千フィート、バーミヤンから二十四マイル）、六月九日——バーミヤンに長居したいとは思わない。芸術がくすんでいる。かつて玄奘《げんじょう》が来訪した時代には、いまだ大仏は金色に輝き、ブロンズ像のような趣があった。ここを僧院として石窟群に住まう僧侶が五千人はいたという。六三二年のことである。これはムハンマドが死んだ年でもあって、世紀末までにはアラブ人がバーミヤンに達したのだが、ついに仏僧が根絶やしになったのは、さらに一五〇年後のことだった。血に染まったような赤い渓谷に、僧侶が集まって、偶像を崇めている、ということをアラブ人がどう思ったのか想像はつくだろう。千年の後に、ナーディル・シャーも同じことを思ったに違いない。この王は大きいほうの石仏の脚を破壊した。

その大仏は高さが一七四フィート。小さいほうでも一一五フィートはあって、二つの巨体が、四分の一マイルの距離を置いて立つ。大きい石仏には漆喰を塗った痕跡として、赤い色が残っている。おそらく金色で仕上げるための下地だったのだろう。いずれにせよ二体とも芸術作品としての価値はない――というだけならともかく、いかにも無神経というか、野放図というか、これだけ怪物的に制作して何とも思わないところに、うんざりさせられる。また素材自体が美しいものではない。ここの断崖は石ではなく砂礫《されき》の層である。にわかに職人となった僧侶が鶴嘴を持たされ、インドか中国を経由したヘレニズムもどきの紛いものに着工したのだろう。尊い労働の成果があったとは言いがたい。

磨崖仏の収まった穴の天井部分には、漆喰、塗料を施している。小さいほうの内部には、勝利の場面を描いた壁画があって、赤、黄、青で彩色されている。これにササン朝美術の影響があったことを、アッカン、ヘルツフェルトその他の研究家が指摘しているが、いずれも百年前にパフラヴィー語の文字が彫られているのを見たマッソンの考察をヒントにしたものだ。大きい石仏の頭部をめぐる壁画は、比較的に保存状態がよい。その頭に乗れば至近から観察できるだろう。天井の両側、というのはアーチ形の頂上よりも下あたりに、直径十フィートほどの丸形で五つの浮き彫りがあって、その中に菩薩像が見られる。白、黄、青の後光が馬蹄形に射している菩薩には、その髪にほんのりと赤みがある。丸形の間の余白に、蓮の花が三本に枝分かれして伸びている。ただ、そうなのだろうと思っただけで、ほかの場所で見たならば、教会のガス灯ブラケットが三つのガラス玉を支えていると思ったかもしれない。すぐ上のゾーンには、四角い敷石をでたらめに並べたような模様があって、どう見たらよいのかわからない。その上では、ポンペイ風のカーテンに孔雀の羽の縁飾りをつけたものが幔幕《まんまく》のように引かれる。さらに上には、菩薩の座像が二段の列になって、後光を背負う像、玉座の背がある像が交互に配され、玉座には宝飾のある敷物が掛けられている。その隙間を埋めるように大きな高坏《たかつき》があって、サクソンの文字か、ぽっちゃりした天使のようにも見える。大仏の頭より上の空間には、もう何があったのかわからない。使われている色は、よくあるフレスコ画の色だ。スレートグレー、藤黄、錆びたようなチョコレートレッド、鈍いブドウ色、明るいブルーベルの青。

　ここで制作されたものを見ていると、ペルシャ、インド、中国、ヘレニズムの着想が、五世紀、六世紀に、このバーミヤンで出会っていたのだと思える。出会いの記録が残っていることは結構だが、おもしろい成果があったとは言えない。一つだけ例外なのは下段の菩薩像で、アッカンに言わせると時代的に古いそうだ。仏教芸術の真骨頂というべき平安の境地、優美にして虚無の佇まいを見せている。

　崖に掘られた住居も、同時期の建築術が寄り集まっていた記録になる。僧房であるからには内部に何らかの形式が必要だったろう。しかし参照が可能だった工法として、インドの石造ドームの内部というのは、岩屋で模倣するためには、いかにも不向きである。ところが、それを掘った。大きく張った持送り《ブラケット》も、縦横に走る重い梁も、不器用に真似た小キューポラもある。ササン朝の技術からは、もう少しまともな結果を生む影響があったようだ。ある大部屋では、フィルザバードのドーム部屋と酷似して、壁面上方でモールディングが弓のような形に大型化し、スキンチの上に載っているのだが、そのあたりの様子から、もとはササン朝の様式でスタッコが塗られていたのではないかと思われる。そのほか石窟によっては、円形ないし八角形をなす壁にドーム天井を載せていて、なかなか手の込んだ掘削が見られる。ある石窟では壁の上方にアラベスクの装飾帯をつけていた。ひょっとすると、六百年ほど後にガズヴィーンで建てられた金曜モスクの原型なのかもしれない。ただ、イスラム建築に直結する顕著な例として、それが拝火教の古代から技法を借りていたことを示すのが、ある角型に掘った石窟で、ドーム天井を四つのスキンチが支え、その一つずつが五重の同心円アーチになっている。ほとんど例を見ない仕組みだが、アーチを一つ増やす形で、トルキスタンのカッサンにある霊廟において再現するのが、十四世紀のことである。

フランスの考古学チームは、石窟を好ましい状態に保存したようだ。漆喰の修復をして、要所に階段を取り付け、フランス語とペルシャ語でわかりやすい案内表示を出したので、彼らの調査報告を読んでいない者でも迷わずにすむ。「グループC　会議室」「グループD　聖域　イランの影響」などなど。

ふたたびカブール方面の街道に出て、いよいよ小さくなったクンドゥーズ川の支流と付き合いながら、シバール峠へ上がるべく進んだ。行く手の丘陵には、緑の穀草がちらほらと見えるだけで、いまだ茶色の地面がむき出しに広がる。ところが、たまたま出会った男が、峠の向こうは土砂崩れで通れなくなったと言う。いまから偵察に行く時間もないので、とりあえずシバールの村まで引き返した。草木もない峠の下に、わずかな家屋が建っているだけの、さびれた集落である。

けさ、まだバーミヤンにいて、クリストファーが短剣の先で卵をスクランブルしていたら火が続かなくなったので、副牧師にもっと薪をくべてくれと言った。もう一度言ってから、短剣で促すような格好になって薪を持ってこさせていた。いまシバールの村にいて、牧師ともども私たちと相部屋させてくれと言う。そこまで広くはないとして断ったら、副牧師が心外だとばかりに、ひとくさり持論を述べた。西洋には西洋の流儀があるのだろうが、ここはアフガニスタンで、まず友情があって行動があるのだと思ってもらいたい。お役に立つとしたら、ただ友好関係にあるからそうしているのであって、命令に従うというものではない。あくまで公務として警備の任についている。雑用に雇われたのではない。この旅が終わるまで友人として遇されるべきで、そうであれば役に立つこともできる、云々——。

たしかに雑用係は雇っていないが、だからといって私たちの落度ではない。ヘラート以来、どこの町へ行っても、そういうのが一人いたらいいと思ったのだが、その都度、役所が護衛を差し向けて、それが雑用係を兼ねるのだと言われた。したがって、副牧師に何か言いつけたとしても、当局の意向を文字通りに解したというだけのことだ。それでも、ずばり言われて、いささか忸怩《じくじ》たるものはあった。

夕食のあと、村人が音楽会を開いてくれた。

「いい音楽できるのは、アフガニスタン、ペルシャ、イギリス、インド、それだけ」牧師が言った。
「ロシアはどうかな」クリストファーが聞いてみた。
「ロシア？　ロシアの音楽、腐れきってる」

チャーリーカール（五三〇〇フィート、シバールから七十四マイル）、六月十日——土砂崩れがあって、というどころではない。そんなことが十カ所以上で起きていて、今夜はもうカブールに行くのをあきらめるしかなくなった。たった四十マイルの手前まで来ていて、すでに鉄製の橋も見たから、首都周辺の文明がおよんでいる地域なのだとわかる。ここの隊商宿では、ちゃんとテーブルについて食事して、椅子にも坐れている。いよいよ旅の終わりに近づいたのかと、ふと思った。この一週間ほど、おおいに気張っていた。四時に起床して、焚き火でポリッジを煮て、でこぼこになったペルシャ鍋で戸外の調理をする材料を整え、野宿にそなえてランプの油を見ておき、湧き水があるたびに飛び出していって水筒を満たし、二日に一度はブーツの汚れを落として、不平が出ないようにシガレットの配分をする、というようなことが当然の日課になっていた。あすになれば、そんなことも終わると思うと、なんだか気が抜けて、哀愁めいたものもあった。

シバール峠は、その標高が一万フィート。そろそろ雪線が近づいて、クンドゥーズ川の源流がいまにも途切れそうに細くなった。このあたりの水が、はるかに長い旅をして、オクサス川に合流し、アラル海へ注いでいく。すると五分後に、また別の細い源流が、これはインダス川からインド洋への旅に出て行った。地理とは胸が躍るものである。

峠を越えて一マイル行くと、まず最初の土砂崩れにぶつかった。流れてきた泥や小石が溜まっているが、その下には大きな石もあるのだろう。この現場には、すでに正規の作業員が派遣されていた。しかし、さらに十マイルの先で状況は悪化し、大弱りの村民が何人か子供のように右往左往していたので、ただの通りがかりが現場監督の真似をして、いくらか手順をまとめてやった。道路下の耕地では、すでに泥が川になって流れ込み、かなりの被害が出ていたが、もっと押し寄せてきそうである。あわてて飛び出した村の女が、鎌を手にして、せめて干草になる分を回収しようと必死になっていた。村人は道路の土砂を片付けることは村の義務だと思っている。ところが、たまたま来合わせたラバ追いの連中にそんな感覚はなく、手伝わされる謂われがないと文句を言うので、サイード・ジェマルが豪雨のような警笛を浴びせ、牧師がライフルの銃口をちらつかせると、恐れをなして同調した。

いま見えている川は、はるかインドに向けて流れていく。その川岸を、ピンクのバラ、白のスピレアが彩っていた。いくつもの渓谷があって、だんだん豊かになるのがわかる。村落にクルミ林があって、グレーのターバンをきっちり巻いたインドの商人が、それぞれの店に坐っている。すると、顔をひっぱたくように、目の前に飛び込んだのが、チャーリーカールの鉄橋だった。

カブール（五九〇〇フィート、チャーリーカールから三十六マイル）、六月十一日——ヘラートを出てからカブールまで、九三〇マイルを踏破した。そのうち四十五マイルで馬に乗った。

くねくねと下る坂道をたどって、チャーリーカールの高原から、もっと小規模な平原に来た。ぐるりと山に囲まれた土地だ。木々の間に、水の流れと鉄の波板が光って見えた。首都の入口で、牧師と副牧師のライフルを警察に差し押さえられた。この二人には痛恨の極みだが、ターバンを巻いた頭では公務の要員と見てもらえなかったのだ。まず外務省へ行ったら、鉄製の柵に赤々とした蔓バラが這い上がっていた。それからホテルへ行くと、どの寝室にも便箋が置かれていた。ロシアの公使館では、ブリアチェンコ氏の電信が無駄になっていたことがわかった。ドイツ人の店で白ワインを買おうと思ったら、通商大臣の許可がないとして断られた。最後にイギリス公使館へ行ったら、公使のサー・リチャード・マコノキーが、ぜひ泊まってくれと言った。白い建物に列柱がならんで見映えがする。家具調度も本国と変わらず、蚊帳や扇がないのでオリエントにいるとも思われない。クリストファーは、壁が崩れそうでないのだから、めずらしい部屋に来たような気がすると言う。

カブールにいるロシア外交官には、インドを通過するビザも出されない。さすがに馬鹿げている、と公使館でも考えているが、実際には、ジャララバードあたりまで国境に近づかれると、インド政庁が抗議の申し入れをする。そんなことの結果として、両国公使館とアフガン政府の間で紳士協定のようなものができあがり、イギリス人には北部へ行かせない、ロシア人には南部に行かせないということになった。マザールの役所でオクサス川に出ることを制限されたのは、そんな事情からだった。といってアフガンの主権にも関わることなので、そうと表向きには認めない。

私たちとしては、あれだけ行けたのが幸運だったのだろう。車を買ったハジ・ラル・モハンマド、運転手に雇ったジャムシード・タロポレヴァラが、おかしな噂を広めたと思われるのだから、なおさらだ。地図製作に携わるイギリスの諜報員にされたらしい。この次にまた同じような旅をするとしたら、あらかじめスパイの講習でも受けておくとしよう。どうせスパイなみの不利な扱いをされるなら、何なりと有利な収穫を期するのもよい。

目下のところ、カブールにおけるイギリス外交は、公使館のバラに掛かっている。六月三日に英国王誕生日のパーティを催したが、ちょうどバラが盛りの時期になっていて、バラ好きなアフガン人が、こんなに整った大輪のバラは見たことがないと喜んでいた。翌朝、特上のバラを選んで、王室を担当する大臣の名刺が何枚も風に揺れていた。夜のうちに庭師を来させたものだろう。ほかの大臣もこぞって挿し木にする枝を欲しがっている。また牡丹《ぼたん》への要望も殺到して、では来年に、という約束がなされている。

豪勢なバラも結構だが、私の好みとしては正門の脇に立つアフガンの木を挙げたい。十五フィートの高さがあって、ほとんど葉が見えないほど、大量の白い花が咲き誇っている。

カブール、六月十四日——数日、何事もなし。

花の庭園を、いつまでも見ていたくなる。ビジョナデシコ、フウリンソウ、オダマキが、芝生やテラスや園亭の間を埋めるように、たっぷり植えられている。ここはイギリスなのかと思ってしまいそうだが、ふと目を上げれば、白い館の向こうに紫色の山が見えている。館員は総勢九十名。きょうの夕方のテニスでは、一つの試合に制服のボールボーイが六名ついていた。わが国の在外公館は、ソールズベリー卿の通達以来、それを根拠にして、来訪者に不親切であることを任務と考えている、という苦情を耳にするが、私がそう言いたくなったことはない。このカブール公使館など、実際に来てみたら、受付業務に専従しているのかと思うくらいだ。またイギリス人だけではない。この国へ来るアメリカ人は何かしら困ったことになるものだが、自国の公館がないので、ここに援助を求めてくる。そういう対応もある。

ガズニー（七三〇〇フィート、カブールから九十八マイル）、六月十五日――ここまで来るのに四時間半。しっかりした路面の道で、トプの砂漠地帯を抜けた。砂漠とはいえ、アイリスの花がびっしり咲いていた。

ロザーという村へ行く途中に、「勝利の塔」として知られた二本の塔が、七百ヤードの距離を置いて立っている。八角の星形をした下部だけが現存して、どちらも高さが七十フィート。これ以上の損壊は防ごうというので、上からブリキの帽子をかぶせられたようになっている。一八三六年にヴァインがスケッチした図では、丸形の上部構造があって、二倍を越える高さになっていた。尖塔《ミナレット》として建てられたのだが、宗教の付属施設というよりは何らかの記念塔だったのだろう。地面の様子からして、この周辺にモスクがあったとは思われない。こうして塔だけを建てる習慣はササン朝の時代にもあったことだが、イスラム化されてからもペルシャ人が踏襲して、十四世紀頃まで続いた。ダムガーンやサブゼバールの尖塔、そしてイスファハンに多数見られる塔もまた、それだけで独立した建造物になっている。

二塔を建立した人物については、議論に混乱がある。一八四三年、塔の碑文を世に知らせたJ・A・ローリンソンが、より大きく壮観な一塔を建てたのはガズナ朝の王マフムード[14]であるという説を唱えた。その父は初代の王サブク・ティギーンで、フィルドゥシーやアヴィセンナの庇護者でもあった。しかしローリンソンは取材時に勘違いをしたらしい。一九二五年になって、碑文研究家のフルーリーが、入手した写真から判断して、マフムードに関する文字は小さい塔に刻まれていたことに気づいた。大きい塔にあった名前は、マフムードの裔《すえ》で、イブラヒムの息子、マスード三世である。ということで、小塔は一〇三〇年より以前、大塔は一〇九九年から一一一四年までに建ったのであろう。

両塔の差は太さにある。石の基部を除いた直径で言えば、大きい塔が約二十四フィート、小さい塔が二十二フィート。どちらも本体はレンガ造りで、とろっとしたタフィー菓子の色に赤みを混ぜたようだ。びっしりと彫刻を施した同色のテラコッタで仕上げている。どちらの塔も、星形の八つの凹部をそれぞれ八つの装飾ゾーンに分けて、彫りの深さを変えている。三番目と四番目、五番目と六番目、六番目と七番目のゾーンの間に、木製の梁があるので、そこだけはレンガ壁に境目ができている。

レンガがジグザグ模様に組まれていることを除けば、小さい塔の装飾としては、真ん中あたりにテラコッタの細い帯を二本巻いていること、また上端付近に太いクーフィー体の文字で十六面のパネルがあることくらいである。その字句によるとマフムードは「尊厳のあるスルタン、イス

14 ガズナ朝最盛期の王(在位九九八−一〇三〇)。

ラムの王、世の信頼を集める、アブル・ムザッファル、ムスリムを救い、貧しき者を助ける、アブルカシム・マフムード——その思想の堅固なることに神の光を——サブク・ティギーン・ガジの息子……信徒を率いる者」ということだ。一方、大きい塔は豪華にできていて、レンガは緊密に積まれ、八つのゾーンがすべて装飾に富み、小さめの文字列で縁取りのある箇所も見られる。上端の十六面パネルにはマスードの称号がいくつも述べられ、字体の背が高く、流麗でもあって、周囲の複雑な模様から目立って立ち上がり、群衆の中の兵士のようでもある。一般論としては、似たような設計で年代の異なる二つの建造物を比べる場合に、古い時代のものがシンプルで好ましいというのが普通だろう。しかし、ここでは違っている。大きい塔のレンガ積みが緊密で、細かい装飾も施されているということに、ある機能的な特性も出ているのだ。塔の重量がしっかりと地面にかかって、上部構造を支えるだけの引き締まった強度を得ていることが見てとれる。一八七〇年前後に撮影された古い写真がカブールの公使館にあって、それには塔の上部まではっきりと写っている。まず二十五フィートほどは簡素にできている。おそらく建造時には木製のバルコニーがあって隠れていた部分だろう。それから装飾的な区分けがなされ、交互に曲面と平面が出ていた。その上には大きく縦方向の溝を二本ずつ八組つけて、また文字の彫り込みがあったらしい帯状の彫刻部分もある。

この塔がゴンバデ・カーブースの塔と同じ世紀に建ったことを思い出してもよいだろう。いずれも大きな記念物で、見せかけ大賞を進呈したいくらいだが、片方の装飾性、もう一方の単純性という差異を見るならば、当時のペルシャ建築に、二つの流儀があったように思われる。その次に来るセルジューク朝時代には、両者の長所を取り込んだ成果として、装飾と構造がみごとなバランスに到達することになる。

ここから半マイルのロザー村に、スルタン・マフムードの墓廟がある。従来、旅行者の関心を惹いたのは、塔よりも墓廟のほうだ。十四世紀半ばの記録として、イブン・バットゥータが、墓廟の上階に宿坊があると言っている。もちろんバーブルも立ち寄っていて、ほど近いイブラヒム、マスードの墓も訪れた。その次は一八三六年のヴァインであり、さらに六年後にはイギリス軍が来て、墓廟の門を持ち去った。おそらくフィリシュタ[15]だと思うが、そういう愚かしき歴史家の説に基づいての行為である。つまり、もとはグジャラートにあるヒンドゥー教のソムナス寺院の門だったのだが、マフムードが同地を略奪して盗んだという妄説だ。これをアグラへ運ぼうという大作戦が展開されて（扉一枚の寸法が十六フィート半、十三フィート半）、その際、インド総督エレンバラ卿は、インドの王侯に対して、イギリス政府が「インドから見て愛すべき存在である」ことを、しかと御覧あれと言ったものだ。「インドの名誉をおのれの名誉とも考え、軍隊の力を動員して、長らくアフガンに蹂躙《じゅうりん》されていた象徴たるソムナスの門を、いまこそインドに返すのである」というのだが、この声明には嘲笑が浴びせられただけで、門はアグラの城塞にしまい込まれたまま現在にいたっている。扉の木材はアフガンのヒマラヤスギで、上部の構造材に彫られた文字によって、サブク・ティギーンの息子、アブルカシム・マフムードに神が寛容であれと願われている。それでもなおヒンドゥーに起源ありとの伝説が、教科書の類には残存する。インド政庁が門を返還すれば、そんなものは消えると思うがいかがだろう。勝手に持ち出しておいて、彫刻の図像からの論証を公開しようともしていない。これはイスラム芸術として見るべきものである。

大戦後に訪れたニーダーマイヤーが見ると、墓廟に屋根はなかった。いま見ると、回廊とバラ

15 ペルシャ人の歴史家（一五六〇－一六二〇）。

園を抜けた先にドーム天井の空間があって、スルタンの墓が置かれている。
　三名の老人がいて大判のコーランから朗唱していた。案内人が木製の手すりに乗り出し、墓を覆う黒布をはずすと、その上にあったバラの花弁が一方に寄せられて落ちた。布の下から出たのは、揺り籠をさかさまにしたような、三角柱を横置きにした形の墓石である。長さ五フィート、高さ二十インチ。それが大きな台座に載っている。墓は大理石で、白っぽく透明感がある。メッカの方角を向いた面に、クーフィー体の文字が二行刻まれて、「気高き王ニザム・アディン・アブルカシム・マフムード・イブン・サブク・ティギーンが、神の御心に迎えられんことを」云々と続く。反対面の小さい三つ葉形パネルによれば、「四二一年春の第二月を七日残した木曜の夕刻に」死んだということで、西暦で言えば一〇三〇年二月十八日である。[16]
　この墓を芸術作品として見るならば、深く大きく彫った文様、時代のついた大理石の光沢感、そして何よりも主たる碑文に価値があろう。クーフィー体の文字には機能美がそなわっていて、純粋にデザインとして見ても、その迫力は雄弁を絵に描いたようなものだ。滔々《とうとう》たる音声の可視化を果たしている。この十カ月ほど、そのような幾多の例を見てきたが、これほどの文字列はなかった。縦方向に伸びやかでリズム感のある連続が、踊るような葉模様と絡み合って、マフムードの死を悼もうとする。インド、ペルシャ、オクシアーナに覇を唱えた王が、その死から九百年たった現在でも、首都として治めた町に名をとどめている。
　庭園までは、くっついてくる群衆がいた。それが寺院には入れてもらえず、私たちだけが墓廟の見学をした。ということで、ある祈禱を上げたい男が憤懣やる方なく、「どうして異教の宗徒だけが入れるのか」と喚《わめ》いた。「不浄である」それで群衆もそうだそうだと騒ぎ出し、こちらの護衛役に喧嘩腰で詰め寄るまでになった。もともと墓廟へ行ってみたらどうかと言ったのは護衛の連中なのである。カブールから外務相の電信があって、見たいものがあれば見てもよいことになっていた。

カブール、六月十七日――ガズニーから戻ってくる途中で、謎が一つ解けた。道端の水流に沿って、小ぶりな枝垂れ柳らしき木がならんでいた。サイード・ジェマルが一旦停止して、助手に何本か枝を折らせたので、それがトラックの荷台にぽんと投げられた。すると足元から立ちのぼったのが、あの匂いだ。アフガン国境で初めて鼻先に来てから、何やら判然としないまま、道中ずっと気になっていた。その甘い香りがふわりと寄せて、ふたたびヘラートの尖塔を眼前に見たような気がした。小さい黄緑の花*が束になって、その匂いを発散している。ちょっと離れるとわからなくなるのだが、もう一度嗅いだとしたら、シーダー材の衣装棚で子供時代を思い出すように、その匂いでアフガニスタンを思い出すことになるのだろう。

*原注　グミ

サイード・ジェマルが耳に入れたところでは、私たちが足止めを食ったバグラーン平原の川で、まもなく実際に二台のトラックが大破し、またクンドゥーズ川でも渡し船が転覆して沈み、五人の女が溺死したという。

16 実際には一〇三〇年四月三十日没。

いまはカブールのホテルに滞在中だ。インド人の経営で、まずまず文明開化している。別館を増築したばかりで、電信を使ってドイツ人シェフを呼び寄せもした。この町は、へんな気取りがなく、いい意味で言って、どこかバルカンの町のような特性を感じる。いくつかの岩山が、いきなり緑の平原から山城のように立ち上がり、そこに取り付いて町ができている。雪をかぶった山が遠景に興趣を添え、麦畑の中に議事堂があって、町へ行こうとする道には長い並木が影をつける。六千フィートの標高だと冬場の寒さは厳しかろうが、いまの季候なら文句なしだ。暑いことは暑いが、さっぱりしている。映画と酒類はご禁制だ。公使館の医師は、宗教上の要請があって、女性患者の診察をあきらめるしかなかった。しかし、少年に扮して、こっそり通ってくる人はいる。何が何でも西洋化という急進策は棚上げになっているようだが、それでも徐々に実績は積まれているので、いわばアジアの中で手本になりそうな中道路線をさぐったのかもしれない。この国では、たとえ愛国派の主張でも、現代ペルシャの小うるさい強硬論にくらべれば、ずっと好ましく聞こえてくる。

けさ、公使館で、ポーター大佐なる人物に会った。どういうお働きをされているかという言い草なので、イスラム建築を見てまわっておりますと答えた。

すると大佐が「ああ、それなら」と言った。「小生もあれこれ見ておりましてな。パレスチナ、エジプト、ペルシャ、ずいぶん見たものです。さんざん考えての結論を申し上げましょうか」

「ぜひとも。どんなことでしょう」

「あれは要するに男根崇拝です」大佐は悪鬼がささやくように言った。

そう聞いて、インド北西辺境にまでフロイトの影響がおよんでいるのかと驚いたが、このポーター大佐には全世界がそう見えているのだと気がついた。

　午後、公使館員のフレッチャーが、ダルラマン宮殿およびパグマンに、車で案内してくれた。どちらもアマーヌッラーが果たせなかった夢だ。前者はニューデリーのようになろうとして、後者もまた新しきシムラーになろうとした。アマーヌッラーの父ハビーブッラーが王だった時代にイギリスからの援助を年々貯め込んでいたので、その資金を都市計画に利用したのである。ダルラマン宮殿は世界有数の美しい街路でカブールと直結している。その幅はロンドンを出るグレート・ウエスト・ロードに匹敵し、高々とした白楊《はくよう》の並木道となって四マイルの一直線が続く。並木の手前側に水流があって、草地の岸ができている。奥側には木陰の歩道があり、白と黄色のバラが見頃になって芳香を放っている。この道を行った先に、高楼のようなものが見えてくる。これは建物の正面ではなく、その一角というだけだ。フランス風の公館が、フランス風の公園に囲まれているのだが、人の姿は見当たらない。ただし、その下側というか、四マイルの構図の中央部を占めて、ドイツのマッチ工場が、鉄筋コンクリートの農家のような佇まいを見せている。

　シムラーにならんとしたパグマンは、平地から二、三千フィート上がった森林の斜面に広がる。時折、ポプラとクルミの樹間に草地が開けて、幾筋もの山の渓流が音を響かせ、木々の間から見える積雪に意外な近さを感じる。どの草地にも一棟の建物があって、それが住居なのかオフィスなのか劇場なのか、わけのわからない様相を呈するので、まさかドイツ式の温泉リゾートや、ピムリコ地区の裏手側ではあるまいし、と思ってしまうが、たとえ冗談にせよ、こんな設計をする建築家を、どこからどうやってアマーヌッラーが連れてきたのか想像を絶する。しかし、何ともはや、冗談では済まない。でたらめの怪建築が、入居する人もないままに、森と水の近景、および平地に下っていく遠景を、ひどく損なっているだけだ。ここから見ると、不定形の土地を縫うように、くねくねと木陰の小道が通っている。そして、このニセ文明の最たるものが競馬場だ。大きさはクリケット場と変わらない。そのヘアピンのコーナーで、象が競走をさせられた。

夕方、いくつか瑠璃の石を買った。安いとか色がいいとかではなく、バダフシャンのイシュカシム近辺にある鉱山の産だからだ。その昔は絵師が粉末にして青い絵の具にしたという本場物の石である。これは政府の専売品になっていて、産出した石の輸出先はベルリンと決まっている。

クリストファーは、あるドイツ人教師と連れ立って、ビールを飲みに出かけた。私は、ベタニアのマルタのように実務を担当し、出発の支度をして、宿賃の払いを済ませている。いまはもう真夜中だ。

インド：ペシャワール（一二〇〇フィート、カブールから一八九マイル）、六月十九日——サイード・ジェマルがトラックを出してきたのが、翌朝の五時。いつものように二時間は待機すると思っていただろうが、私が深夜まで働いた結果、もう戸口に荷物がそろっていた。というわけで同日の夕方にはペシャワールに着いていた。普通ならツーリングカーに乗っても二日がかりの行程である。また楽しいドライブとは言いがたい。草木のない黒く骨張ったような山地を抜けて、鋼鉄の色に霞んだインドへ出る。一時にはジャララバードに達したが、メロンを一つ買っただけで、またカイバル峠に向け、暑さの中に鈍い色をちらつかす小石だらけの荒地を急いだ。国境のトールハムは、人家のまばらな小村で、わずかな商店とガソリンスタンドがあるだけだった。すっかり幅の広がったカブール川の崖の上に、ひねこびた一本の木が見える。ここでの越境手続きは、ほとんど形式だけだった。まわりから山が迫ってくる。サイード・ジェマルはアフリディ部族の人間であることを誇らしげに述べた。二本の木があり、その下にアフガン兵が坐り込んでいて、ここでもパスポートを提示することになった。その先で角を曲がったら、検問所の鉄柵は開いていて、鉄兜《てつかぶと》の番兵が一人いて、駐車場の案内のように「英領インド」の道標があった。旅券事務所はバンガロー式の新築で、低い木に花の咲く庭園の中に立っている。長椅子に坐らせてもらって、イスファハン以来の青いボウルに入れて持ってきた最後のチキンサラダを食べていたら、事務所の担当者が寄ってきた。いま四時を十五分回っていて、本来ならヨーロッパ人の通行を認められないので、三時半に峠まで来たということで申請してくれという。

峠と名の付くものとしては、カイバル峠は通りやすそうに見える。だからこそ壮大な工事が行なわれる現場にもなった。中央アジアに見られる道路、わびしい木製の電柱に電話線が一本という道ではなくて、ここではローマの街道のような交通路ができている。それが一筋ではなく、しっかり地ならしをした二本の傾斜路となって、上がったり下がったり、何度も曲がりながら山峡を進んでいく。一本はアスファルトで舗装され、ピカデリーの大通りのようになめらかで、道路沿いに低い壁を設けている。もう一本は、いわば旧道であり、もっぱらラクダが通っていくが、それでもダマスカス以来見たことのないような街道だ。この二本と絡み合うように、もっと大がかりな第三の道、すなわち鉄道が峠を上がりきって、さらに延伸しようとしている。トンネルとトンネルの間で線路が光を放つ。トンネルは、黒い入口を赤レンガでがっしり囲んで、その先の暗がりが奥深い。道路も線路も、山から山へ、石材を堤防のように盛り上げた地盤を走っている。鉄の高架橋が谷を渡って、あるいは路線を交差させて、道をつないでいく。鉄柱に碍子《がいし》が白く輝いて、電話線をまとめている。赤や緑の信号が宝石を埋めたように光って炎暑に霞む。古代の石棺めいた水槽は馬の給水用である。三十ヤードごとに道標があって、L、J、Pへの距離――すなわちランディ・コタール、ジャムルード、ペシャワールへの距離が、どんどん縮んでいくのがわかる。そんなものを見ていると、どこの岩棚や峰にも整然としたグレーの哨戒所《しょうかいじょ》が立っていることに、つくづく合点がいく。もしイギリスがインド防衛に乗り出さざるを得なくなったとしても、最小限の手間で人員を展開できるだろう。ここでの感想を言うなら、炎天下に心が躍ったのは、この地に人間の知恵の働きを見たからだ。高所に住居を定める部族があって、また巡礼と征服の歴史が連綿と続いていた。そのような風景なのである。都合よく愛国心を振りまわすだけの現場ではない。

サイード・ジェマルが大騒ぎしていた。「こりゃ、たまんねえ道だ」と、まぶしい路面に顔をゆがめて運転する。「今夜はカイバルで、うちに泊まってくださいよ」とも言う。もうランディ・コタールは通過した。その村ではハンバー麾下《きか》のグルカ連隊[17]がホッケーに興じていて、将校らしき人間が見当たらない。見えたと思うとテニス服でモリスの車に乗って行き過ぎるだけなので、ハンバーからの伝言を残してやる相手がいなかった。カイバル村に行ったら、この峠では典型的というべき村のようで、どの家も見張り塔をそなえて守りを固めたような観がある。サイード・ジェマルが停車すると、行儀もへったくれもない子供らが、私たちにも積荷にもお構いなしにトラックに飛び乗って、父親を迎えようとした。トラックの持ち主も、その家から出てきた。この村では大変な資産家だ。アフガンの道路を走り続けたトラックがどうなっているか見ておこうとする。運転助手が前部座席を持ち上げると、マザールで買って秘密物資にしていたロシアの砂糖が出てきた。そこに親戚縁者が顔を出し、まもなく村人が勢揃いで輪になって、三カ月も行方の知れなかった男たちの帰還に立ち会った。

できればサイード・ジェマルの招きに応じたいところだった。あすになってランディ・コタールの兵営に歩いて引き返し、この先の運転手の家で居候をしている、などと言ってみるのも愉快だろう。だが、それでなくても、ボンベイ港で〈マロージャ号〉の出航に間に合うかどうか、ちょっと心配になっている。すると、人の好いサイード・ジェマルが、ひさしぶりの家族を放ったらかして、また乗せてくれた。行く手に丘陵地帯が広がって、樹木のまばらな平地がどこまでも続くインドが見えた。七時半には、もうペシャワールの〈ディーンズ・ホテル〉にいて、大理石のラウンジでジンフィズを飲んでいた。

サイード・ジェマルに別れを告げるのは、まったく名残惜しいことだった。マザールからペシャワールまで、延べ八四〇マイルの距離にあって、運転手の役目を全うした男である。不都合があっても腹を立てず、落ち込まず、いつも冷静におもしろがって、時間を守り、礼儀正しく、能率がよかった。長旅の間ずっと、ようやく自動車が通れる最悪の難路を越えながら、ただの一度も、工具箱を開けたりタイヤを交換したりする場面を見なかった。トラックは、シボレーの一台だった。

17 ネパールの山岳民族から構成される戦闘集団。

〈フロンティア・メール鉄道〉、六月二十一日――デリーで泊まりになって、その翌朝は、日の出前に、インド門の下に立っていた。総督邸には、いくつかの新奇な飾りがついたようだ。ジャガーの手によるアッシリアとカルティエの趣味を合わせたような二頭の象の彫刻、ジャイプール記念柱の基部で金色に輝く市街の設計図、アーウィン卿とレディング侯爵の立像。こんなものは大宮殿を安っぽく見せるだけだ。アーウィン卿にはエプスタインに委嘱したらどうかと言ったのだが、「そう言うと思った」という返事だけで、彫刻家はリード・ディックになった。キングズウェイの勾配については、ベーカーも意地の悪い設計をしたものだと言っておくことにしよう。

クトゥブ・ミナールを見ていて、この塔にあるセルジューク朝様式の装飾が、スタッコではなく石を彫ったものであるのがめずらしいと思った。だが素材が違って、本来の美質は失われた。インド風で手間はかかっているのだが、伸びやかさに欠ける。

この列車は、私たちがペシャワールを出てから、十五時間の時差で同地を出発した。というわけで、デリーではのんびりしている暇がなかった。

〈マロージャ号〉、六月二十五日――二万トンの大型船。インクのような色の荒海を突き進む。雲が湧くように波しぶきが飛んで、船内いたるところに塩気と汗と倦怠がある。げえげえ吐きそうな人がいる。食堂に行く人はいない。

以前、〈P&O〉の汽船に乗ったときは、混雑したシーズンの、にぎやかな船旅だった。今度もどうなることやらと思いながら乗船したのだが、前回というのはもう四年前で、イタリアの船便との競合が始まったばかりの時期だった。ふたたび乗っていて、接客マナーが向上したらしく見える。また定員の半分くらいしか客がいないので、寄宿舎なみの共同生活を免れている。とはいえ、ひどい目に遭っているには違いない。高い金を払って、人生から二週間ほどを帳消しにされている。

〈マロージャ号〉、七月一日――チチェスター夫妻、およびミス・ウィルズという人の知己を得た。デッキをうろつくクリストファーが半ズボンをはいて、アッパサバードで買った赤いブラウスを引っ掛けているのを見て、ミス・ウィルズが「探検家ですの?」と言った。
「いえ」クリストファーが答えて、「ただ、アフガニスタンに行ってました」
「おや、そうでしたか」と、チチェスター氏が言った。「たしかインドのどこやらですな」

イングランド:セイバーネイク、七月八日――マルセイユに着いてから、クリストファーと別れた。彼はベルリンへ行って、ヴァスムス夫人に会うそうだ。イングランドに帰ってくると、車窓から見る景色は、日照りのせいか、いかにも精彩がなかった。パディントン駅まで来たら、立ちくらみするような気がした。もう止まる、衝突する、という感覚だ。これまで十一カ月の運動量が、懐かしき不動の故郷に止められる。その衝突が起こった。カブールを出てから十九日半。

わが家の犬どもが駆けてきた。そして母がいた。すっかり終えて帰って、この母にすべてを報告する。見てらっしゃいと言われて見たことを語る。よくやったと言ってもらえるかどうか。

アフガニスタン哀歌

ブルース・チャトウィン

一九三〇年代に書かれた旅行記を手当たり次第に読むならば、類書中の傑作はロバート・バイロンの『オクシアーナへの道』であると言うしかなくなる。紳士にして、学者肌、また高度な美意識の持ち主だったバイロンは、一九四一年、西アフリカに向かった船が魚雷攻撃を受けて海に没した。その短かった生涯に、中国、チベットまでも旅をして、それより手前の国々には行かなかったところが少ない。一九二八年に出版した『ステーション』は、ギリシャのアトス山で修道院を訪ねた記録である。さらにビザンチン研究の先駆というべき著書を二冊出したが、当時の学界にはほとんど顧みられなかった。かなり癖の強い人物でもあって、その舌鋒が向かった先は、たとえば（ギリシャ正教会ではなく）カトリック教会、ギリシャの古典美術、レンブラントの絵画。またシェイクスピアに対しても辛辣で、ソ連国営旅行社《インツーリスト》のガイドに、もしストラトフォード・アポン・エイヴォンの男が乾物屋か何かだったなら、あれだけの戯曲は書けなかったでしょうと言われて、彼は「そういう小商人が書きそうなものだ」と、ぶつくさ答えた。一九三二年には、トルクメンの草原に立つセルジューク朝の墓塔の写真に心を引かれ、イスラム建築の源流をたどる旅に出た。初期の著作についても、すでに才気煥発なアマチュア青年の仕事だったと言ってよかろうが、この『オクシアーナへの道』になると、もはや恵まれた天分による傑作と言って過言ではない。

いま私は偏向して書いている。とても評論家にはなれない。とうの昔から私にとっては「聖典」となった書物であって、すでに批評の対象外である。私の手元にある一冊は――四度の中央アジア旅行でも道連れとなり、背表紙がとれてしまって染みだらけだが――十五歳だった年から持っている。そんなわけで、「もう過去の本だ」とか、「書架の奥にしまい込まれている」とか、そんな話を聞くたびに、いささか憤然とする。私にとっては、ただの一度も、過去の本になる運命ではなかった。

私はバイロンの夭折が惜しまれてならず、彼を知っていた人を訪ね歩いて、思い出を聞き出そうとした。「気難しい」という答えがあった。あるいは「小うるさい」「やたらに強い」「人当たりが悪い」「おかしなやつ」「太っていた」「いけすかない……魚のような目だ」「ヴィクトリア女王の模造品」。私は二十二歳までには、彼が書いたもの、彼について書かれたものは、片端から読めるだけ読んでいて、その年の夏に、自分でもオクシアーナに向けて出発した。

一九六二年――というのはヒッピーたちが（教育のあるアフガン人をマルキシスト陣営に走らせて）国をぶち壊すよりも六年前――には、いわばアルジェリアを目指すドラクロワのように、まだまだ期待をもってアフガニスタンに行けた。ヘラートの市街には、山のようなターバンを巻いた男たちが、バラの花を口にくわえ、花柄の更紗にライフル銃をくるんで、仲良く歩いていた。バダクシャンでは中国の絨毯を敷いたピクニックをして、ブルブルという鳥の声を聞いていられた。すべての町の母たる古都バルフで、ハジ・ピヤダのモスクへはどう行くのかとイスラムの行者に聞いたら、「そんなのがあるのか。どうせチンギス・ハンが壊したんだろう」と言われた。

当時は、まずロンドンのアフガン大使館へ行くことが、すばらしく珍奇な世界への幕開けになっていた。ビザの発給を仕切っていたのは、亡命ロシア人だという髪のばらけた大男で、ジャケットの裏地が裂けてカーテンのように垂れ下がり、うまいことズボンの尻の破れ目を隠していた。業務の開始時間には、まず箒《ほうき》でさっさか掃いていたが、雲のように巻き上がった埃が、壊れそうな家具類に再降下するだけのことだった。十シリングのチップを出してやったら、私に抱きついてきて、フロアから浮かせると、大音声に言った。「アフガニスタンで、ぜひ事故のない旅を！」

ないどころではなかった。事故ばかりだ。ある兵士の手を離れた鶴嘴が、車に向けて飛んできた。トラックが横滑りしてから、おとなしく観念して崖を落ちていった（私たちは、かろうじて飛び降りた）。うっかり軍用地に入り込んで鞭で追われた。また赤痢、敗血症、スズメバチ、蚤《のみ》……ありがたいことに肝炎は免れた。

なかなか高尚な旅をしている人と出会うこともあった。アレキサンダー大王の、あるいはマルコ・ポーロの足跡を訪ねているという。それに引き替え、私はロバート・バイロンを追いかけておもしろがっていた。いまでも当時のノートを持っているが、私がどれだけ彼の行程を、また（無理だろうに）文体までをも、べったり真似しようとしていたかという証拠の品だ。その一例として、私が書いた一九六二年七月五日の記録をご覧に入れよう。バイロンの日誌から、一九三三年九月二十一日の記述と比較していただきたい。

午後、美術商のアルーフ氏を訪ねた。案内された部屋には、いわゆるフレンチ塗装《ポリッシュ》の「フランス家具」が所狭しとならんでいたが、たいていは虫食いの穴だらけで、しかも逆さまに置かれていた。

氏はカトリックに改宗したということで、法王ピウス十二世のサイン入り写真をひけらかすと、さかんに十字を切って、入れ歯の口が鳴った。

ある戸棚から何やかや取り出してきて見せたものは——

ローマ時代の金の胸飾り。青い鉛ガラスを入れている。偽物。

新石器時代の大理石像。男根が屹立する。台座あり。台座は本物。本体は偽物。

シリア・フェニキアの副葬品だった骨の人形。

ヒッタイトの遺物らしき像。ちゃらちゃらと金の部品がついている。バイロンが一九三三年に見たものと同じか。偽物。

さまざまな得体の知れない金製品。

初期キリスト教時代のガラス製品コレクション（本物）。「まだ在庫あります」アルーフ氏が十字を切りながら言った。「十字の模様がついてまして。銀行に置いてる」

最後に出たのは、アレキサンダー大王の頭像だった。大理石である。「二万ドルで買うという人もいましたが、二万じゃ売れないと言ったんですよ。アレキサンダーの頭は、これしか本物が残ってないんだと、考古学の先生が口をそろえてましてね。ほら、この首から耳あたり」

それはそうかもしれないが、顔面はわけがわからなくなっていた。

地中海の東側から、さらに東進してテヘランに向かう。イランという国は、バイロンの時代よりも金回りがよさそうだが、それだけに金目当てのヨーロッパ人も増えている。しかし皇帝《シャー》になっているのは、父親の模造品のような人物にすぎず、早くも、だいぶ惚《ぼ》けてきたようだ。取り巻きの連中もだらしない。ある日、石油会社へ行って、アミール・アッバス・ホヴェイダの執務室を訪ねた（まだ彼が首相になっていない時期である）。目を見開いて、弱り果てたような手つきをする。ひどく大きな机の向こうで、出方に困っているらしい。何だったらヘリコプターを用立てますよ、とのこと――。

イランに来ると、バイロンがイスラム建築の源流を追う旅は、いよいよ佳境に入る。とはいえ、石とレンガとタイルを素材にしながら、うまく読ませるばかりか、おおいに感興をそそる文章を書き上げるには、大変な力量が要る。バイロンがしてのけるのは、そういうことだ。イスファハンのシェイフ・ロトフォッラー・モスクを絶賛する件《くだり》など、少なくともラスキンなみの文才を発揮していると言えよう。ある日の午後、その検証をするつもりで、『オクシアーナへの道』を携え、このモスクに行った。どっかと坐り込んで見比べたが、タイル張りにも、それを描写する文章にも、ただただ恐れ入った。

いわゆる専門家は、バイロンに辛口な見方をして、叙情的な描写力はあっても、所詮、学者ではなかったと言うだろう。もちろん専門家が考えるような学者ではなかった。しかし、建築を手がかりにして、ある文明が持っていた精神の活力を鑑定し、また古代の建造物も、現代の人間も、ずっと継続する一つの物語のどこかに収まると着想するバイロンの奇才ぶりは、往々にして、まともな学問を凌駕することになった。

彼は二十五歳で書いた『ビザンチンの功績』の中で、早くも、忘れがたい一節を残している。西方教会、東方教会の分裂について、ものものしい大著が何冊もかかって述べそうなことを、たったの四行で書き留めたのだ。

ハギア・ソフィア大聖堂は大気のように存在する。サン・ピエトロ大聖堂は実物として迫ってくる。一方は神の教会で、他方は神の代理人のサロンだ。聖堂としては、一方は現実に、他方は幻想に向けて、献ぜられている。まったくハギア・ソフィアは大きい。サン・ピエトロは情けなく卑小である。

彼の直感は、イランへの論評で、なお鋭さを増す。イラン高原は、いわば芯のやわらかい土地柄で、支配層の誇大妄想的な野心をくすぐっておきながら、それを長続きさせるだけの安定した土地の精神がない。『オクシアーナへの道』を読むと、そういうことがわかってくる。さて、周知のように、いまは亡き「王の中の王」たる先代は、ペルセポリスの遺跡に、自身の栄光の鏡像を見た。そこで遺跡から一マイルの距離に、パリの〈メゾン・ジャンセン〉がデザインしたテントの都市を出現させ、建国記念の大宴会を催して、寄せ集めの王族、貴賓が、歴代の王とされるものの亡霊と会食をしたのだった。

というわけで、バイロンがペルセポリスを評して書いたことは、その後のパーレビ王朝がたどった虚栄と没落を考えながら読まれるとよい。

きわめて硬質な石なので、ほとんど経年変化がなく、アルミ鍋のようなつるつるの灰色を保っている。だが、きれいな表面であるだけに、名品の贋作を白日のもとに晒したのと同じことで、天才の技が見えるかと思いきや、浮いて出るものの虚しさにがっかりする。(中略)ヘルツフェルトに見せられた新しい(＝新しく発掘された)階段には、「コストはどれだけだったか。工場で作ったのではないか。まさか、そんなことはないとして、何人の職人が何年の時間をかけて、これだけ際限もなく彫って仕上げたのだろう」などと考えたくなった。もちろん機械的とまでは言わないし、細工のための細工ということもなかろう。技術力がないから安っぽいというのでもない。だが、フランス語だったら「にせ証書《フォー・ボン》」ということになろうか。たしかに芸術ではあるが、そこに自発性がない(中略)。精神や感性の発露とは言いがたく、魂をともなわない技芸だけが吐き出されている。アジア人が地中海(中略)によって本来の芸術性を抑え込まれて、上っ面だけ整えた結果が見えている。

こういう考え方をたどると、華麗なる文章術を操るかに見えるバイロンが、案外、重大な議論を展開していたのだとわかる。現代の情勢をさぐる上でも、まったく見逃せない見解であろう。彼がペルシャ芸術の精華と見るものは——すなわちゴンバデ・カーブースの塔、イスファハンに残るセルジューク朝時代のモスク、モンゴル系の君主オルジェイトゥの霊廟、ガウハル・シャードによる寺院建築など——いずれも古いイラン文明にオクサス川流域ないし以遠から遊牧民族がなだれ込んだ融合(あるいは両者の爆発的な化学反応と言えるかもしれない)の結果なのだ。バイロン好みの人間だったらしいテヘラン駐在のアフガン大使、シール・アフマド・ハーンもまた、そんな名物の一つに数えてよさそうだ。イランを刺激する精神が来るとしたら、それは北東からである。

バイロンの時代には、また私の場合もそうだったが、マシュハドのような宗教に凝り固まった聖地から、国境を越えてアフガンに来ると、ほっと一息つけたものだ。彼はヘラートの町を見て、「ついに劣等感を持たないアジアに来た」と評した。アフガン人にそれだけの自負心があったことが――そして中央アジアには統合を拒む遠心力が渦巻くと見えたことが――侵攻したロシア人および迎合した売国の徒を畏怖せしめたのである（業火に苦しむべき連中だ）。ヘラートから、カンダハルの臆病者に向けて、女性服や化粧品を送りつけているという記事を見るにつけ、ヘラートの古着市にはためいていた一着のガウンを思い出す。フラミンゴ色のクレープで、きらきらした蝶の模様を腰回りにあしらって、ビバリーヒルズのブティックのラベルがついていた。

首都カブールでも、おかしなことはあるものだと思って間違いない。あるパーティに、国王の従兄、ダウド殿下の姿があった。ムッソリーニの「黒シャツ隊」のような格好で、よくわからない笑顔を浮かべ、頭とブーツがてかてかに光って――話しかけていた相手が誰かというと、これがデューク・エリントンなのだ。白地に青模様のネクタイ、青地に白模様のシャツというデュークは、絶後となる大規模な演奏旅行の途次にあった。さて、その後のダウド殿下がどうなったか――。王宮を乗っ取ったあとの大統領府で、家族とともに射殺された。

山の上の村から食事を運んでくれたヌリスタンの若者についても、どうなったかおおよその見当がつく。私たちは川辺でキャンプをしていた。足の悪い若者だったが、松葉杖と萎えた脚をぶらぶら揺すりながら岩伝いに降りて、料理も松明《たいまつ》も落とすことはなかった。私たちの食事中に、彼が歌った。しかし、あれから村は空爆され、住民にはガス兵器が使われた。

ワーリー・ジャーンがどうなったのかもわかる。私が敗血症になったとき世話になった男だ。私を背負って川を渡り、頭を水で冷やし、トキワガシの木陰で休ませてくれた。ところが五年後に私たちが戻ってみると、彼は咳をしていた。喉の奥からこみ上げるらしい。これから冷たくなる人のような顔をしていた。

タジク人のグル・アミールは、どんな目に遭ったことだろう。むやみに鼻が垂れ下がって、銀のイヤリングをつけて、お世辞にも男前とは言えなかった。大変な信仰心の持ち主で、休憩するごとに「神のほかに神はなく……」と言っていたが、メッカの方角に低頭しつつ、目だけは横を向くことがあり、私がトラウト釣りの毛針を投げて川に落ちたときには、神はそっちのけになって、小娘のようにけらけらと笑い声を上げた。

カンデの村医者は、どこでどうしているのか。きらきらした片岩の崖下に夏用の小屋があって、私たちを泊めてくれた。とろりと柔らかそうな雲が山の上にかかった。夜になって、赤い服を着た若い娘が、トウモロコシ畑から這うように出てきた。「いまはトウモロコシが伸び上がってるので」村医者は言った。「九カ月もしたら、赤ん坊が増えるでしょうな」

私の耳たぶを見て感心していたトラック運転手はどうなったか。あの男とは路上で別れたきりになった。キャブレターが詰まり、大麻《ハシシ》パイプも詰まった。こんがらかって立ち往生だ。私たちは先を急いでいた。

ヘラートの〈パーク・ホテル〉にいたボーイはどうなったか。バラ色のターバンを巻いた男だった。昼食を頼もうとしたら、

「はい。何にしますか。何でも」と言った。

「何がある?」

「飲み物ないです。氷、パン、フルーツ、肉、ライス、魚、ないです。卵あります。ひとつ。たぶん。あした。はい!」

あるいは、タシュクルガンで庭に入れてくれた男。ひどく暑くて埃っぽい午後のことで、ピーターはバクトリアのギリシャ系王朝の痕跡をさがす気でいた。「勝手にやってくれ」と私は言った。「マーヴェルの詩集を貸してくれよ。どこかの庭へ行ってる」それで行った先を歩いていたら、うまいことメロンを見つけて、詩人の言う「緑の木陰で、緑の思索」を楽しませてもらった。

ガズニーのマフムード廟にいた女。身長があって器量もよいが、まともではなさそうだ。暗い目を地面に落として、腕輪をじゃらじゃら鳴らしていた。扉が開けられると、女は手すりに飛びついて、深紅の衣服をはためかせながら、鳥が怪我をしたような声で泣き騒いだ。王の墓にキスをさせてもらって、ようやく落ち着いたようだ。白い大理石に刻まれた一文字ごとに、病んだ心への効験があるとでも思うように、碑文に口をつけていた。

今年は——よりによって、こうなった現状では——なおさらロバート・バイロンを追悼したくなる。ナチスの行動を見て、「私のパスポートには戦争屋と記してもらおう」と言ったほど、宥和政策には大反対だった男だ。その彼が生きていたら、おそらく賛成してくれるだろうが、いずれ（アフガニスタンでは何につけ時間がかかるとしても）アフガン人は侵攻した勢力に手痛い仕返しをするだろう。中央アジアの眠れる巨人族を起こすかもしれない。

だが、そんな日が来たとしても、かつて愛したものが戻ってくるわけではない。空は高く晴れて、山脈の万年雪が青く見えた。白楊の並木、白く細長い祈りの旗が、風に揺れていた。チューリップが広がる土地の向こうにアスフォデルの花が続いた。チャクチャランの丘陵に、脂尾羊《しびよう》が群を成していた。尻尾の太い羊で、雄の巨大化した尾には補助車をつけるほどだ。〈赤い城〉で空を仰いで寝そべり、チンギス・ハンの孫が討たれた谷にハゲタカが旋回するのを見ることは、もう二度とないだろう。イスタリフの〈バーブル庭園〉でバーブルの回想録を読むこともない。目が見えずにバラの匂いをたどって庭園を歩いていた男の姿もない。ガザール・ガーの物乞い連中と一緒に、イスラムの平和を感じて坐っていられることもない。バーミヤンの崖の窪みで、乾ドックに入れられた鯨のように立つ大仏の頭に上がることもない。遊牧民のテントで眠ることも、ジャームの尖塔によじ登ろうとすることもない。さまざまな味わいが失われていくだろう――硬めで苦みのある焼きたてのパン、カルダモン風味の緑茶、雪解け水で冷やしたブドウ、高山病の対策で口に入れたナッツや干した桑の実……。豆畑の匂い、ヒマラヤスギの香木が燃える樹脂の匂い、標高一万四〇〇〇フィートにふわりと漂うユキヒョウの匂い。そんなものも戻らない。

一九八〇年

＊Bruce Chatwin, *What Am I Doing Here*（1989）より訳し下ろし

ロバート・バイロン略歴

ロバート・バイロン（Robert Byron 一九〇五－一九四一）は、イギリスの作家、歴史家。上位中産階級の生まれで、詩人のバイロン卿（一七八八－一八二四）とは同姓だが、直接の親戚関係はない。オックスフォード大学（マートン・カレッジ）卒業後、ギリシャを旅した記録をまとめて、東方世界の美術・建築に詳しい旅行作家として頭角を現す。西欧の常識に対しては反発する気質があった。ヴィクトリア女王の扮装をしておもしろがったこともある。

旅の範囲はインド、チベット、ロシアにも広がったが、最大の成果と見なされるのは、地中海東部からペルシャ、アフガニスタン北部への旅を記録した『オクシアーナへの道』（一九三七年）である。オクシアーナとは、アムダリヤ川（古くはギリシャ語でオクサス川と呼ばれた）流域を指す。日記の形式をとって、わかりやすい説明は省くので、断章が連続するような印象になっているが、実際には旅行中のノートをもとに三年ほどの時間をかけて完成した。一九四一年、乗っていたエジプト行きの船が、ドイツ軍の魚雷攻撃を受けて沈没。享年三十五。

なお、文中で〈チャコール・バーナーズ〉と称されるのは、木炭《チャコール》ガス自動車の実用試験を意図した一隊のこと。途中までは、これと合流する予定もあったようだ。最後まで相棒になるクリストファー・サイクスは、ペルシャ語のわかる男で、テヘラン駐在の大使館員だったこともある。その父親サー・マーク・サイクスは、中東を担当していたイギリスの外交官。

付録としたブルース・チャトウィンの文章は、一九六二年にバイロンの足跡を追ったことを、一九八〇年（ソ連がアフガニスタン侵攻を開始した翌年）から回想した、喪失の嘆きである。

＊主要著作一覧

Europe in the Looking-Glass: Reflections of a Motor Drive from Grimsby to Athens (1926)

The Station: Athos, Treasures and Men (1928)

The Byzantine Achievement: An Historical Perspective, A.D.330–1453 (1929)

An Essay on India (1931)

The Appreciation of Architecture (1932)

First Russia, Then Tibet (1933)

Shell Guide to Wiltshire (1935)

The Road to Oxiana (1937)　『オクシアーナへの道』

［訳者略歴］
小川高義（おがわ たかよし）
1956年横浜生れ。東京大学大学院修士課程修了。翻訳家、東京工業大学名誉教授。著書に『翻訳の秘密』（研究社）、訳書にH・ジェイムズ『デイジー・ミラー』（新潮文庫）、J・ラヒリ『停電の夜に』（新潮社）、E・ヘミングウェイ『老人と海』（光文社古典新訳文庫）、E・ストラウト『オリーヴ・キタリッジの生活』（早川書房）など。

オクシアーナへの道《みち》
2024年10月28日　第1刷発行

著　者——ロバート・バイロン
訳　者——小川高義《おがわたかよし》
発行者——北野太一
発行所——合同会社素粒社
〒184-0002
東京都小金井市梶野町1-2-36
電話：0422-77-4020
FAX：042-633-0979
https://soryusha.co.jp/
info@soryusha.co.jp

ブックデザイン——須田杏菜
見返し地図——マップデザイン研究室
印刷・製本——創栄図書印刷株式会社

ISBN 978-4-910413-12-9 C0098